HEYNE <

DAVID WEBER · SCHWERTER DES ZORNS

DAVID WEBER

Die dunkle Göttin

Schwerter des Zorns

Viertes Buch

WILHELM HEYNE VERLAG
MÜNCHEN

Titel der amerikanischen Originalausgabe
WIND RIDER'S OATH
(Part 2)
Deutsche Übersetzung von Wolfgang Thon

FSC
Mix
Produktgruppe aus vorbildlich bewirtschafteten Wäldern und anderen kontrollierten Herkünften
Zert.-Nr. SGS-COC-1940
www.fsc.org
© 1996 Forest Stewardship Council

Verlagsgruppe Random House FSC-DEU-0100
Das für dieses Buch verwendete FSC-zertifizierte Papier
München Super liefert Mochenwangen.

Deutsche Erstausgabe 10/06
Redaktion: Jörn Rauser

www.heyne.de
Printed in Germany 2006
Umschlaggestaltung: Animagic, Bielefeld
Satz: Christine Roithner Verlagsservice, Breitenaich
Druck und Bindung: GGP Media GmbH, Pößneck

ISBN-10: 3-453-53257-0
ISBN-13: 978-3-453-53257-1

Für Megan, Morgan und Michael,
denen mein Herz gehört.
Und wie immer und ganz besonders für Sharon,
unser aller Mitte.
In ihrer Nähe werden Wunder möglich.

Die Länder von Norfressa
Windfel
Die Schwarzen Berge
Das Silberzinn Gebirge
Dolmach
Es
Landfressa
Der Schlund
Der Belhadan
Vondenwatch
Vonderland
Bucht von Belhadan
Belhadan
Lordenfel
Selkan
Landria
Gorgenfel
Reich der Axt
Beilhain
Provinz des Beiles
Esgfalas
Fradonia
Telfra
Trelma
Das Ostwandmassi
Korfalas
Dor
Hest
Rustum
Eston
Torfalas
Der Kormak
Elas
Nordmark
Großher
tum Esga
Bucht von Nordbanark
Manhome
Die alte Provinz
Fremot
Herzogtum Moretz
Ernos
Findar
Fluss
Der Grüne
Derm
Tallis
Helv
Die Grüne Provinz
Der Weißwasserfluss
Morlintan
Saranfel
Korum
Losan
Kosan
Fürstentum von Kosphar
Saramantha
Jantor
Süd mark
Folsok
Codfat
Malgas
Trelith
Herzogtum Ferenmoss
Regan
Sindor
N
Grecoth
Der Morvan
Die Südprovinz
Südwand Pass
Prinzentum von Lanros
Saran
Riverside
Herzogtum Kolvania
Der Traumstrom

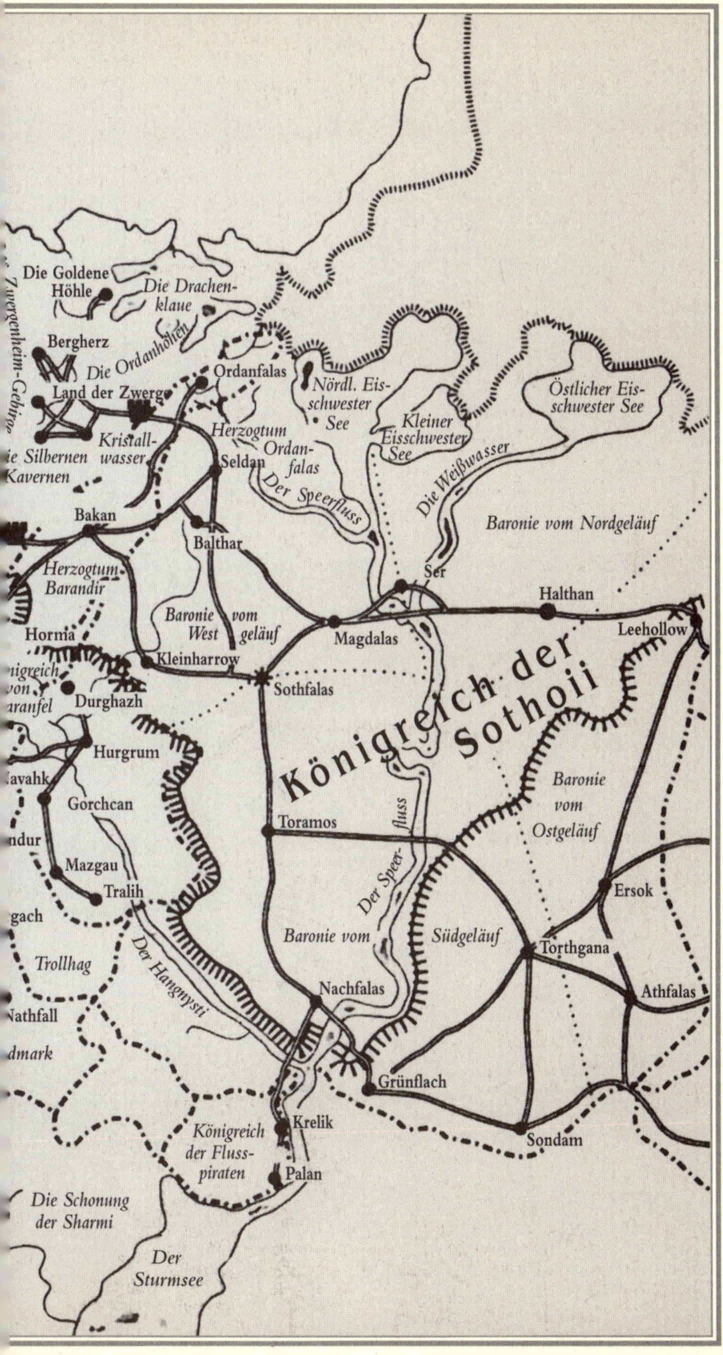

Die Goldene Höhle
Die Drachenklaue
Bergherz
Die Ordanhöhen
Zwergenheim-Gebirge
Land der Zwerge
Ordanfalas
Nördl. Eisschwester See
Kleiner Eisschwester See
Östlicher Eisschwester See
Kristallwasser
Die Silbernen Kavernen
Herzogtum Ordanfalas
Seldan
Der Speerfluss
Die Weißwasser
Baronie vom Nordgeläuf
Bakan
Balthar
Herzogtum Barandir
Ser
Halthan
Leehollow
Baronie vom Westgeläuf
Magdalas
Hornia
Kleinharrow
Königreich von Garanfel
Sothfalas
Durghazh
Königreich der Sothoii
Hurgrum
Gorchcan
Toramos
Baronie vom Ostgeläuf
Mazgau
Der Speerfluss
Ersok
Tralih
Baronie vom Südgeläuf
Torthgana
Trollhag
Der Hangnysti
Athfalas
Nachfalas
Nathfall
Grünflach
Krelik
Sondam
Königreich der Flusspiraten
Palan
Die Schonung der Sharmi
Der Sturmsee

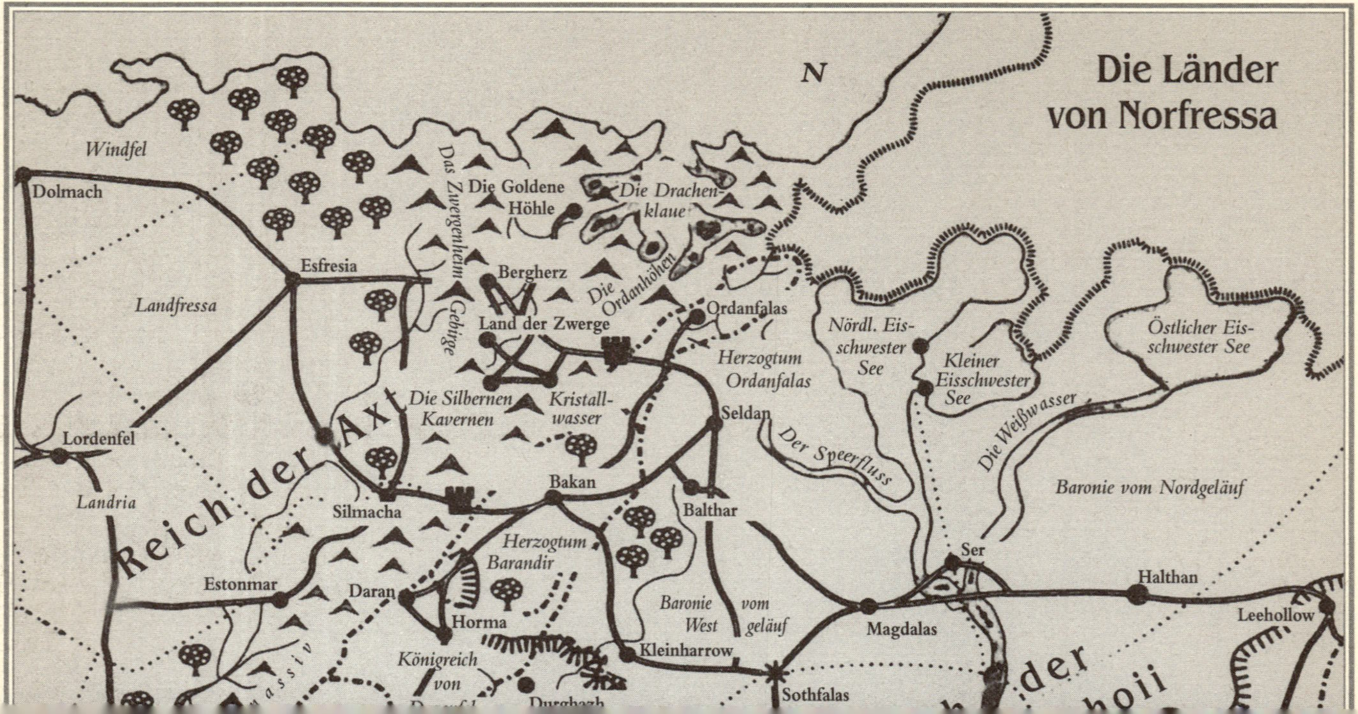
Die Länder
von Norfressa
N
Windfel
Dolmach
Esfresia
Landfressa
Lordenfel
Landria
Das Zwergenheim Gebirge
Die Goldene Höhle
Die Drachenklaue
Bergherz
Die Ordanhöhen
Land der Zwerge
Ordanfalas
Herzogtum Ordanfalas
Nördl. Eisschwester See
Kleiner Eisschwester See
Östlicher Eisschwester See
Die Weißwasser
Baronie vom Nordgeläuf
Die Silbernen Kavernen
Kristallwasser
Seldan
Der Speerfluss
Reich der Axt
Bakan
Silmacha
Balthar
Herzogtum Barandir
Estonmar
Daran
Horma
Baronie West vom geläuf
Königreich von
Kleinharrow
Sothfalas
Magdalas
Ser
Halthan
Leehollow

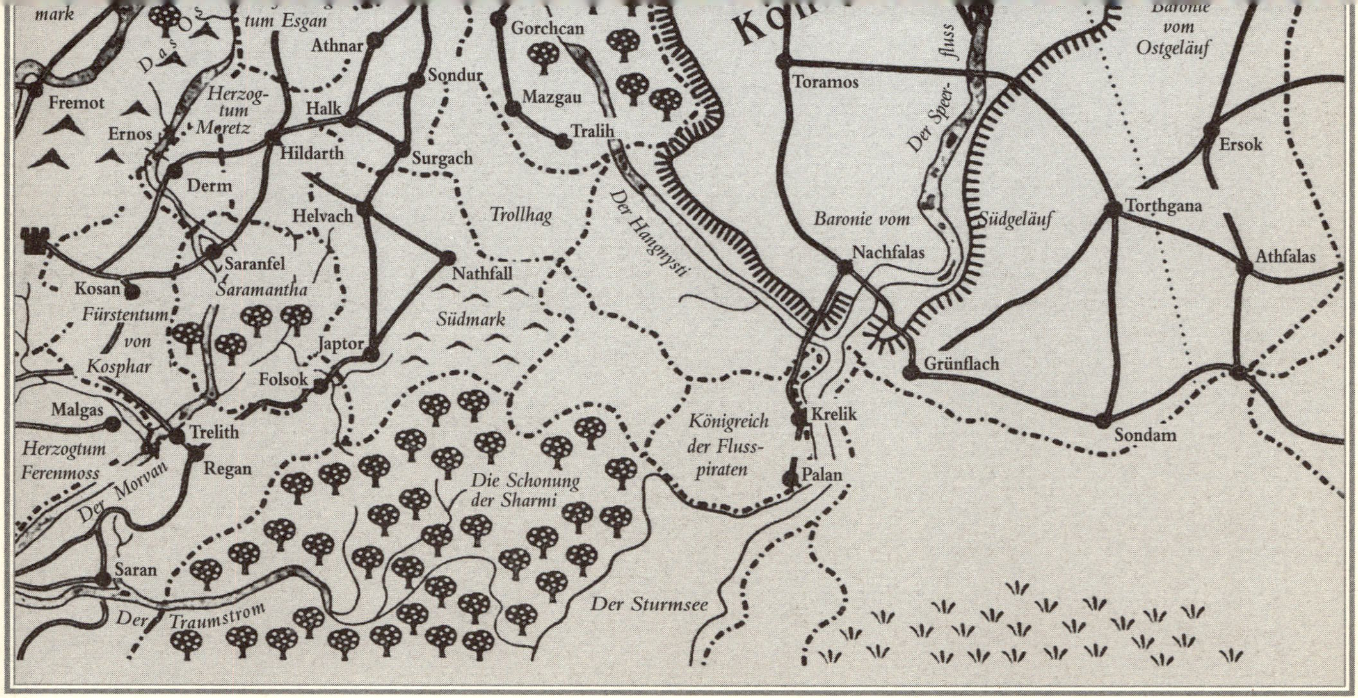
mark
tum Esgan
Athnar
Gorchcan
Toramos
Baronie
vom
Ostgeläuf
Fremot
Herzog-
tum
Moretz
Halk
Sondur
Mazgau
Tralih
Der Speer-
fluss
Ersok
Ernos
Hildarth
Surgach
Derm
Helvach
Trollhag
Der Hangnysti
Baronie vom
Südgeläuf
Torthgana
Nachfalas
Athfalas
Saranfel
Saramantha
Nathfall
Kosan
Fürstentum
von
Kosphar
Südmark
Japtor
Grünflach
Folsok
Malgas
Trelith
Krelik
Königreich
der Fluss-
piraten
Sondam
Herzogtum
Ferenmoss
Regan
Palan
Der Morvan
Die Schonung
der Sharmi
Saran
Der Sturmsee
Der Traumstrom

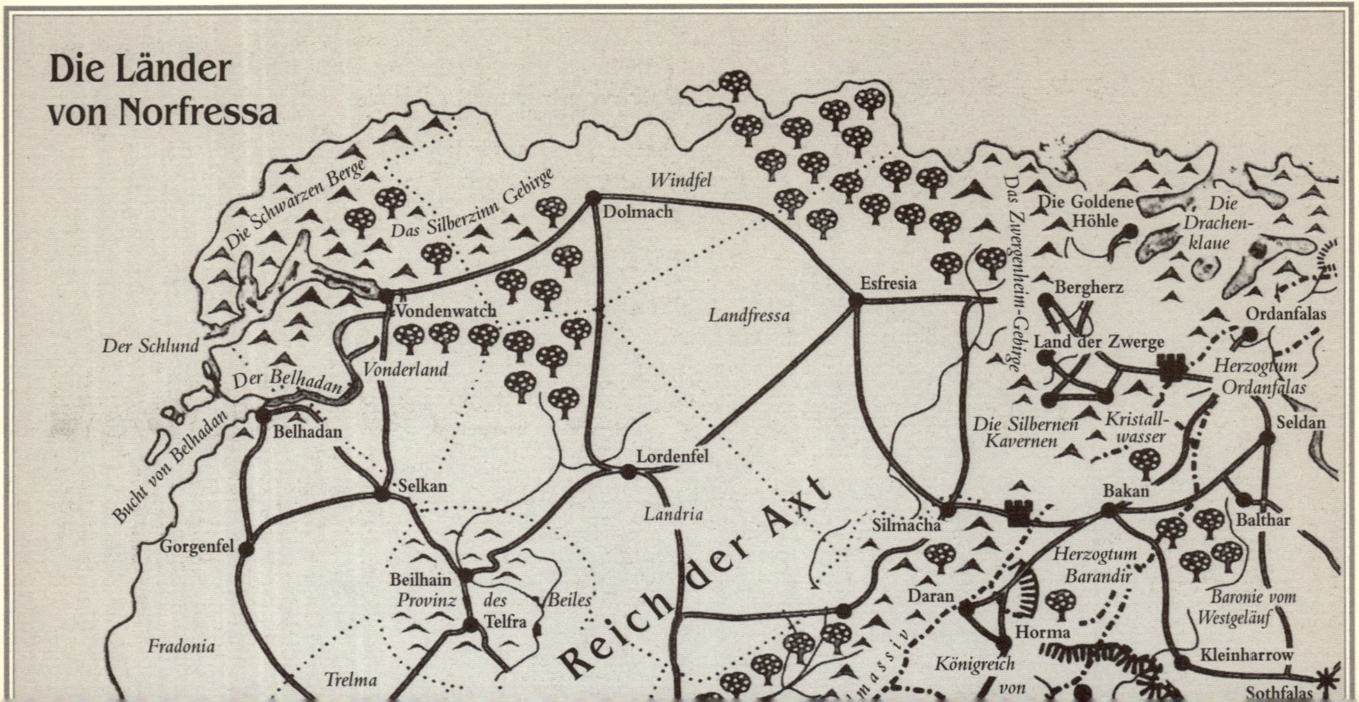
Die Länder
von Norfressa
Die Schwarzen Berge
Das Silberzinn Gebirge
Windfel
Dolmach
Esfresia
Das Zwergenheim-Gebirge
Die Goldene Höhle
Die Drachenklaue
Bergherz
Ordanfalas
Land der Zwerge
Herzogtum Ordanfalas
Vondenwatch
Landfressa
Der Schlund
Der Belhadan
Vonderland
Belhadan
Bucht von Belhadan
Die Silbernen Kavernen
Kristallwasser
Seldan
Lordenfel
Selkan
Bakan
Landria
Reich der Axt
Silmacha
Balthar
Gorgenfel
Herzogtum Barandir
Beilhain
Provinz des Telfra
Beiles
Daran
Baronie vom Westgeläuf
Horma
Fradonia
Königreich von
Kleinharrow
Trelma
Sothfalas

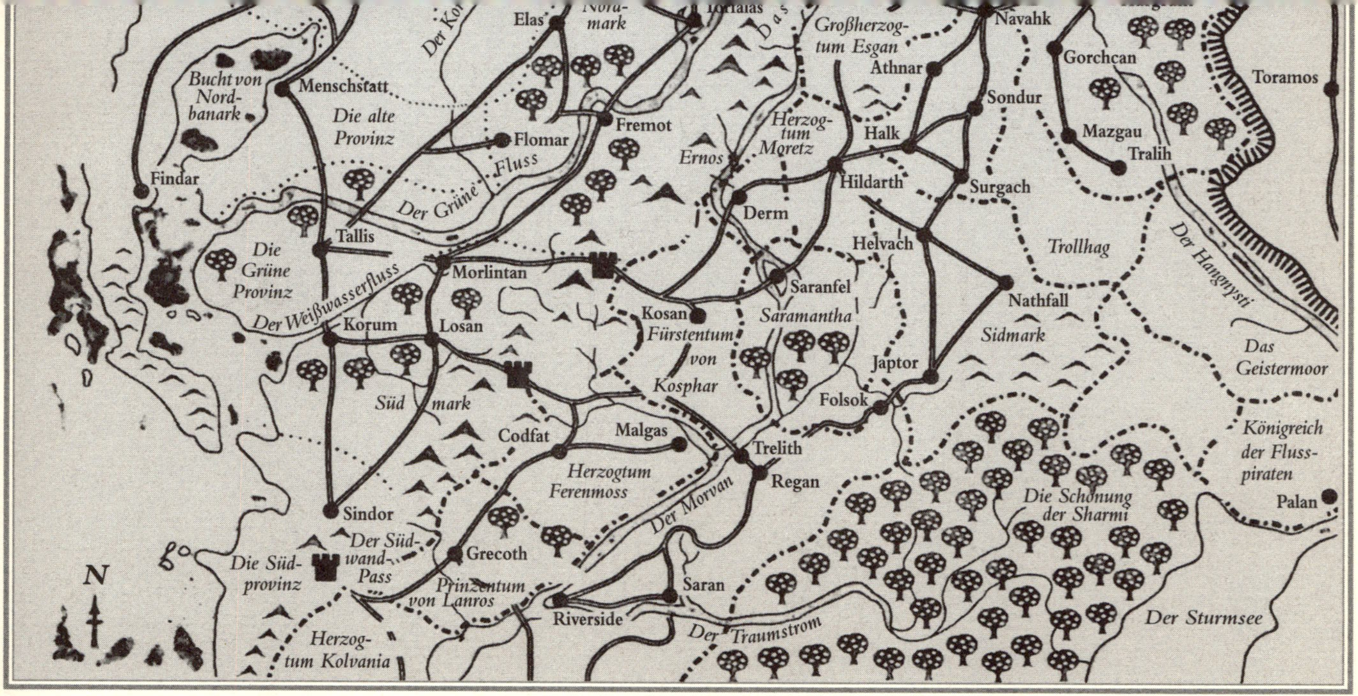

Elas
mark
Navahk
Gorchcan
Toramos
Großherzogtum Esgan
Athnar
Sondur
Mazgau
Tralih
Bucht von Nordbanark
Menschstatt
Die alte Provinz
Fremot
Flomar
Fluss
Herzogtum Moretz
Ernos
Halk
Hildarth
Surgach
Findar
Der Grüne
Derm
Der Hangnysti
Trollhag
Tallis
Helvach
Die Grüne Provinz
Morlintan
Saranfel
Der Weißwasserfluss
Nathfall
Kosan
Fürstentum von Kosphar
Saramantha
Korum
Losan
Sidmark
Das Geistermoor
Japtor
Süd mark
Folsok
Codfat
Malgas
Trelith
Königreich der Flusspiraten
Regan
Herzogtum Ferenmoss
Die Schonung der Sharmi
Palan
Sindor
Der Morvan
Der Südwand-Pass
Grecoth
N
Die Südprovinz
Prinzentum von Lanros
Saran
Riverside
Der Sturmsee
Der Traumstrom
Herzogtum Kolvania

PERSONEN

Alfar Axtschneide: Lehnsmann von Edinghas Bardiche Sothôii.

Balcartha Evahnalfressa: Kommandeuse der Stadtwächterinnen von Kalatha, eine Fünfhundert.

Bruder Relath: Akolyth im Tempel des Tomanâk von Balthar.

Cassan Axthammer: Baron Toramos, Lordhüter des SüdGeläufs, Tellians mächtigster politischer Gegner, hält ein friedliches Zusammenleben mit den Hradani für ausgemachten Unsinn.

Kathman der Hausierer: Ein Alias von Varnaythus.

Dahlala Farrier: Triahm Spitzhackes Geliebte, und Anhängerin von Shîgû.

Dalthys Hallafressa: Die Stadtoberin von Kalatha.

Darhal Spitzhacke: Ehemaliger Lordhüter von Lorham, Trisus verblichener Vater.

Darnas Warshu: Ein vertrauenswürdiger Spion und Agent von Baron Cassan.

Dathgar: Baron Tellians erwählter Windrenner. Der Name bedeutet »Donnergras«.

Dathian Halberd: Lordhüter der Moore, einer von Baron Tellians Vasallen, der sich zusammen mit Baron Cassan gegen jenen verschworen hat.

Edinghas Bardiche: Ein Vasall Baron Tellians, Lordhüter der Warmen Quellen.

Eramis Yohlahnafressa: Kriegsbraut, eine von Marethas Partisaninnen.

Erlis Rahnafressa: Kommandeuse einer Hundertschaft, die Kriegsbraut, die für Leeanas Ausbildung verantwortlich ist.

Ermath Balcarafressa: Die Leiterin der Hauswirtschaft von Kalatha.

Festian Wrathson: Lordhüter von Kleinharrow, Baron Tellians Mann, mit dem dieser den Verräter Mathian Richthof ersetzt hat.

Forhada Helmspalter: Ein Windreiter, der Bahzells Angriff gegen Krahanas Büttel unterstützt. Sein Windrenner heißt »Konhandro«, der »Nebelgeborene«.

Garlahna Lorhanalfressa: Eine junge Kriegsbraut, die von Erlis Leeana als Mentorin zugewiesen wurde.

Garthan Pfotenhauer: Lordhüter von Felsengrund. Ein Vasall Baron Cassans.

Gayrfressa: Der Windrenner, den Bahzell in den Warmen Quellen als Erstes heilte. Eine Jungstute. Der Name bedeutet »Tochter des Sturmes«, oder »Sturmtochter«.

Gayrhalan: Hathans erwählter Windrenner. Sein Name bedeutet »Auge des Zyklons«.

Gharnal Uthmâgson: Bahzells Stiefbruder, Ritter vom Orden des Tomanâk.

Gurlahn Morakson: Pferdedieb, Kommandant der Leibwache, die Prinz Bahnak seinem Sohn Bahzell in Balthar zugewiesen hat.

Hahnal Bardiche: Der älteste Sohn von Lordhüter Edinghas.

Halahk Pfeilschnitzer: Ein Vasall von Baron Cassan.

Haliku Koharth: Ein Diener Krahanas, steht unter dem Befehl von Jerghar.

Hanatha Bogenmeister: Baronin von Balthar, Tellians Gemahlin.

Hathan Schildarm: Baron Tellians Windbruder. Reitet Gayrhalan.

Jerghar Sholdan: Ein Diener von Krahana.

Johlana Ermathfressa: Die Hauptschneiderin von Kalatha.

Jolhanna Evahlafressa: Die Kriegsbraut, die als Kalathas offizielle Repräsentantin in Thalar arbeitet.

Lanitha Sarthayafressa: Archivarin und Schuldirektorin von Kalatha.

Layantha Peliath: Ein Büttel von Krahana unter dem Befehl Jerghars.

Leeana Glorana Syliveste Bogenmeister: Vierzehnjährige Tochter und einziges Kind von Tellian und Hanatha von Balthar.

Luthyr Kriegshorn: Ein Windreiter, der sich nicht mit einem Hradani-Paladin des Tomanâk oder einem Hradani-Windreiter abfinden kann.

Maretha Keralinfressa: Die Leiterin der Fraktion der Stadtversammlung von Kalatha, die jeder friedlichen Einigung mit Trisu vehement widerspricht.

Marthya Steelshank: Leeana Bogenmeisters persönliche Zofe.

Paratha Kharlan: Walkürenmajorin in Diensten Lillinaras.

Ravlahn Thregafressa: Die Assistentin von Hundert Erlis bei der Waffenausbildung in Kalatha.

Rulth vom Schwarzenberge: Lordhüter von Transhar, politischer Verbündeter und Vasall von Baron Cassan.

Saeth Spitzhacke: Verstorbener Vater von Triahm Spitzaxt.

Salgahn: Ein Wolfsbruder, der für Varnaythus und Jerghar arbeitet.

Salthan Spitzhacke: Lordhüter Trisus Cousin, Hoher Richter und Bibliothekar.

Saratic Richthof: Lordhüter des Goldenen Tals. Einer von Baron Cassans Vasallen, der mit ihm gegen Baron Tellian kämpft. Cousin von Mathian Richthof, dem abgesetzten Lordhüter von Kleinharrow.

Shalsan Kriegslampe: Ein Windreiter, der Bahzells Angriff gegen Krahanas Büttel unterstützt. Sein Windrenner heißt Shaynhara.

Shardohn, die: Dämonenbrut von Krahana.

Sharral Ahnlarfressa: Domina Yalith Tamalthfressas Assistentin in Kalatha.

Sir Altharn Streitklinge: Hauptmann in Diensten von Lordhüter Trisu.

Sir Chalthar Ranseur: Saratic Richthofs militärischer Marshall, Kommandeur seiner Leibwache.

Sir Fahlthu Schwartenbeißer: Kommandeur von Saratic Richthofs Dritter Schwadron.

Sir Halnahk Partisan: Kommandeur von Saratic Richthoffs Fünfter Schwadron.

Sir Jahlahan Schwertweber: Baron Tellians Seneschall auf Schloss Hügelwacht.

Sir Kelthys Lanzenträger: Lord von Tiefwasser, einem kleinen Gut von Kleinharrow. Er ist Windreiter und Cousin von Baron Tellian.

Sir Markhalt Rabenkralle: Der höchste Offizier vom Orden des Tomanâk von Balthar bei der Ankunft von Bahzell und Hurthang.

Sir Trianal Bogenmeister: Baron Tellians neunzehnjähriger Neffe.

Sir Yarran Sturmkrähe: Kommandeur von Lord Festians Kundschaftern und sein Marschall.

Sofalla Bardiche: Gemahlin von Lordhüter Edinghas.

Soumeta Harlahnnafressa: Kommandeuse von Fünfzig in Kalatha, die sich jeder Einigung mit den Widersachern der Kriegsbräute widersetzt.

Taraman Kriegspfeil: Der Hohe Priester des Tomanâk in Balthar.

Tarith Schildarm: Leeanas persönlicher Leibwächter.

Tarlan Schwertschmied: Lordhüter von Hoch Tranith, einer von Baron Cassans Vasallen.

Tellian Bogenmeister: Baron von Balthar, Lordhüter des West-Geläufs.

Thalgahr Rarikson: Einer der Hradani-Krieger, die von Prinz Bahnak seinem Sohn Bahzell als Leibgarde zugeteilt wurden.

Tharnha Garhlanfressa: Kriegsbraut, eine Partisanin von Maretha Keralinfressa.

Theretha Maglahnfressa: Eine Handwerkerin und Künstlerin der Kriegsbräute in Kalatha, Glasbläserin.

Trebdor Rittmeister: Ein Vasall von Baron Cassan.

Treharm Haltharu: Büttel von Krahana unter dem Befehl Jerghars.

Triahm Spitzhacke: Cousin von Lordhüter Trisu, ein bitterer Feind aller Kriegsbräute.

Trisu Spitzhacke: Lordhüter von Lorham.

Varnaythus, Meister Varnaythus: Schwarzer Hexer und Priester von Carnadosa.

Walasfro: Sir Kelthys' Windrenner. Der Name bedeutet »Sohn der Schlacht«.

Walsharno: Gayrfressas älterer Bruder, der Windrenner, der Bahzell auserwählt. Seine Name bedeutet »Schlachtgrauen« oder auch »Morgengrauen der Schlacht« oder »Schlachtsonne«.

Welthan Handbeil: Lordhüter von Dronhar, ein Vasall Baron Cassans.

Yalith Tamalthfressa: Domina (Bürgermeisterin) von Kalatha.

1

DER NEBEL war eigenartig.

Er hing reglos wie ein schwerer, festgefrorener Vorhang zwischen den beiden freistehenden Hügeln über dem flachen Tal und bewegte sich in seinem Inneren dennoch seltsam wirbelnd. Gewiss, die Frühlingsnacht war kühl, dieser Nebel jedoch schien so kalt wie Eis und ebenso vollkommen undurchdringlich. Selbst der frische Wind, der über die endlosen Meilen des Grases wehte, schien ihn nicht zu berühren.

Es war Neumond, die Sterne am samtenen Himmel glitzerten klarer als Kristall. Trotz all ihrer Schönheit schien ihr Licht in diesem Nebel zu erlöschen, aufgesogen und abgestorben, als verzehrte die weiße Barriere sie ganz.

Die nächtlichen Laute auf der Ebene des Windes, sein seufzendes Lied, das Summen der Insekten, das ferne Murmeln eines kleinen Baches in der Dunkelheit, der über sich selbst zu kichern schien, das schrille Kreischen der Fledermäuse und der gelegentliche Schrei eines Raubvogels erklangen in der Steppe. All das jedoch hörte kurz vor dem Rand des Nebels schlagartig auf. Nichts durchdrang oder überschritt die fremdartige Barriere, die er bildete.

Dann gesellten sich neue Geräusche dazu, gedämpfte. Hufe, die auf weicher Erde trommeln, fast so leise wie das Knarren von Sattelleder oder das sachte Klingeln von Zaumzeug. Ein einzelner Reiter tauchte aus der Nacht auf und galoppierte geradewegs auf diese unheimliche Nebelwand zu. Der Reiter wurde langsamer, als er sich ihr näherte. Nicht, weil er es so wollte, sondern weil sein Pferd davor zurückscheute. Es verlangsamte den Schritt, warf störrisch den Kopf hoch und brach zur Seite aus. Es wehrte sich gegen die Zügel, legte die Ohren an, schüttelte den Kopf und blähte den Hals, während es seinen Protest schrill herauswieherte.

Der Reiter fluchte und riss den Kopf seines Tieres grob zurück, zwang es weiter. Doch das Pferd stemmte die Hufe in die Erde, und als er ihm die Sporen brutal in die Flanken grub, bockte es.

Der Reiter war kein Sothôii. Das wurde deutlich, als er aus dem Sattel über den Kopf des Pferdes hinwegsegelte. So unbeholfen er jedoch auf dem Pferderücken gewirkt haben mochte, als er durch die Luft flog, legte er eine geradezu übernatürliche Beweglichkeit an den Tag. Er rollte sich mitten im Sturz zusammen, drehte seinen Körper und landete mit einer erstaunlichen Behändigkeit auf den Füßen. Sein Schwung ließ ihn nicht einmal weiterstolpern, und mit der Rechten schnappte er blitzschnell den Kinnriemen des Pferdes, bevor es ihm durchgehen konnte. Der Griff dieser Hand war ungeheuer stark: Das Pferd wieherte vor Panik, als es vergeblich versuchte, sich daraus zu befreien. Die andere Hand des Mannes fuhr hoch und packte … nicht etwa den Zügel, sondern die Kehle des Tieres. Mit derselben fürchterlichen Kraft schloss er die Finger und presste die Kehle des Pferdes zusammen. Das Wiehern des Tieres erstickte in einem entsetzten Laut – es wurde erbarmungslos auf die Knie gezwungen.

Jetzt gab auch der Reiter ein Geräusch von sich, ein knurrendes, hungriges, so tierisch wie die Laute des Pferdes. Aber dies klang bösartiger, mehr wie das Grollen eines Raubtiers, und die Augen des Mannes glühten in einem grünlichen Feuer. Der Widerstand des Pferdes wurde schwächer und ein boshaft triumphierender Unterton färbte das Grollen des Mannes.

»Hör auf!«

Der Befehl kam von einer Stimme aus der Nebelbank im Rücken des Reiters. Sie sprach nicht sehr laut, doch in ihren Worten hallte eine unwiderstehliche Macht. Sämtliche anderen Geräusche der Nacht verstummten schlagartig, furchtsam und voller Entsetzen vor dieser unendlich kalten und grausamen Stimme.

Der Reiter richtete sich auf und ließ seine Linke von der Kehle des beinahe erstickten Tieres sinken, bevor er sich zum Nebel herumdrehte.

»*Narr!*« Die Stimme klang abgründig verachtend. »*Die nächste Siedlung liegt mindestens zehn Meilen entfernt. Wenn du so weit laufen möchtest, dann nur zu, vollende, was du gerade tust.*«

Der Reiter schien antworten zu wollen, überlegte es sich jedoch anders.

»*Klug, sehr klug*«, sagte die Stimme. »*Jetzt komm. Ich sorge dafür, dass deine Mähre bleibt, wo sie ist.*«

Der Reiter gehorchte, ohne das Pferd, das sich schwächlich zitternd bemühte, wieder auf die Beine zu kommen, auch nur eines weiteren Blickes zu würdigen.

Er ging mit dem zielstrebigen Schritt eines Mannes, der trotz des fast schwarzen, alles verschlingenden Nebels ausgezeichnet sehen konnte … und er marschierte so zügig voran, als störe ihn der allgegenwärtige Leichengestank nicht. Dieses Odeur des Todes verstärkte sich zunehmend, je weiter er sich in den Nebel hineinbegab, bis er schließlich aus der Barriere hinaustrat und dabei eine Grenze zwischen dem Pesthauch und der frischen, klaren Luft überschritt. Diese Grenze war ebenso scharf gezogen wie diejenige, die er bei seinem Eintauchen in den Nebel überschritten hatte.

Hätte er den Nebel auch nur eine Sekunde lang für natürlich gehalten, er wäre spätestens dann eines Besseren belehrt worden, als er auf die weite Fläche hinausging, die die Nebelbank umringte. Dieser geschützte Bereich war kreisförmig, maß mindestens zweihundert Meter im Durchmesser, und die Luft hier war ruhig und mild. Zudem gab es nicht einmal den kleinsten Nebelhauch. Die hellen Sterne funkelten darüber gut sichtbar am Himmel, doch trotz der klaren Luft war der schreckliche Leichengestank hier sogar noch stärker und erstickender.

Eine Frau, jedenfalls besaß das Wesen die Gestalt einer Frau, stand genau im Mittelpunkt des Kreises. Mit ihren mindestens zwei Meter fünfzig Körpergröße überragte sie den Reiter beträchtlich. Um sie scharten sich, wie ein Meer aus Pelzen, Reißzähnen und giftgrünen Augen, Hunderte von Wölfen. Merkwürdig schienen sie zu wabern und veränderten ihre Gestalt. Manchmal waren es Wölfe, dann wieder kauernde, missgebildete Formen, entfernt menschlich, aber mit Köpfen, die schweineähnliche Schnauzen besaßen oder mit Flügeln wie von Fledermäusen, die sie dicht an ihrem Rückgrat gefaltet hielten. Ihre Augen glühten in demselben boshaften Grün wie die des Reiters, ungeachtet, welche Form ihre Körper auch haben mochten. Derselbe grüne Glanz umhüllte die Frau, die in ihrer Mitte stand. Sie trug diese Aura wie eine zweite Haut – und wurde davon umgeben wie von einem Nimbus aus luftigem Eis.

Dieser geheimnisvolle Umhang schimmerte in gedämpfter Brillanz und beleuchtete sie trotz der mondlosen Nacht. Sie stand dort, angetan mit einer Aura aus tödlicher Macht und verderbter Schönheit. Trotz der Volkommenheit ihrer Gesichtzüge, trotz ihres langen, verwirrend geflochtenen schwarzen Haares und dem wundervollen Diadem auf ihrem Haupt strahlte sie etwas aus, das jedes Lebewesen abgestoßen und geängstigt hätte. Etwas, das von geschändeten Krypten und der Macht der Verderbnis wisperte. Als sie den Kopf drehte und den Neuankömmling musterte, sah er das hellgrüne, widerliche Leuchten in ihren Augen, glänzend wie poliertes Eis. Ihre Pupillen schienen darin wie schwarze Totenschädel zu schwimmen. Sie musterte den Reiter mit einer kalten, unbeseelten Gleichgültigkeit – und er hob den Kopf. Seine Augen leuchteten etwas schwächer als die ihren, und er blähte die Nasenflügel auf, als er den Hauch des Todes begierig in sich aufsog. Es stank nach vermodertem, verfaultem Fleisch, das aus einem Grab auferstanden sein mochte. Der Geruch hüllte ihn ein wie ein Parfum der Verderbnis.

Doch sie war nicht allein mit diesen wolfsähnlichen Kreaturen. Vier andere Menschen – jedenfalls schienen sie so menschlich wie der Reiter – standen zwischen diesen Kreaturen. Und hinter ihr zeichnete sich eine Herde von anderen Gestalten ab, die undeutlich waberten. Selbst mit seinem unfassbar scharfen Sehvermögen vermochte der Reiter sie nicht genau zu erkennen. Es könnten Pferde sein, riesige Pferde, die mit hängenden Köpfen und zerzausten Mähnen dastanden wie eine Armee aus Sklaven.

»*Endlich bist du da, Jerghar*«, sagte sie. Gehorsam neigte er den Kopf. Das Strahlen seiner Augen dämpfte sich noch weiter, als es sich ihrer überlegenen Macht beugte.

»Ich bin so schnell gekommen, wie ich konnte, Milady«, bemerkte er unterwürfig.

»*Das weiß Ich … und nur deshalb und weil du gerade noch rechtzeitig gekommen bist, darfst du Mir trotz deiner Langsamkeit weiter dienen.*«

Jerghar verbeugte sich noch tiefer und antwortete nicht. Doch er spürte, wie sich der Pulsschlag seines Körpers erhöhte.

»Ich existiere, um zu gehorchen, Milady«, erwiderte er schließlich.

»*Genau das tust du*«, stimmte sie ihm zu. »*Um zu gehorchen und zu füttern … oder verfüttert zu werden. Nun komm, geselle dich zu deinen Brüdern und Schwestern.*«

Jerghar gehorchte und ging durch die Reihen der Shardohns wie ein Mann, der durch einen hüfttiefen Sumpf watet. Die Kreaturen machten ihm lautlos Platz und starrten ihn mit diesen glühenden Augen an, deren Blicke voller Hass, Furcht und Gier waren. Er ging an ihnen vorbei und trat zu den anderen Sklaven, die einst Menschen gewesen waren und hier nun um seine Herrin herumstanden.

»*Die Falle ist zwar zugeschnappt*«, erklärte sie ihnen, »*doch sie hat nicht Tellian erwischt, sondern diesen verfluchten Hradani* Bahzell *und seine Gefährten.«*

Eine Empfindung durchrieselte ihre untoten Sklaven. An einem anderen Ort und zu einer anderen Zeit hätte man es vielleicht Unbehagen genannt, aber nur ein Narr hätte es gewagt, ein solches Gefühl in Gegenwart *dieser* Herrin zu zeigen.

»Das war zwar nicht das, was Wir Uns erwünscht haben, aber es wird Unseren Zwecken dennoch dienlich sein«, fuhr sie fort. *»Brandarks Tod ist mehr wert als der von Tellian, und Bahzells Tod wiegt weit schwerer als die Vernichtung des gesamten Königreiches der Sothôii.«*

Jerghar versteifte sich. Er wusste zwar, dass seine Herrin und ihre Verbündeten entschlossen waren, Bahzell, Brandark und Tellian zu vernichten, doch war ihm nicht klar, aus welchem Grund. Ebenso wenig verstand er, warum der Tod eines einzelnen Hradani, selbst wenn es sich dabei um den Sohn von Prinz Bahnak von Hurgrum handelte, und der darüber hinaus auch ein Paladin des Tomanâk war, so entscheidend für den Triumph der Dunklen sein konnte.

»Mir ist klar, dass euch die Aussicht, es mit einem Paladin Meines niemals zur Genüge verfluchten Onkels aufzunehmen, Furcht einflößt«, fuhr sie fort. Jerghar staunte, denn es entsprach nicht Ihrer Art, sich mit etwas so Unbedeutendem wie ihren Ängsten oder Hoffnungen aufzuhalten. *»Das ist auch recht und billig, denn von all Unseren Feinden ist er – nach Orr – der Mächtigste, und der bei weitem Gnadenloseste. Doch seine Überheblichkeit wird seinen Paladinen zum Untergang gereichen, so wie sie auch dereinst seinen eigenen herbeiführen mag. Er sendet sie allein oder zu zweit aus, prahlt mit ihrer ›Stärke‹ und ihrem ›Mut‹. Und hält sich zurück, wie sein kostbarer Pakt es verlangt, beschränkt seine Macht nur auf das Wenige, das er durch sie fließen lassen kann. Das macht vielleicht jeden seiner Paladine mächtiger und gefährlicher als die der anderen Götter. Aber es sind nur eine Hand*

voll, ihr dagegen seid viele, und so wie er nur einer ist, sind Wir viele. Wo seine Macht auf seine Paladine begrenzt bleibt – und das auch nur in dem Maß, wie jeder von ihnen mit seiner Macht in Berührung kommen und diese Erfahrung überleben kann –, erfüllt Meine Macht euch alle, so wie euer Dienst an Mir und die Seelen, von denen ihr euch nährt, Meinen Griff um diese Welt der Sterblichen stärkt. Er wird zu euch kommen, dieser Bahzell, und er wird seinen Freund und seine Ordensbrüder mitbringen, und ihr, ihr alle …«, ihre grün glühenden Augen glitten über die Wölfe ebenso wie über ihre einst menschlichen Sklaven, *»werdet über sie herfallen. Ihr werdet schwelgen, wie ihr nie zuvor geschwelgt habt, euch an dem Blut und der Seele eines* seiner *Paladine satt fressen. Und das wird wundervoll sein – und jenseits aller Vorstellungskraft süß.«*

Die verführerische Macht, die in dieser kalten, hungrigen Stimme lag, packte sie alle, band sie an ihren Willen. Die Schattengestalten hinter ihr jedoch, die einst Windrenner gewesen waren, strahlten eine Aura hoffnungsloser Verzweiflung und blanken Entsetzens aus.

»Ihr werdet Mir dienen, und in diesem Dienst werdet ihr eine solche Macht finden, die zu besitzen Ihr nicht einmal in euren kühnsten Träumen zu hoffen wagtet«, versprach Krahana Phrofressa, die Herrin der Verdammten, Ihren Sklaven. Und lächelte.

»Ist diese Nachricht gesichert, Darnas?«

Baron Cassan beugte sich auf seinem Stuhl vor. Das markante Gesicht verriet seine Anspannung. Das Lampenlicht in seinem Arbeitszimmer glänzte auf seinen Ringen und dem goldenen Haar, und die goldenen Stickereien auf seinem Wams aus schwarzem Samt glitzerten in dem weichen Schein, sobald er sich bewegte. Der Mann, der auf der anderen Seite seines Schreibtisches saß, hatte dunkles Haar, das sich bereits ein wenig lichtete, braune Augen und eine wettergegerbte Haut. Im

Gegensatz zu der Eleganz seines Lords wirkte seine Kleidung schlicht und praktisch – und vor allem billig. Er war beinahe so unscheinbar wie Varnaythus, doch im Gegensatz zu dem Hexer-Priester stand Darnas Warshu schon seit neun Jahren in Lohn und Brot seines Herren. Im Augenblick jedoch sah er ziemlich heruntergekommen aus: unrasiert und erschöpft. Seine Stiefel waren schlammverkrustet.

»Jawohl, Milord Baron«, erwiderte er müde. »Niemand hat ein großes Geheimnis daraus gemacht und ich habe die Geschichten selbst überprüft. Sie stimmen.« Er lächelte seinen Lehnsherrn schwach an. »Ich habe nicht vergessen, wie man Zaumzeug repariert, Milord. Um diese Zeit gibt es für ein paar zusätzliche Hände immer Bedarf. Das hat mich bis auf Schloss Hügelwacht gebracht, und es kursierten viele Gerüchte in der Garnison der Burg.«

»Also hat Tellian Trianal zu Festian geschickt.« Cassan dachte laut nach, lehnte sich auf seinem Stuhl zurück und schlug die Beine übereinander. Er bedeutete Darnas mit einem Winken, sich an der Anrichte zu bedienen, auf der Weinflaschen und funkelnde Karaffen standen. Sein Gefolgsmann nahm diese stumme Einladung ohne Zaudern an. Cassan erwies sich denen gegenüber, die ihm gut dienten, immer großzügig, und Darnas bediente sich gern großzügig von dem außerordentlich teuren Branntwein aus Saramantha. Wenigstens, so bemerkte Cassan leicht amüsiert, hat sich Darnas einen kleinen Cognacschwenker genommen.

Letztlich jedoch interessierte dies den Baron nicht. Im Gegenteil, nach Darnas' Bericht hätte der Mann selbst die ganze Karaffe aussaufen können, verdient hatte er es. Was Cassan allerdings mit dieser Nachricht wirklich anfangen würde, musste sich noch erweisen.

Der Baron starrte ins Feuer. Es war mehr aus Gewohnheit und fürs Wohlbehagen entzündet worden als aus Notwendigkeit. Die Frühlingstage wurden immer wärmer, ebenso die Nächte. Cassan dachte angestrengt nach.

Er hatte erwartet, Tellian würde Festian Hilfe schicken. Er war fast dazu gezwungen, angesichts des Drucks, den Saratic, Garthan und Dathian auf den Lordhüter ausübten. Cassan aber hatte wirklich nicht damit gerechnet, dass der Baron einen Jüngling wie Trianal als seinen Vertreter entsenden würde. In gewisser Weise war das ein sehr gerissener Schachzug von Tellian, andererseits …

Trianal war doch recht jung – *sehr* jung – für eine solch verantwortungsvolle Aufgabe. Die Bogenmeister hielten jedoch die Tradition hoch, die Angehörigen ihres Clans bereits früh zu fordern, und nach allen Berichten, die Cassan zugetragen worden waren, hatte sich der Junge bei den Gelegenheiten, die sich ihm geboten hatten, recht gut gehalten. Trotz allem jedoch verfügte er nur über die Urteilsfähigkeit und Erfahrung eines Jünglings. Einem so jungen, unerfahrenen Mann konnte es viel leichter passieren, sich von Begeisterung oder übergroßer Zuversicht in ein Desaster leiten zu lassen, das ein älterer, weiserer Kopf möglicherweise vermieden hätte. Vor allem, wenn er einen guten Eindruck machen und das Vertrauen seines Onkels in ihn rechtfertigen wollte.

Cassan hatte gehofft, Tellian möge so beunruhigt sein, dass er sein Truppenkontingent persönlich nach Kleinharrow führte – oder wenigstens diesen infernalischen, lästigen Wichtigtuer »Prinz Bahzell« als Repräsentanten entsendete. Das lag angesichts der Nähe des Grabens zu den Orten, an denen Dathian seine Überfälle durchführte, nahe. In beiden Fällen hätte sich Darnas' Geschicklichkeit im Umgang mit Bogen und Arbalest als höchst nützlich erweisen können.

Denn letzten Endes hätte nicht einmal Saratic freiwillig einen offenen Angriff gegen den Baron von Balthar gewagt. Unfälle dagegen kamen vor, vor allem, wenn Tellian darauf bestanden hatte – wie es eigentlich seine Gewohnheit war –, seine Männer persönlich anzuführen. Aber kein einfacher Lordhüter wäre bereit, den Mord an einem der vier mächtigen Barone des Königreiches zu riskieren. Die Strafe für einen solchen »Unfall« wäre, gelinde gesagt, *deutlich* ausgefallen. König Markhos hätte mit Sicherheit die ermittelnden Magier der Krone ausgeschickt, um den Tod eines so großen Magnaten wie Tellian genauer zu untersuchen.

Das war genau der Grund, warum Cassan Darnas in Saratics Dienste geschmuggelt hatte. Der Lordhüter des Goldenen Tales hielt Darnas nur für einen erfahrenen Kundschafter. Er hatte keine Ahnung, dass Sergeant Warshu vor einer unglücklichen Fehleinschätzung, die dazu geführt hatte, dass er in Ungnade gefallen war, ein Ausbilder in des Königs eigenem Regiment gewesen war. Darnas konnte mit einem Bogen aus hundert Meter Entfernung durch ein Nadelöhr treffen und mit der stählernen Armbrust, der Arbalest, ging er ebenso geschickt um. Wichtiger jedoch war, dass Darnas keinerlei Skrupel hatte, mit einem einen Meter langen Pfeil oder mit einem stahlverstärkten Bolzen einer Arbalest irgendeinen Baron zu durchbohren, wenn Cassan es ihm befahl.

Es wäre so schön gewesen, dachte Cassan sehnsüchtig. Alle hätten durchaus mit Recht vermutet, Saratic sei der Hauptanstifter der Angriffe auf Festians Lordhüterschaft gewesen. Aber alle, die ihn kannten, wussten auch, dass er Tellian niemals vorsätzlich umbringen würde. Also wäre die einzige einleuchtende Annahme darauf hinausgelaufen, dass es sich tatsächlich um einen Unfall handelte. In diesem Fall hätte Cassans Einfluss vermutlich sogar ausgereicht, seinen Vasallen vor tödlichen Konsequenzen zu bewahren. Im anderen Fall wäre Saratic kein unersetzlicher Verlust gewesen, wie nützlich er auch hätte sein können, falls er überlebte. Cassan hätte dem Lordhüter sogar mit Freuden höchstpersönlich die Kehle durchgeschnitten, wenn dies der Preis für Tellians Tod gewesen wäre.

Wäre Tellian »durch einen irregeleiteten Pfeil« bei einem eher unbedeutenden Grenzstreit zwischen kleineren, miteinander in Fehde liegenden Lordhütern zum Opfer gefallen, so hätte dies die Opposition im Kronrat auf eine Weise ihres Anführers beraubt, die es keinem erlaubt hätte, mit dem Finger auf Cassan zu zeigen. Noch besser wäre gewesen, Tellians Tod hätte sogar die tiefe Krise in Balthar ausgelöst, vor deren Heraufziehen Cassans Anhänger und Günstlinge den Kronrat schon seit Jahren warnten. In diesem Fall wären einige seiner Anhänger wohl endlich bereit gewesen, den König zu drängen, der Werbung Rulths vom Schwarzenberge um Leeana Bogenmeisters Hand das königliche Siegel aufzudrücken. Unter diesen Umständen, vermutete Cassan, hätten die Chancen, dass König Markhos zustimmte, das Mädchen mit dem Lordhüter von Transhar zu verheiraten, drei zu eins gestanden. Der König durfte nicht riskieren, dass die Nachfolge in Balthar im Ungewissen blieb.

Die Chance, Tellian ins Freie zu zerren und ihn zu töten, waren zwar immer gering gewesen, doch der Preis rechtfertigte sicherlich einen Versuch. Falls er Tellian nicht töten konnte, hoffte Cassan, dass Darnas zumindest »Prinz Bahzell« erledigte. Wenn der tot war, wäre auch die unhaltbare Lage endlich beendet, die Tellian durch seine »Kapitulation« vor diesen Pferde fressenden Barbaren herbeigeführt hatte. Gleichzeitig würde es ein für alle Mal beweisen, dass kein Hradani wahrhaft ein Paladin des Tomanâk sein konnte, ganz gleich, wen Bahzell und Wencit hatten täuschen und lenken können, eine solche blasphemische Absurdität zu glauben. Mit etwas Glück könnte Bahzells Tod sogar den Krieg auslösen, den Tellians feige »Kapitulation« verhindert hatte. Diese Lösung war zwar nicht so befriedigend wie Baron Tellian selbst zu töten und Balthars Thronerbin mit einem von Cassans treuesten Gefolgsleuten und Bundesgenossen zu vermählen, vor allem mit jemandem, der so … anspruchsvoll war wie Rulth. Doch die Drohung eines Vereinigten Königreiches der Hradani an der Flanke der Ebene des Windes im Keim zu ersticken, bevor Prinz Bahnak die Lage vollkommen unter Kontrolle hatte, war allein schon ein würdiges Ziel.

Nun jedoch schien es, als würde keines dieser Ziele auch nur annährend in die Reichweite von Darnas' Bogen oder Arbalest kommen. Cassan fragte sich, ob Tellian gerissen genug war, die wahre Abgründigkeit der Pläne und Hoffnungen seines Feindes zu erahnen. Hatte er Trianal deshalb losgeschickt, weil er hoffte, dass der Jüngling als Ziel weit weniger bedeutend war, so dass er letztlich sogar vor einem Attentat geschützt wäre? Oder, auf Umwegen gedacht, war Tellian vielleicht doch so kaltblütig, dass er den Jungen losgeschickt hatte, obwohl oder sogar weil er damit rechnete, ihn damit zur Zielscheibe zu machen? Trianal war zwar sein Neffe, doch jeder Militäroberbefehlshaber, der diesen Titel verdiente, wusste, dass irgendwann der Zeitpunkt kam, an dem ein Ablenkungsmanöver notwendig war. Und sollte ein solches Manöver Erfolge zeitigen, so musste es verlockend genug sein, um einen Angriff herbeizuführen. Das bedeutete, man musste manchmal riskieren oder sogar sehenden Auges dulden, den zu opfern, der dieses Ablenkungsmanöver durchführte.

»Sagt mir, Darnas …« Cassan riss sich aus seinen Tagträumereien. »Was halten Tellians Vasallen und die kleineren Lords von Trianal?«

»Nun, Milord«, erwiderte Warshu nachdenklich. »Sie respektieren ihn, würde ich sagen. Er hat sich im Feld gut geschlagen, wenn man bedenkt, wie wenig Gelegenheit er dazu hatte. Trotz seiner Jugend halten ihn die meisten von Tellians Untergebenen für klug und besonnen. Auf jeden Fall ziehen sie ihn seinen Brüdern vor! Und Milord, eingedenk der Werbung des Lordhüters von Transhar um die Hand Lady Leeanas, es sind doch viele unter den Gefolgsleuten des Barons der Meinung, dass er die Thronfolge hätte regeln sollen, indem er eine Vermählung zwischen Trianal und seiner Tochter arrangiert.«

»Das hätte der Kronrat niemals zugelassen«, erwiderte Cassan wegwerfend. »Die Gefahr der Inzucht wäre in diesem Fall viel zu groß.«

»Das weiß ich, Milord. Ebenso wie Tellians Gefolgsleute. Aber Ihr wolltet wissen, was sie von Trianal halten, und ich wollte nur sagen: sie wünschten sich, Tellian könnte diese Vermählung arrangieren. Das scheint mir ein deutlicher Fingerzeig zu sein, wie sehr sie den Jüngling schätzen.«

»Hm.« Cassan zupfte an seiner Unterlippe, runzelte die Stirn und nickte schließlich. »Ihr habt Recht«, räumte er ein. »An Tellians Stelle, das muss ich zugeben, würde ich ähnlich handeln, falls ich auch nur eine Sekunde glaubte, dass der Kronrat dem zustimmen würde. Trianal scheint nach allem, was ich über ihn gehört habe, ein liebenswürdiger Bursche zu sein. Was Ihr eben sagtet, bestätigt das noch.«

Er dachte weiter nach. Wie er Darnas gesagt hatte, hätten nicht einmal Tellians Vertraute im Kronrat eine Ehe zwischen Trianal und Leeana hingenommen. Falls jedoch Leeana etwas zustieß, und – bei den Göttern! – Unfälle und Krankheiten scherten sich nicht um Rang und Namen, so könnte Tellian Trianal sehr wohl als Thronfolger einsetzen. Damit hielt er sich durchaus an die Gesetze und tradierten Sitten. Und auch ein nur adoptierter Thronfolger, den aber Tellians Vasallen respektierten, konnte sich zu einem Ehrfurcht gebietenden Gegner entwickeln. Vor allem, wenn Tellian selbst noch zehn oder zwanzig Jahre blieben, um ihn gründlich einzuarbeiten.

»Ihr habt erst kürzlich mit Lord Saratic und Lord Garthan gesprochen«, sagte er schließlich. »Wie bereit sind sie, Eurer Meinung nach, diese Eskalation zu verschärfen?«

»Ihr meint: über das hinaus, was Ihr mit ihnen besprochen habt, Milord? Oder über das hinaus, worüber wir eben geredet haben?«

»Über das Maß hinaus, über das wir beide gesprochen haben«, antwortete Cassan.

»Ich glaube, Milord, Garthan hat Bedenken, starke Bedenken sogar. Ich will nicht lange drum herumreden. Garthan ist nicht nur erheblich klüger als Saratic, sondern er macht auch nur bei diesen Plänen mit, solange er seine eigene Position dadurch stärken kann. Saratic dagegen …« Darnas schüttelte den Kopf. »Dieser Mann wird innerlich von Hass zerfressen. Er will Festians Tod, und noch sehnlicher wünscht er, ›Prinz

Bahzell‹ zu erledigen. In Wahrheit wäre er nicht im Geringsten darüber empört, ganz gleich, was er in der Öffentlichkeit sagt, hätte ich Gelegenheit für diese kleine … Bogenschützenübung gehabt, über die wir schon gesprochen haben. Da Tellian jedoch nicht zur Hand ist, und folglich auch keinen Unfall erleiden kann, so ist Saratic meiner Ansicht nach mehr als bereit, das Risiko einzugehen, stattdessen den jungen Trianal umzubringen.«

»Bereit genug, einige seiner eigenen Untergebenen für ›Überfälle‹ auf Festians Herden und Bauernhöfe abzustellen?«

»Wenn es die richtigen Männer sind, Milord, dann schon. Es müssten eben Männer sein, denen er zutrauen kann, dass sie fähig sind und loyal und verschwiegen … ja, ich glaube, dann würde er es riskieren.«

»Und Dathian?«

»Bei ihm bin ich mir nicht so sicher, Milord«, gestand Darnas. Er bewies erneut, dass er ehrlich zugeben konnte, wenn er etwas nicht wusste – was ihn für Cassan so wertvoll machte. »Ich habe niemals selbst mit Lord Dathian gesprochen, und ich kann nicht behaupten, dass ich ihn auch nur entfernt kenne. Mir bleibt nur, Vermutungen zu äußern, Milord. Ich würde meinen, er hasse Festian genug, um zuzulassen, dass jemand anders von seinem Besitz aus einen Angriff auf diesen führt oder sogar gezielt gegen Trianal vorgeht. Er wird dafür jedoch nicht seine eigenen Männer zur Verfügung stellen, doch würde er den Männern eines anderen gewiss Führer durch die Moore an die Seite stellen.« Der Spion zuckte die Achseln. »Wie gesagt, das ist nur eine Vermutung, Milord. Ich möchte nicht verantworten, dass Ihr Eure Pläne auf etwas so Unbestimmtes stützt.«

»Verstehe.« Cassan nickte und wünschte sich, er hätte noch zwei oder drei Männer wie Darnas, die sein Urteilsvermögen und seine Fähigkeiten besaßen, vor allem aber seine ehrliche Loyalität. Und denen er so vertrauen konnte, wie er Darnas vertraute. Leider verfügte er nicht über diese Männer.

»Wohlan«, sagte er schließlich. »Ruht Euch aus. Bedauerlicherweise muss ich Euch morgen in aller Frühe wieder losschicken. Ich gebe Euch einen Brief an Saratic in unserer Geheimschrift mit. Die wichtigeren Nachrichten jedoch reisen in Eurem Gehirn, nicht auf Papier.«

»Verstehe, Milord.« Jetzt nickte Darnas.

»Gut. Und noch eines, Darnas.«

»Milord?«

»Vergesst ja nicht, Euren Bogen und Eure Arbalest mitzunehmen.«

2

Garlahna hatte wirklich ein Talent für treffende Beschreibungen, fand Leeana.

Ihr erster Tag bei den Kriegsbräuten war tatsächlich »viel schlimmer« verlaufen, als es sich nach Erlis' Schilderung angehört hatte.

Allein diesen Gedanken zu fassen, kostete sie fast die letzte Kraft, die sie besaß, als sie sich aus der Küche schleppte. Die Sonne war schon vor einer Weile untergegangen, und Leeana war seit mindestens einer Stunde vor Tagesanbruch auf den Beinen. In dieser Zeit hatte sie sich kaum mehr als fünf Minuten am Stück ausruhen können. Außer vielleicht bei Lanitha. Doch es fühlte sich trotzdem nicht so an.

Der gestrige Tag war schon schlimm gewesen, aber der heutige übertraf diese Mühsal noch mit Leichtigkeit.

Garlahna hatte Leeana gestern Nachmittag in Kalatha herumgeführt, als wäre sie das neue Ausstellungsstück in einer Monstrositätenschau. Nicht dass die ältere Kriegsbraut sie etwa wie ein Monster behandelt oder sich nicht redlich darum bemüht hätte, dass Leeana sich wohl fühlte. Dennoch hatte diese recht schnell bemerkt, dass sie sich nicht etwa einbildete, von den anderen scharf beobachtet zu werden. Garlahna und sie schienen von einer Blase des Schweigens umgeben gewesen zu sein, dabei umringt von Menschen. Fast alle waren Frauen, obwohl nur knapp die Hälfte von ihnen den Chari und den Yathu der Kriegsbräute trugen. Trotzdem beobachteten sie die beiden mit beinahe einschüchternder Aufmerksamkeit.

Natürlich kannte Leeana den Grund dafür. Domina Yalith hatte das während ihres Aufnahmegesprächs sehr unmissverständlich angesprochen, obwohl die Domina dies gar nicht hätte tun müssen. Allein ihre Anwesenheit hier in Kalatha wurde als Bedrohung aufgefasst. Sie war sicher, dass ihre Eltern und die Familie, vor der sie geflohen war, ihr Verhalten den Kriegsbräuten im Allgemeinen und Kalatha im Besondern nicht vorwerfen würden, doch die anderen Bewohner von Kalatha teilten diese Zuversicht offenbar keineswegs. Sie fragten sich gewiss, ob ihre Entscheidung, hierher zu flüchten, Baron Tellians Entscheidung beeinflussen könnte, wenn es irgendwann zu einem Kräftemessen zwischen ihnen und einem seiner Vasallen käme. Und einige dieser Frauen überlegten gewiss auch, was die Tochter eines der zweifellos mächtigsten Adligen des ganzen Königreiches veranlasst haben konnte, ausgerechnet zu ihnen zu fliehen. Warum sollte sie ihren Wohlstand und ihren Rang aufgeben? Oder die Macht eines Vaters, dessen Bedeutung sie vor all den Widrigkeiten schützte, wegen denen die Kriegsbräute vor ihren Familien oder Heimen geflohen waren. Was hatte er getan, dass sie vor ihm weglief? Aus welchem Grund hasste sie ihn so sehr?

Leeana hätte sich am liebsten umgedreht und sie angeschrieen. Sie wollte ihnen zurufen, dass sie sich irrten, was das Verhalten ihres Vaters betraf, und dass sie Närrinnen waren anzunehmen, dass er ihr jemals wehtäte. Sie wollte herausschreien, dass sie Schloss Hügelwacht nicht deshalb verlassen hatte, weil sie ihre Eltern hasste, sondern weil sie die beiden so sehr liebte. Das hätte ihre Lage jedoch nur verschlimmert oder die Frauen davon überzeugt, dass sie den Verstand verloren haben musste. Also nahm sich Leeana ein Beispiel an Garlahna und tat, als würde sie all das Starren und Getuschel nicht bemerken.

Allerdings bezweifelte sie, viele täuschen zu können.

Garlahna zum Beispiel hatte sie nicht hinters Licht führen können. Ihre Mentorin hatte zwar nie auf die Blicke angespielt, aber sie nutzte jede Gelegenheit in ihrer Unterhaltung mit Leeana, um die Stimme zu erheben und einige markige und bissige Bemerkungen über kleingeistige, hinterwäldlerische Klatschblasen einzuflechten oder über Frauen, die nichts Besseres mit ihrer Zeit anzufangen wussten, als Idioten aus sich zu machen, indem sie vollkommen gewöhnliche Menschen wie Monstrositäten angafften. Wenigstens einige der Gafferinnen schienen Garlahnas nicht gerade feinsinnige Winke zu begreifen und kümmerten sich schon bald wieder um ihre eigenen Angelegenheiten. Die meisten jedoch glotzten weiter. Dennoch wusste Leeana die Bemühung ihrer Mentorin zu schätzen.

Ihr erster Zwischenhalt war die Verwaltung von Kalatha, deren Büro im Rathaus angesiedelt war. Es befand sich auf der anderen Seite des Gebäudes, in dem auch Domina Yaliths Zimmer lag. Leeana war ein wenig überrascht von der ruhigen, organisierten Wirkungskraft dieses Amtes. Eigentlich gab es keinen Grund für ihre Überraschung, offenbar hatte sie aber unbewusst mehr traditionelle Vorurteile gegen die Kriegsbräute verinnerlicht, als sie selbst vermutet hatte. Der Anblick der langen Reihen von Aktenschränken, an denen jede Schublade und jedes Fach fein säuberlich beschriftet und mit Aktenordern oder Karteikarten gefüllt war, erstaunte sie.

Baron Tellian war einer der fortschrittlichsten Männer des Hochadels der Sothôii, und er hatte erst kürzlich damit angefangen, die Übertragung der alten, umständlichen Schriftrollen, auf denen alle wichtigen Dokumente wie üblich notiert wurden, in Karteien und Aktenarchive einzuleiten. Es schien merkwürdig, dass dieser Vorschlag ausgerechnet von ihm kam, wenn man bedachte, wie viele Originaldokumente seines Geläufs auf eben diesen altmodischen Schriftrollen aus Pergament festgehalten waren. Dennoch war Tellian entschlossen, so viel wie möglich an dieser altmodischen Form der Lagerung von Aufzeichnungen und der Verwaltung zu ändern. Diese Idee stammte ursprünglich aus dem Reich der Axt, wie auch viele andere Neuerungen in der Verwaltungsorganisation. Doch Tellian hatte ihre vielfältigen Vorteile sofort erkannt.

Kalatha dagegen schien nun denselben Prozess, mit dem er gerade erst begonnen hatte, bereits vor einigen Jahren abgeschlossen zu haben. Das hätte Leeana niemals erwartet. Andererseits, so sagte sie sich, musste Kalatha auch weit weniger Schriften bewältigen, und der Verwaltungsbereich der Stadt war wesentlich kleiner als das riesige Gebiet, für das ihr Vater verantwortlich war. Zweifellos fiel es einer so kleinen Stadt viel leichter, diese Umwandlung zu vollziehen, weil sie nur eine so übersichtliche Gerichtsbarkeit umfasste.

Leeana war etwas erschreckt von der Gehässigkeit, die ihre Gedanken färbte. Der Wunsch, ihren Vater zu verteidigen, indem sie jeden verunglimpfte, der eine Aufgabe früher bewältigt hatte als er, überraschte sie. Sie schämte sich deswegen, doch als Garlahna sie der Stadtoberin Dalthys Hallafressa vorstellte, hatte Leeana dieses Gefühl bereits wieder abgeschüttelt.

»Nein, meine Arbeit erledigt nicht die Domina«, hatte ihr Dalthys barsch erklärt, bevor die überraschte Leeana überhaupt ihre Frage hatte stellen können. Dalthys war eine korpulente Frau Ende dreißig oder vielleicht Anfang vierzig. In ihr braunes Haar mischten sich bereits graue Strähnen, und sie lächelte sie müde und ein wenig amüsiert an.

»Domina Yalith hat die Ehre und das zweifelhafte Vergnügen, Kalatha regieren zu dürfen«, erklärte Dalthys. »Ich *leite* die Stadt nur. Man könnte sagen, sie ist Baron und ich bin ihr Seneschall.« Ihre braunen Augen funkelten belustigt, als sie Leeanas Miene bemerkte. »Anders gewendet: Sie fängt sich alle politischen Kopfschmerzen ein, während ich mich mit dem grauen Alltag beschäftige, die Politik Schritt für Schritt umzusetzen. Klingt das verständlich?«

»Ja, ja, Madam, das tut es.«

»Das ›Madam‹ kannst du dir sparen, Mädchen.« Dalthys runzelte leicht die Stirn. »So sprechen wir nicht miteinander, ebenso wenig wie wir uns verbeugen oder uns bei Hofknicksen die Knöchel brechen. Amtstitel, Namen oder militärische

Rangtitel der Stadtwache genügen für eine Kriegsbraut.« Sie knurrte diese Worte beinahe heraus.

»Ja, Ma …« Leeana errötete, schaffte es aber gerade noch rechtzeitig, sich zu unterbrechen. Dalthys schnaubte.

»Ich beiße dir schon nicht den Kopf ab, Leeana«, fuhr sie etwas freundlicher fort. »Die Tatsache, dass du …« – Leeana war klar, dass sie damit meinte: »Jemand mit deiner Herkunft«, obwohl Dalthys viel zu taktvoll war, dies so auszudrücken – »das Gefühl hast, wir unerwünschten Kriegsbräute verdienten, höflich angesprochen zu werden, verrät deine gute Erziehung. Ich halte es aber dennoch für besser, wenn du dir gleich von Anfang an hier in Kalatha die richtige Einstellung angewöhnst, meinst du nicht auch?«

»Ja, Stadtoberin Dalthys.«

»Gut! Ausgezeichnet! Ich merke sofort, wann ich es mit einer klugen Frau zu tun habe. Das sind nämlich alle die, die mir stets zustimmen!« Dalthys lachte leise und Leeana lächelte sie an.

»Also gut.« Dalthys schlug einen gewaltigen Lederfolianten auf und blickte stirnrunzelnd hinein. »Wir müssen dir ein Zimmer suchen.«

»Verzeiht, Stadtoberin Dalthys«, mischte sich Garlahna ein.

»Ja?« Dalthys blickte auf und musterte Garlahna scharf.

»Erlis möchte, dass Leeana für die erste Zeit ein Zimmer in meiner Nähe bekommt. Ich bin ihr als Mentorin zugewiesen, und da sie noch ihre Probezeit bestehen muss …«

Sie zuckte die Achseln und Dalthys nickte. Zunächst langsam, dann entschlossener.

»Das klingt vernünftig.« Sie blickte wieder in ihren Folianten und blätterte die Seiten langsam um. Schließlich betrachtete sie eine Tabelle mit Einträgen. »Da habe ich ein Zimmer! Es ist eigentlich ein Doppelzimmer. Aber im Augenblick ist niemand sonst dafür eingetragen. Es liegt auf demselben Flur wie dein Raum, Garlahna, drei Türen weiter. Ist das nah genug?«

»Das passt wunderbar!«, stimmte Garlahna zu, und Dalthys sah Leeana an.

»Die meisten Menschen in Kalatha leben in ihren eigenen Häusern oder mieten Wohnungen, wie in anderen Städten auch«, erklärte sie. »Aber jeder neuen Kriegsbraut wird auf Grund der Bestimmungen unserer Charta ein Jahr lang kostenloses Wohnen und Essen gewährt. Bei jemandem wie dir, Leeana, die sich in der Probezeit bei uns befindet, wird diese Periode auf anderthalb Jahre ausgedehnt. Wir versuchen auch, für unsere Bräute zu sorgen, wenn sie sich nicht selbst erhalten können, ohne eigenes Verschulden, selbstverständlich.« Sie zuckte mit den Schultern. »Jedenfalls besitzt die Stadt Schlafsäle, in denen die Bräute kostenlos wohnen können. Außerdem vermieten wir dort zu recht vernünftigen Preisen, wie ich finde, Räume an die Kriegsbräute, die diese erste kostenfreie Zeit überstanden haben. Garlahna wohnt bereits seit einigen Jahren so.«

Leeana nickte dankbar für die Erklärung, doch Dalthys lachte leise.

»Warte mit deinem Dank für das Zimmer lieber, bis du es gesehen hast«, riet ihr die Stadtoberin. »Sie sind zwar ausreichend groß, aber nicht gerade übermäßig geräumig. Dass ich dir ein Doppelzimmer gebe, das du nicht mit einer Wohngenossin teilen musst, dürfte dies wohl ein wenig ausgleichen. Aber wie ›kostenlos‹ es auch sein mag … ich kann dir versichern, dass du mehr als genug für uns arbeiten wirst, um uns diese Großzügigkeit angemessen zu vergelten.«

»Ich verstehe … Stadtoberin Dalthys.« Leeana lächelte.

Dalthys erwiderte das Lächeln. »Selbst wenn du es nicht verstanden hast, nach deiner ersten Schicht im Speisesaal wirst du es begreifen!«

Sie lachte wieder, holte den Schlüssel für Leeanas neues Zimmer und scheuchte die beiden jungen Frauen aus ihrem Büro.

Die nächste Station war das Zimmer der Hauswirtschaft.

Ermath Balcarfressa, die »Hauswirtschaftsleiterin«, ähnelte keiner einzigen Haushälterin, die Leeana je gesehen hatte. Sie glaubte auch nicht, dass Ermath in den letzten Jahren körperlich als Haushälterin gearbeitet hatte, denn ihr Titel bezeichnete einen Rang in der Verwaltung, wie auch der von Dalthys. »Hauswirtschaft« war offenbar eines der größeren städtischen Ämter in Kalatha, dem die Verantwortung für Instandhaltung, Reinigung und Dienstleistungen, einschließlich der Betreuung des Speisesaals oblag.

Es schien offenkundig, dass Ermath ihre Pflichten sehr wirksam erfüllte, doch Leeana konnte sich nicht so für sie erwärmen wie für Dalthys. Schon körperlich schien Ermath das ganze Gegenteil der Stadtoberin zu sein. Sie war erheblich älter, hatte so weißes Haar, dass es einen blendete, wenn die Sonne darauf schien, und war dürr wie eine Bohnenstange. Zudem hatte sie scharfe Gesichtszüge und eine ebenso scharfe Zunge, leider jedoch besaß sie im Gegensatz zu Dalthys so gut wie keinen Humor.

»Du bist das also«, sagte sie, als Garlahna mit Leeana in ihr Büro trat.

Leeana reagierte wohl bestürzter, als sie beabsichtigte, und Ermath lachte. Es klang jedoch mehr nach einem Keckern als einem Lachen, vor allem, wenn Leeana es mit Dalthys liebenswürdigem Kichern verglich.

»Diejenige, um die so viel Getue gemacht wird, meine ich, Mädchen!«, sagte die Hauswirtschaftsleiterin. »Bei Lillinara! Ich wüsste nicht, wann das letzte Mal so viel Aufhebens wegen einer Neuen gemacht wurde. Jedenfalls nicht, solange ich mich erinnern kann!« Sie keckerte wieder. »Das trifft diesen Mistkerl Trisu jedenfalls genau dort, wo er am lebendigsten ist. Du kannst es mir glauben!«

Leeana hatte keine Ahnung, wie sie antworten sollte, also beobachtete sie Garlahna aus dem Augenwinkel und nahm sich ein Beispiel an dem regungslosen Gesichtsausdruck ihrer Mentorin. Da sie jedoch diejenige war, die mit Ermath sprach, beziehungsweise die, der Ermath einen Vortrag hielt, nickte sie nur freundlich und antwortete so wenig wie möglich auf deren Bemerkungen und Fragen. Das Gespräch dauerte nicht sehr lange. Es kam Leeana jedoch fast wie eine Ewigkeit vor, bis sie endlich mit den erforderlichen Formularen für Bettwäsche, Handtücher und Waschlappen das Büro verließen. Sie hatten auch eine Anweisung für Kleidung für ein Jahr dabei, mit der die Stadt jede neue Kriegsbraut versorgen musste.

Wenigstens war Leeana daran gewöhnt, dass sie von Schneiderinnen und Näherinnen gemessen, gepiekst und herumgeschubst wurde. Das half ihr bei ihrem nächsten Halt, als Garlahna sie den Händen von Johlana Ermathfressa auslieferte.

Schon Johlanas Gesicht verriet, dass sie die Tochter der Hauswirtschaftsleiterin war, auch ohne ihren Kriegsbraut-Mutternamen. Sie war höchstens halb so alt wie ihre Mutter, und ihr wacher Verstand und ihre lustigen Augen milderten die scharfen Gesichtszüge erheblich. Leeana war dankbar über diesen Unterschied zwischen Mutter und Tochter, als Johlana mit ihr die Notwendigkeiten der Garderobe von Kriegsbräuten freundlich besprach. Sie kamen schnell auf Fragen wie den Monatszyklus zu sprechen, dann auf Geschlechtlichkeit, Verhütungsmöglichkeiten und auf junge Frauen, die zum ersten Mal außerhalb des Schutzes ihrer behütenden Familien leben. Dabei nahm sie geschäftig Maß an Leeana. Sie schien sich köstlich darüber zu amüsieren, dass Leeana nur wenig begeistert von der Vorstellung war, das Chari und das Yathu zu tragen. Aber sie bemitleidete Leeana auch.

»Bei Lillinara, du musst sie doch nicht die ganze Zeit anlegen, Leeana!«, schalt sie die Kriegsjungfer, wie sie die Kriegsbräute in der Probezeit nannten. »Ich weiß, ich weiß! Du findest sie skandalös, schlicht unanständig! Aber nur so lange, bis du dich an sie gewöhnt hast. Du wirst sie praktischer finden, als du dir jetzt vorstellen kannst. Und wenn du nicht übst oder schwere körperliche Arbeit leistest, brauchst du dich nicht zu ›uniformieren‹, sondern kannst tragen, was du willst. Wir liefern dir auch zwei Hosen und Hemden oder Kleider in der Farbe, die dir gefällt. Sobald du eine Möglichkeit gefunden hast, hier den einen oder anderen Kormak zu verdienen – was alle Mädchen tun, stimmt's, Garlahna? –, kannst du das Geld nach eigenem Gutdünken ausgeben. Wir mögen ja Kriegsbräute sein, aber wir sind auch Frauen. Glaub mir, es gibt sogar hier in Kalatha einen regen Markt für hübsche Kleinigkeiten!«

Garlahna nickte begeistert und Leeana lächelte. Schließlich sammelte Johlana ihre Aufzeichnungen über Leeanas Körpermaße ein.

»Du bist ziemlich dünn«, bemerkte sie. »Ein Glück, dass Charis und Yathus leicht anzupassen sind!« Sie schüttelte den Kopf. »Dein größtes Problem dürfte sein, dir das Yathu so eng zu schnüren, dass es gut sitzt, bis du es endlich richtig ausfüllst, Mädchen! Naja, wenigstens hast du keine Schwierigkeiten, das Chari auf den Hüften zu halten. Stammst wohl aus einer recht fruchtbaren Familie, was?«

Leeanas Gesicht hatte mittlerweile eine reizvolle Rotfärbung angenommen. Johlana lachte.

»Achte nicht auf mich, Leeana, das tut keine, so viel ist sicher! Und jetzt geh nur. Morgen früh habe ich etwas fertig, mit dem du Erlis unter die Augen treten kannst.«

Sie scheuchte sie mit beiden Händen weiter, Leeana und Garlahna verabschiedeten sich hastig.

Als sie Johlanas Büro verließen, stellte Leeana verblüfft fest, dass die Sonne schon untergegangen war. Doch ihre Überraschung schwand, als sie merkte, wie müde sie war. Kaeritha und sie waren den ganzen Morgen über scharf geritten, um Kalatha rechtzeitig zu erreichen. Und seit sie vom Pferd gestiegen war, hatte sie keine Sekunde Ruhe gehabt. Ganz zu schweigen von der Aufregung, die sie in den letzten zwölf Stunden durchgemacht hatte. Sie war mehr als nur »ausgelaugt« und hätte vor Erschöpfung am liebsten geweint, als ihr klar wurde, dass Garlahna und sie noch ihre Bettwäsche zu ihrem Zimmer schleppen und das Bett machen mussten, bevor sie endlich hineinfallen konnte.

Später hatte sie begriffen, dass Garlahna genau wusste, wie sie sich fühlte. Doch ihre Mentorin hatte sich nichts davon anmerken lassen. Sie marschierte zielstrebig weiter und setzte einfach voraus, dass Leeana neben ihr dahintrottete. Aus genau diesem Grund blieb dieser auch keine andere Wahl, als die Erwartungen ihrer Mentorin zu erfüllen.

Irgendwie schaffte sie es, ihr Zimmer einigermaßen bewohnbar zu machen, wenn auch mit beträchtlicher Hilfe von Garlahna. Leeana vermutete, dass eine Mentorin auch dafür da war, den Neuen zu helfen. Anschließend jedoch hatte Garlahna nicht etwa zugelassen, dass Leeana auf der dünnen, harten Matratze und der schmalsten Pritsche, die sie je gesehen hatte, einfach zusammenbrach. Stattdessen führte sie eine taumelnde, todmüde Leeana in den Speisesaal, pflanzte sie auf eine Bank und befahl einer der Küchenhelferinnen, ihr trotz der späten Stunde eine riesige Schüssel mit einer köstlicher, dicker Gemüsesuppe zu servieren. Leeana hatte in ihrem ganzen Leben noch nie etwas so Schmackhaftes gegessen. Sie wünschte sich nur, wach genug zu sein, um sich später daran erinnern zu können.

Der nächste Morgen ließ sich keinen Deut besser an.

Garlahna entpuppte sich als einer dieser entsetzlichen Menschen, die fröhlich und putzmunter sind, sobald sie die Augen aufschlagen. Leeana hatte zwar nicht geradezu eine Abneigung gegen den Morgen, war aber gewöhnlich höflich genug, der Sonne den Vortritt zu lassen, bevor sie selbst aufstand. Garlahna hatte sie jedoch eine gute Stunde vor Sonnenaufgang aus den Federn gescheucht, vielmehr aus dem Stroh, und dies ohne die höchst willkommene Tasse heißer Schokolade, die Marthya ihr gewöhnlich servierte. Dafür half sie Leeana beim Anlegen der neuen Gewänder, die eine von Johlanas Näherinnen offenbar noch in der Nacht vor Leeanas Tür abgelegt hatte.

Leeana stellte fest, dass es einen großen Unterschied machte, das Chari und das Yathu an einer anderen Frau zu sehen, oder auch nur darüber nachzudenken, wie man sich selbst darin fühlte – und sich selbst damit zu bekleiden. Falls man das überhaupt sagen konnte. Sie war fest davon überzeugt, dass ihr die Kleidungsstücke gleich vom Körper rutschen würden! Und obwohl sie von der Natur weit weniger üppig bedacht worden war als Garlahna, entsetzte es sie, wie viel Dekollete das Yathu entblößte, nachdem es eng – sehr eng – festgeschnürt worden war. Falls es entworfen wurde, um ihren Busen bei körperlicher Anstrengung zu halten, so erledigte es seine Aufgabe bemerkenswert gut. Doch sie vermutete, dass sogar die stählernen Brustplatten der Rüstungen ihres Vaters geschmeidiger waren. Und sie konnte einfach nicht begreifen, wie etwas gleichzeitig so fest sitzen und so demütigend enthüllend wirken konnte. Dem Yathu gelang jedoch beides ganz ausgezeichnet.

Nicht, dass das Chari besser gewesen wäre! Schon schlimm genug, wie viel Bein es zeigte – und sie nahm sich vor, sehr darauf zu achten, wie sie sich hinsetzte. Doch ihr war nicht klar gewesen, wie tief es auf der Hüfte saß, und die Vorstellung, der ganzen Welt ihren Bauchnabel zu präsentieren, gehörte sich für die Tochter des Barons von Balthar einfach nicht. Kaum auszudenken, wie ihre Mutter auf diesen Anblick reagieren würde …!

Außerdem war es kalt! Man hätte mir wenigstens ein paar Schuhe geben können, dachte Leeana klagend, als Garlahna sie hinaus in die windige Morgendämmerung scheuchte. Sie zitterte am ganzen Körper, während der kalte Wind an ihrer entblößten Haut nagte, doch das war nur eine kleine Unbequemlichkeit im Vergleich zu der feuchten, schlammigen und gelegentlich mit Schotter bestreuten Erde unter ihren nackten Füßen.

»Ich friere an den Füßen!«, flüsterte sie Garlahna zu.

»Hah! Nur an den Füßen?« Garlahna lachte. »Süße, ich bin Anfang des Winters nach Kalatha gekommen. Ich hab mir fast meinen süßen jungen Arsch abgefroren, ganz zu schweigen von den Regionen weiter nördlich!«

»Du *musstest* natürlich so was sagen!« Leeana stöhnte und zupfte vergeblich an dem Saum ihres Chari, als ihn ein Windstoß aufblähte. Sie war an lange Röcke oder Hosen gewöhnt, und nun küsste der kalte Wind ihre Haut an Stellen, wo sie bisher niemandem das Recht gewährt hatte, sie zu küssen. Sie wünschte sich sehnlichst, jetzt einen langen Rock oder eine Hose tragen zu können.

»Ach, hör auf zu jammern!« Garlahnas fröhliches Schnauben nahm ihren Worten die Schärfe. »Du hast bestimmt noch nicht mal Eiszapfen da unten!«

»Nein, aber sie wachsen schon. Und warum darf ich keine Schuhe tragen?« Leeana fühlte sich in diesem Augenblick zu elend, um an ihren aristokratischen Stolz zu denken.

»Alles, was dich nicht umbringt, macht dich nur härter!«, antwortete Garlahna mit einem seltsam mitfühlenden Lachen. »Jedenfalls haben sie mir das immer eingebläut! Und selbst wenn es nicht stimmt, hier geht es um eine Frage der Tradition.« Sie zuckte mit den Schultern. »Ich persönlich sehe es so, dass wir auf diese Art beweisen, wie viel härter wir sind … als Männer.«

»Ich hätte lieber warme Füße. Dafür könnten sie mich ruhig als Weichling verhöhnen!«, murmelte Leeana.

»Still!«, ermahnte Garlahna. Als Leeana hochblickte, sah sie, dass sie sich gerade vierzig oder fünfzig anderen Kriegsbräuten näherten.

Zunächst hatte sie angenommen, dass diese allmorgendlichen gymnastischen Pflichtübungen Teil derselben bizarren, selbstquälerischen Philosophie waren, die ihr auch Schuhe verweigerte. Sie konnte sich einfach nicht vorstellen, warum so viele Frauen aller Alterstufen – sie entdeckte sogar Dalthys und Johlana unter ihnen – halb nackt und barfuß lange vor Sonnenaufgang in dem eisigen Wind herumstanden. Erst nachdem sie einige Gesprächsfetzen aufgeschnappt hatte, begriff sie, dass die meisten freiwillig hier waren! Offenbar genossen sie diese »frische« gemeinsame Morgengymnastik.

In diesem Augenblick erwog Leeana ernsthaft die Möglichkeit, dass all diejenigen Recht haben könnten, die behaupteten, jede Frau, die zu den Kriegsbräuten ging, müsse verrückt sein.

Sie stand immer noch zitternd da und sah sich kläglich in dem grauen Licht um, als sich ihnen Erlis und eine andere, jüngere Kriegsbraut mit kastanienbraunem Haar mit energischen Schritten näherten. Erlis hatte eine Pfeife im Mund, auf der sie sofort mit widerlichem Eifer blies. Und so begann der vermutlich schrecklichste Morgen in Leeana Hanathafressas Leben.

Immer war sie ein sehr sportliches Mädchen gewesen. Seit sie laufen konnte war sie an jedem Tag in ihrem Leben geritten. Sie wanderte gern – und sie und ihre Zofen liebten es, schwimmen zu gehen. Allerdings waren sie immer so klug zu warten, bis das Wasser warm genug geworden war, so dass sie nicht schlagartig blau anliefen, wenn sie hineinsprangen. Nur an Leibesübungen aus Selbstzweck war Leeana nie sonderlich interessiert gewesen. Für sie war körperliche Erschöpfung immer ein Mittel, um von einem Ort zu einem anderen zu gelangen. Oder der Preis, wenn sie etwas tat, das sie genoss.

Erlis entsprang offensichtlich einer vollkommen anderen Tradition. Es war das erste Mal, dass Leeana es mit einer sorgfältig abgestimmten Gymnastik zu tun bekam. Und sie hasste es. Nicht nur, weil ihr kalt war, sie sich elend fühlte und Hunger bekam. Leeana war daran gewöhnt, das, was sie tat, auch gut zu machen. Sie kannte das Gefühl, sich ungeschickt oder unfähig zu verhalten, überhaupt nicht. Aber genau das empfand sie, als sie versuchte, die Bewegungen der Kriegsbräute um sie herum nachzuahmen.

Die Leibesübungen dauerten fast eine Ewigkeit, so schien es ihr, dabei war es nur gerade lange genug, um Leeana auf eine weitere, demütigende Erfahrung einzustimmen. Wenigstens hatten die Übungen sie aufgewärmt und ihre Muskeln geschmeidig werden lassen. Das war ihr Glück, denn Erlis und die Frau mit dem kastanienbraunen Haar, Ravlahn Thregafressa, ihre Stellvertreterin, nahmen sich anschließend Leeana vor, um ihre »allgemeinen körperlichen Fähigkeiten« gründlich einzuschätzen.

Als sich diese Prüfung – endlich – dem Ende näherte, war Leeana davon überzeugt, dass sie keinerlei »körperliche Fähigkeiten« besaß. Sie hatte ihr Bestes gegeben, und wenigstens hatten ihre Prüferinnen ihr ernst und vorurteilsfrei zugesehen, als sie sich mühte, deren Anforderungen zu erfüllen. Es war Leeana dabei jedoch vollkommen klar geworden, dass ihr Leben als jugendliche Aristokratin sie bedauerlicherweise nur sehr schlecht auf die körperlichen Fertigkeiten vorbereitet hatte, die von einer Kriegsbraut verlangt wurden. Die einzige Disziplin, in der sie annährend zu genügen schien, waren die Schnellläufe gewesen, zu denen die beiden Frauen sie aufgefordert hatten. Vermutlich hatte sie auch einigermaßen erträglich beim Langlauf abgeschnitten, aber das war auch schon das Beste, was sie von sich sagen konnte.

Immerhin entließen die beiden Frauen Leeana am Ende und erlaubten ihr, unter Garlahnas Fittiche zurückzustolpern. Sie humpelte auf ihren wunden, nackten Füßen zum Speisesaal, um zu frühstücken. In Balthar hätte Leeana nun üblicherweise eine heiße Schokolade oder einen Tee getrunken, ein Croissant mit Butter und Honig gegessen, oder vielleicht auch zwei, und dazu ein paar Früchte, je nach Jahreszeit. Hier in Kalatha jedoch schlang sie bereits die dritte große Schale Haferbrei – mit Honig gesüßt – hinunter und fragte sich dann, ob sie wohl noch einen ordentlichen Nachschlag bekommen konnte. Zu ihrer Verwunderung fühlte sie sich fast wieder wie ein Mensch, als sie damit fertig war.

Doch ihre Erleichterung währte nur kurz. Man hatte ihr eine halbe Stunde für das Frühstück gegeben. Auf die Minute genau schleppte Garlahna, diese Verräterin, die Leeana für ihre Freundin gehalten hatte, sie zu Hundert Ravlahn in die Ausbildungshalle. Der einzige Segen war, dass außer Garlahna und Ravlahn niemand da war, der Zeuge ihres erneuten Versagens werden konnte.

Es war nicht ihre Schuld, das war ihr klar. Sie hatte nie mit einem Bogen geübt, obwohl sie ausgezeichnet mit den leichten Armbrüsten umgehen konnte, mit der die adligen Frauen der Sothôii Vögel und kleines Wild jagten. Wie radikal auch Tellian Bogenmeister sein mochte, er wäre niemals auf die Idee gekommen, seine Tochter im Schwertkampf zu unterrichten oder ihr gar beizubringen, wie man am wirkungsvollsten jemandem mit einem Dolch den Bauch aufschlitzen und die Eingeweide ausnehmen konnte. Zudem hätte er seinem einzigen Kind niemals die eher zweifelhafte Kunst gezeigt, wie man eine Garotte benutzt und ein Wurfmesser oder Wurfsterne mit tödlicher Treffsicherheit schleudert.

Ihre Fähigkeiten im Nahkampf mit der bloßen Hand waren noch rudimentärer, um nicht zu sagen lächerlicher, als ihr ungeschickter Umgang mit den hölzernen Waffen, die Ravlahn ihr gegeben hatte. Das Einzige, was Leeana am Ende dieser zweieinhalb grausigen Stunden mit einem gewissen verzweifelten Stolz von sich behaupten konnte, war, dass sie nie aufgegeben und es immer weiter versucht hatte. Selbst wenn ihre Versuche nur gezeigt hatten, dass sie für einen anderen Menschen in etwa so gefährlich war wie ein neugeborenes Kätzchen, sie hatte sich doch wenigstens bemüht. Und als Beleg dafür, so dachte sie kläglich, kann ich jede Menge blauer Flecken, eine blutige Nase und eine aufgeplatzte Lippe vorweisen. Na wunderbar!

Als es Zeit fürs Mittagessen wurde, humpelte sie zum Speisesaal, eskortiert von Garlahna. Sie brauchte das Mittagessen genauso dringend wie das Frühstück, und nach der dritten Portion von Butterkartoffeln, gebackenen Bohnen und gebratenem Hühnchen spielte sie sehnsüchtig mit dem Gedanken, ob sie es wohl wagen konnte, um einen vierten Nachschlag an

Kartoffeln zu bitten. In diesem Augenblick trat eine junge Frau in einem schlichten grauen Kleid zu Garlahna und ihr an den langen Tisch.

»Leeana?«

»Ja?« Leeana sah misstrauisch von ihrem fast leeren Teller auf, den Löffel in der Hand. Der Ausdruck auf ihrem Gesicht brachte ihr ein Lächeln der anderen Frau ein.

»Ich bin Lanitha!«, erklärte sie.

»Oh.« Leeana senkte den Löffel. »Die Archivarin?«

»So kann man es sagen«, erwiderte Lanitha zustimmend. »Ich bevorzuge zwar die Bezeichnung ›Bibliothekarin‹, nehme aber an, dass der Ausdruck Archivarin meine Pflichten besser bezeichnet, zurzeit jedenfalls.« Sie verzog das Gesicht. »Außerdem bin ich die Leiterin unserer Schule hier in Kalatha.«

»Oh.« Leeana bemerkte etwas spät, dass sie alles andere als begeistert geklungen hatte.

»Wie ich sehe, hattest du einen … interessanten Tag«, bemerkte Lanitha. Ihre Stimme bebte merkwürdig, aber sie verkniff sich ein Lächeln. »Ich will versuchen, es dir nicht noch schwerer zu machen als unbedingt nötig. Aber ich muss deinen Wissensstand einschätzen.«

Leeana hätte sie fast gefragt, warum, schluckte die Frage aber gerade noch rechtzeitig herunter. Vermutlich würde sie die Antwort bald erfahren, und wahrscheinlich schneller, als ihr lieb war.

»Wenn du zu Ende gegessen hast«, Lanithas Ton ließ trotz seiner Höflichkeit keinen Zweifel daran, dass Leeana in diesem Augenblick zu Ende gegessen hatte!, »könntest du mich vielleicht begleiten, zusammen mit Garlahna natürlich. Es wird nicht länger als zwei oder drei Stunden dauern.«

»Selbstverständlich«, antwortete Leeana beinahe ohne zu murren. Sie legte den Löffel auf den Tisch, streichelte ihn noch einmal bedauernd und folgte in Begleitung von Garlahna Lanitha aus dem Speisesaal.

Lanitha lag fast richtig. Sie hatte sich in der Zeit, die sie benötigten, nur um eine Stunde geirrt. Doch am Ende dieser Prüfung war Leeana geistig ebenso erschöpft wie körperlich. Diesmal jedoch war sie wenigstens davon überzeugt, sich gut gehalten zu haben. Ihr Vater mochte vielleicht keinen Grund gesehen haben, warum er ihr beibringen sollte, ihren Feinden den Kopf abzuschlagen, aber er und ihre Mutter hatten beide ihre geistige Neugier gefördert und ermuntert, ganz im Gegensatz zu den anderen Adligen, die solche Fähigkeiten bei Töchtern für höchst unwillkommen hielten. Leeana sprach sechs Sprachen, vier davon fließend, und konnte zwei weitere lesen und schreiben. Sie hatte eine gründliche Ausbildung in Geographie, Geschichte und Literatur genossen, und außerdem höchst praktische Kenntnisse in Politik, jedenfalls in der, die auf der höchsten politischen Ebene des Königreiches praktiziert wurde. Bei jemandem ihres Alters wäre das schon erstaunlich genug gewesen, erst recht beeindruckend war es darüber hinaus, weil sie auch noch ein Mädchen war.

Der Hauptgrund, warum sich Lanitha in der Zeit verschätzt hatte, war dann auch der, dass die Archivarin und Lehrerin sehr viel Interesse entwickelte, sich mit ihrem Prüfling über bestimmte Themen zu unterreden. Am Ende schickte sie Leeana zurück in den Speisesaal und kündigte Garlahna an, dass sie vorhatte, jeden Nachmittag eine oder zwei Stunden von Leeanas Zeit zu beanspruchen. Sie sollte als Hilfslehrerin an ihrer Schule arbeiten.

Hätte sich Leeana dieses Lob zu Kopf steigen lassen, wäre ihr Stolz gewiss in dem Augenblick verpufft, da sie mit Garlahna etwa zwanzig Minuten zu spät zu ihrer Küchenschicht eintraf. Die Entschuldigung, dass Lanitha sie länger geprüft hatte als geplant, besänftigte den Zorn der Chefköchin nicht merklich, und ebenso wenig, dass Leeana so gut wie keine Küchenerfahrung besaß. Das war zwar nicht gerade Leeanas Schuld, aber sie hütete sich zu erklären, dass ihr diese Fertigkeiten deswegen abgingen, weil ihre Eltern Bedienstete hatten, die sich um die niederen Arbeiten kümmerten. Leeana vermutete, dass die Köchin es nicht gerade wohlwollend aufgenommen hätte, wenn sie ihre Arbeit als einen »niederen Dienst« bezeichnete. Außerdem war Leeana der Meinung, es werde für sie Zeit, diese Fähigkeiten zu erlernen.

Ihre Bereitschaft, sich in die Arbeit zu stürzen, zwar ohne die geringste Ahnung, dafür jedoch mit viel Begeisterung, gab den Ausschlag. Vielleicht, dachte Leeana, kommt die Empfindlichkeit der Köchin ja zum Teil von ihrer Annahme, dass jemand von so vornehmer Geburt die Pflichten, die man ihr zuteilte, für unter ihrer Würde hält. Offenbar hatten einige andere Frauen aus Leeanas Schicht ähnliche Vermutungen gehegt. Doch ihr Misstrauen legte sich rasch, als sie Leeanas Bereitschaft bemerkten. Sie wurde zwar auf Grund ihres mangelnden Wissens mit Arbeiten betraut, für die kein Vorwissen nötig war, aber die meisten ihrer Arbeitskolleginnen blieben ab und zu stehen, gaben ihr einen Hinweis oder munterten sie auf.

Das half zwar, aber als das Abendessen vorbei war, die Tische abgeräumt und gesäubert, die Töpfe, Pfannen und das Geschirr abgewaschen, und die Kochutensilien für die Frühstücksköche am nächsten Morgen bereit gelegt waren, taumelte Leeana förmlich vor Ermattung.

Sie hatte ihren Ritt von Balthar nach Kalatha schon für anstrengend gehalten, was er zweifellos auch gewesen war. Doch die Erschöpfung, die sie jetzt spürte, war nicht einmal mit der zu vergleichen, die sie nach ihrer ersten fürchterlichen und schlaflosen Nacht im Regen empfunden hatte. Leeana war sich vollkommen sicher, in ihrem ganzen Leben noch nie so müde gewesen zu sein.

Sie stolperte aus dem Speisesaal zu ihrem Schlafraum und blieb taumelnd stehen, als sie merkte, dass jemand vor ihr stand. Es kostete sie einen Augenblick, die Person im Licht der Laternen über dem Eingang des Saals zu erkennen. Sofort straffte sie ihren schmerzenden Rücken und richtete sich vor Domina Yalith auf.

»Ich will dich nicht lange aufhalten, Leeana«, sagte die Domina. Sie lächelte, ihre Worte klangen mitfühlend und verständnisvoll. »Ich weiß, dass du jetzt nur noch ins Bett fallen und dort liegen bleiben möchtest, solange wir dich lassen. Es ist wohl nur ein schwacher Trost, aber so ziemlich jede Kriegsbraut hat das durchgemacht, und die meisten von uns haben diese Erfahrung überlebt, wie du siehst.

Ich wollte dir nur drei Dinge mitteilen, bevor du auf deiner Pritsche zusammenklappst.

Erstens vermute ich stark, dass du der Meinung bist, du hättest vollkommen versagt, als Erlis und Ravlahn dich heute Morgen prüften. Nun, das hast du mitnichten.« Leeana blinzelte müde und ungläubig, Yalith aber lächelte erneut. »Ich will nicht gerade behaupten, dass du sie mit deinen unglaublichen Fähigkeiten begeistert hättest. Aber angesichts der Tatsache, dass du überhaupt keine Ausbildung genossen hast, hast du dich gut gehalten. Beide, Erlis und Ravlahn, glauben, dass du eine bemerkenswerte angeborene Fähigkeit besitzt, die sie fördern können. Jedenfalls sind sie fest davon überzeugt.

Zweitens war Lanitha höchst beeindruckt, sowohl von deinen natürlichen Geistesgaben als auch von dem Wissen, das du bereits besitzt. Es gibt zwar ein paar Wissensbereiche, die du noch vertiefen kannst, insgesamt gesehen aber bist du bereits sehr qualifiziert, was dein Wissen betrifft, sogar um unsere Lehrerinnen zu unterrichten. Lass dir das jedoch lieber nicht zu Kopf steigen, Liebes«, setzte die Domina mit einem leisen Lachen hinzu.

»Drittens«, fuhr sie kurz darauf in einer deutlich veränderten Tonlage fort, »ist gestern etwas vorgefallen, das meines Wissens nach noch nie zuvor passiert ist. Baron Tellian«, selbst jetzt brachte sie es nicht über sich, »dein Vater« zu sagen, »hat etwas für dich dagelassen.«

Leeana sah die Domina an.

»Das Besitzrecht über dein Pferd, Leeana«, fuhr Yalith ruhig fort.

Leeana blinzelte, da sie nicht sofort begriff, doch dann tat ihr Herz einen Satz und auf ihrem ausgelaugten Gesicht zeichnete sich ungläubige Freude ab.

»Es ist ein wahrlich fürstliches Geschenk«, meinte die Domina. »Ehrlich gesagt war ich versucht, es abzulehnen. Denn noch nie hat eine Kriegsbraut in Kalatha ein Pferd geritten, das auch nur annährend so edel ist wie dieses. Geschweige denn, dass jemand ein solches Tier je besessen hätte. Dieses Geschenk, das er dir gemacht hat, Leeana, bietet jedoch reichlichen Anlass für Neid und Groll. Ich möchte, dass dir dies klar ist. Dass ich es am Ende nicht zurückgewiesen habe, hat zwei Gründe. Erstens – und das halte ich für den wichtigeren Grund – hatte ich keine rechtliche Handhabe, ein solches Geschenk im Namen von jemand anderem auszuschlagen. Und ich bin nicht bereit, deswegen die Gesetze zu umgehen. Der zweite Grund ist, dass sich Dame Kaeritha sehr nachdrücklich für dich eingesetzt hat. Es spricht für jemanden, wenn ein Paladin des Tomanâk so stark für sie argumentiert, und ich glaube, ich kenne Dame Kaeritha mittlerweile gut genug. So sehr sie dich auch schätzen mag, sie hätte deinen Fall niemals so vehement vertreten, wenn sie nicht glauben würde, du hättest es wirklich verdient.«

»Oh, danke. Ich danke Euch, Domina Yalith!«, flüsterte Leeana, während ihr die Tränen in die Augen stiegen.

»Ich habe nichts getan«, antwortete Yalith. »Und vergiss nicht, dass dir daraus eine Menge Probleme erwachsen werden. Selbst wenn du das Glück haben solltest, dass dir niemand in Kalatha dieses Geschenk neidet, was ich keinen Augenblick annehme. Baron Tellian hat dir außerdem ausreichende Geldmittel dagelassen, damit du mindestens einige Monate lang das Futter für das Pferd zahlen kannst. Er hat dir jedoch – auf Dame Kaerithas Drängen hin, möchte ich hinzufügen – kein Geld für die Unterbringung des Pferdes gegeben. Das heißt, du musst dir etwas ausdenken, wie du für diese Kosten selbst aufkommen kannst.«

Leeana sah sie abwartend an, Yalith aber zuckte die Achseln.

»Dame Kaeritha war dabei, als ich mir über die möglichen schlimmen Folgen dieses Geschenks Sorgen gemacht habe. Sie sagte ganz richtig, dass es den unvermeidlichen Neid und Groll auf lange Sicht zerstreuen würde, wenn du schwerer und länger als alle anderen in Kalatha arbeiten musst, um das Pferd behalten zu können. Außerdem denke ich mir, dass du auf diese Weise das Geschenk des Barons noch höher schätzen wirst.«

Sie verstummte und musterte gleichmütig Leeanas Gesicht.

»Verstehst du das alles, Leeana?«

»Ja, Domina Yalith. Ich verstehe«, antwortete das junge Mädchen, in dessen jadegrünen Augen immer noch Freudentränen glänzten.

»Das glaube ich auch.« Die Domina nickte – und damit war das Gespräch beendet. Sie wandte sich um, blieb dann jedoch stehen und sah über die Schulter zurück.

»Weißt du«, sagte sie, »ich bin nicht sicher, ob ich selbst gern ein solches Lob bekommen hätte, aber du solltest Dame Kaerithas Beharren darauf, dass du dir die Stallkosten selbst verdienen musst, als ein sehr großes Kompliment betrachten, Leeana.«

Leeana sah sie verwirrt an, was Yalith mit einem amüsierten Lachen quittierte.

»Natürlich ist es ein Kompliment! Sie hätte nicht darauf bestanden, dass du das Pferd behältst, wenn sie nicht der Meinung gewesen wäre, dass du es verdient hättest. Und offenbar scheint sie sehr großes Vertrauen in dich zu setzen. Eine andere Erklärung gibt es nicht! Denn sonst hätte sie niemals billigend in Kauf genommen, dass du viel mehr als alle anderen dafür arbeiten musst.«

Sie lächelte.

»Gute Nacht, Leeana. Jetzt geh schlafen … Du wirst die Erholung brauchen.«

3

Sir Kelthys Lanzenträger setzte sich gemütlich in den Sattel, als ihn Walasfros stetiger, unerbittlicher Galopp über die letzte Anhöhe trug, auf deren Grat sie anhielten. Endlich lag das Herrenhaus der Warmen Quellen vor ihnen. Die Sonne war gerade über dem östlichen Horizont aufgegangen und schaute über den gewaltigen Grab-Der-Hoffnung-Gletscher weit oben im Norden. Über den Feldern und Weiden lag der Morgendunst wie blauer Nebel, und der weiße Dampf der Quellen, von der das Gut seinen Namen hatte, stieg in regungslosen, silbrigen Wolken empor.

Walasfro stand für einen Augenblick reglos da, den mächtigen Schädel erhoben, und atmete schwer. Nicht einmal ein Windrenner konnte das Tempo durchhalten, das er angeschlagen hatte, ohne allmählich müde zu werden. Kelthys spürte die Erschöpfung seines Hengstes so wie seine eigene – und vermutete, dass er sogar erheblich müder war als der Windrenner, obwohl Walasfro letztlich die ganze Arbeit getan hatte. Im Gegensatz zu Walasfro hatte bei Kelthys' Vorfahren allerdings keiner eine magische Veredelung vorgenommen. Er war nur ein ganz gewöhnlicher Sterblicher. Dass er als Windreiter auserkoren worden war, änderte daran nichts, und sein ganzer Körper schmerzte nach diesem langen, erschöpfenden Ritt, als wäre er mit Knüppeln ordentlich durchgeprügelt worden. Sie hatten mehr als fünfzig Werst zurückgelegt, seit sie diese schreckliche Nachricht von Bahzell und Sir Jahlahan erhalten hatten, nicht eingerechnet der sechzig Meilen lange Umweg, den sie gemacht hatten, um diese Nachricht an das Gestüt am Bärenfluss weiterzugeben. Kelthys hatte diese Verzögerung zwar nur widerwillig in Kauf genommen, hätte es sich aber nie verziehen, wäre er nicht dorthin geritten. Denn er wusste, dass die Windrennerherde vom Bärenfluss ihre Winterweiden erst Anfang der Woche verlassen hatte. Und nur ein anderer Windrenner wie Walasfro vermochte den Leithengst der Bärenfluss-Herde auf der endlosen Ebene des Windes aufzuspüren und ihn zu warnen.

Außerdem – Kelthys blickte über die Schulter zurück zu den vierzehn reiterlosen Hengsten, die hinter ihm und Walasfro standen, ihre Nüstern blähten und ihre Köpfe in die Höhe schleuderten – war ihre Verstärkung höchst willkommen. Jedenfalls hoffte er das.

Fast die Hälfte der erwachsenen Hengste des Bärenflusses hatten beschlossen, sie zu den Warmen Quellen zu begleiten. Das schloss sämtliche Junggesellen der Herde ein. Kelthys hatte nichts anderes erwartet, und unter gewöhnlichen Umständen wäre diese mächtige Verstärkung unbezahlbar gewesen. Aber auch wenn Bahzell und Jahlahan in ihrer Nachricht die Einzelheiten nur skizziert hatten, so wurde daraus doch ersichtlich, dass die Herde der Warmen Quellen diesem geheimnisvollen Angreifer nicht hatte widerstehen können. Was bedeutete: er und Walasfro setzten die anderen Windrenner möglicherweise einer Gefahr aus, der sie nicht begegnen konnten. Keltyhs vermochte sich zwar solch eine Bedrohung nicht einmal annähernd vorzustellen, aber was bereits geschehen war, schien ein ausreichender und zudem düsterer Beweis dafür zu sein, dass sie existierte.

Dennoch hätte er niemals rechtfertigen können, ihnen die Entscheidung zu verwehren, sich dieser Gefahr stellen zu können. Das gehörte dazu, wenn man ein Windreiter war. Kein Windrenner hatte jemals einer Gerte oder Sporen gehorcht, und es gab auch keine Zügel an dem Schmuckhalfter, das Walasfro trug. Windrenner entschieden, wohin sie gingen und wann sie das taten. Denjenigen, die das Vorrecht genossen, ihr Leben mit ihnen zu teilen, blieb keine andere Wahl als zu akzeptieren, dass ihre Windrenner dasselbe Recht hatten wie jeder Mensch, sich die Gefahren auszusuchen, mit denen sie es aufnehmen wollten. Und dass sie selbst entschieden, welche Opfer zu bringen sie bereit waren.

Kelthys war seit über zwanzig Jahren Windreiter. Es gab Zeiten, so wie heute, da er es noch immer nicht fassen konnte, dass er jemals Walasfros Brüderlichkeit und Liebe gewonnen hatte. Es war nicht einmal jedem gegeben, das wusste er, nur dieses feurige, erhabene Gefühl zu erleben, das es auslöste, auf dem Rücken eines Kriegsrosses der Sothôii über die weiten Steppen zu galoppieren. Zu fühlen, wie diese mächtigen Muskeln unter einem arbeiteten, den Wind zu spüren, der einem ins Gesicht peitschte, und die Eleganz der vier Hufe zu sehen, wenn sie alle gleichzeitig vom Boden abhoben. Zu bemerken, wie seine eigenen Muskeln mit dieser Bewegung verschmolzen und sich zu diesem wilden, begeisternden Tanz verwoben. Zu wissen, dass man über das Gesicht von Toragans Eigenem Reich fegte, mit einer Geschwindigkeit, in der man mindestens dreißig Meilen pro Stunde zurücklegte, oder sogar mehr.

Es waren diese magischen Momente, wenn Mensch und Pferd miteinander verschmolzen, wenn sie zu einem rasenden Wesen wurden, das den Charakter der Sothôii wahrhaft geformt hatte. Das war der Grund für ihre Selbstzufriedenheit, ihr Vertrauen in ihre eigenen Fähigkeiten, oder, wie man es auch ausdrücken könnte, ihren Hochmut. Denn die Sothôii wussten ohne den leisesten Zweifel, dass es in der ganzen Welt keine bessere, tödlichere Kavallerie gab. Und in den Augenblicken, in denen die Hufe ihrer Rösser die Erde selbst verschmähten, erlebten sie eine Freiheit und einen Rausch, der fast wie der Hauch von Göttlichkeit schmeckte.

Doch selbst diejenigen, die damit gesegnet waren, die Fähigkeiten eines der überlegenen Kriegsrösser der Ebene des Windes zu erleben, konnten sich nur vorstellen, und dies auch nur schwach, wie glorreich es war, den Wind selbst satteln zu dürfen. Zu fühlen, wie mehr als anderthalb Tonnen Muskeln,

Knochen und wilder, unzähmbarer Geist unter einem dahindonnerte. Sie konnten nur davon träumen zu erleben, dass nicht einmal ein Kriegsross diese herrlichen, vierbeinigen Wesen einholen konnte, die sich die Menschen als Brüder auserkoren. Oder diese wilde, berauschende Erhabenheit nicht nur für die kurze Spanne zu erleben, die ein Kriegsross diese Geschwindigkeit durchhielt, sondern wahrhaftig stundenlang ohne Pause. Selbst diese Auserwählten konnten nicht einmal erahnen, wie es war, die Gedanken eines anderen, beseelten Lebewesens zu berühren und ohne auch nur den Schatten eines Zweifels zu kennen, dass diese Kreatur neben einem sterben würde, ihren Reiter beschützen würde, wie dieser umgekehrt seinen Windbruder verteidigte.

Kein Lebewesen, das aus der Natur geboren war, hätte solch ungeheuere Fähigkeiten haben können. Die Windrenner aber besaßen sie, und höchstens einer von zehn Windrennern verbrüderte sich je mit einem menschlichen Reiter. Diese Windreiter bildeten die Elite der Kavallerie der Sothôii. Reiter und Pferd, die wahrhaft zu einem einzigen Wesen verschmolzen und schneller, klüger, mächtiger und unendlich viel gefährlicher waren, als es ein einfacher Kavallerist je sein würde.

Das war der Grund, warum die Windrenner und die Sothôii in einer beinahe unmittelbaren Partnerschaft miteinander lebten. Nur ein winziger Teil der Sothôii würde jemals auf einem Windrenner sitzen, alle Sothôii aber empfanden dieselbe Ehrfurcht, die diese Windrenner in jedem auslösten, der sie sah. Auf eine Art, die kein anderes Volk in Norfressa jemals verstehen würde, waren die Windrenner ebenso Einwohner des Königreiches der Sothôii wie jeder Mensch. Sie lebten auf demselben Land und verteidigten dieses Land gegen dieselben Feinde. Und sie starben mit ihren auserwählten Reitern, um es zu beschützen. Im Austausch für die menschlichen Hände, die bewerkstelligen konnten, wozu sie nicht in der Lage waren, boten sie ihre unvergleichliche Geschwindigkeit,

Stärke und Ausdauer für den Dienst an ihrem gemeinsamen Heimatland.

Deshalb erfüllte das, was den Windrennern der Warmen Quellen zugestoßen war, das Blut jedes Sothôii mit eisiger Furcht … und sein Herz mit glühender Wut. Niemand, wirklich niemand, kein Sterblicher, kein Dämon, ja nicht einmal ein Dunkler Gott durfte eine solche Gräueltat begehen und ungestraft davonkommen. Und wenn schon Kelthys dies so empfand, welche Wut musste dann erst die Windrenner des Bärenflusses erfüllen, und … welche Furcht? Deshalb hatte er es ihnen mitteilen müssen. Und genau aus diesem Grund hielt in diesem seltenen Augenblick Sir Kelthys Lanzenträgers Freude über die rasende Majestät seines Windrenner-Bruders der bösen Vorahnung und unverhüllten Angst in ihm die Waage.

Glaubst du, wir sind rechtzeitig gekommen?

Die Frage, die Sir Kelthys in seinem Kopf hörte, klang ein wenig klagend, fast schuldbewusst und, trotz der ungeheueren Geschwindigkeit, mit er sie den Wind selbst überholt hatten, mit Furcht gewürzt. Nur Windrenner, die ein Band eingegangen waren, vermochten Gedanken in Worte zu fassen, und dies auch nur mit ihren auserkorenen Reitern. Doch die Stimmen ihres Geistes waren ebenso ausdrucksvoll und facettenreich wie die Sprache eines Menschen.

»Da bist du genauso schlau wie ich«, antwortete Kelthys, während sich Walasfro wieder in Bewegung setzte. Diesmal nicht im vollen, sondern in einem gemäßigten Galopp, der dennoch schneller war als selbst der halsbrecherischste Galopp aller anderen Pferde. Die Hengste vom Bärenfluss folgten ihm auf dem Huf. »Aber sollten wir nicht rechtzeitig gekommen sein, so ist es nicht deine Schuld, mein Herz.«

Er wusste, dass ihn nicht einmal ein Windrenner bei dem Donnern der Hufe und dem Heulen des Windes hätte hören können, aber er sprach fast immer laut mit Walasfro, obwohl das nicht nötig war.

Sie hätten nicht ohne einen Windbruder aufbrechen sollen. Was hat sich der Leithengst nur dabei gedacht?

Kelthys wusste, dass diese Frage nicht beantwortet zu werden brauchte. Und er spürte auch die Angst, die sie färbte. Deshalb antwortete er auch nicht.

Tellian oder Hathan hätten kommen sollen. Sie sind winderkoren, und Dathgar und Gayrhalan hätten sie *längst herbringen können. Außerdem hätten* sie *auch gewusst, was zu tun ist, wenn sie erst hier gewesen wären.* Der Hengst verbiss sich in seine Ängste wie ein Hund in seinen Knochen, und Kelthys nahm in dieser fragenden Beharrlichkeit eine Vorsicht wahr, die schon fast an Misstrauen grenzte. Der Windrenner hatte ebenso viele Beweise für Bahzells Rang als Paladin gesehen wie Kelthys selbst. Doch dem Tier fiel es noch schwerer, die Tatsache hinzunehmen, dass Bahzell ein Hradani-Paladin des Tomanâk war.

»Sie waren aber nicht da«, erwiderte Kelthys entschlossen. »Du weißt genauso gut wie ich, Walasfro, dass wir von Glück sprechen können, dass für sie ein Paladin des Tomanâk eingesprungen ist.«

Ein Hradani-Paladin, erwiderte Walasfro.

»Ein Paladin«, wiederholte Kelthys nachdrücklich. »Wenn Tomanâk Selbst Prinz Bahzell als seinen Gefolgsmann anerkennt, sollten wir das dann nicht auch tun, was meinst du?«

Vermutlich, flüsterte Walasfro in Kelthys Gehirn, und der Windreiter seufzte.

In der Sprache der Sothôii, die am unverfälschtesten von allen Sprachen Norfressas von dem uralten Kontovarisch abstammte, bedeutete Walasfros Name »Sohn der Schlacht«. Er war ihm von seinem Leithengst verliehen worden, als Walasfro ein zweijähriger Junghengst gewesen war. Wie die meisten Namen, die die Leithengste verliehen, enthielt er eine scharfe Einsicht in die Persönlichkeit seines Trägers. In diesem Fall erstreckte sich dies nicht nur auf das Schlachtfeld. Nicht einmal wenn ein Gott für den Charakter eines Hradani bürgte, konnte das die Meinung des Windrenners ändern. Jedenfalls nicht ganz.

»Ich bin sicher, er wird tun, was jeder Paladin des Tomanâk täte, sobald er hier eintrifft«, sagte Kelthys jetzt und sah zu, wie die Gebäude der Warmen Quellen größer wurden, während sich Walasfro ihnen mit donnernden Hufen näherte.

Lord Edinghas' steinernes Herrenhaus stand auf einem künstlichen Erdhügel, der von einem befestigten Erdwall umgeben war, welcher auch die wichtigeren Außengebäude einschloss. Er konnte zwar keiner Armee oder Belagerung standhalten, genügte aber, um Überfälle abzuwehren oder sogar einer kleineren Abteilung Militär zu trotzen, falls sie nicht über Belagerungsmaschinen verfügten. Als Sir Kelthys, Walasfro und die Hengste des Bärenflusses durch die offenen Tore stürmten, sahen sie auf den breiten, dicken Palisaden weit mehr Wachen als üblich. Natürlich hielt niemand sie auf. Als Windreiter auf einem Windrenner war man sowohl sofort zu sehen als auch augenblicklich als solcher zu erkennen.

Der kommandierende Wachoffizier sprach Kelthys nicht einmal an. Er riss sich nur den Helm vom Kopf und winkte ihm damit grüßend zu, bevor er auf die Hauptstallungen deutete. Kelthys hob grüßend den Arm und dann trabten Walasfro und er an der Spitze der anderen Hengste in die angegebene Richtung.

Ihre gemeinsam Sorge war gewachsen, je mehr sie sich dem Ende ihrer Reise näherten, und obwohl Kelthys weder mit den anderen Windrennern sprechen noch sie verstehen konnte, fühlte er den Widerhall ihrer eigenen Anspannung und Beklommenheit durch Walasfro. Als sie in den umzäunten Bereich des Gestüts einritten, verstärkte sich das Hufklappern der Hengste. Kelthys verzog den Mund zu einem bitteren Lächeln, als er hörte, wie sich diese Hufschläge ineinander mischten. Die Hengste vom Bärenfluss schlossen ihre Reihen und bildeten eine Formation wie zur Schlacht. Doch dann tauchten die

Stallungen vor ihnen auf und sie verlangsamten ihren Trab noch mehr. Die Furcht vor dem, was sie hier vorfinden mochten, ließ sie zögern.

Sie gingen im Schritt voran, vorbei an dem Ring der Bewaffneten, die die Stallungen abriegelten. Im nächsten Augenblick blieb Walasfro plötzlich stehen. Das geschah so unerwartet, dass selbst der Windrenner dabei ungeschickt aussah. Sein Reiter dagegen wurde heftig im Sattel hin und her geschleudert. Der Schädel des Windrenners zuckte hoch und er richtete die Ohren so steil auf wie Ausrufungszeichen. Das Ausmaß seiner Überraschung traf Kelthys wie ein Fausthieb.

Sieben Hengstfohlen und ein Stutfohlen standen zusammen mit vier Stuten in der Koppel des Stalles. Die Jungtiere drängten sich an die Stuten. Ihre Müdigkeit und der Nachhall des Entsetzens, das sie durchlebt hatten, ließen sie diese Nähe suchen. Alle zwölf trugen sichtbare Narben, von denen einige auf furchtbare Verletzungen hindeuteten. Aber dennoch: als Kelthys sie betrachtete, konnte er beinahe schon ihre Genesung spüren. Dann begriff er, dass er es tatsächlich fühlte, durch Walasfro. Er hatte immer gewusst, dass sein Windrenner-Bruder eine starke Persönlichkeit hatte, aber bis zu diesem Augenblick hatte er niemals ganz begriffen, wie mächtig er wirklich war. Walasfro hätte ohne weiteres Leithengst werden können, hätte er sich nicht dazu entschieden, sich mit Kelthys zu verbrüdern. Und mit eben diesem Herdensinn tastete er die vernarbten Überlebenden ab.

Eine der Stuten hob ihren Kopf und wieherte leise. Walasfro schüttelte sich fast wie ein Mensch, als er versuchte, sich von seiner Verblüffung zu erholen. Es beeindruckte natürlich weit mehr, wenn sich ein Windrenner schüttelte, aber selbst diese äußere Geste verblasste im Vergleich zu der inneren Überraschung, die Kelthys mit ihm teilte.

Er hörte die ebenfalls verblüfften Laute hinter sich, als die Hengste vom Bärenfluss etwas später begriffen, was Walasfro sofort bemerkt hatte. Bahzells und Jahlahans Nachricht hatte sie darauf vorbereitet, dass nach den Aussagen des Boten von Lord Edinghas alle Überlebenden der Warmen Quellen mit dem Tod rangen. Doch von der tödlichen Erkrankung, die Alfar Axtschneide ihnen gemeldet hatte, war an diesen Windrennern nichts zu bemerken. Die Narben verrieten, dass sie dem Tod entronnen waren, das vielleicht, mehr aber nicht. Selbst der Schatten des Grauens, das sie erleben mussten, schien irgendwie gemildert. Er war zwar nicht überwunden oder ausgelöscht, das nicht, aber er wirkte doch … verwandelt: zu einer Erinnerung, die einem zwar Angst einflößen, aber den unzähmbaren Mut, den jeder Windrenner von Geburt an sein Eigen nannte, nicht mehr lähmen oder gar zerschmettern konnte.

Wie?

Walasfro stellte Kelthys diese Frage. Es schien fast, als könnte der Hengst keinen vielschichtigeren Gedanken fassen, und dennoch enthielt dieses Wort alle Schattierungen seiner Verblüffung, seiner Freude, seiner Dankbarkeit und seines Jubels.

»Ich weiß es nicht.« Kelthys' Stimme klang fast genauso verwundert, wie Walasfros Gedanken sich anfühlten. »Ich …«

Er verstummte und drehte den Kopf in die Richtung von Walasfros Blick, als der Hengst erneut überrascht reagierte. Zwei weitere Windrenner kamen langsam aus dem Stall. Der eine war selbst für eine ausgewachsene Stute ungewöhnlich groß. Sie war brutaler zugerichtet und vernarbt als alle anderen, die Kelthys bisher gesehen hatte. Dennoch war sie die jüngere, das merkte er, als Walasfros Herdensinn sie streifte. Sie hatte ein Auge und ein Ohr verloren und trotz ihres dicken, kastanienbraunen Winterfells sah man große, weiße Narben, die von fürchterlichen Verletzungen kündeten. Offenbar versuchte sie noch immer, sich an ihre – fast – Blindheit zu gewöhnen, trug ihren übel zugerichteten Schädel aber mit demselben majestätischen Stolz, der auch in ihrem hohen Gang zu erkennen war.

Walasfros Herdensinn erkannte in dem anderen Windrenner neben ihr die älteste überlebende Stute der Herde von den Warmen Quellen. Dabei war sie nicht einmal sonderlich alt. Windrenner lebten im Unterschied zu Pferden meist etwa sechzig Jahre, dafür jedoch reiften sie etwas langsamer. Diese Stute hier konnte höchstens neunzehn Jahre alt sein.

Das unterstrich, wie vollkommen diese Herde vernichtet worden war. Der Gedanke streifte Kelthys jedoch fast beiläufig, denn etwas anderes fesselte seine Aufmerksamkeit. Er fühlte das ungläubige Staunen von Walasfro und den Hengsten vom Bärenfluss, als sie ebenfalls den vollkommen erschöpften Hradani sahen, der zwischen den beiden Windrennern taumelte. Er konnte sich kaum noch auf den Beinen halten, zwang sich jedoch dazu, sich aufzurichten, als er sie begrüßte. Kelthys fiel noch etwas anderes auf: Er sah, wie dieser Hradani seinen Arm über den Rücken des halb blinden, schrecklich zugerichteten Stutfohlens geschlungen hatte, das beschützend neben ihm ging und ihn stützte.

»Ich bin wirklich froh, Euch zu sehen, Sir Kelthys.« Bahzell Bahnaksons Stimme war nur mehr ein schwacher Abklatsch seines sonst so tiefen, mächtigen Basses.

Ich kann einfach nicht glauben, dass er nicht auf uns gewartet hat!

»Hm. Ich versuche immer noch zu begreifen, dass er und die anderen es geschafft haben, vor uns hier zu sein!« Kelthys rieb mit kräftigen, kreisförmigen Bewegungen die Bürste sorgfältig gegen den Strich von Walasfros Fell.

Die Stallknechte kümmerten sich neben ihm in der gleichen Weise um die Hengste vom Bärenfluss, und die Haare des Winterfells, das die Windrenner allmählich ablegten, wehten überall um sie herum. Es war eine tröstliche, behagliche Szenerie, aber Walasfros Unglauben fand seinen Widerhall in allen anderen Windrennern, und dieses Gefühl schwebte ebenfalls wie eine unsichtbare Wolke in der Luft.

Sie hatten noch keine Zeit gehabt, Einzelheiten zu besprechen, und das Stutfohlen, Gayrfressa, hatte darauf bestanden, den ausgelaugten Paladin schlafen zu schicken. Einer der Hengste vom Bärenfluss – gigantisch und stichelhaarig, graurot mit schwarzer Mähne und schwarzem Schweif – hatte versucht, es zur Rede zu stellen. Kelthys hatte zwar von ihrem Austausch nichts bemerkt, aber gesehen, wie Gayrfressa ungeduldig den Schädel geschüttelt und dann sogar die Zähne gefletscht hatte. Der ältere, viel größere Hengst war daraufhin zurückgetreten. Er bildete mit seinen Gefährten eine Gasse, durch die Gayrfressa und Bahzell gehen konnten. Und dann, als der Hradani an ihnen vorbeigewankt war, wobei er sich schwer auf das Stutfohlen stützte, hatten die Hengste ihre mächtigen Köpfe hoch in die Luft erhoben und sie anschließend in vollendetem Gleichklang gesenkt. Kelthys wäre beinahe der Kiefer aus dem Gelenk gesprungen, als er den Salut erkannte, mit dem die Windrenner ausschließlich ihre Leithengste ehrten. Ausschließlich. Bis zu diesem historischen Augenblick.

Er bezweifelte, dass Bahzell auch nur ahnte, welche Ehre ihm diese Hengste erwiesen. Selbst wenn er ein Windreiter gewesen wäre, war er doch so erschöpft, dass er kaum etwas von dem wahrnahm, was um ihn herum geschah. Doch der Anblick dieser Windrenner, die sich vor einem Hradani verbeugten, ja, die ihm soagr ihre Ehrerbietung erwiesen, war so vollkommen ungewöhnlich, dass Kelthys selbst jetzt noch zweifelte, ob er es wirklich gesehen hatte.

Zudem war er wohl offensichtlich der einzige Mensch auf dem ganzen Gut der Warmen Quellen, der diesen Vorfall bezeugen konnte.

Die Schnelligkeit, mit der sie gereist sind, verblüfft mich ebenfalls, gab Walasfro zu. *Dennoch ist das noch weniger überraschend als seine Entscheidung, unsere Ankunft nicht abzuwarten, damit ich zu den anderen Windrennern sprechen konnte, bevor er sich ihnen näherte.*

»Dafür war nicht mehr genug Zeit«, erwiderte Kelthys. Als wollte jemand diesen Gedanken unterstreichen, meldete sich noch eine andere menschliche Stimme zu Wort.

»Das stimmt, wir durften keine Sekunde zaudern.«

Kelthys wandte sich zu dem Sprecher um.

Hahnal Bardiche stand neben ihm. Er putzte persönlich den gewaltigen, stichelhaarigen Windrenner, der versucht hatte, Gayrfressa anzusprechen. Der Windreiter hob fragend die Braue und Hahnal zuckte die Achseln.

»Ich bin kein Windreiter, Sir Kelthys, aber ich habe mein ganzes Leben in ihrer Nähe verbracht. Ich kann für gewöhnlich unterscheiden, wann ein Windreiter mit sich selbst und wann er mit seinem Windrenner spricht. Unter den gegebenen Umständen war es außerdem nicht schwer zu erraten, worüber Ihr und Walasfro Euch gerade unterhaltet, richtig?«

»Gut argumentiert, Lord Hahnal.« Kelthys grinste ironisch. »Um Walasfro gerecht zu werden: ich bin selbst genauso verwundert wie er.« Er schüttelte den Kopf. »Schon allein darüber, wie schnell sie hierher kommen konnten. Die Götter wissen, dass uns die Geschwindigkeit der Infanterie der Hradani in der Vergangenheit mehr als einmal überrascht hat und teuer zu stehen gekommen ist. Aber selbst dieses Wissen hat mich nicht auf das hier vorbereitet. Sie müssen fast die ganze Strecke gerannt sein!«

»Das sind sie auch«, erwiderte Hahnal ruhig. »Na ja, die Blutklingen sind geritten, aber die Pferdediebe sind allesamt gelaufen.«

»Ich weiß.« Kelthys schüttelte erneut den Kopf. »Es fällt mir nur schwer, das zu glauben. Abgesehen davon kenne ich Prinz Bahzell gut genug. Er muss gewusst haben, wie gefährlich es für einen Hradani ist, ernstlich verwundeten Windrennern so nah zu kommen. Vor allem, wenn niemand wie Walasfro da ist, der an seiner statt mit ihnen spricht.«

»Es war viel gefährlicher, als Ihr Euch auch nur annährend vorstellen könnt, Sir Kelthys.« Hahnals Stimme klang belegt, er blickte kurz zur Seite. »Zu meiner ewigen Schande muss ich gestehen, dass ich Prinz Bahzells Rang als Paladin des Tomanâk angezweifelt habe. Schlimmer noch, ich wollte ihn sogar hassen, selbst wenn er den Rang eines Paladins besäße. Doch er hat keine Sekunde gezögert. Er wusste, dass wir sie alle verlieren würden, dass keiner der Windrenner überleben würde, wenn wir auf Eure Ankunft gewartet hätten … und ihm war vollkommen klar, dass sie halb wahnsinnig vor Entsetzen und Schmerz waren, und von dem Gift, das sich in ihnen ausbreitete. Auch die Windrenner sahen keinen Paladin des Tomanâk vor sich, Milord. Sie sahen nur einen Pferdedieb-Hradani, und ich verstehe noch immer nicht, wie es ihm gelungen ist, sie davon abzuhalten, ihn in den Staub zu treten und zu zermalmen. Aber gelungen ist es ihm.«

Der junge Mann hob den Kopf und sah Sir Kelthys mit staunenden Augen an.

»Zuerst hat er Gayrfressa geheilt. Und nicht nur ihre Wunden, Milord.« Er schüttelte langsam den Kopf. »Er hat ihre Seele geheilt, sie aus der Dunkelheit zurückgerufen und sie ihr zurückgegeben. Ich bin kein Windreiter, aber ich habe eine Gabe. Sie ist zu schwach, um sie auszubilden, aber es ist eine Gabe der Heilmagie, und ich habe gefühlt, was er tat. Es war nicht im Geringsten mit dem vergleichbar, was ein Heilmagier hätte vollbringen können. Es war … mir fehlen die Worte, es richtig zu beschreiben, Sir Kelthys, doch er hat sich dem dargeboten, was diese Windrenner verzehrte. Er hat es statt ihrer auf sich genommen, und dann haben er und Tomanâk sie davon befreit und es vernichtet.«

Der Sohn von Lord Edinghas schüttelte wieder den Kopf.

»Es hat ihn schon fast all seine Kraft gekostet, genug von der Macht des Gottes weiterzuleiten, um diese Tat vollbringen zu können, Milord. Das konnte ein Narr, selbst ein so großer wie ich, deutlich erkennen. Ebenso klar sahen wir, dass ihn nur die pure Willenskraft und Sturheit auf den Beinen hielt, nachdem er Gayrfressa geheilt hatte. Und doch hat er es irgendwie erneut getan. Und wieder und wieder … insgesamt dreizehnmal, Milord. Ohne Pause. Bis er alle geheilt hatte, jeden einzelnen Windrenner.

Ich glaube, es hat ihn fast umgebracht«, fuhr Hahnal sehr leise fort und starrte auf seine Hände, während er weiter das rötlich silbrige Fell des Windrenner-Hengstes bürstete. »Jedenfalls hätte es ihn umbringen können, und das wusste er. Dabei ist er ein Hradani. Kein Sothôii, nein, sondern ein Hradani! Und ein Pferdedieb-Hradani zudem!«

»Ich weiß«, erwiderte Kelthys nach einer Weile. »Vermutlich sagt unsere Überraschung darüber auch etwas über uns aus, das wir nicht so gern hören mögen. Was er auch sonst noch sein mag, Lord Hahnal, Prinz Bahzell ist vor allem ein Paladin des Tomanâk. Ich bezweifle irgendwie, dass Tomanâk dazu neigt, sich Paladine auszusuchen, ganz gleich welcher Rasse sie entstammen mögen, die nicht wirklich außergewöhnliche Menschen sind.«

Ebenso sprach er zu Walasfro und dem Hengst vom Bärenfluss, den Hahnal putzte, wie auch zu dem Erben der Warmen Quellen. Walasfros wacher Geist in seinem Hinterkopf sagte ihm, dass der Windrenner dies sehr genau bemerkte.

»Allerdings, Milord.« Hahnal nickte ernst. »Genau das sind er und die anderen Hradani vom Orden des Tomanâk: Menschen. Alfar hatte Recht, als er meinem Vater schilderte, wie schonungslos sie sich angetrieben haben, um rechtzeitig herzugelangen. Und ich glaube nicht, dass jemand von uns jemals den Anblick vergessen wird, wie Prinz Bahzell die Windrenner rettete.«

»Das glaube ich auch nicht«, stimmte ihm Kelthys zu und blickte hoch, als Walasfro seinen mächtigen Schädel schwenkte, um ihn anzusehen. »Genauso wenig«, fuhr der Windreiter fort, »dürften wohl die Windrenner das vergessen.«

4

Sir Kelthys blickte von dem Zaumzeug auf, das auf seinem Schoß lag, als Bahzell den Stall betrat. Der Windreiter nickte dem Hradani freundlich zu und widmete sich dann wieder dem Zaum.

Er setzte kleine, ordentliche Stiche in den Nasenriemen – und spürte, wie sich Bahzell auf einen dreibeinigen Schemel neben ihn setzte, konzentrierte sich jedoch weiter auf die Reparatur des Zaumzeugs.

»Ich dachte immer«, brummte Bahzell nach einem Augenblick, »Windreiter benutzen kein Zaumzeug.«

»Das tun wir auch nicht«, pflichtete Kelthys ihm bei. Er setzte noch einen Stich, betrachtete ihn kritisch und tippte dann mit der Fingerspitze gegen den reparierten Nasenriemen. »Walasfro würde mir den Arm abbeißen, und das völlig zu Recht, wenn ich versuchte, ihm so etwas ins Maul zu schieben, Prinz Bahzell.« Er zuckte mit den Schultern. »Sie tragen diese Halfter nur, damit sie etwas haben, woran sie ihren Schmuck befestigen können.«

»Ach ja?«

»Allerdings.« Kelthys lachte vergnügt. »Windrenner sind erstaunlich eitel, müsst Ihr wissen. Fast so eitel wie Euer Freund Brandark! Deshalb nieten wir Windreiter diese großen, silbernen Muscheln an unsere Sättel. Und ihre Halfter dienen nur dazu, noch mehr Silberschmuck anbringen zu können. Allerdings lieben es einige Windrenner, unter anderen Walasfro, sie auch noch mit kleinen Glöckchen zu behängen. Es würde uns dagegen nicht einmal im Traum einfallen, ihnen Zügel zuzumuten! Das ist eines der Dinge, die die Kavallerie anderer Länder in den Wahnsinn treibt, wenn sie es mit Windreitern zu tun bekommen.«

Er lachte wieder, diesmal eine Spur boshaft.

»Unsere Windrenner wissen genauso gut wie wir, was sie tun müssen und denken in der Schlacht mit uns. Wir brauchen uns nicht mit Worten zu sagen, was wir vorhaben. Und dass wir keine Zügel benötigen, gibt uns die Freiheit, beide Hände einsetzen zu können, um dem Gegner … sagen wir, unangenehme Dinge zuzufügen.«

»Das verstehe ich«, erwiderte Bahzell lachend. Dann verfiel er jedoch in Schweigen, und Kelthys widmete sich wieder dem Sattelzeug, das er für Lord Edinghas reparierte. Wie viele Sothôii war er ein wortkarger Mann. Aber diesmal hatte er einen anderen Grund für sein behagliches Schweigen. Bahzell lag etwas auf dem Herzen und Kelthys hatte nichts Dringendes vor. Wenn der Paladin Zeit brauchte, um auszusprechen, was ihn beschäftigte, so sollte ihm das recht sein.

Bahzell lehnte sich gegen die Stallwand, verschränkte seine kräftigen Arme vor der Brust und blickte durch die offene Stalltür hinaus. Die Nachmittagssonne brannte heiß vom Himmel, im Stall aber war es dämmrig und kühl, fast wie in einer Höhle. Er genoss diese friedliche Stille.

Auch wenn Bahzell wusste, dass dieser Frieden trügerisch wirkte. Ihm war zwar noch nicht alles klar, was der Herde von den Warmen Quellen zugestoßen war, aber was er erfahren hatte, genügte. Als er und Gayrfressa verschmolzen, sah er einen Augenblick lang, was sie gesehen hatte, hörte, was sie gehört hatte und … fühlte, was sie empfunden hatte. Auch Tomanâk war diesmal ein wenig zuvorkommender gewesen als gewöhnlich. Er hatte mehr Kenntnisse in den Winkeln von Bahzells Hirn versteckt, als der Pferdedieb erwartet hatte. Daher besaß er jetzt eine weit bessere Vorstellung von dem, was da draußen auf der Ebene des Windes auf sie wartete, als zu dem Zeitpunkt, da er mit Brandark und Hurthang das Hurgrumer Kapitel des Ordens nach Navahk geführt und Sharnâs Tempel zerstört hatte.

Was ihm jedoch die Entscheidung, was genau er jetzt tun musste, kein bisschen leichter machte. Außerdem gab es da noch Gayrfressa …

»Sir Kelthys.« Endlich brach Bahzell das Schweigen.

»Ja, Milord?«, antwortete der Windreiter höflich, während er weiterhin geschickt das Zaumzeug reparierte.

»Ihr seid doch ein Windreiter, und, wenn ich richtig liege, dies auch schon seit mehr als zwanzig Jahren?«

»Stimmt.«

»Ich nehme an, dass Ihr in dieser Zeit sicher mehr über Windrenner gelernt habt als ich.«

»Das möchte ich doch annehmen.« Diesmal lächelte Kelthys. »Warum?«

»Es geht um Gayrfressa«, gab Bahzell gleich darauf zu, verstummte jedoch wieder.

»Was ist mit ihr?«, hakte Kelthys sanft nach.

»Na ja«, fuhr Bahzell gedehnt fort, »als Er Höchstselbst und ich sie heilten, gab es einen Augenblick, an dem alles … zusammenfloss, könnte man sagen.« Er verzog das Gesicht, und seine beweglichen, fuchsartigen Ohren zuckten, als er vergeblich nach einem passenderen Wort suchte. »Es gab einen Zeitpunkt, er dauerte nur einen Herzschlag lang, oder vielleicht zwei, als sie und ich … verschmolzen. Als gäbe es nur noch uns zwei.« Er sah den Windreiter an. »Habt Ihr so etwas zufällig auch schon erlebt, oder kennt Ihr vielleicht jemandem, dem das geschehen ist?«

»Ich … nicht dass ich wüsste.« Kelthys wählte seine Worte jetzt ebenso vorsichtig und bedachtsam wie Bahzell. »Die meisten Windreiter, nicht alle, wohlgemerkt, aber die meisten, erleben etwas Ähnliches, wenn wir das erste Mal das Band mit unseren Brüdern knüpfen. Wir *nehmen uns wahr*, könnte man sagen. Wir wissen in diesem Augenblick alles voneinander, was es zu wissen gibt. Wir können fast die Gedanken des anderen erkennen. Aber wir verschmelzen nicht, ebenso wenig, wie wir uns vereinigen. Nicht im wörtlichen Sinn, obwohl wir diese

Begriffe manchmal etwas leichtfertig benutzen. Wir bleiben voneinander getrennt. Wir stehen uns anschließend zwar näher als selbst unseren Geschwistern oder Geliebten, aber wir bleiben getrennt. Und das klingt nicht so wie die Erfahrung, die Ihr mir eben geschildert habt.«

»Nein, das glaube ich auch nicht.« Bahzell seufzte.

»War es denn ein so schreckliches Erlebnis?«, wollte Kelthys etwas spöttisch wissen. Bahzell schnaubte.

»Schrecklich?« Er schüttelte den Kopf. »Es war ganz und gar nicht schrecklich, Sir Kelthys. Trotzdem möchte ich eine solche Erfahrung nicht so bald wieder machen! Nein, und ich wünsche auch keinem Windrenner, dass er das durchmachen muss, was diese Herde erlebt hat!«

Der Klang seiner Stimme war bei seinen letzten Worten dunkler geworden, doch dann schüttelte er die finsteren Erinnerungen ab.

»Letztlich muss ich zugeben, dass dies wahrscheinlich sogar eines der schönsten Erlebnisse in meinem Leben war. Sie sind wirklich Gottes eigene Geschöpfe, hab ich Recht?«

»Das finde ich auch«, stimmte ihm Kelthys ruhig zu.

»Ja. Aber Ihr seid schließlich auch ein Sothôii, wohingegen ich ein Hradani bin. Ein Pferdedieb-Hradani. Bisher ist noch kein Windrenner geboren worden, dem wir Hradani sonderlich am Herzen liegen würden. Also könnte man sagen, dass dies die traditionelle Beziehung war, in der unsere beiden Rassen sich bisher wohl fühlten.«

Kelthys sah ihn fragend an, woraufhin der hünenhafte Hradani beinahe verlegen die Schultern zuckte.

»Gayrfressa und ich dagegen …«, begann er. »Wir fühlen uns damit jetzt nicht mehr so wohl. Ich will nicht behaupten, dass das, was zwischen uns passiert ist, dasselbe Gefühl wäre, das Euch und Euren Walasfro verbindet, aber es ist anders als jede Beziehung, die zwischen irgendeinem Windrenner und irgendeinem Hradani bisher geherrscht hat, darauf könnt Ihr Euch verlassen. Ich …«

»Verzeiht mir, Prinz Bahzell«, unterbrach ihn Kelthys sanft. »Aber fällt es Euch wirklich so schwer zuzugeben, dass ihr beide euch liebt?« Bahzell sah ihn scharf an. Kelthys unterstrich seine Worte mit einer ausholenden Handbewegung. »Ich bezweifle sehr, dass jemand anders als ein Windreiter jemals etwas erlebt hat, das dem, was Ihr mir soeben beschrieben habt, auch nur annährend ähnlich ist, Milord Paladin. Aber es kommt vor, dass Windrenner tiefe Freundschaften mit Menschen eingehen, die keine Windreiter sind. Sie lieben sie, Prinz Bahzell. Denkt an Dathgar und die Baronin Hanatha, oder an Lady Leeana. Diejenigen, die sie nicht gut kennen, vergessen leicht, dass Windrenner mindestens so klug sind wie alle Menschenrassen. Falls sie es überhaupt jemals begriffen haben. Und sie haben ein viel, viel größeres Herz als die meisten von uns.«

»Das kann ich verstehen«, murmelte Bahzell. »Aber ich bin nicht sicher, ob andere Windrenner, die nicht hier waren und es gesehen haben, hinnehmen werden, dass Gayrfressa ein solches Gefühl zu einem Hradani wie mir hegt. Ehrlich gesagt dürften das auch viele aus meinem Volk noch weit befremdlicher finden als die Windrenner.«

»Ich glaube, Ihr braucht Euch über die Reaktionen der anderen Windrenner keine Sorgen zu machen«, versicherte ihm Kelthys. »Sie kommunizieren auf eine Art und Weise miteinander, die keiner, nicht einmal die Windreiter, jemals ganz verstanden haben oder verstehen werden.« Er schüttelte den Kopf. »Vertraut mir, Prinz Bahzell. Wenn Gayrfressa bereit ist, Euch solche Gefühle entgegenzubringen, dann wird jeder andere Windrenner, dem sie begegnet, auch den Grund dafür verstehen. Damit will ich nicht behaupten, dass sie alle mit ihr übereinstimmen, versteht mich nicht falsch. Aber ich glaube kaum, dass einer von ihnen ihre Gefühle anzweifeln oder ihr deswegen Vorwürfe machen wird.«

»Ehrlich gesagt«, antwortete Bahzell bald darauf, »ist das im Augenblick meine geringste Sorge. Ich denke eher darüber nach, dass sie nicht damit einverstanden ist, zurückgelassen zu werden.«

»Verzeihung, Prinz Bahzell, wollt Ihr damit andeuten, dass Ihr und Gayrfressa immer noch irgendwie miteinander verbunden seid?«

»Verbunden würde ich es nicht nennen«, gab Bahzell nachdenklich zurück. »Aber irgendwas in dieser Richtung trifft es wohl schon.« Er tippte sich mit dem Zeigefinger an die Stirn. »Es ist nicht so, dass ich sie ›hören‹ könnte, oder als würden wir uns immer noch im Gehirn des jeweils anderen befinden. Trotzdem weiß ich ohne den geringsten Zweifel, was sie gerade denkt. Und auch, da wir eben davon sprechen, wo sie sich gerade jetzt aufhält.«

Kelthys riss überrascht die Augen auf und legte zum ersten Mal, seit Bahzell den Stall betreten hatte, das Zaumzeug zur Seite. Der Hradani kniff die Augen zusammen, als er den Ausdruck auf dem Gesicht des Menschen sah, sagte jedoch nichts, sondern wartete ab.

»Milord Paladin«, begann Kelthys, nachdem er seine Worte offenbar noch sorgfältiger gewählt hatte als zuvor. »Ist Gayrfressa der einzige Windrenner, von dem Ihr wisst, wo er sich befindet?«

»Wie?« Bahzell sah ihn überrascht an und schien nicht glauben zu können, dass man ihm eine derartig alberne Frage stellte. Er runzelte die Stirn, schloss die Augen und neigte den Kopf zur Seite, als lauschte er einem fernen Klang. Dann verharrte er mehrere Sekunden in dieser Haltung, seine Miene wurde ausdruckslos und er öffnete die Augen.

»Sie ist nicht der Einzige, hab ich Recht?« Kelthys hatte Bahzell scharf beobachtet.

»Nein«, bestätigte dieser. Er zeigte mit der Hand in die Richtung der Koppel südlich vom Stall, die von der Stelle aus, wo die beiden saßen, nicht zu sehen war. »Ich kann die gesamte Herde fühlen. Allesamt, von Gayrfressa bis zum jüngsten Fohlen.«

»Bei Tomanâk!«, flüsterte Kelthys. Er starrte Bahzell fast eine Ewigkeit lang an, dann schüttelte er sich heftig. »Ich verstehe das nicht, Prinz Bahzell. Vielleicht liegt es daran, dass Ihr ein Paladin des Tomanâk seid. Gleichwie, aber es klingt so, als hättet Ihr eine Form des Herdensinnes der Windrenner entwickelt.«

»Lächerlich!«

»Allerdings, da stimme ich Euch zu, und zwar vollkommen! Wenn Euch das schon lächerlich vorkommt, so wartet ab, bis Walasfro es erfährt! Doch sagt, könnt Ihr auch einen der anderen Windrenner spüren? Oder nur die Überlebenden der Warmen Quellen?«

»Nur Gayrfressa und ihre Herde«, antwortete Bahzell, schüttelte jedoch gleich darauf den Kopf. »Nein, das stimmt nicht ganz. Ich nehme tatsächlich noch einen anderen Windrenner wahr. Diesen großen, stichelhaarigen Rotsilbernen mit der schwarzen Mähne und dem schwarzen Schweif.«

»Nur ihn?« Das verblüffte Kelthys. »Keinen der anderen vom Bärenfluss?«

»Nur ihn«, bestätigte Bahzell und lächelte plötzlich. »Und jetzt weiß ich auch, warum. Bis gerade eben war es mir nicht klar, aber jetzt sticht es so deutlich heraus wie die Nase aus Brandarks Gesicht! Er ist ihr Bruder, Sir Kelthys.«

»Ihr Bruder?« Kelthys sah den Hradani verwirrt an.

»Ja. Er hatte eine Partnerin unter den Windrennern vom Bärenfluss, aber er hat sie vor drei Jahren bei einem Unfall verloren.«

»Und woher wisst Ihr das alles, Milord?« Kelthys war sichtlich gefesselt.

»Das kann ich Euch auch nicht genau sagen. Aber ich denke, dass er es uns selbst gleich erzählen wird.«

»Er wird uns …?« Kelthys unterbrach sich, als ein Schatten vor dem Eingang die Sonne verdunkelte.

Er schaute hoch und seine Miene verriet seine Fassungslosigkeit, als er den gewaltigen Hengst erkannte, der langsam in den Stall schritt. Es war der stichelhaarige Rotsilberne vom Bärenfluss.

»Genau das wird er«, fuhr Bahzell ruhig fort, während er den Windrenner nicht aus den Augen ließ. »Denn wenn ich mich nicht irre, hat er gerade festgestellt, dass er mich ebenfalls spüren kann.«

Dieser stichelhaarige Hengst war der größte Windrenner, den Kelthys in seinem ganzen Leben gesehen hatte. Sein Stockmaß an der Schulter betrug mindestens vierundzwanzig Handbreit, mehr als zwei Meter fünfzig, und er trug seinen majestätischen Schädel fast drei Meter fünfzig über dem Stallboden. Er überragte Bahzell mit seinen mehr als zwei Tonnen Hoheit und Macht und schaffte damit etwas, das keiner anderen Kreatur bisher je gelungen war: Er verkleinerte den Hradani zu einer schlichten, sterblichen Gestalt. Wo er seine Hufe hinsetzte, schien die Erde zu beben, und seine Gegenwart erfüllte nicht nur den Stall, sondern schien die ganze Welt zu verdrängen.

Er blieb stehen, ein prachtvoller Anblick in seinem noch nicht ganz abgeworfenen Winterfell, und seine großen Augen, die nicht braun, sondern bernsteinfarben waren, fixierten Bahzell.

Dieser stand auf, langsam, als würde er von jemandem auf die Füße gezogen, statt sich aus eigenem Antrieb zu erheben. Er war nicht einmal zwei Meter von dem Windrenner entfernt. Und dann trat er einen Schritt vor, noch langsamer, als er aufgestanden war.

Der Windrenner blieb eine Sekunde lang regungslos stehen, vielleicht zwei. Dann senkte er seinen mächtigen Schädel und berührte mit seiner samtweichen Nase die breite Brust des Hradani. Seine Nüstern blähten sich auf, die bernsteinfarbenen Augen schlossen sich langsam, und dann atmete der Hengst einmal kräftig schnaubend aus. Bahzell hob beinahe träumerisch die Hand. Und streichelte sanft, ganz sanft die weiche Schnauze des Hengstes. Dann glitten seine Finger zu den Ohren, die sich steil aufrichteten, als wollten sie den Herzschlag des Hradani belauschen, und liebkoste sie mit einer Zartheit, die man den kräftigen, vom Gebrauch des Schwertes schwieligen Gliedern niemals zugetraut hätte.

Kelthys starrte die beiden sprachlos an. Er konnte selbst jetzt, obwohl es sich vor seinen Augen abspielte, nicht glauben, was er da sah. Tausend Jahre Geschichte schrien auf, dass dies unmöglich geschehen konnte, und Kelthys hielt den Atem an, während er wartete, ob sich tausend Jahre Geschichte irrten.

»Er heißt«, Bahzell flüsterte beinahe, »Walsharno.«

Tausend Jahre Geschichte, so schien es, konnten sich irren und hatten es auch getan.

Sir Kelthys Lanzenträger lehnte am Zaun der Koppel. Neben ihm stand wie eine warme, schwarze Wand Walasfro. Die beiden sahen zu, wie sich der jüngste Windreiter der Ebene des Windes alle Mühe gab, nicht von seinem Windrenner zu fallen.

Das gibt eine Menge Schwierigkeiten, bemerkte Walasfro ernüchtert.

»Erzähl mir zur Abwechslung mal was Neues, Glockenhuf«, antwortete Kelthys gelassen, zuckte jedoch zusammen, als Bahzell beinahe aus dem Sattel rutschte. Der Hradani wirkte dort oben einfach lächerlich. Vermutlich war dies das einzige »Pferd« auf der ganzen Welt, auf dem er so aussah wie ein Kind auf seinem ersten Pony. Natürlich wurde dieser Eindruck noch dadurch erheblich verstärkt, dass man Bahzells Reitstil mit nur zwei Worten trefflich zusammenfassen konnte: unterirdisch schlecht.

Er wird sich das Genick brechen, sobald Walsharno das erste Mal antrabt, prophezeite Walasfro düster.

»Unsinn«, widersprach Kelthys zuversichtlich. »Dafür sind Hradani viel zu zäh. Außerdem fällt er bestimmt runter, bevor Walsharno antrabt.«

Das ist nicht komisch, Bruder, rügte ihn Walasfro. *Ganz gleich, was bestimmte Leute denken mögen*, fügte er hinzu, als Bahzell sich krampfhaft am Sattelhorn festhielt und Brandark und Gharnal in schallendes Gelächter ausbrachen. Die Blutklinge saß neben allen anderen Rittern vom Orden des Tomanâk auf dem Zaun der Koppel und sah zu, wie sich Bahzell und Walsharno aneinander »gewöhnten«. Bahzells Miene nach zu urteilen hätte er liebend gern auf dieses Publikum verzichtet.

»Eigentlich ist es schon seltsam«, erklärte Kelthys seinem Windrenner. Walasfro schnaubte heftig und schüttelte missbilligend seinen mächtigen Schädel. Kelthys aber blieb bei seiner Meinung.

»Ich will nicht behaupten, dass es nicht einige Leute … aufregen wird«, räumte er ein. »Andererseits kann nur der engstirnigste Fanatiker abstreiten, dass Bahzell unendlich viel mehr getan hat, um sich Walsharnos Freundschaft zu verdienen, als die meisten Windreiter jemals aufbringen könnten. Meine Güte, ich selbst habe gewiss nie auch nur etwas annährend so Großes vollbracht, um deine Liebe zu verdienen. Und dennoch hast du sie mir geschenkt.«

So wie du mir deine, Bruder, gab Walasfro zärtlich zurück.

»Das versteht sich ja wohl von selbst.« Kelthys lächelte und streichelte Walasfros Schulter.

»Trotzdem«, fuhr der Windreiter nach einer Weile fort, »ist es höchst ungewöhnlich, dass sich ein Windrenner einen Windrennerbruder erwählt, der nicht die Bohne reiten kann.« Er unterdrückte ein Grinsen, als Walsharno geduldig um die Koppel schritt. »Vermutlich liegt das daran, dass Bahzell wenig Gelegenheit zum Üben hatte.«

Üben? Bitte erkär mir doch, Zweibein, wie ein Hradani von seiner Körpergröße ein Pferd *finden sollte, das ihn tragen könnte?* Walasfro schnaubte. *Ganz zu schweigen davon, dass sein Volk von Pferdedieben nicht unbedingt auf bestem Fuße mit uns oder unseren niederen Verwandten steht, historisch gesehen selbstverständlich,* setzte der Hengst mit feinem Spott hinzu.

»Du kannst manchmal ja so zynisch sein!«, rügte ihn Kelthys mit einem leisen Lachen. Walasfro stupste ihn mit der Nase an, und Kelthys versetzte ihm einen freundlichen Klaps.

Wie auch immer, fuhr der Hengst ernst fort. *Walsharno und er werden Wochen benötigen, um ihr Band zu festigen. Und er wird vermutlich ebenso viel Zeit wenn nicht noch viel mehr brauchen, bis* ich *mich einigermaßen wohl fühle, was seine Chancen betrifft, dass er bei einem ernsten Kampf im Sattel bleibt.*

»Damit hast du wahrscheinlich Recht«, stimmte ihm Kelthys zu. Es gab tatsächlich kaum jemanden, der die Reitkünste eines Menschen – oder auch eines Hradani – besser beurteilen konnte als ein Windrenner. »Trotzdem«, fuhr der Mensch hoffnungsvoll fort, »er lernt schneller als so ziemlich jeder andere, dem ich bei seinen ersten Reitversuchen zugesehen habe.«

Das könnte stimmen, räumte Walasfro nachdenklich ein. *Ich wünschte, wir würden besser verstehen, was für eine Art Herdensinn dieser Paladin da offenbar entwickelt hat. Ich frage mich …*

»Du fragst dich was?«, setzte Kelthys nach einer Weile nach.

Ich frage mich, ob ihm das, was ihm erlaubt, seine Verbindung mit Walsharno tiefer zu knüpfen, als wir anderen es vermögen, auch in der Schlacht hilft? Beobachte ihn, Bruder. Er lernt tatsächlich *viel schneller, als es eigentlich möglich wäre. Glaubst du, dass ihm seine Art des Herdensinns ermöglicht, Walsharnos Bewegungen vorauszuahnen?*

»Ein bemerkenswerter Gedanke«, erwiderte Kelthys leise. »Und da wir gerade dabei sind, ich habe noch eine interessante Frage für dich. Hast du jemals von einem anderen Paladin des Tomanâk gehört, der sich mit einem Windrenner verbrüdert hätte?«

Nein, antwortete Walasfro nach einigem Nachdenken. *Du, Bruder?«*

»Nein, ich auch nicht«, gab Kelthys zu. »Denn es hat so etwas noch nie zuvor gegeben. Ich frage mich, wie Bahzells Beziehung zu Tomanâk Walsharno beeinflussen könnte.«

Das kann ich mir nicht einmal annährend vorstellen, gab Walasfro ohne Umschweife zu. Dann wieherte er leise schnaubend, was einem Lachen entsprach. *Trotzdem könnte es weit weniger überraschend sein, als du annimmst, Bruder. Immerhin ist Walsharnos Name eines Gefährten des Paladin von Tomanâk würdig.*

»Allerdings.« Kelthys lachte ebenfalls. »Ob sein Leithengst so etwas geahnt hat, als er ihm den Namen gab?«

Es haben sich schon merkwürdigere Dinge unter der Sonne ereignet. Außerdem spielt es keine Rolle, ob er es gewusst hat. Der Name passt jedenfalls.

»Ja. Und außerdem passt er auch zu Bahzell.«

Walasfro warf den Kopf hoch. Diese zustimmende Geste hatten die Windrenner schon vor langer Zeit von den Menschen übernommen. In der Sprache der Sothôii bedeutete »Walsharno« *Sonne des Krieges*, man konnte es jedoch auch mit *Schlachtendämmerung* übersetzen.

»In jedem Fall«, fuhr Kelthys fort, »und einmal abgesehen davon, dass Bahzell ein Paladin des Tomanâk ist, sollte die Tatsache, dass ein Hradani als Windreiter auserkoren wurde, uns andere dazu ermahnen, dieses Band so vorurteilsfrei wie nur möglich zu betrachten.«

Das dürfte einigen leichter fallen als anderen, erwiderte Walasfro bissig. *Aber wie schnell er auch lernt, haben wir wirklich Zeit abzuwarten, bis die beiden ihr Band fester geknüpft haben? Was Gayrfressas Herde angegriffen hat, lauert nach wie vor dort draußen. Wenn es nun eine andere Herde angreift? Oder die Warmen Quellen selbst?*

»Ich weiß es nicht«, gab Kelthys ehrlich zu. »Aber ich weiß, dass sich Bahzell wegen derselben Frage den Kopf zerbricht.

Trotzdem wird er frühestens in zwei oder drei Tagen aufbrechen.«

Warum?

»Weil ich ihn darum gebeten habe«, erwiderte Kelthys gelassen. Walasfro schwang seinen Schädel herum und sah ihn an. Kelthys zuckte die Achseln. »Sicher, wir müssen schnell reagieren. Und ja, die letzte Verantwortung liegt bei Bahzell – und bei seinem Orden. Aber was auch immer da draußen vorgeht, Walasfro, es geschieht auf der Ebene des Windes. Das ist unser Land, und dieses Böse greift unsere Windrenner an und massakriert sie. Im Augenblick, sind du und ich und … na ja, wir beide und Bahzell und Walsharno die einzigen Windreiter hier. Deshalb habe ich Boten ausgesandt, schon bevor wir Tiefwasser verließen. Mittlerweile müssten über ein Dutzend Windreiter unterwegs zu den Warmen Quellen sein. Ich erwarte, dass die Ersten spätestens morgen eintreffen. Glaubst du nicht, unsere Ehre und Verantwortung erforderten es, dass die Windgeborenen und unsere Brüder in Zeiten wie diesen an der Seite der Krieger Tomanâks reiten?«

Walasfro hatte ihn unterbrechen wollen, hörte sich dann jedoch ruhig an, was Kelthys sagen wollte. Am Ende schnaubte er einmal und hob zustimmend den Kopf.

Es klaffen vermutlich gähnende Löcher in deinem Verstand, Bruder, aber keine in deinem Herzen. Ich glaube, wir können unseren Küken hier auf der Koppel noch zwei Tage Zeit zum Üben gewähren.

»Verzeiht, Milord, seid Ihr Euch wirklich sicher?«

Saratic Richthof, der Lordhüter des Goldenen Tales, starrte seinen Marshall an. Sir Chalthar Ranseur erwiderte den Blick gelassen. Chalthar diente Saratic seit über zehn Jahren. Angefangen hatte er als einfacher Soldat unter Saratics Vater. Das war jetzt fast zwanzig Jahre her.

Saratic rief sich dies in Erinnerung, während er sich mühte, seinen Zorn zu beherrschen. Es gab nicht den geringsten Zweifel daran, dass ihm Chalthar treu ergeben war, so wie es nur ein Soldat der Sothôii sein konnte, und zwar ihm, Saratic persönlich und dem Goldenen Tal. Aber seine lange Erfahrung in Diensten der Richthofs verlieh ihm auch das Recht, einen Rat zu geben, wenn er glaubte, dass sein Lehnsherr einen schweren Irrtum beging. Und genau das schien er jetzt anzunehmen.

Vermutlich wäre ich weit weniger wütend auf ihn, würde ich nicht insgeheim fürchten, dass er Recht hat, dachte Saratic finster. Das aber würde er Chalthar gegenüber niemals zugeben.

»Ja, ich bin mir sicher«, sagte er stattdessen und starrte Chalthar herausfordernd an. In dem wettergegerbten Gesicht des dunkelhaarigen, grau melierten Ritters verzog sich keine Miene. Er verbeugte sich nur einmal knapp.

»Sehr wohl, Milord«, sagte er. »In diesem Fall empfehle ich, dass wir die Dritte und Fünfte entsenden.«

Saratic spitzte die Lippen, während er gründlich über diesen Rat nachdachte. Er war genauso gerissen, wie er es von Chalthar nicht anders erwartet hatte. Denn die Dritte und Fünfte Schwadron unterschieden sich sehr von seinen anderen Truppen.

Sir Fahlthu Schwartenbeißers Dritte Schwadron war die bei weitem größte, die unter Saratics Befehl stand. Mit zweihundert Mann war sie fast doppelt so stark besetzt wie Sir Halnahk Partisans Fünfte. Dafür war Sir Fahlthu jedoch der geldgierigste Offizier von Saratic. Er verstand sein Handwerk ganz ausgezeichnet, wenn er auch die meisten Probleme mit etwas mehr Brutalität löste, als unbedingt Not tat. Doch seine Loyalität gehörte immer dem Mann, der ihn bezahlte. Und er hatte für seine übergroße Schwadron ausschließlich Männer rekrutiert, die so waren wie er.

Sir Halnahk jedoch war das glatte Gegenteil. Seine Loyalität gehörte seinem Lehnsherrn, da er ihm Treue geschworen hatte. Nach Chalthar war Halnahk vermutlich der verlässlichste und treueste von allen Feldkommandeuren Saratics.

»Ein ausgezeichneter Vorschlag, Chalthar«, lobte Saratic.

»Natürlich können sich Fahlthu und Halnahk auf den Tod nicht leiden.«

»Um ehrlich zu sein, Milord, aus eben diesem Grund halte ich die beiden für die beste Wahl.«

»Ach?« Saratic lehnte sich auf seinem Stuhl zurück und kniff die Augen zusammen, weil ihn das helle Sonnenlicht blendete, das durch die Fenster hinter Chalthars Rücken in sein Arbeitszimmer drang.

»Natürlich, Milord.« Chalthar fuhr mit seiner derben Hand durch die Luft. »Wenn wir schon jemanden riskieren müssen, dann würde ich ehrlich gesagt lieber Fahlthu verlieren als irgendjemanden anderen. Er ist nur verlässlich, wenn der nächste Zahltag ins Haus steht, und ich bin nicht sicher, dass er Euch nicht ohne Skrupel verraten würde, sobald er ein besseres Angebot bekommt. Oder wenn er glaubt, dass er damit seine eigene Haut retten kann.« Der Marschall verzog das Gesicht. »Zugegeben, Milord, ich tue dem Mann damit vielleicht etwas Unrecht. Fahlthu ist tapfer, wenn es zu einem Kampf kommt. Es geht eher darum, dass er vor dem Kampf genau überlegt, was dabei wohl für ihn herausspringt.«

Saratic nickte. Genau aus diesem Grund hatte er Fahlthu überhaupt in seinen Dienst genommen. Manchmal brauchte ein Lordhüter das richtige Werkzeug, um im Trüben zu fischen.

»Halnahk dagegen werden seine Befehle nicht besonders schmecken«, fuhr Chalthar ungeschminkt offen fort. »Aber er ist Euch treu ergeben, das war er immer schon. Er wird sie befolgen, ganz gleich, wie sie lauten. Und er ist Fahlthus Vorgesetzter. Deshalb sollten wir ihm das Kommando über diese … Expedition übertragen, Milord. Das würde allein schon sein höherer Rang erklären, aber etwas anderes ist noch wichtiger. Wir können ihm Eure Absichten ohne Vorbehalt mitteilen und uns darauf verlassen, dass er sich daran hält. Fahlthu dagegen würde ich, mit Eurer Zustimmung, nur so viel sagen, wie er unbedingt wissen muss. Damit vermeiden wir, dass er auf die Idee kommt, es könnte sich lohnen, uns zu verraten. Außerdem dürfen wir darauf bauen, dass Halnahk ihn so einsetzt, wie es am besten ist. Sollte der unglückliche Fall eintreten, dass sich meine schlimmsten Befürchtungen als zutreffend erweisen, wird er Fahlthu zur Nachhut abkommandieren, wo ihn niemand von uns vermisst. Abgesehen davon«, Chlathar lächelte freudlos, »wissen alle, dass Fahlthu kaum besser als ein gemeiner Söldner ist. Sollte ihm ein ›Unglück‹ widerfahren, dürfte Baron Cassan zu dem Schluss kommen, dass Sir Fahlthu von Lordhüter Dathian bestochen wurde, Eure Befehle maßlos zu übertreiben. Und Dathian ist Tellians Vasall, nicht der des Barons.«

»Ihr argumentiert wie immer sehr trefflich, Chalthar.« Saratic schnurrte fast. »Kümmert Euch darum. Und veranlasst, dass Baron Cassans Mann, dieser Warshu, dem Regiment von Sir Fahlthu zugeteilt wird.« Als Chalthar ihn nun fragend ansah, zuckte Saratic die Achseln. »Etwas an dem Mann ist mir nicht geheuer, Chalthar. Meine Bedenken reichen nicht aus, um mich den Befehlen von Baron Cassan zu widersetzen. Und dieser Warhsu hat sich weiß Gott bei allem, was wir von ihm verlangt haben, sehr geschickt angestellt. Aber wenn er eine Klinge ist, die sich möglicherweise gegen uns richten könnte, so wäre es mir lieber, wenn er Fahlthus Finger abhackt als die von Halnahk. Und wenn er unter denen ist, die von Dathian ›bestochen‹ wurden, ist das auch nicht schlecht.«

»Soeben ist ein Bote von Sir Jahlahan eingetroffen, Milord.«

Baron Tellian blickte beim Klang von Tarith Schildarms Stimme von seinem Frühstück auf, das er gerade am Feuer des Lagers einnahm, das sie an der Hohen Straße nach Balthar aufgeschlagen hatten.

Er und seine Bewaffneten befanden sich noch knapp zwei Tagesreisen von Schloss Hügelwacht entfernt. Zumindest galt das für die Soldaten, die nicht auf Windrennern unterwegs waren. Sie waren in gemäßigtem Tempo geritten, damit sich die Kriegsrösser, denen sie bei der Verfolgung von Leeana so viel abverlangt hatten, etwas erholen konnten. Dennoch war es kein angenehmer Ritt gewesen, besonders für Tarith nicht. Der stämmige, dunkelhaarige Soldat mit den fast schwarzen Augen diente Leeana, seit sie laufen konnte, als Leibwächter. Schon als kleines Kind hatte sie sein Herz gewonnen, es in ihre kleinen, pummeligen Hände genommen und nie wieder losgelassen. Von allen Bewaffneten Tellians hatte Tarith am härtesten daran zu arbeiten, dass sie die Tochter des Barons an die Kriegsbräute verloren hatten. Und er gab sich selbst die Schuld daran. Das war natürlich Unsinn, Tellian wusste es sehr wohl, aber Tarith beharrte darauf, dass er sich Leeanas Befehl hätte widersetzen und sich weigern müssen, sich von ihr einfach wegschicken zu lassen. Dass sie einen vollkommen nachvollziehbaren Grund dafür ersonnen hatte, ließ er nicht gelten. Tellian konnte nur hoffen, dass die Zeit seine Trauer heilen und seine schrecklichen Schuldgefühle lindern würde.

»Von Sir Jahlahan?« Der Baron riss sich aus seinen Gedanken.

»Ja, Milord.« Tarith hielt ihm eine versiegelte Botentasche hin.

Tellian nahm sie mit einem Knurren des Dankes entgegen, mit dem er seine Besorgnis überspielen wollte. Absichtlich hatte er darauf verzichtet, Boten nach Balthar vorauszusenden. Trotz des recht mäßigen Tempos, das er eingeschlagen hatte, hätten er und seine Leute Schloss Hügelwacht zwei, höchstens zweieinhalb Tage später erreicht als jeder Bote, den er aus Kalatha vorausschicken konnte. Er wollte seine Gemahlin Hanatha nicht schriftlich darüber benachrichtigen, dass sie ihre Tochter für immer verloren hatten, da es nur so wenig Zeit mehr kostete, es ihr persönlich sagen und sie dabei in die Arme schließen zu können, wenn sie weinte.

Jahlahan musste gewusst haben, dass Tellian mittlerweile mit oder ohne Leeana auf dem Rückweg war. Was also konnte so dringend sein, dass sein Seneschall nicht hatte auf seine Rückkehr warten wollen, um es ihm nach seinem Eintreffen persönlich zu sagen?

Er betrachtete einen Augenblick lang unschlüssig die Botentasche, bevor er tief Luft holte und das Siegel brach. Dann zog er die Nachricht heraus, faltete das Blatt auseinander, hockte sich auf die Absätze und las.

Schon der zweite Satz der Botschaft ließ ihn jedoch ruckartig aufspringen. Er war leichenblass und stieß einen ungläubigen Fluch aus.

Er konnte fühlen, wie ihn seine Männer anstarrten, und ihm war klar, dass seine Miene viel zu viel verriet, doch er konnte nichts dagegen tun. Er las die kurze, entsetzliche Nachricht bis zu Ende, und las sie dann noch einmal von vorn, um ganz sicher zu gehen, dass er nichts missverstanden hatte.

Leider hatte er das nicht – er ließ die Schultern hängen.

»Milord?«, fragte jemand. »Windbruder?«, fragte sie schärfer, als er nicht antwortete. Tellian schüttelte sich.

»Ja … ja, Hathan.« Er hob den Kopf und begegnete dem besorgten Blick seines Windbruders.

»Was ist los? Doch hoffentlich nicht die Baronin …?«

»Nein.« Tellian schüttelte heftig den Kopf, als wollte er seinen Verstand von der Lähmung befreien, die ihn überfallen hatte. »Nein, Hanatha geht es gewiss gut. Es ist …«

Er blickte wieder auf Jahlahans Nachricht und knüllte das Papier so fest zusammen, dass seine Knöchel weiß hervortraten.

»Es geht weder um Hügelwacht noch um Balthar«, erklärte er mit belegter Stimme. »Es gab einen … Notfall bei den Warmen Quellen. Prinz Bahzell ist bereits dorthin unterwegs.«

»Verstehe.« Hathan musterte ihn abwartend, und Tellian nahm Verbindung mit seinem Windrenner Dathgar auf.

Bruder, bitte Gayrhalan Hathan davon abzuhalten, mir weitere Fragen zu stellen. Er soll ihm sagen, dass ich ihm alles in Kürze erklären werde.

Gern, erwiderte sein Windrenner trocken. *Ich darf doch hoffen, dass du mich dann ebenfalls einweihst?*

Natürlich erkläre ich es dir. Tellian fühlte sich von Dathgars ironischer Art seltsam getröstet, aber das täuschte ihn nicht darüber hinweg, dass sein Windrenner auf diese Nachricht ebenso entsetzt reagieren würde wie er.

»Gut, Tarith!« Er wandte sich an seinen Offizier. »Wie Ihr sicher schon erraten habt, enthält Sir Jahlahans Botschaft keine guten Nachrichten. In Balthar und auf Hügelwacht ist jedoch alles in Ordnung. Das Problem liegt weiter nördlich, und wie ich bereits zu Hathan sagte, Prinz Bahzell und Lord Brandark haben Hügelwacht verlassen, um sich dessen anzunehmen. Dennoch bin ich der Lordhüter des WestGeläufs, also obliegt es meiner Verantwortung, nicht der von Prinz Bahzell, dem Hilfeersuchen meines Lordhüters nachzukommen. Bei diesem besonderen Problem könnt ihr«, er ließ den Blick über seine Männer gleiten, »mir nicht helfen. Also werden Hathan und ich Euch hier zurücklassen und allein nach Hügelwacht vorausreiten.«

»Milord!« Tarith protestierte beinahe sofort, doch Tellian schüttelte entschlossen den Kopf.

»Wir werden nicht darüber streiten, alter Freund«, erklärte er. »Hathan und ich reiten allein nach Hügelwacht. Ich will nicht, dass Ihr Eure Pferde bei dem Versuch, uns einzuholen zuschanden reitet!« Er sah seinen Offizier streng an. »Eure Rösser können nicht mit uns Schritt halten, also versucht es gar nicht erst. Haben wir uns verstanden?«

Tarith hätte gern weitere Einwände gemacht, was ihm mit der Sturheit eines langjährigen treuen Dieners gewiss auch gelungen wäre. Doch eben weil er seit seiner Jugend den Bogenmeistern von Balthar gedient hatte, erkannte er, wie ernst es dem Baron war. Und er wusste auch, wann es besser war, nicht zu widersprechen.

»Jawohl, Milord«, erwiderte er unglücklich.

»Danke.« Tellian gab ihm einen freundschaftlichen Klaps auf die gepanzerte Schulter und drehte sich zu Hathan um.

»Reiten wir, Windbruder.«

5

Die Feste Thalar, das Heim des Lordhüters Trisu von Lorham und der uralte Familiensitz der Spitzhacken von Lorham, war eine deutlich bescheidenere Festung als Schloss Hügelwacht. Allerdings war die Ortschaft Thalar – sie als Stadt zu bezeichnen wäre eine maßlose Übertreibung gewesen – auch erheblich kleiner als Balthar. Trotzdem flößte die alte Festung mit ihren beiden Ringmauern und dem massiven, trotzigen, viereckigen Hauptfried Respekt ein. Kaerithas registrierte mit ihrem erfahrenen Blick, dass die äußeren Befestigungen mindestens zwei Jahrhunderte jünger zu sein schienen als der ursprünglichere Fried.

Die Architektur der Festung verzichtete auf jede Raffinesse. Sie war kompromisslos eckig und von einem geschulten Auge offenbar so konstruiert, dass die Bogenschützen im Notfall freie Schussbahn hatten. Wer auch immer dieses Bauwerk geplant hatte – falls bei seiner Errichtung überhaupt so etwas wie ein Plan eine Rolle gespielt hatte –, er hatte sich offenbar nicht den Kopf darüber zerbrochen, was ein Feind mit wirkungsvollen Belagerungsmaschinen anrichten könnte. Die Festung wurde von einem höheren Felskamm im Osten überragt, der zwar außerhalb der Schussweite von Bogenschützen lag, von dem sie aber Katapulte, wie das Reich der Axt sie verwendete, sehr wohl erreichen konnten. Zudem wies sie keinen Burggraben auf. Die Feste war auf einem offensichtlich künstlichen Hügel errichtet worden, nicht auf felsigem Untergrund. Damit erhob sie sich zwar über der Ortschaft und gewährte von ihren Türmen aus einen weiten Blick ins Land, aber solch ein Erdhügel war sehr leicht zu unterhöhlen, falls sich unbedingt jemand diese Mühe machen wollte.

Kaum eine Woche, nachdem sie Kalatha verlassen hatte, trieb sie Wölkchen jetzt die sanfte Steigung nach Thalar hinauf. Natürlich hatten die Leute, die diese Burg gebaut hatten, als Feinde vermutlich ihre Sothôii Volksgenossen oder möglicherweise die Pferdediebe im Sinn gehabt. Und weder die kavallerieversessenen Sothôii noch die recht schlichten Hradani hätten die Schwächen der Burg ausnutzen können, die für Kaeritha so augenfällig waren. Laut Domina Yalith hatte die Feste Thalar wenigstens dreimal ernsthaften Angriffen während der Zeiten der Zerrüttung im Reich der Sothôii widerstanden.

Trotz ihrer geringen Größe – verglichen mit Balthar – wirkte die Ortschaft Thalar recht wohlhabend. Es gab zwar nur wenig Häuser mit mehr als zwei Stockwerken, doch alle Gebäude, die Kaeritha sehen konnte, waren gut in Stand gehalten und sauber. Trotz des unaufhörlichen Frühlingsregens hatten die Bauern ihre Felder gepflügt. Das erste Getreide steckte seine grünen Köpfe aus der fruchtbaren, schwarzen Ackererde. Und natürlich gab es überall Koppeln, Trainingsarenen und Ställe von Trisus Hengstzucht.

Die Arbeiter auf den Feldern blickten von ihrer Beschäftigung auf und musterten Kaeritha, als sie auf Wölkchen an ihnen vorbeitrottete. Wie Thalar selbst sahen auch sie stämmig und gut genährt aus, wenn auch nicht geradezu wohlhabend. Beinahe widerwillig musste Kaeritha zugeben, dass, so wie es aussah, Trisu für seine Untergebenen und seinen Besitz ausgezeichnet sorgte, welche Fehler er sonst auch haben mochte.

Der Zustand der Straße zur Feste Thalar war ein wenig besser als der des schlammigen Pfades, dem Kaeritha über die Ebene des Windes gefolgt war. Dafür war sie mindestens ebenso dankbar wie Wölkchen. Die Stute bewegte sich schneller, als sie das Ende der Reise witterte. Zweifellos sehnte sie sich nach einem warmen Stall und ein paar Portionen Haferkleie.

Kaeritha lachte leise bei diesem Gedanken, zügelte jedoch ihr Pferd, als sie sich dem äußeren Torhaus der Festung näherte und ein Hornsignal ertönte. Dieses Zeichen erkannte sie sofort. Es war die formelle Aufforderung, stehen zu bleiben und sich zu erkennen zu geben. Es war, gelinde gesagt, höchst ungewöhnlich, dass ein einzelner Reiter so begrüßt wurde. Sie sah jedoch die mindestens sechs Bogenschützen auf dem Wall. Unter diesen Umständen war es wohl das Klügste, zu gehorchen.

Sie trabte weiter und hielt Wölkchen unmittelbar vor dem Schatten des Torhauses an. Als der behelmte Kopf eines Offiziers auf den Zinnen über ihr auftauchte, blickte sie zu ihm hinauf.

»Wer seid Ihr? Und was wollt Ihr in der Feste Thalar?«, schrie der Offizier herunter. Er konnte wohl nichts dafür, dass seine näselnde Bassstimme jammernd und übellaunig klang.

»Ich bin Dame Kaeritha Seldanstochter«, erwiderte sie mit ihrer klaren, tragenden Sopranstimme. Sie hütete sich zu lächeln, als der behelmte Kopf überrascht ruckte, weil sein Besitzer eine Frauenstimme hörte. »Und außerdem Paladin des Tomanâk«, fuhr Kaeritha fort. Sie musste ein Kichern unterdrücken, als sie sich ausmalte, welche Wirkung diese Worte wohl erst auf den Mann haben mussten. »Ich möchte Lordhüter Trisu von Lorham sprechen, in einer Angelegenheit des Kriegsgottes«, schloss sie freundlich und wartete geduldig auf die Wirkung ihrer Worte.

Auf den Zinnen herrschte einen Augenblick lang gelähmte Bestürzung. Dann gab sich der Offizier, der sie angerufen hatte, offensichtlich einen Ruck, fuhr herum und blaffte einem der Bogenschützen einen Befehl zu. Der Mann ließ sich nicht einmal die Zeit, den Befehl mit einem Nicken zu bestätigen, sondern rannte davon. Der Offizier wandte sich wieder an Kaeritha.

»Ihr … sagtet doch, Ihr wärt ein … Paladin des Tomanâk, richtig?«, fragte er zögernd.

»Gewiss«, antwortete Kaeritha. »Der immer noch darauf wartet, dass ihm Einlass gewährt wird.«

»Ja, also …« Der Offizier war sichtlich verlegen. Er hatte offenbar nicht die geringste Ahnung, wie er verfahren sollte, wenn er es mit dem absurden, selbstverständlich vollkommen unwahrscheinlichen Fall zu tun hatte, dass eine Frau vor seinem Tor stand, die behauptete, nicht nur ein Ritter zu sein, sondern auch noch ein Paladin des Tomanâk! Kaeritha konnte den Mann sehr gut verstehen, dennoch hoffte sie, dass die durchschnittliche Geisteskraft von Trisus Offizieren und Bediensteten höher war, als dieser Bursche glauben machte.

»Ich bekomme bereits einen Krampf im Nacken, weil ich die ganze Zeit zu Euch hinaufschreien muss!«, erklärte sie freundlich. Selbst von Wölkchens Sattel aus konnte sie die flammende Röte sehen, die das Gesicht des unseligen Wachoffiziers überzog.

Er wandte sich wieder von ihr ab.

»Öffnet das Tor!«, schrie er jemandem im Wachhaus zu. Die Angeln quietschten, als jemand gehorsam begann, einen der massiven Torflügel zu öffnen.

Kaeritha wartete geduldig und ließ ihre Hände gut sichtbar auf ihrem Sattelknauf liegen, bis das Tor ganz offen stand. Dann bedankte sie sich mit einem Nicken bei dem verlegenen Wachoffizier und schnalzte leise mit der Zunge. Wölkchen warf den Kopf hoch, als amüsierte sie sich ebenso wie ihre Herrin über den Aufruhr, den sie ausgelöst hatten, und trottete dann mit zierlichen, fast damenhaften Schritten weiter.

Der unselige Wachoffizier war von den Zinnen heruntergestiegen und wartete bereits im Hof unter dem Torhaus auf sie, als sie aus dem Torweg herauskam. Aus der Nähe betrachtet, wirkte er erheblich anziehender, als Kaerithas erster Eindruck hatte vermuten lassen. Was allerdings auch nicht schwierig war, dachte sie spöttisch.

Der Mann hatte für einen Sothôii eine ungewöhnlich dunkle Haut und starrte mit seinen braunen Augen das eingestickte Symbol des Tomanâk auf ihrem Poncho an, den Morgenstern und das Schwert, dessen goldene Fäden glitzerten. Seine Miene verriet, dass er einen feuerspeienden Drachen weit weniger erstaunlich gefunden hätte, doch wenigstens versuchte er, die Lage so zu handhaben, als wäre das ganz gewöhnlich.

»Bitte vergebt mir meine scheinbare Unhöflichkeit, Dame … Kaeritha«, sagte er. Er sprach ihren Namen leicht fragend aus, und Kaeritha nickte freundlich, womit sie gleichzeitig seine Entschuldigung annahm als ihm auch andeutete, dass er ihn richtig ausgesprochen hatte. »Leider«, fuhr der Offizier mit einem Lächeln fort, das verblüffend echt schien, »empfangen wir hier in Lorham nicht sehr viele Paladine des Tomanâk.«

»Das liegt sicher daran, dass es gar nicht so viele von uns gibt«, gab Kaeritha liebenswürdig zurück. Sie ging auf sein Spiel ein, so zu tun, als wäre dies der wahre Grund für seine Verwirrung.

»Ich habe Lord Trisu bereits von Eurem Eintreffen benachrichtigt«, fuhr er fort. »Er wird sicher gleich hier am Tor erscheinen, um euch in eigener Person und gebührend zu begrüßen.«

Oder um mich mit einem Fußtritt hinauszubefördern, wenn er der Meinung ist, ich wäre kein Paladin, dachte Kaeritha. Andererseits muss man ja die Form wahren, nicht wahr?

»Danke, Hauptmann …?«

»Verzeiht mir!« Der Hauptmann verbeugte sich hastig. »Ich scheine meine Manieren heute vollkommen vergessen zu haben! Man nennt mich Sir Altharn.«

»Danke, Sir Altharn«, meinte Kaeritha. »Ich weiß die prompte und wirksame Art und Weise zu schätzen, in der Ihr Eure Pflicht erfüllt.«

Die Worte waren herzlich und formell, aber Sir Altharn nahm offenbar den freundlichen Spott in ihrem Unterton wahr. Einen

Augenblick lang stieg ihm die Farbe in die Wangen, dann schüttelte er den Kopf und lächelte Kaeritha zu ihrer Überraschung offen an.

»Das habe ich mir wohl selbst eingebrockt«, erklärte er. »Ihr dürft mir glauben, Dame Kaeritha, ich bin nur sehr selten so unfähig, wie ich heute Morgen auf Euch gewirkt haben mag.«

»Das glaube ich.« Kaeritha merkte verblüfft, dass sie dies tatsächlich tat.

»Danke. Ihr seid freundlicher, als ich es verdient habe«, erklärte Sir Altharn. »Ich hoffe, dass ich noch Gelegenheit bekomme zu beweisen, dass ich nicht immer so begriffsstutzig bin. Vorausgesetzt natürlich, ich bemerke die Gelegenheit, falls sie denn überhaupt kommt.«

Er lachte, und dieses Lachen wirkte so natürlich, dass Kaeritha unwillkürlich darin einstimmte. Vielleicht steckte doch noch mehr in diesem Kerl, als es auf den ersten Blick den Anschein gemacht hatte.

»Ich bin sicher, diese Gelegenheit wird kommen «, sagte sie. »Ich glaube sogar …«

Sie unterbrach sich, als vier Männer aus der Richtung des Hauptfrieds auf sie zukamen. Einer von ihnen war der Bote, den Altharn losgeschickt hatte. Bei dem Mann an der Spitze musste es sich um Trisu handeln. Er ging zu selbstbewusst und zielstrebig, fast schon überheblich, als dass er jemand anders hätte sein können. Er war blond, hatte graue Augen und sonnenverbrannte Haut. Dabei war er noch sehr jung, höchstens vier- oder fünfundzwanzig. Wie fast jeder Adlige der Sothôii, den Kaeritha bisher getroffen hatte, maß er von Kopf bis Fuß deutlich mehr als einen Meter achtzig. Das allein schon hätte ihm ein beeindruckendes Aussehen verliehen, aber auch wenn seine Körpergröße für einen Sothôii die übliche war, seine breiten Schultern waren das keineswegs. Die meisten Männer der Sothôii hatten, wie Sir Altharn oder Baron Tellian, einen eher schmalen und schlanken Körperbau. Trisu Spitzhackes Schultern jedoch waren im Verhältnis zu seinem Körper beinahe so breit wie die von Brandark. Er muss mindestes dreihundert Pfund wiegen, dachte Kaeritha, und schleppt dabei kein Gramm Fett am Körper herum. Unwillkürlich bemitleidete sie jedes Kriegsross, das sich unter ihm wiederfand.

Er war nicht gepanzert, hatte sich jedoch die Zeit genommen, einen Säbel mit juwelenbesetztem Knauf in einer goldverzierten schwarzen Scheide umzugürten. Die beiden Männer hinter ihm gehörten offenbar zu seiner Leibgarde und trugen die traditionellen Kürasse aus Stahl und die Lederharnische der Reiterei der Sothôii.

»Also!« Trisu blieb stehen und schob seine Hände in den Schwertgurt, während er finster zu Kaeritha hinaufblickte. Gelassen erwiderte sie den Blick von Wölkchens Sattel aus. Ihr beredtes Schweigen war ein mehr als deutlicher Rüffel für seine Grobheit. Allerdings schien er dafür nicht sonderlich zugänglich, denn er fletschte nur die Zähne zu einem bösen Lächeln.

»Ihr behauptet also, ein Paladin des Tomanâk zu sein, richtig?«, fragte er, bevor das Schweigen peinlich wurde.

»Ich behaupte gar nichts, Milord«, erwiderte Kaeritha nachdrücklich, doch mit ausgesuchter Höflichkeit. Sie lächelte spöttisch. »Ich bin nicht mutig genug, um mich fälschlicherweise als einen Seiner Paladine auszugeben. Ich glaube nämlich nicht, dass Ihm das sonderlich gefallen würde. Was denkt Ihr, hm?«

Trisus graue Augen blitzten, vor Ärger vielleicht, obwohl es Kaeritha auch für möglich hielt, dass dies eine Art von Humor sein konnte. Aber der Funke erlosch sofort, als er verächtlich schnaubte.

»Man könnte es mutig nennen«, sagte er. »Es als närrisch oder vielleicht sogar als dumm zu bezeichnen wäre ebenso angemessen, findet Ihr nicht?«

»Durchaus«, gab sie zu. »Abgesehen von diesen eher ablenkenden Fragen, Milord, frage ich mich, ob es wohl der üblichen Gastfreundschaft derer von Lorham entsprechen mag, einen Reisenden im Hof stehen zu lassen.«

»Unter gewöhnlichen Umständen nicht«, sagte er kühl. »Andererseits werdet Ihr sicherlich verstehen, dass Frauen, die behaupten, Ritter und Paladine der Götter zu sein, schwerlich als normale Reisende gelten können.«

»Auf der Ebene des Windes wohl kaum«, erwiderte Kaeritha ebenfalls kühl, und er errötete. Dennoch war er nicht bereit, klein beizugeben.

»Das mag sein, Milady«, erklärte er. »Aber Ihr befindet Euch auf der Ebene des Windes, und was Ihr behauptet, ist hier nicht nur ungewöhnlich, sondern sogar unerhört. Unter diesen Umständen findet Ihr es hoffentlich nicht übermäßig unhöflich, wenn ich einen Beweis verlange, dass Ihr auch diejenige seid, die zu sein Ihr vorgebt.« Er lächelte. »Sicher wird es der Orden von Tomanâk zu schätzen wissen, wenn die Leute nicht allzu leichtgläubig hinnehmen, falls jemand ohne Beweis behauptet, er wäre einer Seiner Paladine.«

»Verstehe.« Kaeritha betrachtete ihn nachdenklich. Es wäre wirklich hilfreich gewesen, dachte sie, wenn es Tomanâk gefallen hätte, ihr ein ebensolches Schwert zu geben wie Bahzell, das einem in die Hand sprang, wenn man es rief. Das war gewiss eine höchst beeindruckende Methode, die Glaubwürdigkeit als Paladin zu unterstreichen. Bedauerlicherweise blieben ihre eigenen Schwerter in den Scheiden, bis sie die Waffen selbst herauszog, auch wenn sie mit gewissen ungewöhnlichen Eigenschaften ausgestattet waren. Doch sie gehorchten weder einem Pfiff noch einem Fingerschnipsen.

»Ich komme aus Balthar«, sagte sie, »wo mir Baron Tellian freundlicherweise seine Gastfreundschaft angeboten und mir diese entzückende Lady geschenkt hat.« Sie beugte sich vor und strich Wölkchen über den Hals. Ihr Gesicht blieb ausdruckslos, doch innerlich amüsierte sie sich, als sie die ersten Anzeichen von Unsicherheit in Trisus grauen Augen bemerkte. »Außerdem«, fuhr sie ungerührt fort, »hat er mir ein Einführungsschreiben mitgegeben und, soweit ich weiß, auch Instruktionen an Euch, mich auf meiner Mission zu unterstützen. Vorbehaltlos.« Sein Blick wirkt ohne Zweifel weit weniger herausfordernd als noch am Anfang, dachte sie befriedigt. »Falls das nicht als Beweis reicht … Sollte zufällig jemand hier auf Eurer Festung krank oder verletzt sein, könnte ich meine Fähigkeit vorführen, ihn zu heilen. Oder aber ich könnte«, sie sah Trisu herausfordernd in die Augen, »mich einfach damit zufrieden geben, meine Geschicklichkeit im Umgang mit meinen Waffen an einem von Euch ausgewählten Champion zu beweisen, falls Ihr darauf besteht. In diesem Fall hoffe ich allerdings, dass Ihr seine Dienste nicht so bald benötigt.«

Trisus Miene verfinsterte sich, und er wirkte härter und dadurch älter, als er tatsächlich sein mochte. Die Leute, die ihn als »konservativ« beschrieben, haben beträchtlich untertrieben, dachte Kaeritha. Trotzdem schien hinter diesem harten Gesicht ein Verstand zu arbeiten. Ganz gleich wie ärgerlich er sein mochte, er war kein hirnloser Reaktionär. Seine Miene entspannte sich sichtlich.

»Falls Ihr diese Briefe tatsächlich bei Euch tragt«, sagte er, »wäre dies ein mehr als ausreichender Beweis für mich, Milady.« Unter den gegebenen Umständen gelang es ihm ganz gut, sein Gesicht zu wahren.

»Danke für Eure Höflichkeit, Milord«, Kaeritha nickte kurz. »Gleichzeitig muss ich mich wohl bei Euch entschuldigen, da ich mein letztes Angebot zum Teil aus Groll gemacht habe. Falls Ihr jedoch tatsächlich Kranke oder Verletzte hier habt, wäre es mir nicht nur eine Freude, sondern es wäre sogar meine Pflicht, sie zu heilen.«

»Wohl gesprochen, Milady«, antwortete Trisu. Er klang zwar noch ein wenig förmlich, aber zum ersten Mal strahlte er so etwas wie echte Freundlichkeit aus. »Bitte, Dame Kaeritha, steigt von Eurem Pferd. Mein Haus ist Euer Haus, und ich scheine einen etwas unglücklichen ersten Eindruck korrigieren zu müssen.«

Kaerithas erster Eindruck von Sir Altharn war irreführend gewesen. Ihr erster Eindruck von Lord Trisu jedoch traf, bedauerlicherweise und trotz seines Versprechens, ihn zu korrigieren, sehr zu.

Nicht, dass mit Trisus Verstand etwas nicht in Ordnung gewesen wäre. Er benutzte ihn nur ganz einfach nicht, wenn es um bestimmte Meinungen und Vorurteile ging. Kaeritha konnte mittlerweile nur zu gut nachvollziehen, warum es Yalith und den Kriegsbräuten so schwer fiel, mit ihm auszukommen. Ganz gleich wie sehr man sich auch vornahm, diplomatisch und vernünftig mit ihm zu reden, es fiel nicht leicht, daran zu denken, wenn man eigentlich nur eines wollte: diesen sturen, halsstarrigen, fanatischen, voreingenommenen Inbegriff eines jungen Reaktionärs der Sothôii auf der anderen Seite des Konferenztisches zu würgen.

Dabei besaß er ganz offensichtlich einen angeborenen Verstand, setzte ihn aber nie ein, um seine Meinungen und Vorurteile zu hinterfragen, weil er ihn stattdessen benötigte, um sie zu stützen. Das hinderte ihn allerdings keineswegs daran, seine Ländereien ganz ausgezeichnet zu verwalten, wofür Land und Leute hinreichend Zeugnis ablegten. Diese Sturheit aber war ein gewaltiges Hindernis, wenn er gezwungen war, sich mit Leuten oder Ereignissen auseinander zu setzen, die er nicht seiner eigenen Voreingenommenheit unterwerfen konnte.

Andererseits wird es vielleicht Zeit, dass ihn jemand zurechtstutzt, dachte Kaeritha, als sie zu seiner Rechten den Ehrenplatz an der Hohen Tafel im großen Speisesaal des Burgfrieds der Feste von Thalar einnahm.

»Ich fürchte, dass Thalars Gastfreundschaft im Gegensatz zu der von Balthar ein wenig bescheiden wirkt.« Trisus Worte klangen durchaus höflich, ebenso wie der Ton, in dem er sie äußerte. Seine Augen aber funkelten herausfordernd.

Vielleicht, dachte Kaeritha gewissenhaft, bin ich ja ganz ungerecht und schiebe ihm meiner eigenen Vorurteile wegen fälschlich etwas in die Schuhe.

»Balthar ist beträchtlich größer als Thalar, Milord«, antwortete sie. »Doch meiner Erfahrung nach hat die Größe eines Ortes weit weniger Auswirkungen auf das Maß an Gastfreundschaft und die höfliche Behandlung von Gästen als die Größe des Gastgebers. Und hier in Thalar, darf ich hinzufügen, hat man nicht versäumt, dafür zu sorgen, dass ich mich wohl fühle.«

Sie zuckte fast zusammen, als sie merkte, wie gestelzt sie klang. Trisu schien diese Förmlichkeit in ihr auszulösen. Dennoch hatte sie die Wahrheit gesagt, jedenfalls, was die rein körperlichen Bedürfnisse betraf. Dass sich Trisus Bedienstete und Gefolgsleute an ihrem Lehnsherren ein Beispiel nahmen, war sicher der Grund dafür, dass es ihrer höflichen Aufmerksamkeit an Herzlichkeit mangelte. Aber natürlich verbaten es Kaerithas gute Manieren, darauf anzuspielen.

»Das freut mich zu hören.« Trisu schaute über die voll besetzten Tische unter ihnen, als Dienstmägde die Speisen auftrugen. Dann konzentrierte er sich wieder auf Kaeritha.

»Ich habe Baron Tellians Briefe gelesen, Dame Kaeritha«, sagte er. »Selbstverständlich werde ich seinen Wünschen und Anweisungen Folge leisten.« Er lächelte etwas säuerlich, seine grauen Augen funkelten. »Lorham ist bereit, Euch in jeglicher Hinsicht zu unterstützen.«

»Das weiß ich zu schätzen«, gab sie zurück, vermied es aber zu erwähnen, wie beeindruckt sie war, dass er es in einmal sieben Stunden nicht geschafft hatte, sich durch die Briefe zu arbeiten, die Tellian ihr mitgegeben hatte. Immerhin waren es zwei, und jeder war fast eine ganze Seite lang!

»Gut. Aber das kann bis morgen warten. Heute Abend erlaubt Ihr hoffentlich meinen Köchen, Euch ihr Können vorzuführen.« Eine Dienstmagd hielt ihm ein Tablett mit einem gefüllten und gerösteten Huhn vor. Er griff nach dem Tranchiermesser. »Bevorzugt Ihr helles oder dunkles Fleisch, Milady?«

6

IST DIESE KISTE bald fertig, Leeana?«

»Fast, Theretha!«, rief Leeana die Treppe hoch. Sie wickelte das letzte Stück Glas in das geflochtene Stroh und steckte es in die Aussparung im obersten Regal der Kiste. Dann raffte sie einen Arm voll Stroh zusammen, verteilte es über das Regal, kontrollierte noch einmal, dass jedes einzelne Glas richtig verpackt war und die Polsterung es gegen heftige Schläge schützte.

Das Stroh schnitt ihr in die Finger. Leeana verzog spöttisch das Gesicht, als sie ihre Hände betrachtete. Auf den ersten Blick sahen sie aus wie immer, mit denselben langen, aristokratischen Fingern, doch jetzt waren sie auch noch wund von der Arbeit, rissig und aufgesprungen. Zudem hatte sie blaue Flecken – und zwei Fingernägel abgekaut, die sie sich zuvor abgebrochen hatte. Das war beim Nahkampf mit Garlahna passiert, den sie unter Aufsicht von Ravlahn trainiert hatte. Und seit sie die städtischen Ställe ausmistete, hatte sie zudem nette Schwielen an Handflächen und Fingern entwickelt.

Sie klopfte das letzte Stroh auf dem obersten Schuber fest, legte den Deckel der Kiste auf den Rahmen und griff nach dem Hammer. Mit kurzen, präzisen Schlägen passte sie jedes Brett fein säuberlich ein, legte den Hammer weg, tunkte den Pinsel in den Farbtopf und malte die Nummer der Kiste, die auf dem Lieferzettel stand, auf beide Seitenbretter.

»Fertig, Theretha!«, rief sie, trat an den Fuß der Treppe und schaute hoch.

»Gut!«, antwortete Theretha vom oberen Ende der Treppe und lächelte zu ihrer Gehilfin hinunter. »Ich weiß nicht, wie ich diese Lieferung ohne deine Hilfe rechtzeitig verpackt hätte«, fuhr sie dankbar fort. Leeana grinste.

»Vergiss mich einfach nicht, wenn du das nächste Mal eine Gehilfin brauchst«, erwiderte sie fröhlich.

»Das werde ich nicht, ganz bestimmt nicht!«, versicherte ihr Theretha. Die Glasbläserin kam die Treppe hinunter und klopfte stolz auf die letzte Kiste des Auftrags.

»Sehr gut! Ich kann das Geld nämlich gut gebrauchen.«

»Geht uns das nicht allen so?« Theretha grinste amüsiert und Leeana lachte. Sie mochte diese Frau, und sie war ziemlich überrascht gewesen, als sie feststellte, dass die Lieblingsglasbläserin ihrer Mutter hier in Kalatha lebte und arbeitete. Dass sie Therethas Arbeiten sofort erkannte, als sie an dem Schaufenster des Geschäfts vorbeigegangen war, hatte sie ermutigt, auf die Anzeige der Kriegsbraut zu antworten, die diese am Schwarzen Brett des Rathauses ausgehängt hatte.

Es hat sich ausgezahlt, dachte Leeana zufrieden. Da sie Therethas Arbeiten kannte, fühlte sie sich in ihrem Laden beinahe an zu Hause erinnert, an das Heim, dem sie für immer den Rücken gekehrt hatte. Sie genoss dieses Gefühl. Wichtiger jedoch war gewesen, dass es ihr den Mut gegeben hatte, sich zum ersten Mal in ihrem Leben bei jemandem wegen einer Arbeit vorzustellen.

Theretha ähnelte so wenig Leeanas Vorstellungen von Kriegsbräuten, wie man es sich nur denken konnte. Und das nicht nur, bis sie nach Kalatha gekommen war. Sie war schüchtern, wenn auch nicht scheu. Diesen Unterschied hatte Leeana erst nach zwei Tagen begriffen. Und sie hielt sich stets zurück, es sei denn es ging um ihre Kunst oder ihr Geschäft. Dabei war sie klein und zierlich, und Leeana bezweifelte, dass sie auch nur ein einziges Mal an den morgendlichen Leibesübungen teilgenommen hatte, seit sie die erforderliche Kampfausbildung und die üblichen Turnstunden hinter sich gebracht hatte. Bei den Feinarbeiten trug sie eine Brille mit einem Metallrahmen, und ihr Lieblingskleid war ein von Brandflecken übersäter Rock mit fantasievollen, aufgestickten Schmetterlingen in Blau, Rot und Gold. Abgesehen von ihrer offenkundigen Liebe zu Glas schien sie keine besonderen Leidenschaften zu hegen. Sobald sie jedoch das Blasrohr an die Lippen setzte, wirkte sie beinahe geistesabwesend. Auf den ersten Blick machte sie den Eindruck einer Person, die sich am liebsten in ein Mauseloch verkroch und sich jede Nacht mit einem Buch im Bett zusammenrollte.

Dennoch war Theretha eine der beliebtesten Bürgerinnen von Kalatha. Sie schien wirklich jeden zu kennen, und alle, die sie kannten, mochten sie. Sie war immer hilfsbereit, bescheiden und fröhlich, und etwas an ihr löste bei fast jeder anderen Person ein Bedürfnis zu beschützen aus. Es war fast wie eine Tarnfarbe oder ein natürlicher Verteidigungsmechanismus, obwohl Theretha es ohne Zweifel nicht absichtlich einsetzte. Sie war einfach so.

Selbst Leeana, mit Sicherheit die jüngste Kriegsbraut in der Stadt, und darüber hinaus auch noch mindestens zehn Jahre jünger als Theretha, fühlte diesen Drang, die Ältere zu beschützen. Dadurch war Theretha so etwas wie die »Kleine Schwester« für sie alle.

Wenn es jedoch ums Geschäft ging, strahlte sie gar nichts Kindliches mehr aus. Außerdem konnte man ihr nur schwer etwas recht machen. Sie hatte bereits drei Hilfskräfte verschlissen, bis Leeana in ihren Laden gekommen war. Keine von ihnen hatte sie zufrieden gestellt. Was Leeanas Glück gewesen war. Denn *sie* hatte es geschafft. Schon nach dem ersten Nachmittag hatte Theretha zugestimmt, sie nach Stückzahl zu bezahlen, nicht nach Stunden, trotz der Furcht der Glasbläserin, übermäßige Hast könnte ihren kostbaren Stücken schaden. Doch das war nicht eingetroffen. Leeana hatte festgestellt, dass sie in derselben Zeit die Hälfte mehr verdienen konnte, wenn sie sich konzentrierte. Oder aber genauso viel. Und dass sie trotzdem rechtzeitig zu ihrem Kurs mit Hundert Ravlahn kam.

Was keineswegs unbedeutend ist, dachte Leeana, als die Rathausuhr die Stunde schlug.

»Ich muss mich beeilen, Theretha!«, rief sie. »Ich komme zu spät zu Hundert Ravlahn. Kann ich mein Geld morgen abholen? Ich muss den Stallmeister für nächste Woche bezahlen.«

»Aber natürlich«, versicherte ihr Theretha. »Und glaub mir, du solltest lieber nicht zu spät zu Hundert Ravlahn kommen.« Sie verdrehte die Augen. »Also lauf!«

»Bin schon unterwegs!« Leeana fegte aus dem Geschäft.

»Leeana!«, rief ihr jemand nach, als sie über den Bürgersteig auf der Hauptstraße der Stadt raste. »Wir gehen nach dem Essen alle ins ›Grüne Gänschen‹ und …«

»Keine Zeit, Besthyra!«, warf Leeana über die Schulter zurück, ohne ihre Geschwindigkeit zu verringern. »Tut mir Leid! Außerdem muss ich nach dem Essen wieder die Ställe ausmisten!« Sie verzog das Gesicht, winkte und verschwand um eine Ecke.

Sie rannte weiter, und dabei wurde ihr bewusst, welche Veränderungen sich in diesen letzten Wochen in ihrem Leben vollzogen hatten. Garlahna war in den ersten paar Tagen ihr Rettungsanker gewesen, und Leeana hatte sich fast verzweifelt an sie geklammert … wenn sie nicht ins Bett gefallen war und versucht hatte, etwas von diesem Mysterium nachzuholen, das man »Schlaf« nannte. Zu ihrer eigenen Überraschung gewöhnte sie sich jedoch bemerkenswert schnell an ihr neues Leben. Vielleicht war es ja auch gar nicht so bemerkenswert. Schließlich hatte sie nie die Chance gehabt, eine andere Kriegsjungfer dabei zu beobachten, wie diese mit den Veränderungen zurechtkam. Doch Hundert Erlis und ihre Stellvertreterinnen, zum Beispiel Hundert Ravlahn, hatten wohl über die Jahre Dutzende oder Hunderte von Kriegsbräuten und Kriegsjungfern durch denselben Prozess gehetzt. Ihre selbstsichere, begabte Forschheit wirkte ungeheuer beruhigend, trotz ihrer hohen Erwartungen. Schon nach dem ersten

Tag hatte Leeana begriffen, dass sie sehr genau wussten, was sie taten. Im Gegensatz zu ihr. Was bedeutete: Sie brauchte sich nur an das zu halten, was ihr die beiden sagten.

Das tat sie nun, und dabei entdeckte sie, dass sie tatsächlich eine gewisse Begabung für die harten körperlichen Übungen besaß, die ihre Lehrerinnen ihr zumuteten. Irgendwie überraschte sie das, und sie hatte etwas pikiert reagiert, dass es die beiden Ausbilderinnen offenbar keineswegs verblüffte. Vermutlich war das wohl ein Kompliment, aber der selbstzufriedene Ausdruck, den sie manchmal auf ihren Gesichtern entdeckte, wenn sie sich unbeobachtet fühlten, machte es ihr schwer, es zu schlucken.

Sie begannen Leeanas Ausbildung sehr behutsam, auch wenn ihr das damals nicht so vorgekommen war. Doch das Programm, das sie für sie zusammengestellt hatten, steigerte sich zunehmend. Leeana hatte zu wenig Erfahrung mit konzentrierter, körperlicher Anstrengung, als dass sie hätte erkennen können, wie anspruchsvoll die Geschwindigkeit war, mit der Erlis und Ravlahn vorgingen. Niemand hatte ihr jemals erzählt, dass sie auch vor Erschöpfung zusammenbrechen oder wimmern könnte, dass man sie zu hart rannahm. Also unterwarf sie sich einfach der Herausforderung, den Anforderungen ihrer Ausbilder gerecht zu werden, und stellte bald fest, dass es ihr Freude bereitete – trotz der Erschöpfung. Sie machte sogar allmählich Fortschritte in ihrer Kampftechnik, auch wenn sie immer noch mehr oder weniger Anfängerin war. Wenigstens konnte sie ihrer Beweglichkeit trauen, und Ravlahn sowie Garlahna hatten dafür gesorgt, dass sie ihre »Oh, ich könnte niemals jemandem wehtun!« – Haltung sehr schnell überwand.

Sie tastete mit der Zunge nach einem lockeren Zahn und grinste. Solange meine Deckung nicht besser wird, dachte sie, komme ich allerdings kaum in die Verlegenheit, jemandem wehzutun!

Jedenfalls entwickelte sich ihre körperliche Ausbildung weit besser als ihre Fähigkeiten in der Küche. Sie schnitt sich ständig, wenn sie Kartoffeln schälte, Zwiebeln oder Karotten hackte. Mittlerweile hatte sie dafür schon den Spitznamen »Leeana Blutfinger« eingeheimst, und ein oder zwei Frauen vom Küchenpersonal sprachen von »Leeana-Brühe«, wenn sie Tomatensuppe meinten. Diese Spitzfindigkeiten fand Leeana alles in allem nicht sonderlich lustig, bis auf die unbeabsichtigte Ähnlichkeit mit Prinz Bahzells Zunamen. Aber sie schätzte sie trotzdem. Vor allem seit der Nacht, in der eine der Bänkelsängerinnen von Kalatha, Filkhata Yanakfressa, unter schallendem Gelächter die »Ballade von Leeana Blutfinger« aus der Taufe gehoben hatte. Es bewies, dass sie als die Person wirklich anerkannt wurde, die sie war, ohne dass diejenige, die sie einst gewesen war, ihr neues Leben überschattete.

Wenn der Tag nur fünf Stunden mehr gehabt hätte! Denn bei ihren morgendlichen Leibesübungen, den beiden täglichen Kursen mit Ravlahn, der Stunde als Hilfslehrerin bei Lanitha und den täglichen Gemeinschaftsarbeiten im Stall, um das Geld für Boots zu verdienen, sowie in der Küche, die jede Kriegsjungfer als Gegenleistung für freie Kost und Logis erbringen musste, blieb ihr fast keine Zeit mehr, sich richtig um Boots zu kümmern.

Wenigstens war die Koppel im Stall so groß, dass der Wallach sich etwas Bewegung verschaffen, alles erkunden oder aber »Folgt dem Leithengst« mit den anderen Pferden spielen konnte. Für ein ruhiges Pferd oder eines, das sein Gnadenbrot bekam, mochte das genügen, aber Boots reichte dies ganz und gar nicht! Er brauchte regelmäßige Herausforderungen, wenn er gesund bleiben sollte, und irgendwie musste sie Zeit finden, ihn wenigstens an der Lounge herumführen zu können. Einen ausführlichen Ausritt mit ihm zu unternehmen wäre noch besser gewesen, aber das hätte sie sehr viel Zeit gekostet. Da sie seinen Stall selbst ausmisten, Boots putzen, füttern und wässern musste, abgesehen von der Bewegung, die sie ihm verschaffte, hatte sie nicht gerade Freizeit im Überfluss. Vor allem nicht, wenn sie dafür sorgen musste, dass sie genug arbeiten konnte, um das Geld zu verdienen, mit dem sie die Stallgebühren bezahlen wollte, die nicht von ihrer Arbeit als Stallknecht des Stallmeisters abgedeckt wurden.

Leeana Bogenmeister hatte sich nie viel Gedanken über Geld gemacht, doch Leeana Hanathafressa brannte das Thema mittlerweile auf den Nägeln.

Glücklicherweise hatte sie einen Bereich entdeckt, wo sie etwas Zeit sparen konnte, die sie an anderer Stelle so dringend benötigte. Schließlich brauchte sie wirklich nicht mehr als fünf Stunden Schlaf pro Nacht.

Sie bog um eine weitere Ecke und beschleunigte ihre Schritte, als sie die Waffenhalle vor sich sah. Garlahna wartete schon auf der hölzernen Veranda. Sie blickte hoch, als sie Leeanas Schritte hörte und winkte ihr fröhlich zu, als sie die letzten Dutzend Meter rannte und mit zwei großen Sätzen die Treppe hinaufsprang.

»Bist spät dran, Mädchen!«, bemerkte Garlahna, und Leeana streckte ihrer Mentorin die Zunge heraus. »Mach nur weiter so.« Garlahna zuckte mit den Schultern. »Schneide mir Grimassen. Ich wette, dass dich Ravlahn dafür etwas härter rannimmt als gewöhnlich!«

»Hah!« Leeana fegte an ihrer Freundin vorbei. »Das ist die Mutter aller leeren Drohungen! Sie kann mich gar nicht härter rannehmen, als sie es ohnehin schon tut!«

»Ach nein? Kann ich das nicht?«, erkundigte sich eine andere Stimme, und Leeana kam rutschend zum Stehen. Auf ihrem Gesicht malte sich ein fast schon komischer Ausdruck der Verzweiflung ab, während Ravlahn Thregafressa sie scheinheilig anlächelte. Die Stellvertretende Ausbildungsleiterin stand hinter der Hallentür und stemmte die Hände auf die Hüften. Leeana gelang es, sie anzulächeln, ohne dabei allzu elend auszusehen.

»Ihr nehmt doch hoffentlich meinen albernen Scherz Garlahna gegenüber nicht ernst?«, fragte sie.

»Aber nein, natürlich nicht.« Ravlahn grinste sie breit an und zeigte dabei alle ihre Zähne. Dann winkte sie Leeana mit ausgesuchter Höflichkeit an sich vorbei in die Halle.

»Meine Güte!«, stöhnte Leeana, als sie sich mit Garlahna in das Dampfbad innerhalb der Bäder schleppte, die hinter der Waffenhalle angebaut waren. »Erinnere mich daran, dass ich nie, nie wieder etwas sage, was Ravlahn als Herausforderung auffassen könnte!«

»Wahrlich, sie schien heute einen Tick angeregter zu sein«, stimmte Garlahna ihr lachend zu, blieb vor einem der großen Gemeinschaftsbecken stehen und half Leeana, den Yathu abzuschnallen. Leeana sank ermattet und dankbar gegen den hohen, gemauerten Rand des Beckens.

»Ja, das war sie wirklich«, bemerkte jemand anders. Leeana drehte sich zu der Sprecherin um. Sie hatte diese Kriegsbraut schon ein- oder zweimal gesehen, war ihr aber nie richtig vorgestellt worden. Die andere Frau war vermutlich ein paar Jahre älter als Ravlahn und hatte kurzes blondes Haar. Sie badete in dem Becken mit dem etwas kühleren Wasser neben dem, an dem Leeana lehnte. Ihren festen Muskeln und den Narben nach zu urteilen, von denen – bis auf zwei besonders spektakuläre – die meisten recht klein waren, gehörte sie zu den echten *Kriegs*bräuten, den Amazonen.

»Soumeta Harlahnnafressa« stellte sie sich mit einem trägen Lächeln vor, hob einen Arm aus dem Wasser und deutete mit ihrer tropfenden Hand auf die beiden anderen Frauen in dem Becken. Sie waren einige Jahre jünger als sie, wenn auch nicht so jung wie Leeana. »Tharnha Garhlanfressa«, erklärte Soumeta, während sie auf die dunkelhaarige Frau mit dunkler Haut zeigte, die rechts neben ihr saß, »und Eramis Yohlahnafressa.«

Eramis' Haut war so hell wie Tharnhas dunkel, und ihr langes, zu einem Knoten auf dem Kopf zusammengerolltes Haar, war platinblond, fast weiß. Zusammen bilden Soumeta und ihre beiden Gefährtinnen ein beeindruckendes Trio, dachte Leeana.

»Leeana … Leeana Hanathafressa«, stellte sie sich höflich vor. Sie hatte einen Augenblick gezögert, bevor sie ihren Mutternamen genannt hatte, und fühlte, wie sie deswegen leicht errötete.

»Ich weiß.« Soumeta lächelte. »Seit deiner Ankunft spricht ganz Kalatha über nichts anderes als dich, weißt du das?«

»Oh.« Leeana fühlte, wie sich ihre Röte vertiefte. Sie wandte sich von der anderen Frau weg und zog sich weiter aus. Sie hatte sich häufig genug vor Kammerzofen und Näherinnen und in den Frauenbädern von Hügelwacht ausgezogen, so dass ihre Nacktheit ihr unter gewöhnlichen Umständen keine Probleme bereitete. Doch Soumetas Bemerkung hatte sie so verlegen gemacht, dass sie jetzt etwas schneller ins Wasser stieg als sonst.

Natürlich muss das Wasser auch heißer sein als üblich!, dachte sie, während sie einen Schrei unterdrückte, als die brennende Flüssigkeit sie umhüllte. Sie schaffte es jedoch, sich fast so wie immer hinzusetzen und ließ sich bis zum Hals in das dampfende Wasser sinken. Nach den ersten schmerzhaften Sekunden begann das heiße Wasser mit seiner magischen Wirkung und löste langsam den Schmerz aus Muskeln und Sehnen.

Garlahna gesellte sich ein wenig später zu ihr, wobei sie sich allerdings deutlich mehr Zeit ließ.

»Mir ist aufgefallen, dass sie das Feuer unter dem Wasserkessel etwas höher brennen lassen als gewöhnlich«, bemerkte Soumeta in die Runde. Leeana warf ihr einen kurzen Seitenblick zu und lachte dann, als sie den wissenden Blick der anderen Frau bemerkte.

»Ja, das stimmt«, sagte sie nachdrücklich, und Soumeta lächelte sie an.

»Aber eigentlich«, fuhr Leeana fort, »ist das auch nur gut so. Ich kann das heiße Wasser gut gebrauchen. Nachdem mich

Hundert Ravlahn gerade ein Jahrzehnt lang in der Halle herumgehetzt hat. Und mich auch noch fast bewusstlos prügelte, wenn sie mich einholen konnte!«

»Ich glaube, du bist etwas zu hart mit dir«, antwortete Soumeta. Leeana sah sie überrascht an, und die ältere Frau lachte. »Ich will nicht behaupten, dass du bereits losgehen und Briganten abschlachten könntest, das noch lange nicht! Aber ich habe viele Kriegsjungfern gesehen, die sich weit schlechter angestellt haben als du heute.«

»Wie ich zum Beispiel.« Eramis kicherte und schüttelte den Kopf. »Es hat Wochen gedauert, bis ich wirklich den Mumm gefunden habe, gegen Erlis zurückzuschlagen. Sie hat die Ausbildung damals noch selbst geleitet, trotz ihres fehlenden Arms. Und du hast es immerhin versucht, Leeana.«

»Sie hat sogar Ravlahns Deckung durchbrochen. Einmal, immerhin!«, merkte Garlahna an.

»Das habe ich gesehen!« Soumeta nickte.

»Ach, das hat sie absichtlich zugelassen!«, protestierte Leeana und errötete erneut. *Außerdem*, sie blickte auf ihre Brüste, die halb unter Wasser lagen, *bin ich überall … rosa. Na wundervoll*!

»Hundert Ravlahn lässt niemanden ›absichtlich‹ ihre Deckung durchbrechen«, widersprach Soumeta. »Ich will nicht abstreiten, dass du sie überrascht hast, aber du bist schnell, Leeana, sehr schnell sogar.« Anerkennend betrachtete sie die jüngere Frau. »Ich glaube, du könntest es in der Stadtwache weit bringen, wenn du erst deine Probezeit bestanden hast.«

Leeana war davon überzeugt, dass Soumeta sie verspottete. Doch als sie hochblickte, wirkte die Miene der älteren Kriegsbraut vollkommen ernst.

»Ach, ich glaube nicht …« Leeana unterbrach sich, als ihr klar wurde, dass sie gar nicht wusste, was sie eigentlich sagen wollte.

Das Letzte, was sie hatte werden wollen, war eine weibliche Kriegerin, eine Amazone. Nicht etwa aus Angst, sondern weil es ihr einfach noch nie in den Sinn gekommen war. Außerdem, gestand sie ehrlich, flößte es ihr mehr Furcht ein, andere Menschen zu verletzen, als selbst verwundet zu werden. Und Illusionen über den so genannten »Schlachtenruhm« machte sie sich ebenfalls nicht. Sie war Tochter und Enkelin eines Geschlechts von Kriegern, Erbin von Generationen von Frauen, die zahllose Ehemänner und Söhne in den Krieg geschickt hatten, die nur allzu oft nicht nach Hause zurückgekehrt waren. Die Vorstellung, in eine Schlacht zu ziehen, reizte Leeana Hanathafressa nur sehr wenig.

Dennoch musste sie einräumen, dass sie zu diesen fröhlichen Verrückten gehörte, die die körperlichen Übungen genossen. Und nicht nur das, sie empfand ein merkwürdiges, geheimnisvolles, aber nichtsdestoweniger starkes Vergnügen dabei, die anspruchsvollen Aufgaben zu bewältigen, die Hundert Ravlahn ihr stellte. Sie arbeiteten zwar im Augenblick fast ganz ohne Waffen, Leeana freute sich jedoch bereits auf den Tag, an dem sich das änderte.

Außerdem, dachte sie, gibt es einige wenige Dinge, die wichtig genug sind, dass man dafür kämpft. Nur weil Ruhm ganz sicher nicht dazu gehörte, bedeutete dies nicht, dass es nicht noch andere, weit wertvollere Ziele gab.

»Du musst dich ja nicht gleich morgen entscheiden«, erklärte Soumeta. »Immerhin wird Fünfhundert Ermath dich wohl kaum bitten, ihre Pflichten nächste Woche schon zu übernehmen!«

»Eben. Ich bin sicher, dass sie damit noch wartet, sagen wir, mindestens einen Monat«, stimmte ihr Tharnha lachend zu. Auch Leeana musste grinsen.

»Aber wie lebst du dich sonst ein, abgesehen von deiner körperlichen Ausbildung?«, fragte Soumeta.

»Besser, als ich erwartet habe«, gab Leeana zu.

»Das muss schwer sein, wenn man aus einer Familie wie der deinen kommt«, murmelte Tharnha.

»Ich denke, es ist schwer, ganz gleich, aus welcher Familie

man kommt.« Leeana hätte sich am liebsten auf die Zunge gebissen, als sie wahrnahm, wie kalt ihre Stimme plötzlich klang.

»Tharnha ist nicht gerade für ihre Feingefühl berühmt«, bemerkte Soumeta grinsend und versetzte der dunkelhaarigen Frau einen spielerischen Klaps auf den Hinterkopf. Dann richtete die Blonde ihren Blick wieder auf Leeana. »Dennoch spricht sie nur das aus, was die meisten von uns denken. Wir fragen uns alle, warum du wohl zu uns gekommen bist, und ob du deine Entscheidung nicht schon bereust.« Sie legte den Kopf schief, als sie Leeana nachdenklich ansah. »Das musst du doch zugeben, Leeana, es ist wirklich kein alltäglicher Anblick, die Thronerbin eines Barons jeden Tag in einem Chari und einem Yathu herumspazieren zu sehen!«

»Nein, das kann ich mir vorstellen.« Leeana zuckte mit den Schultern und sah Tharnha an. »Tut mir Leid, wenn ich jetzt beleidigt wirke, Tharnha. Aber das ist eine wunde Stelle.«

»Woher wir kamen und aus welchem Grund, das ist für die meisten von uns eine ›wunde Stelle‹«, erwiderte Tharnha. »Ich hätte lieber meine große Klappe halten sollen.«

»Das stimmt«, pflichtete ihr Eramis bei. »Aber wie Soumeta sagt, wir werden innerlich vor Neugier fast aufgefressen, weil wir dich nicht offen danach fragen wollen, Leeana.« Sie lächelte die junge Frau an. »Wenn du uns sagst, wir sollen den Mund halten und uns um unsere eigenen Angelegenheiten kümmern, so tun wir das natürlich. Aber dir muss klar sein, dass wir uns trotzdem den Kopf darüber zerbrechen werden.« Ergeben hob sie ihre Hände. »Wir sollten es nicht tun, aber wir sind auch nur Frauen, verstehst du?«

»Sicher verstehe ich das.« Leeana seufzte. Sie dachte ein wenig nach und blickte stirnrunzelnd in das heiße Wasser ihres Beckens.

»Ich möchte es so ausdrücken«, begann sie dann. »Ich habe meine Familie nicht deshalb verlassen, weil sie mir etwas angetan hätten, versteht ihr? Es war eine politische …« Sie hielt inne. »Mein Vater hat einen Heiratsantrag für mich erhalten. Einen, den ich nicht annehmen wollte.« Sie verzog das Gesicht. »Niemand hätte gewollt, dass ich dies tue. Vater hätte mich niemals dazu gezwungen, aber er hätte eine Menge politischen Druck aushalten müssen, von Leuten, die wollten, dass er ihn für mich annimmt. Deshalb habe ich beschlossen, lieber eine Kriegsbraut zu werden.«

Sie dachte über ihre Worte nach und kam zu dem Schluss, dass sie die Sache umfassend genug beschrieben hatte.

»Und ob ich meine Entscheidung bereue, hierher gekommen zu sein … danach müsst ihr mich in einem Monat noch einmal fragen! Bis dahin bin ich hoffentlich wieder zu Atem gekommen.«

Soumeta lachte und die beiden Kriegsbräute neben ihr kicherten.

»Ich glaube nicht, dass es so lange dauert«, meinte Soumeta. »Du scheinst dich weit besser zurechtzufinden als die meisten anderen Kriegsjungfern. Und wie ich höre, hast du auch schon eine Arbeit gefunden, um die Kosten für dein Pferd bezahlen zu können.«

»Und was für ein Pferd!« Tharnha verdrehte anerkennend die Augen.

»Ja, das stimmt«, gab Leeana etwas verlegen zu. Sie erinnerte sich an Domina Yaliths Warnung vor dem Neid der anderen Kriegsbräute.

»Ich beneide dich zwar um dein Pferd«, Soumeta schien ihre Gedanken gelesen zu haben, »aber ganz bestimmt nicht um all die zusätzliche Arbeit, die du dafür leisten musst!«

»Natürlich nicht!« Eramis gluckste spöttisch. »Das würde deinen … privaten Kalender erheblich durcheinander bringen.«

»Lässt du bitte meinen Terminkalender aus dem Spiel, Mistress Klatschtante?« Soumeta warf ihr einen halb spöttischen, halb ernsten Blick zu.

»Warum? Schließlich weiß so ziemlicher jeder in Kalatha von deinem lebhaften Liebesleben, Soumeta.« Tharnha verdrehte die Augen. Sie schien darüber ebenso neidisch zu sein, wie über Leeanas Boots.

»Ich versuche nur«, erwiderte Soumeta ein wenig klagend, »die Waagschalen etwas auszugleichen.«

»Die Waagschalen auszugleichen?« Leeana errötete. Die Frage war ihr unwillkürlich über die Lippen gekommen. Soumetas träger Blick richtete sich wieder auf sie. Leeana war wütend auf sich. Sie hatte gar nichts dazu sagen wollen. Was die anderen Leute mit ihren Leben anfingen, ging sie nicht das Geringste an. Trotzdem …

»Sicher.« Soumeta fand Leeanas Verlegenheit offenbar höchst unterhaltend. »Denk nur an all die Jahre, in denen die Männer den Frauen nachgestellt haben, als wären sie rossige Stuten und sie selbst Zuchthengste. Wenn wir uns dann haben flachlegen lassen, außerhalb des braven Ehebettes, waren wir die … ›leichtfertigen Weiber‹«, Leeana bemerkte, dass die Frau sich sichtlich Mühe gab, kein anderes, derberes Wort zu benutzen, »weil wir die Beine für sie breit machten. Und Lillinara steh uns bei, wenn wir etwa ohne Ehering schwanger wurden!«

Theatralisch verdrehte sie die Augen und ihre Freundinnen lachten. Aber unter dem Humor in Soumetas Stimme schwang Zorn mit, und das Lachen der anderen hatte ebenfalls einen harten Unterton.

»Angesichts dessen, wie lange das schon so geht«, fuhr die Amazone fort, »wird es meiner Meinung nach Zeit, dass wir uns ein wenig um Ausgleich bemühen. Ich finde, wir sollten zur Abwechslung mal die Männer jagen. Wenn einer von ihnen Lust hat, eine kuschelige Nacht mit mir zu verbringen, soll's mir recht sein. Aber wenn er glaubt, er könnte mich anschließend wie ein kleines, gehorsames Mädchen festnageln, hat er sich geschnitten. Schon merkwürdig, wie wenige von ihnen begreifen, dass es auch so herum möglich ist. Vielleicht bin ich ja gemein, aber ich muss zugeben, es gefällt mir, über die Schulter zurückzublicken und ihre Gesichter zu sehen, wenn ihnen klar wird, dass ich ›Nein‹ meine, wenn ich ›Nein‹ sage. Und dann hinausrausche, während ich meinen süßen Arsch vor ihrer Nase hin und her schwenke.«

Sie beobachtete Leeanas Gesicht, während sie sprach. Die junge Frau hatte das deutliche Gefühl, dass Soumeta ihre Reaktion sehr genau abschätzte. Tat sie das, weil Leeana jünger war und die Amazone sehen wollte, wie behütet sie tatsächlich aufgewachsen war? Oder gab es dafür einen anderen Grund?

Plötzlich hatte sie das Bedürfnis herauszufinden, wie Garlahna dieses Gespräch empfand, doch sie ahnte, dass es keine gute Idee war, zu ihr hinzusehen. Also zuckte sie nur die Achseln.

»Ich glaube nicht, dass ich in der nächsten Zeit dazu komme, mir darüber den Kopf zu zerbrechen«, erwiderte sie gelassen. »Ich muss meine Probezeit erfolgreich absolvieren, und Erlis und Ravlahn warten nur darauf, dass ich mich daran aufreibe. Zwischen den Kursen, den Pflichten, der Arbeit für Theretha, dem Ausmisten von Boots Stall und … ach ja, Lanitha in der Schule zu helfen, finde ich kaum genug Zeit, zu essen und zu schlafen. Geschweige denn, mit jemand anderem …«

»Aber es ist eine solche Verschwendung, mit jemandem zu schlafen, wenn man doch so viele andere reizvolle Dinge mit ihm tun kann«, wandte Soumeta mit einem anzüglichen Grinsen ein und lachte über Leeanas Miene. »Entschuldige! Ich wollte dich nicht verspotten. Vermutlich hast du ganz Recht, was deine freie Zeit betrifft, jedenfalls in den nächsten Wochen. Aber irgendwann wirst du darüber nachdenken müssen, Leeana«, fuhr sie ernster fort. »Du bist eine Kriegsbraut, das heißt, du wirst eine sein, wenn du deine Probezeit bestehst. Das bedeutet, du kannst frei entscheiden, wen du als Partner wählst. Weder dein Vater, noch deine Familie oder sonst jemand kann dir da hineinreden, sondern du entscheidest das allein. Dies ist für die meisten von uns auch der Grund, warum wir überhaupt Kriegsbräute geworden sind. Die Entscheidungsfreiheit über uns selbst.«

»Ich weiß.« Leeana erinnerte sich noch an die Unterhaltung mit Johlana an ihrem ersten Tag.

»Und weil wir frei über uns entscheiden wollen, wirken solche Leute wie Trisu von Lorham so gereizt«, erklärte Eramis finster.

»Unter anderem.« Soumeta wandte ihren Blick nicht von Leeana ab. »Aber in seinem Fall geht es um weit mehr, Eramis. Du weißt, wie sehr er uns wegen allem Möglichen drangsaliert, seit er den Titel geerbt hat. Natürlich ärgert es ihn, dass wir nicht sofort ›Wie hoch?‹ fragen, wenn er sagt: ›Springt!‹ Aber er hat mehr im Sinn als nur das.« Ihr Blick verfinsterte sich. »Er ist einer dieser Mistkerle, die die Uhr zwei- oder dreihundert Jahre zurückdrehen und so tun wollen, als hätte es die Kriegsbräute nie gegeben. Als hätten wir nie eine Charta bekommen. Bis ihm jemand in seine großen Eier tritt, auf die er so stolz ist, wird er uns weiter zusetzen, bis wir ihm geben, was er will, oder …«

Sie verstummte plötzlich und schüttelte so ärgerlich den Kopf, dass Wasser über den Rand ihres Beckens schwappte.

»Entschuldige, Leeana«, sagte sie nach einem Augenblick und lächelte fast natürlich. »Ich wollte mein Lieblingsthema nicht anschneiden. Es regt mich nur auf, wenn uns jemand wie er herumschubst, als wären wir immer noch kleine, schwache weibliche Mäuschen in einer Welt voller großer Kater. Oder gehorsame Püppchen, die warten, bis ihre Besitzer nach Hause kommen und uns am Haar ins Bett zerren! Das sind wir nicht, und es wird Zeit, dass ihm das jemand deutlich macht. Und auch allen anderen Männern, die so sind wie er!«

»Ich bin sicher, dass D…« Leeana biss sich auf die Lippen. Dame Kaeritha hatte ihr nicht freigestellt, über den Auftrag, der den weiblichen Paladin nach Kalatha gebracht hatte, zu sprechen. Sie hatte ihr zwar auch nicht verboten, es zu tun, aber die Angelegenheiten eines Paladins waren seine Angelegenheit und kein Thema für Badehaustratsch.

»Ich bin sicher, dass Domina Yalith und die Stadtversammlung wissen, was sie tun«, sagte sie stattdessen. Das traf zwar zu, klang aber wie das alberne Geplapper eines Schulmädchens, das nicht in der Lage war, einen eigenen Gedanken zu fassen.

»Pah!« Soumeta schnaubte und schlug verächtlich ins Wasser. »Vielleicht, vielleicht auch nicht! Immerhin wissen einige von ihnen, was zu tun ist«, verbesserte sie sich. »Aber das ist eine Frei-Stadt der Kriegsbräute, weißt du? Wir haben alle eine Stimme und auch das Stimmrecht, wenn darüber entschieden wird, was getan werden sollte. Wenn das so weitergeht, wird Trisu vielleicht bald feststellen müssen, dass sein Pochen auf die wertvollen Vorrechte etwas lostreten könnte, was er nicht zu Ende bringen kann!«

»Und das wird auch langsam Zeit«, murmelte Tharnha.

»In vielerlei Hinsicht.« Eramis gähnte ausgiebig. Dabei streckte sie sich ungeniert, und ihr fester Busen hob sich aus dem Wasser. Sie rekelte sich wie eine Katze mit einer schamlosen Sinnlichkeit, die Leeana noch nie zuvor erlebt hatte. »Ich finde, du hast Recht, Soumeta. Die Frage ist, wer hier wen jagt«, sagte sie träge. »Holen wir uns von ihnen, was wir wollen, und brechen wir zur Abwechslung mal ihre Herzen!«

»Hah! Hauptsache, wir brechen ihnen *irgend*etwas«, stimmte Tharnha lachend zu.

»Ich leiste meinen Beitrag bereits«, erinnerte Soumeta sie mit einem raubtierhaften Grinsen. »Aber ob ich so weitermachen kann, hängt davon ab, ob uns Kerle wie Trisu wieder alle in kleine Käfige treiben und dort einschließen können. Ich jedenfalls habe vor, einige von ihnen zu Hundefutter zu verarbeiten, bevor ihnen das gelingt.«

»So etwas Ähnliches hat Die Stimme im Tempel gesagt, als ich im letzten Herbst in Quaysar war«, erinnerte sich Tharnha. Alle sahen sie an und sie zuckte abwehrend die Achseln. »Hat sie wirklich!«, setzte sie nachdrücklich hinzu.

Leeana war verwirrt. Sie kannte zwar den Tempel der Lillinara in Quaysar, war jedoch nie dort gewesen. Aber sie hatte noch nie gehört, dass sich eine Stimme in weltliche Angelegenheiten gemischt hätte, es sei denn das Leben von Frauen war in Gefahr und ihre Lage beinahe aussichtslos.

»Die Stimme hat gesagt, wir sollten uns nachhaltiger gegen Lord Trisu zur Wehr setzen?« Garlahnas Tonfall verriet, dass sie diese Vorstellung ebenso bestürzte wie Leeana.

»Nicht mit so vielen Worten«, räumte Tharnha ein. »Aber sie hat gesagt, sie mache sich Sorgen, dass die Töchter Der Mutter sich immer gegen Menschen zur Wehr setzen und sie bekämpfen sollten, die versuchen, Frauen zu Opfern zu machen. Und wen sollte sie wohl sonst damit meinen, wenn nicht Männer wie Trisu?«

»Stimmen schicken keine Menschen in den Krieg, Tharnha«, gab Soumeta zu bedenken. »Jedenfalls nicht oft. Sie hat vermutlich nur gemeint, dass wir uns gegen sie behaupten sollen.« Die Stadtamazone schnaubte. »Die Stimme kann nicht einfach so daherkommen und uns sagen, dass wir härter zurückschlagen sollen, als er uns zusetzt, auch wenn sie das vielleicht sagen möchte. Nicht, ohne einen Orkan von Vorwürfen und Beschwerden von allen Lordhütern in diesem Königreich herauszufordern, von allen männlichen Lordhütern, wohlgemerkt. Was nicht heißen soll, dass es keine gute Idee wäre. Nur ist Die Stimme ein wenig zu berühmt, um dies den Frauen ganz offen raten zu können.«

»Vielleicht stimmt das, Soumeta«, gab Eramis zu. »Aber du weißt auch, dass Die Stimme glaubt, wir sollten uns nicht wie früher herumschubsen lassen. Das weißt du genau.«

»Ich habe ja auch nichts anderes behauptet«, gab Soumeta zurück. »Ich sagte nur, dass sie sehr sorgfältig ihre offizielle Haltung formuliert, einfach weil sie weiß, wer sie ist. Wenn du von mir hören willst, dass sie Frauen wie Maretha und ihre Anhänger in der Stadtversammlung unterstützt, gebe ich das gern zu. Ich sage nur, dass sie klug genug ist, und auch feinsinnig genug, es so zu tun, dass niemand sie, den Tempel oder Die Mutter in einen offenen Konflikt mit einem Lordhüter zerren kann.«

»Wahrscheinlich hast du Recht.« Tharnha klang zwar nicht überzeugt, lächelte aber und zuckte gleichmütig mit den Schultern.

»Wie auch immer«, fuhr sie dann fröhlicher fort. »Hat zufällig eine von euch diesen gut aussehenden, blonden Bewaffneten gesehen, der heute Nachmittag mit dem Weinhändler angekommen ist? Hmm, lecker!«

Sie klimperte mit den Wimpern und Eramis kicherte.

»Ich hätte nichts dagegen, ihn ein bisschen näher kennen zu lernen, das kann ich euch sagen.« Tharnha grinste anzüglich. »Wenn ich nur an seinen Hintern denke, und diese Schultern …! Ihr wisst doch, was man von Welpen sagt, deren Pfoten bereits andeuten, wie groß sie einmal werden?« Sie verzog das Gesicht noch lüsterner. »Also wirklich, wenn andere Teile *seiner* Anatomie so groß gewachsen sind, dass sie zu diesen Schultern passen …«

7

Das Arbeitszimmer von Lordhüter Trisu lag im dritten Stock seines etwas antiquierten Familienfrieds. Diese Tatsache hatte Kaeritha überrascht, denn sein Vater hatte eine weit feudalere Arbeitszimmersuite in Thalars recht neuem Rathaus eingerichtet. Doch als Kaeritha das Zimmer sah, verflog ihre Überraschung so schnell, wie sie gekommen war. Seine Wahl passte genau zum Charakter dieses Mannes. Von den hohen, schmalen Fenstern des Raumes, deren später eingesetztes Glas nicht darüber hinwegtäuschen konnte, dass es einst Schießscharten für Bogenschützen gewesen waren, hatte man einen weiten Blick über die Ortschaft Thalar. Von hier aus konnte Trisu seine Domäne betrachten, wann immer es ihm beliebte. Außerdem verdeutlichte ein Blick auf die spartanischen, weiß gekalkten Wände, deren Schild- und Waffenschmuck den kargen Eindruck kaum milderte, dass sich der Lordhüter nirgendwo sonst hätte wohl fühlen können, ganz gleich wie viel mehr Raum er gehabt hätte.

Der Bewaffnete, der sie zu Trisu geführt hatte, zog sich auf eine Handbewegung seines Lords hin zurück und schloss die Tür des Arbeitszimmers leise hinter sich. Die Sonne schien durch die rautenförmigen Fenster hinter Trisus Schreibtisch, und trotz der trophäengeschmückten Wände besaß der hohe Raum eine gewisse luftige Wärme.

»Guten Morgen, Dame Kaeritha. Ich hoffe, Ihr habt gut geschlafen? Waren Eure Gemächer komfortabel genug?«

»Danke, Milord. Ich habe gut geschlafen und alles war äußerst bequem.« Sie lächelte. »Außerdem möchte ich Euch danken, dass Ihr mich heute Morgen so zeitig empfangt.«

»Ihr seid selbstverständlich sehr willkommen, also ist kein Dank nötig. Die Pflicht meinem Lehnsherrn und ebenso dem Kriegsgott gegenüber verlangen nicht weniger.« Er legte sich auf seinem hochlehnigen Stuhl zurück und faltete die Hände auf der Schreibtischplatte. »Dennoch, die Anweisungen Baron Tellians sind zwar klar, aber nicht gerade ausführlich. In welcher Hinsicht genau kann ich Euch also behilflich sein?«

»Der Baron hat sich wirklich recht allgemein ausgedrückt«, gab Kaeritha zu. »Er musste diese Briefe verfassen, bevor ich aufbrach, und zu diesem Zeitpunkt wussten weder er noch ich, welche Art von Problemen mich erwarten würden.«

Fragend hob er die Brauen.

»Die Paladine des Tomanâk, Milord«, fuhr sie gleichmütig fort, »finden sich häufig in solchen Umständen wieder. Wir haben gelernt, auf Schwierigkeiten sozusagen aus dem Stegreif zu reagieren. Baron Tellian nahm zu Recht an, dass dies auch hier der Fall sein würde.«

»Verstehe.« Trisu dachte über ihre Worte nach und zuckte dann mit den Schultern. »Verstehe«, wiederholte er. »Darf ich annehmen, dass Ihr jetzt, nachdem Ihr mich aufgesucht und mir die Empfehlungsschreiben des Barons gezeigt habt, wisst, um welches Problem es sich handelt?«

»Ich glaube, dass ich zumindest die Natur des Problems entdeckt habe, Milord.« Kaeritha hoffte, dass sie höflich und nicht vorsichtig klang, aber ihr war bewusst, dass seine offenkundigen Vorurteile ihr gegenüber eine ebenso starke Abneigung in ihr geweckt hatten. Deshalb hütete sie ihre Zunge. »Es hat mit Eurem derzeitigen … Disput mit Kalatha zu tun.«

»Welchen Disput genau meint Ihr, Milady?« Trisu lächelte spöttisch. Seine Antwort kam etwas schneller, als Kaeritha erwartet hatte. Sie musterte ihn argwöhnisch. »Zwischen mir und den Kriegsbräuten gibt es mehrere ungelöste Streitpunkte«, fuhr er fort. Das Wort »Kriegsbraut« hatte einen deutlich geringschätzigen Beigeschmack, doch damit hatte Kaeritha schon gerechnet. Was ihr jedoch gar nicht behagte, war sein Unterton, der anzudeuten schien, dass Kaeritha nicht vollkommen unparteiisch in dieser Frage urteilte.

»Vergebt mir, wenn ich das so sage, Milord«, antwortete sie nach einem Augenblick. »All Eure Streitigkeiten mit Kalatha«, sie mied das Reizwort »Kriegsbräute«, »scheinen mir im Kern dieselben zu sein.«

»Ich bitte Euch, da zu unterscheiden, Dame Kaeritha.« Trisu schob das Kinn kriegerisch vor. »Ich bin mir sehr wohl darüber bewusst, dass Domina Yalith die Meinungsverschiedenheiten zwischen uns vor allem auf meine eigenen, tiefsitzenden Vorurteile zurückführt. Das ist jedoch nicht zutreffend.«

Kaerithas Skepsis musste ihrer Miene deutlich abzulesen sein, denn Trisu lachte einmal barsch auf.

»Missversteht mich nicht, Milady Paladin. Ich mag keine Kriegsbräute. Vielleicht verabscheue ich sie nicht so sehr wie mein Cousin Triahm dies tut, aber das muss nicht viel heißen. Ich bin der Meinung, dass allein ihre Existenz ein Affront gegen die Art von Leben ist, das die Götter für uns vorgesehen haben. Die Vorstellung, dass Frauen, die meisten Frauen jedenfalls …«, lenkte er ein, als Kaerithas Augen blitzten, »Männern als Krieger gleichkommen können, ist einfach lächerlich.« In der Sache macht er jedenfalls keine Zugeständnisse, dachte Kaeritha. »Wie Ihr selbst am besten zeigt, gibt es Ausnahmen, aber als allgemeine Regel ist diese Idee, wie gesagt, einfach lächerlich!«

Kaeritha riss sich zusammen. Das fiel ihr nicht leicht. Wenigstens besaß dieser junge Mann ihr gegenüber den Mut – oder vielleicht auch den Hochmut –, zu sagen, was er dachte. Und, gab sie gleich darauf zu, er war ehrlich genug, seine Gefühle offen auf den Tisch zu legen, statt sie zu leugnen oder in Samt und Seide zu hüllen. Diese Ehrlichkeit schien auch ein Charakterzug von ihm zu sein, obwohl sie es gar nicht eilig hatte, ihm irgendwelche Tugenden zuzugestehen.

Diese Offenheit erschwert es bestimmt noch viel mehr, mit ihm auszukommen, dachte sie spöttisch. Aber sie wirft auch die Frage auf, warum er seine Haltung so unnachgiebig vertreten kann, wenn er insgeheim weiß, dass sie falsch ist. Sollten seine Vorurteile gegen die Kriegsbräute tatsächlich so stark sein, dass sie selbst seine angeborene Aufrichtigkeit überwinden?

»Ich gebe nicht viel auf ›allgemeine Regeln‹, Milord«, antwortete sie, als sie ihre Stimme fest im Griff hatte. »Ich habe feststellen müssen, dass diese so genannten ›allgemeinen Regeln‹ den meisten Menschen nur einen bequemen Vorwand liefern, die Realitäten missachten zu können, die ihnen nicht passen!«

Sie starrten sich über den Schreibtisch hinweg an. Keiner von ihnen zuckte zurück.

»Es wundert mich nicht, dass Ihr so denkt«, antwortete er. »Zudem gehe ich davon aus, dass ich ebenso empfinden würde, wären unsere Rollen vertauscht. Aber das sind sie nicht – und ich empfinde nicht so.« Seine Worte klangen nicht so provozierend, wie sie es hätten tun können. »Und weil das nicht so ist, spreche ich es auch ganz offen aus. Nicht nur, weil ich mich im Recht fühle, was ich auch ganz offenkundig bin, sondern damit wir beide uns nicht etwa missverstehen.«

»Es ist immer gut, Missverständnisse zu vermeiden«, stimmte sie trocken zu.

»So halte ich es seit jeher.« Er nickte. »Und nach dieser Klarstellung wiederhole ich, dass meine … Schwierigkeiten mit Kalatha wenig mit meiner prinzipiellen Einstellung den Kriegsbräuten gegenüber zu tun haben. Es ist eine Tatsache, dass Kalatha ganz klar seine eigene Charta und meine Grenzen verletzt, und dass sich Domina Yalith und die Stadtversammlung schlicht weigern, dies zuzugeben.«

Kaeritha lehnte sich auf ihrem Stuhl zurück. Die Überzeugung, mit der er das sagte, überraschte sie. Er hatte zwar dieselbe Haltung in seiner Korrespondenz mit Tellians Richtern vertreten, aber Kaeritha hatte die entscheidenden Auszüge aus Kalathas Original-Charta und Lord Kellos Landschenkung in Yaliths Bibliothek sorgfältig studiert, bevor sie nach Thalar geritten war. Die Domina und auch Lanitha hatten ihr die strittigen Passagen gezeigt, wofür Kaeritha sehr dankbar war. Sie beherrschte die Schriftsprache der Sothôii sehr viel schlechter als zum Beispiel Brandark. Und die archaischen Redewendungen sowie die enge, etwas verblichene Schrift auf Garthas und Kellos Originaldokumenten schienen auch nicht gerade hilfreich. Dennoch war es ihr gelungen, sich durch die gewundenen Satzkonstruktionen der spezifischen Paragraphen durchzubeißen, und sie hatte festgestellt, dass Yaliths Interpretation weit genauer war als Trisus Behauptungen.

»Bei allem gebotenen Respekt, Milord«, antwortete sie. »Ich habe König Garthas Originalproklamation gelesen und ebenso den Wortlaut der Schenkungsurkunde von Lord Kello an die Kriegsbräute studieren können. Mir ist klar, dass viele der Streitpunkte zwischen Euch und Kalatha aus den späteren Interpretationen und Anwendungen entstanden sind, aber die Originalfassung scheint mir eindeutig. Was die Frage der Wasserrechte, der Wegzölle und der Lage der Getreidemühle Eures Vaters auf Kalathas Land betrifft, sind die Kriegsbräute wohl im Recht.«

»Das sind sie nicht«, widersprach Trisu. »Was jede unparteiische Auslegung der fraglichen Dokumente deutlich belegt.«

»Wollt Ihr damit andeuten, ein Paladin des Tomanâk würde vorgelegte Dokumente nicht vorurteilsfrei deuten?« Kaerithas Ton war kälter und härter als zuvor, was sie nicht verhindern konnte. Nicht angesichts seiner unverfrorenen Kritik an den Dokumenten, die sie selbst gelesen hatte.

»Ich will nur behaupten, dass die Dokumente eindeutig das Gegenteil von dem sagen, was Domina Yalith aus ihnen herausliest.« Trisu gab keinen Handbreit nach. Das erforderte große Courage von ihm, das musste Kaeritha ihm lassen. Er mochte vielleicht tiefe Abneigungen gegen weibliche Kriegerinnen hegen, doch als sie seine drei kranken und verletzten Gefolgsleute heilte, hatte sie ihm damit zweifelsfrei beweisen, dass sie ein Paladin des Tomanâk war. Nur ein ausgemachter Narr oder ein Mann, der sich seiner Sache vollkommen sicher war, würde einem persönlichen Diener des Gottes der Gerechtigkeit so offen widersprechen.

»Milord. Ich würde Euch sonst nicht so offen kritisieren, aber in diesem Fall fürchte ich, irrt Ihr Euch.« Er presste die Lippen zusammen, seine Augen waren nur noch schmale Schlitze, doch er sagte nichts. »Als ich in Kalatha eintraf«, fuhr sie fort, »und erfuhr, um was für Meinungsverschiedenheiten es sich handelt, habe ich die Originale der entsprechenden Dokumente sehr sorgfältig überprüft. Zugegeben, ich beherrsche Eure Sprache nicht vollkommen, aber als Paladin des Tomanâk bin ich in Rechtsfragen besonders bewandert. Es hat eine Weile gedauert, bis ich davon überzeugt war, die Dokumente richtig verstanden zu haben. Deshalb muss ich Euch sagen, dass Domina Yaliths Auslegung meiner Meinung nach die zutreffende ist und nicht die Eure.«

Nach ihren Worten herrschte ein tiefes Schweigen. Still war es in dem luftigen Raum, doch Kaeritha spürte die Wut, die in ihrem Gastgeber loderte. Trotz seiner Vorurteile besaß er jedoch ein hohes Maß an Disziplin und hielt sein Temperament ausgezeichnet im Zaum. Jedenfalls beinahe.

»Milady Paladin.« Trotz seiner Selbstbeherrschung sprach er ihren Titel mit einem beißenden Unterton aus. Glücklicherweise legte Kaeritha nicht viel Wert auf Titel und Rang. »Mir ist vollkommen bewusst, dass meine Sprache nicht Eure Muttersprache ist, wie Ihr ja auch selbst zugebt. Aber ich lagere Abschriften dieser Originalcharta und der Schenkungsurkunde in meiner Bibliothek. Sie wurden zur selben Zeit vom selben Schreiber angefertigt wie die Dokumente, die Ihr in Kalatha gelesen habt. Ich erlaube Euch gern, falls Ihr das wünscht, sie zu untersuchen. Zudem könnt Ihr Euch über mein Verständnis dieser Dokumente – ungestört und unter vier Augen – mit meinem obersten Richter besprechen. Er ist auch mein Bibliothekar und hat, möchte ich betonen, vor mir schon meinem Vater gedient. Seine Auslegung deckt sich vollkommen mit meiner. Wie ich schon sagte, jede unparteiische Auslegung dieser Dokumente, die nicht von, sagen wir, unterschiedlichen Ansichten über die angemessene Lebensweise gefärbt ist, kann nur zu demselben Schluss kommen.«

Er stieß diesen letzten Satz nachdrücklich hervor, und Kaeritha presste die Kiefer zusammen, so viel Mühe kostete es sie, sich zu beherrschen. Gleichzeitig jedoch steigerte sich ihre Verwirrung. Wie sie ihm bereits gesagt hatte, war sie ebenso gut in Rechtsfragen ausgebildet wie die meisten königlichen und kaiserlichen Richter im Dienst des Königkaisers. Gewiss, sie war mit den Gesetzen des Reiches der Axt vertrauter als mit denen anderer Länder, aber der Kodex von Kormak bildete die Grundlage aller norfessischen Gesetze, nicht nur die von denen im Reich der Axt. Niemand hätte diese Gesetze so dehnen oder verdrehen können, dass sie Trisus abenteuerliche Behauptungen stützen konnten. Sie war bereits zu dem Schluss gekommen, dass er trotz seiner Vorurteile ein kluger Mann war. Also musste er auch wissen, dass anhand dieser Gesetzesschriften seine Ansicht unhaltbar war. Warum bot er ihr dann an, ja, drängte sie geradezu, seine Abschriften der Dokumente zu lesen?

Sie saß reglos da und holte tief Luft, um ihre Anspannung zu lindern. Ihr Ärger war genauso groß wie der von Trisu, und er drohte die Unparteilichkeit zu untergraben, zu der jeder Paladin des Tomanâk verpflichtet war, wenn es um juristische Angelegenheiten ging. Das war ihr ebenso klar wie die Notwendigkeit, hier sorgfältig und behutsam vorzugehen. Außerdem hatte er Recht. Das erkannte sie, als ihr glühender Zorn ein wenig abkühlte. Sie hatte die Dokumente in Kalatha überprüft, also oblag ihr die moralische Verpflichtung, auch seine zu lesen und sich die Deutung der entsprechenden Paragraphen anzuhören, die sein Richter ihr vorführen würde. Die Möglichkeit, dass sie die Dokumente missverstanden oder falsch interpretiert haben könnte, war zwar nur gering, aber sie bestand. Also war es ihre Pflicht, sich zweifelsfrei davon zu überzeugen, sich nicht geirrt zu haben.

Als sie sprach, klang ihre Stimme vollkommen ruhig. »Milord, Ihr habt mir versichert, dass Eure Einstellungen oder Vorurteile nicht der Grund für Eure Meinungsverschiedenheiten mit Kalatha und den Kriegsbräuten sind. Ich wiederum versichere Euch, dass alle ›unterschiedlichen Ansichten‹, die ich hege, keinerlei Einfluss darauf hatten und haben werden, wie ich Gesetzestexte oder rechtsverbindliche Dokumente verstehe. Ich werde sie gern erneut lesen, wenn Ihr das wünscht. Und ich werde auch mit Eurem Obersten Richter über ihre Interpretation sprechen. Letzten Endes jedoch wird meine Deutung dieser Texte auf *meiner* Lesart beruhen, nicht auf Eurer. Sollte ich zu dem Schluss kommen, meine ursprüngliche Überzeugung, dass Domina Yalith die Schriften korrekt ausgelegt hat, stimmt, werde ich als Paladin des Tomanâk entsprechend urteilen.«

Trisus graue Augen funkelten. Es schimmerte längst nicht so viel Zorn ihn ihnen, wie Kaeritha erwartet hatte. Stattdessen schien ihr Feuer von Zuversicht genährt zu werden. Was ihre Verwunderung noch mehr verstärkte.

Wenn sie in diesem Fall formal als Paladin des Tomanâk urteilte, war ihr Verdikt endgültig bindend. Genau das war auch der Grund, aus dem Paladine so selten formale Urteile fällten. Die meisten Paladine, wie Kaeritha, zogen es vor, einfach nur zu ermitteln und dann den entsprechenden Behörden Empfehlungen zu geben. So ließen sich verletzte Gefühle verhindern und man ließ Kompromissen Raum, die, wie jeder Paladin wusste, weit häufiger der Gerechtigkeit zugute kamen als eine kalte Rechtsprechung von oben herab. Dennoch schien Trisu keine Angst vor einem nachteiligen Urteil zu haben, welches den Disput ein für alle Mal beendet hätte. Im Gegenteil, offenbar begrüßte er das Urteil eines Paladins sogar, so dass sie sich fragte, ob er sie absichtlich zu dieser Entscheidung hatte locken wollen.

»Das Verdikt eines Paladins des Waagenmeisters ist selbstverständlich endgültig«, räumte er schließlich ein. »Ehrlich gesagt, Milady Paladin, selbst wenn Ihr gegen mich entscheiden solltet, es wäre mir eine Erleichterung, diese Angelegenheit endlich ein und alle Mal geklärt zu haben. Allerdings glaube ich nicht, dass es dazu kommt.«

»Das bleibt abzuwarten, Milord«, antwortete Kaeritha. »Wir werden sehen.«

8

»Hier ist es, Dame Kaeritha.«

Salthan Spitzhacke war ein entfernter Cousin von Trisu, obwohl er mindestens doppelt so alt war wie der Lordhüter. Dass ein Lord und sein Oberster Richter verwandt waren, war nicht unüblich, doch Salthan hatte Kaeritha mehr als nur ein wenig überrascht. Er ähnelte viel mehr Sir Altharn als einem Lehnsherrn, hatte einen ausgeprägten Sinn für Humor, der hinter seinen blaugrauen Augen schimmerte und sich in seinem Lächeln zeigte, das auch sein dichter, sauber gestutzter Vollbart nicht verbergen konnte, in dessen kupferrotes Haar sich silberne Fäden mischten. Zudem war er, so bemerkte Kaeritha amüsiert, erheblich galanter als sein Cousin. Offenbar schienen ihn Kaerithas langes, schwarzes Haar und ihre saphirgrünen Augen regelrecht zu fesselten. Diese Kombination kam unter den Sothôii so selten vor, dass sich Kaeritha mittlerweile an deren Staunen über ihre exotische Schönheit gewöhnt hatte.

Salthan war jedoch mindestens so klug wie Trisu und ebenso rätselhaft zuversichtlich.

Er zog einen schweren hölzernen Rollenkasten aus seinem Fach und ließ dessen Inhalt in seine Hand gleiten. Offenbar war er im Umgang mit alten Dokumenten vertraut, aber es wurde schnell deutlich, dass nicht alle Bibliothekare Lorhams diese Behutsamkeit hatten walten lassen. Kalathas Dokumente waren in einem weit besseren Zustand als die Lorhams, was sich auch in der Vorsicht zeigte, mit der Salthan das Schriftstück auseinander rollte.

Das uralte Pergament knisterte bedenklich. Es bereitete Kaeritha Unbehagen, dass ihre Untersuchung das Material weiter beschädigen konnte. Doch es gelang Salthan, das Schriftstück auf dem langen Tisch der Bibliothek zu entrollen, ohne weiteren Schaden anzurichten. Er stellte die Öllampe so hin, dass sie es so gut wie möglich erhellte.

Was auch gut war, stellte Kaeritha fest, als sie sich darüber beugte. Es war, wie Trisu gesagt hatte, eine Kopie von Lord Kellos Schenkung an die Kriegsbräute – und noch verblichener und schwerer zu lesen als das Original. Zweifellos weil man es hier deutlich nachlässiger behandelt hatte. Trotzdem konnte sie die große »3« am Rand erkennen, die besagte, dass dies die dritte Abschrift war. Außerdem erkannte sie die enge, veraltete Handschrift, die demselben Schreiber gehörte, der auch das Original verfasst hatte.

Sie überflog den Text rasch bis zu der Stelle der Schenkung, in der die Grenzen festgelegt wurden. Sie suchte nach den Passagen, die die besonderen Marksteine um den Fluss und die umstrittene Getreidemühle bezeichneten. Es war der am wenigsten zweifelhafte und zugleich altertümlichste Teil des ganzen Dokumentes. Warum also sollte sie nicht mit den Abschnitten beginnen, denen sie am besten folgen konnte? Außerdem waren die genauen Grenzen auch der Kernpunkt des ganzen Streits, deshalb …

Ah, da war es! Sie beugte sich vor, las sorgfältig die Passage und … erstarrte.

Das kann doch nicht stimmen!, dachte sie und las die Worte noch einmal, die sich jedoch nicht ändern wollten. Kaeritha runzelte verblüfft die Stirn. Dann klappte sie die Dokumententasche auf, die sie mitgenommen hatte, und zog ihre Notizen heraus. Sie hatte die entsprechenden Passagen in Kalathas Bibliothek peinlichst genau abgeschrieben. Jetzt legte sie diese handschriftlichen Seiten neben die Pergamentrolle und verglich ihre eigene Schrift Wort für Wort mit dem Dokument auf dem Tisch. Sie war vollkommen klar und eindeutig.

»… die vorher erwähnte Grenze soll von der Ostseite von Stelhams Felsen bis zur Ecke von Haymars Hof verlaufen. Am

dortigen Grenzstein wendet sie sich nach Süden und führt zweitausend Meter über den Fluss Renha bis zum Grenzstein von Thaman Zaummacher, was auch die Grenze des Landes des Lords von Lorhams bedeutet.«

Das war der Originaltext der Schenkungsurkunde von Kalatha. Die Passage in dem Dokument, das Salthan ihr vorgelegt hatte, lautete jedoch:

»… die vorher erwähnte Grenze soll von der Ostseite von Stelhams Felsen bis zur Ecke von Haymars Hof verlaufen. Am dortigen Grenzstein wendet sie sich nach Süden und führt tausend Meter zum Nordufer des Flusses Renha, der festgelegten Grenze des Landes des Lords von Lorham.«

Hier handelte es sich nicht um eine winzige Auslegungsfrage, sondern um einen eklatanten Widerspruch. Wenn das Dokument, das vor ihr lag, authentisch war, befand sich Trisu vollkommen im Recht. Die umstrittene Getreidemühle auf dem Südufer des Renha lag auf seinem Gebiet und hatte das schon immer getan. Ebenso gab es keinerlei Handhabe für Kalathas Anspruch auf freie Nutzung der Wasserrechte. Denn der Fluss lag hiernach ausschließlich auf Trisus Gebiet, nicht auf demjenigen von Kalatha. Aber wie konnte dieses Dokument korrekt sein? Natürlich war das Original bei einer möglichen Abweichung der Kopie vorzuziehen, und die Abweichung, die Kaeritha hier sah, konnte nur auf einem bizarren Fehler beruhen.

Doch das war einfach absurd. Sicher, es war eine Abschrift, nicht das Original, aber es schien doch vollkommen unwahrscheinlich, dass derselbe Schreiber, der das Original verfasst hatte, einen solch gravierenden Fehler bei der Kopie gemacht hätte. Und noch unwahrscheinlicher war es, dass ein derart kapitaler Bock bei der genauen Prüfung unbemerkt geblieben wäre, welcher die beteiligten Parteien bei der Schenkung mit Sicherheit alle Abschriften und das Original unterzogen hatten.

Es sei denn, diese eine Kopie wäre eine Fälschung …

Doch wie sollte das möglich sein? Wenn dies hier eine Fälschung war, dann war es eine sehr gute. Sie war sogar so vollkommen, dass Kaeritha bezweifelte, jemand in Lorham könnte dies bewerkstelligt haben. Wie gut Salthan als Bibliothekar auch sein mochte, eine derartig makellose Fälschung eines mehr als zweihundert Jahre alten Dokumentes würde selbst seine Fähigkeiten übersteigen. Falls dies also eine Fälschung war, wer hatte sie gemacht und wann?

Kaeritha hütete sich, das Gesicht zu verziehen, als sie überlegte, wer in aller Welt ihr jemals eine Antwort auf diese Fragen würde geben können. Doch die Antworten konnten ohnehin warten, bis sie sich überzeugt hatte, dass es die einzigen Fragen waren, auf die sie eine Antwort benötigte.

Einen Augenblick lang wog sie ihre Möglichkeiten ab und sah dann Salthan möglichst ohne jeden Ausdruck an.

»Danke.« Sie tippte sehr vorsichtig mit dem Finger auf die Schriftrolle. »Das ist genau der Abschnitt von Lord Kellos Schenkungsurkunde, den ich sehen wollte. Wenn Ihr so freundlich wäret, Lord Trisu hat erwähnt, dass Ihr auch eine Kopie von König Garthas Proklamation besitzt?«

»Das stimmt, Milady«, antwortete Salthan. »Sie ist sogar in einem weit besseren Zustand als Kellos Schenkung. Ich bringe sie Euch.«

»Gern.« Während sie wartete, blätterte sie ihre anderen Notizen durch, die sie in Kalatha von der Charta abgeschrieben hatte und die in den Meinungsverschiedenheiten, die bei der Auslegung dieser Charta zwischen den Kriegsbräuten und Trisu herrschten, eine Rolle spielte.

Salthan öffnete einen weiteren Kasten und entrollte ein zweites Dokument. Er ging dabei ebenso sorgfältig vor wie bei dem ersten. Er hatte Recht, dieses Dokument war weit einfacher zu lesen als die Schenkungsurkunde über das Land. Kaeritha beugte sich vor und suchte die Passagen, die sie benötigte.

Sie las sie eine nach der anderen durch und verglich die Paragraphen mit denen, die sie in Kalatha kopiert hatte. Trotz ihrer beachtlichen Selbstbeherrschung vertieften sich die Furchen auf ihrer Stirn mit jedem Satz. Schließlich lehnte sie sich zurück und rieb sich die Nase. Ob sie so verwundert aussah, wie sie sich fühlte?

Allmählich verstehe ich wenigstens den Grund, aus dem Er mich mit der Lösung dieses Problems betraut hat, statt Bahzell oder Vaijon zu entsenden. Er hat wirklich ein Händchen dafür, Seine Getreuen nach der Natur der Probleme auszuwählen. Selbst wenn wir armen Werkzeuge nicht den geringsten Schimmer haben, warum es ausgerechnet uns trifft. Oder was genau wir als Nächstes tun sollen.

»Ich weiß Euer Entgegenkommen sehr zu schätzen, Sir Salthan«, sagte sie nach einer Weile. »Und ich fange auch an zu begreifen, warum sich die Deutung, zu der Euer Lord gekommen ist, so sehr von derjenigen Domina Yaliths unterscheidet. Es gibt eine gewisse … Abweichung in den Dokumenten, die ich auf Grund meiner Notizen feststellen konnte. Ich will nicht behaupten, ich wüsste, wie das geschehen kann, aber es ist offenkundig. Und bevor dieses Rätsel gelöst ist, kann niemand ein abschließendes Urteil in dieser Angelegenheit fällen.«

»Da stimme ich Euch aus ganzem Herzen zu, Milady«, antwortete Salthan ernst. Trisus Oberster Richter hatte sich ihr gegenüber hingesetzt und sah sie mit seinen blaugrauen Augen eindringlich und besorgt an. »Ich habe diese Dokumente leider nicht wie Ihr unmittelbar miteinander vergleichen können, aber ich weiß, dass diese Kopien von dem Tag an, da sie geschrieben wurden, in dieser Bibliothek lagerten. Unter diesen Umständen haben mein Lord und ich keine andere Wahl, als an ihre Richtigkeit zu glauben. Im Gegensatz zu seinem verstorbenen Vater ist Lord Trisu nicht geneigt, Verstöße gegen seine Rechte oder Vorrechte zu tolerieren. Aus diesem Grund hat er in dieser Angelegenheit Druck auf Kalatha ausgeübt, nachdem er mich gebeten hatte, die entsprechenden Passagen genau zu prüfen. Anschließend hat er sie selbst gelesen.«

»Zweifellos habt Ihr Recht«, stimmte ihm Kaeritha zu. »Andererseits, Sir Salthan, ich kann mich des Verdachts nicht gänzlich erwehren, dass er etwas verärgerter über diese scheinbare Verletzung seiner Rechte und Vorrechte ist, weil die vermutlichen Übeltäter Kriegsbräute sind.«

»Wahrscheinlich … nein, sicherlich habt Ihr Recht, Dame Kaeritha. In dieser Hinsicht steht er übrigens nicht allein da. Wir hatten im Laufe der Jahre einige Meinungsverschiedenheiten mit Kalatha. Als Lord Trisus Onkel Saeth, der jüngere Bruder seines Vaters, Lord Triahms Vater, vor einigen Jahren bei einem Jagdunfall ums Leben kam, behaupteten einige, Beweise dafür zu haben, dass es kein Unfall gewesen wäre. Sondern dass die Kriegsbräute ihn geplant hätten, weil Saeht ihre Lebensweise so offen verurteilt hätte. Mir persönlich fiel es zwar schwer, das zu glauben, aber dass diese Behauptungen eine so breite Zustimmung fanden, unterstreicht wohl nachdrücklich, dass Lord Trisu mit seiner Abneigung gegen die Kriegsbräute nicht allein steht. Und selbst wenn es so wäre, hätte das wirklich Auswirkungen darauf, ob unsere Deutung der Texte vor den Augen des Gesetzes richtig oder falsch ist?«

»Nein.« Kaeritha spürte zarte Gewissensbisse, weil sie sich insgeheim wünschte, es würde doch eine Rolle spielen. Letztlich waren die Paladine des Tomanâk jedoch nur Sterbliche. Sie hatten wie jeder andere auch Vorurteile und Meinungen. Aber sie verfügten ebenfalls über die einzigartige Fähigkeit, sie zu erkennen und diese Voreingenommenheiten zu überwinden, statt sich bei ihren Entscheidungen oder Taten von ihnen beeinflussen zu lassen.

»Seid Ihr zufällig mit den Fähigkeiten vertraut, Sir Salthan«, fuhr sie nach einer Weile fort, »mit denen Tomanâk Seine Paladine ausstattet, wenn Er ihnen das Schwertgelübde abnimmt?«

»Wie bitte?« Salthan war von diesem sprunghaften Themenwechsel sichtlich überrascht. Er fasste sich jedoch rasch. »›Vertraut‹ würde ich das wohl kaum nennen, Milady. Ich bezweifle, dass viele Leute überhaupt davon wissen. Ich habe natürlich darüber gelesen. Ehrlich gesagt, ich habe sogar gründlicher recherchiert, als mir Lord Trisu mitteilte, uns würde ein Paladin besuchen. Bedauerlicherweise ist unsere Bibliothek nicht sonderlich reichhaltig mit entsprechender Literatur ausgestattet. Ich konnte nur herausfinden, dass Tomanâk etwas weniger … konsequent als die meisten anderen Götter des Lichts ist, was die Ausstattung Seiner Paladine betrifft.«

»›Weniger konsequent‹«, murmelte Kaeritha und lächelte. »Das ist ebenso höflich wie treffend ausgedrückt, Sir Salthan. Es kommt häufig vor, dass ich mir wünschte, Er wäre mehr wie … sagen wir Toragan oder Torframos. Oder von mir aus auch wie Lillinara. Deren Paladine scheinen allesamt mehr oder weniger dieselben Fähigkeiten zu besitzen. Tomanâk dagegen zieht es vor, jedem Seiner Paladine einzigartige Fähigkeiten zu schenken. Meistens scheinen sich diese Fähigkeiten mit den Talenten zu vermischen, die wir bereits besaßen, bevor wir Seinen Ruf hörten. Manchmal jedoch kann keiner begreifen, warum ein spezieller Paladin eine besondere Fähigkeit haben soll. Selbstverständlich hält dieses Unwissen nur so lange an, bis er – oder sie – genau diese Fähigkeit benötigt.«

»Und hier handelt es sich um eine solche Gelegenheit, Milady?« Salthans Blick wurde noch eindringlicher.

»Ja und nein.« Kaeritha zuckte die Achseln. »Ich habe fast alle Fähigkeiten, mit denen Er mich beschenkt hat, bereits eingesetzt. Ich hätte jedoch zugegebenermaßen längst vermuten sollen, dass Er mich aus einem besonderen Grund hierher entsendet hat, um dieses Problem zu lösen. Vor allem, als Lord Trisu mich daran erinnerte, dass die Auslegung der Gesetzespassagen selbst der Streitpunkt ist.«

»Ich wünschte wirklich, ich hätte die Möglichkeit gehabt, die Originale in Kalatha zu überprüfen«, sagte Salthan fast bedauernd. »Es war von Anfang an unübersehbar, dass es einen fundamentalen Widerspruch zwischen dem geben musste, was ich hier lesen konnte, und den Passagen, die Domina Yalith und ihre Richterinnen zitierten. Aber ohne die Chance, die Originale selbst einsehen zu können, konnte ich natürlich nicht einschätzen, wie genau – oder ehrlich – ihre Zitate waren.«

»Ich hatte die Gelegenheit, beide Dokumente zu überprüfen«, erklärte Kaeritha. Sie stand auf und trat zu einem anderen Tisch unter dem Fenster der Bibliothek, auf dem sie bei ihrem Eintritt ihr Schwertgehänge abgelegt hatte. Kein Paladin des Tomanâk trennte sich je von seinem Schwert – oder in ihrem Fall: von ihren Schwertern –, wenn sie in einer offiziellen Mission unterwegs waren. Sie waren das Wahrzeichen ihrer Autorität. Jetzt öffnete Kaeritha den Halteriemen über dem Schwert, das sie gewöhnlich an ihrer linken Hüfte trug, und zog die schimmernde, sechzig Zentimeter lange Klinge aus der Scheide.

Salthan hob überrascht eine Braue, als sie blankzog. Sie lächelte, trotz der Bedeutung dieses Augenblicks, als seine andere Braue der ersten hoch oben auf der Stirn Gesellschaft leistete. Denn ihr Schwert glühte plötzlich in einer blauen Aura, die selbst in der hell beleuchteten Bibliothek deutlich zu erkennen war.

»Wie ich sagte«, fuhr sie so beiläufig wie möglich fort, »ich hatte bereits in Kalatha Gelegenheit, beide Dokumente zu überprüfen. Bedauerlicherweise ist mir in jenem Augenblick nicht klar gewesen, wie gründlich ich sie hätte prüfen müssen.«

Sie setzte sich Salthan gegenüber an den Tisch, auf dem die Dokumente lagen, und legte das Schwert auf beide Schriftrollen.

»Und jetzt, Sir Salthan«, fuhr sie formeller fort, »muss ich Euch als Paladin des Waagenmeisters um etwas ersuchen.«

»Selbstverständlich, Milady«, antwortete der Sothôii sofort. Kaeritha hatte ganz genau auf seinen Ton und sein Verhalten geachtet. Und sein prompter Gehorsam befriedigte sie. Noch zufriedener war sie jedoch, dass Salthan kein Zögern oder auch nur die geringste Unentschlossenheit gezeigt hatte. Er hatte offenbar keinerlei Schwierigkeiten damit, ihre Autorität genauso anzuerkennen, wie er es bei der eines männlichen Paladins getan hätte.

»Es ist hauptsächlich eine Formsache«, erklärte sie, »weil Ihr der oberste Hüter dieser Dokumente seid.« Sie drehte das Schwert leicht mit dem Knauf in seine Richtung. »Bitte legt Eure Hand auf den Griff meines Schwertes.«

Er gehorchte, doch diesmal zögerte er leicht, was Kaeritha amüsierte. Allerdings machte sie ihm keinen Vorwurf daraus. Es war zweifellos das erste Mal, dass ihn jemand bat, ein Schwert in die Hand zu nehmen, das die Aura göttlicher Macht ausstrahlte.

Sie wartete, bis sich Salthans anfängliche Vorsicht legte und er das Schwert etwas fester umfasste und beruhigt feststellte, dass ihn kein Blitzschlag aus dem Gebälk in ein Häufchen Asche verwandelte.

Sie nickte. »Danke«, sagte sie so aufmunternd wie möglich, ohne aus ihrer richterlichen Rolle zu fallen. »Jetzt, Sir Salthan, könnt Ihr vor mir in Anwesenheit des Gottes der Gerechtigkeit bezeugen, dass nach Eurem besten Wissen und Gewissen dies hier die Originalkopien der Proklamation von König Gartha und Lord Kellos Landschenkungsurkunde an Kalatha sind, die ursprünglich in die Obhut der Lords von Lorham übergeben wurden?«

»Nach meinem besten Wissen und Gewissen sind sie es, Milady«, erwiderte Salthan ruhig und förmlich. Er zuckte nicht einmal unter ihrem eindringlichem Blick zurück. Der blaue Nimbus, der ihr Schwert umhüllte, waberte nicht. Stattdessen leuchtete er sogar stärker.

»Und sind sie, nach Eurem besten Wissen und Gewissen, authentisch und unverändert? Es gab keine Ergänzungen, keine Streichungen und keine Veränderungen?«

»Keine, Milady«, antwortete er klar und deutlich.

»Danke.« Sie bedeutete ihm mit einem Nicken, dass er seine Hand wegnehmen konnte. Er gehorchte und lehnte sich auf dem Stuhl zurück, etwas schneller allerdings, als er sich vorgebeugt hatte.

Kaeritha warf einen Blick auf die Dokumente vor sich auf dem Tisch, hob ihr Schwert auf ihren Handflächen und hielt es zwischen sich und die Schriftrollen.

Also gut, dachte sie und schloss die Augen, während sie nach dem immer gegenwärtigen Band tastete, das ihr Zugriff zur strahlenden Macht des Tomanâk gewährte. *Es hat eine Weile gedauert, bis ich den Hinweis verstanden habe. Das tut mir Leid, auch wenn ich anführen könnte, dass Leeanas Gegenwart genügt hätte, jeden abzulenken. Aber nachdem ich jetzt hier bin und Du Salthan mehr oder weniger benutzt hast, um mich mit der Nase darauf zu stoßen, kannst Du mir sicher auch verraten, ob diese Dokumente Fälschungen sind.*

Sie spürte das ferne, entzückte Grollen göttlichen Gelächters … und göttlicher Anerkennung. Dann öffnete sie die Augen und blickte auf ihr Schwert.

Die Klinge strahlte, was sie nicht im Geringsten überraschte, weiterhin in einem hellen, gleißenden Blau.

9

KAERITHA SELDANSTOCHTER saß am Fenster ihres Gemachs, das Lord Trisu ihr in der Feste Thalar zugewiesen hatte, und starrte in den mitternachtsblauen, wolkenlosen Himmel, an dem Silendros Sterne funkelten. Seit sie auf der Ebene des Windes angekommen war, hatte sie noch nie einen so klaren Himmel gesehen. Auch die Sterne hatten noch nie so hell geleuchtet wie heute Nacht. Die hauchdünne Sichel des Neumondes strahlte in reinem Silber am östlichen Firmament.

Stirnrunzelnd betrachtete sie sie, während sie sich fragte, was sich Lillinara wohl dabei gedacht hatte, diese Lage sich derartig zuspitzen zu lassen.

Vielleicht bin ich ja nicht ganz gerecht, dachte sie selbstkritisch. Schließlich ist Sie nicht die einzige Göttin, die sich für die Angelegenheiten der Sterblichen interessiert. Vermutlich kann man nicht einmal von einem Gott erwarten, dass er alles im Auge behält, was seine Anhänger benötigen. Aber dies hier sind Kriegsbräute, bei Tomanâk! *Ihre* Kriegsbräute. Also was in aller Welt denkt Sie sich? Und warum hat sie nicht mit der Stimme von Quaysar darüber gesprochen?

Das war letztlich die entscheidende Frage. Natürlich wäre es hilfreich gewesen, wenn Kaeritha die Echtheit oder zumindest die Genauigkeit der Dokumente in Kalatha besser überprüft hätte. Das hätte sie tun sollen, schon um der Gründlichkeit willen, obwohl sie, das musste man ihr zugestehen, keinen Grund hatte, an ihrer Richtigkeit zu zweifeln. Selbst jetzt war sie davon überzeugt, dass weder Yalith noch die Stadtversammlung ihre Echtheit in Frage stellten. Warum auch? Sie gingen davon aus, dass sie die Originaldokumente in ihrem Besitz hatten.

Bedauerlicherweise hatte Tomanâk Höchstselbst es für angebracht gehalten, Kaeritha darauf hinzuweisen, dass die Kopien aus Trisus Bibliothek zweifelsfrei keine Fälschungen waren. Eine der besonderen Fähigkeiten, die sie Salthan gegenüber erwähnt hatte, war nämlich die, dass niemand sie erfolgreich anlügen konnte, während er ihr Schwert berührte. Ebenso wenig würde ihr ein falsches oder verändertes Dokument entgehen, wenn sie ihre Klinge darüber hielt und sich auf Tomanâk berief, um seine Echtheit zu überprüfen. Das bedeutete: Trisus Dokumente waren nicht nur echt, sondern beide entsprachen auch den ursprünglichen Formulierungen und Absichten, sowohl denen von Gartha als auch denen von Kellos. Kaeritha hatte bereits genug andere solche Untersuchungen durchgeführt und hütete sich, voreilig irgendwelche Möglichkeiten auszuschließen. Aber sie würde natürlich niemals Seine persönliche Versicherung in Zweifel ziehen.

Das jedoch hieß: die angeblichen Originale in Kalatha mussten Fälschungen sein, so unglaublich dies auch scheinen mochte.

Kaeritha hatte Trisu diese Schlussfolgerung natürlich nicht mitgeteilt. Außerdem hatte sie sich ihrer Autorität als Paladin bedient, und sich von Salthan auf ihr Schwert schwören lassen, dass er Stillschweigen über die Ergebnisse ihrer Untersuchung an diesem Nachmittag bewahrte. Also wusste niemand außer ihr, wohin diese Beweiskette sie am Ende führte. Sie hatte auch nicht vor, es jemandem zu verraten, bis sie selbst einen roten Faden gefunden hatte, der sie aus diesem Labyrinth führen konnte.

Jetzt dachte sie wieder an das Abendessen mit Trisu zurück, das sie vor zwei Stunden eingenommen hatte …

»Haben Eure Untersuchungen ein neues Licht auf meine Meinungsverschiedenheiten mit Domina Yalith geworfen?«

Trisu spielte mit seinem Glas. Wie viele Adlige der Sothôii liebte er die teuren Schnäpse ganz besonders, die in Zwergenheim und im Reich der Axt gebrannt wurden. Kaeritha mochte sie ebenfalls, aber sie hatte auch hohen Respekt vor ihrer Wirkung. Aus diesem Grund beschied sie sich mit Wein, statt den Branntwein anzunehmen, den der Lordhüter ihr angeboten hatte.

»Ein wenig, Milord.«

Er lehnte sich zurück, hob eine Braue und betrachtete Kaeritha nachdenklich.

»Dennoch darf ich davon ausgehen, dass das, was Ihr und Salthan heute Nachmittag entdeckt oder zumindest besprochen habt, Euch nicht veranlasst hat, sofort ein Urteil gegen mich zu sprechen?«

»Es war gar nicht meine Absicht, ›sofort‹ gegen irgendjemanden zu urteilen, Milord«, erwiderte sie leise. »Allerdings möchte ich zu diesem Zeitpunkt nicht weiter in die Einzelheiten gehen. Um der Gerechtigkeit Genüge zu tun, muss ich jedoch einräumen, dass dieser Fall, bis jetzt jedenfalls, weit weniger klar liegt, als ich anfänglich angenommen habe.«

Er lächelte. »Das kann ich wohl als eine Verbesserung unseres Verhältnisses betrachten, eingedenk Eurer früheren Bemerkungen mir gegenüber.« Kaeritha spürte zwar, wie sie wütend wurde, unterdrückte dieses Gefühl aber entschlossen. »Ich dagegen muss einräumen«, fuhr Trisu fort, »wie sehr es mich befriedigt, dass Ihr genau die Art von Unparteilichkeit und vorurteilslose Bereitschaft zeigt, alle Beweise in Betracht zu ziehen, die ich von einem Paladin des Tomanâk erwartet habe. Ich weiß das umso mehr zu schätzen, da ich selbst zur Sturheit neige. Deshalb ist mir auch klar, wie schwer es fällt, neue Beweise hinzunehmen, ganz gleich wie ehrlich oder edel seine oder ihre Absichten sein mögen. Es ist trotzdem schwer, vor allem, wenn sie den Beweisen widersprechen, die man bereits als stichhaltig erkannt hat.«

Einen Augenblick lang fragte sich Kaeritha, ob Salthan

doch etwas verraten hatte. Aber sie wies diesen Gedanken sofort zurück, da sie nicht glaubte, dass der Richter wissentlich oder gar absichtlich seinen Eid gebrochen hatte. Selbst wenn er es gewollt hätte, er konnte doch einen Eid auf das Schwert eines Paladins nicht verletzen. Denn im Augenblick des Schwurs war diese Klinge das Schwert des Tomanâk Höchstselbst. Also waren Trisus Worte nur eine erneute Mahnung an sie, seinen Geist nicht zu unterschätzen, nur weil sie seine Meinung und Haltung verachtete.

»Es ist tatsächlich nicht immer leicht, nein«, stimmte sie ihm zu. »Aber diese Aufgabe müssen alle Paladine des Tomanâk meistern. Ich nehme an, dass der Lord einer Domäne dasselbe tun muss, wenn er gerecht urteilen will.«

Sie lächelte liebenswürdig, bemühte sich jedoch, ihre Belustigung nicht zu deutlich zu zeigen, als seine Augen aufblitzten. Der Seitenhieb hatte offenbar gesessen.

»Andererseits, Milord«, fuhr sie lockerer fort, »mache ich Fortschritte, was die Dokumente und ihre Deutung angeht. Im Augenblick habe ich zwar noch mehr Fragen gefunden als Antworten bekommen, aber wenigstens weiß ich jetzt, wie die Fragen lauten. Und ich bin zuversichtlich, dass mir Tomanâk hilft, am Ende auch die Antworten zu finden.

Es gibt jedoch noch eine Angelegenheit, die nichts mit den Dokumenten zu tun hat, und auch nicht mit Kalatha, offiziell jedenfalls.«

»Tatsächlich?«, fragte er kühl.

»Tatsächlich, Milord. Bei dem Gespräch mit Domina Yalith ist mir sehr bald klar geworden, dass es hier um weit mehr geht, als die einfachen Rechtsfragen bei Euren Zwistigkeiten erklären könnten. Auf Seiten der Kriegsbräute herrscht, offen gestanden, viel Zorn. Und, verzeiht mir meine deutlichen Worte, mir ist in unseren Unterhaltungen aufgefallen, dass dasselbe für Euch gilt.«

Der Blick aus Trisus grauen Augen verhärtete sich und Kaeritha machte eine wegwerfende Handbewegung.

»Milord, das geschieht fast immer, wenn ein Streit erst einmal einen solch kritischen Punkt erreicht hat wie bei Euch und Kalatha. Es muss nicht unbedingt bedeuten, dass beide Seiten von vornherein Böses wollen. Eher liegt es daran, dass auf beiden Seiten Menschen stehen. Menschen, Milord, werden böse auf andere Menschen, wenn sie das Gefühl haben, dass sie ihnen Unrecht tun oder, schlimmer noch, sie betrügen wollen. Dieser Tatsache muss sich jeder Richter – oder Paladin des Tomanâk – einfach bewusst sein. So wie Ihr es gewiss ebenfalls in Betracht zieht, wenn Ihr gezwungen seid, die einander widersprechenden Ansprüche Eurer Gefolgsleute oder Pächter zu schlichten.«

Die Behauptung, Trisus Ärger sei verpufft, wäre sicher übertrieben gewesen, aber zumindest nickte er widerwillig und bedeutete damit seine Zustimmung zu ihren Worten.

»Häufig liegen dieser Wut und dem Groll ganz andere Dinge zu Grunde«, fuhr sie fort. »Wenn die Leute einander gegenüber bereits feindselig eingestellt sind, hegen sie selten Interesse daran, im Zweifel für die Leute zu urteilen, die sie nicht mögen, was sie bei anderen, denen sie nicht zürnen, gewiss täten.«

»Ich nehme an, Ihr versucht mich auf etwas vorzubereiten, das Ihr gleich ansprechen wollt und von dem Ihr erwartet, dass ich es nicht gern höre, Lady Paladin.« Trisu schien offenbar wahrhaft amüsiert. »Setzen wir einfach voraus, dass Euch das gelungen ist. Dann könnt Ihr jetzt zum Punkt kommen, einverstanden?«

Kaeritha lächelte ihn ebenfalls an. »Gut, einverstanden.« Sie nickte.

»Ich will darauf hinaus, Milord, dass die Uneinsichtigkeit der Domina in diesem Disput zu einem nicht geringen Maß daraus zu resultieren scheint, dass sie glaubt, Ihr hättet Der Stimme der Lillinara in Quaysar nicht genügend Respekt erwiesen.«

»In Wirklichkeit wollt Ihr sagen, Milady«, antwortete Trisu scharf, »dass die Domina der Meinung ist, ich hätte keinerlei

Respekt vor Der Stimme. Da wir schon dabei sind … Domina Yalith ist auch sehr ergrimmt über mein Versagen, das Verschwinden – oder den Mord – an den Dienerinnen Der Stimme aufzuklären.«

Erneut überraschte Kaeritha seine unverblümt offene Haltung. Dabei hätte es sie eigentlich nicht überraschen sollen. Trisu war in vielerlei Hinsicht ein richtiger Sothôii. Auf dem Schlachtfeld mochte er vielleicht zu taktischen Finessen fähig sein, in seinem Privatleben jedoch verachtete er solche »Umwege«.

Erneut ärgerte sie sich über das provozierende Funkeln seiner Augen, doch sie ermahnte sich, den Geist dieses unduldsamen jungen Mannes niemals zu unterschätzen. Und nicht zu vergessen, dass die Beweise, die sie heute Nachmittag gefunden hatte, zudem nahe legten, dass einiges für seine Darstellung der juristischen Streitigkeiten sprach.

»Das habe ich gemeint«, gab sie gleich darauf zu. »Obwohl Ihr es gewiss weit drastischer ausgedrückt habt, als ich es getan hätte.«

Er betrachtete sie lange und nickte dann kurz. Er errötet sogar, dachte sie. Trotzdem nahm er nichts von dem zurück, was er soeben gesagt hatte.

»Zweifellos waren meine Worte weit provozierender, als ein so höflicher Mensch, wie Ihr es seid, Milady, sie ihrem Gastgeber gegenüber gewählt hätte. Dafür entschuldige ich mich. Aber letztlich läuft es darauf hinaus, oder nicht?«

»Letztlich tut es das.«

»Dachte ich mir.« Er musterte sie abschätzend. »Angesichts Eurer Bereitschaft, die Beweise zu prüfen und zu bedenken, die Salthan und ich Euch vorgelegt haben, nehme ich an, dass Ihr auf diesen Punkt zu sprechen kommt, um meine Version aus meinem Mund zu hören.«

Sein Tonfall klang fragend, und sie nickte.

»Dame Kaeritha«, begann er, nachdem er sich kurz gesammelt hatte. »Ich will nicht so tun, als würde ich mich nicht weit unbehaglicher fühlen, wenn ich mit Lillinara und Ihren Anhängerinnen zu tun habe, als mit anderen Göttern und deren Gläubigen. Ich gebe außerdem nicht viel darauf, dass Ihre Anhängerinnen viele Handlungen rechtfertigen, weil Sie es ihnen angeblich zu tun aufgetragen hat. Ehrlich gesagt, ich frage mich häufig, ob das, was Sie angeblich gesagt hat, nicht von Leuten erfunden wurde, für die es bequem ist, genau das aus Ihrem Munde zu hören, was sie hören wollen.«

»Ein verblüffend aufrichtiges Eingeständnis, Milord«, antwortete Kaeritha erstaunt.

»Kein zurechnungsfähiger Mensch würde die Existenz der Götter in Abrede stellen, Milady«, gab er zurück. »Genauso wenig zweifelt ein geistreicher Mensch jedoch auch daran, dass Scharlatane und Betrüger durchaus fähig sind, die Götter und den Glauben anderer Menschen für ihre eigenen Zwecke auszunutzen. Ihr erwartet doch hoffentlich nicht, dass jemand, der eine Domäne zu regieren hat, vor dieser Möglichkeit die Augen verschließt?«

»Nein.« Fast widerwillig empfand sie Zuneigung zu diesem ungeschliffenen, selbstherrlichen jungen Mann. »Die Paladine sind sehr häufig damit beschäftigt, solche Einflüsse zu unterbinden und ihre Schäden auszugleichen.«

»Das dachte ich mir.« Trisu trank einen Schluck Branntwein, stellte das Glas ab und blähte die Nasenflügel.

»Ich habe absichtlich von meinem … Unbehagen Lillinara gegenüber gesprochen, Milady. Ihr sollt wissen, dass ich mir dessen durchaus bewusst bin. Aus diesem Grund habe ich mir auch ins Gedächtnis gerufen, als ich Die Stimme aufsuchte, dass nicht jeder ein Lügner sein muss, der mir erzählt, was Sie von mir will, nur weil es mir nicht gefällt. In diesem Fall jedoch bin ich zu dem Schluss gekommen, dass die so genannte ›Stimme‹ in Quaysar selbst eine dieser Betrügerinnen sein muss.«

»Eine außerordentlich schwer wiegende Anklage, Lord Trisu.« Kaeritha sprach leise, und ihre Miene war ernst, dennoch war sie längst nicht so überrascht über seine Worte, wie sie hätte sein sollen.

»Das weiß ich.« Er wirkte ungewohnt ernst. »Ich habe das zuvor noch niemandem gegenüber so deutlich geäußert. Allerdings nehme ich an, dass Domina Yalith, die ich trotz unserer vielfältigen Meinungsverschiedenheiten für eine sehr kluge Frau halte, ahnt, dass ich genau dies denke.«

»Und warum denkt Ihr das, Milord?«

»Vor allem, weil mich diese besondere Stimme nicht sonderlich begeistert. Schon an dem Tag, als ich sie kennen gelernt habe, als sie ihre Position in Quaysar einnahm, haben sie und ich sofort eine tiefe Abneigung gegeneinander gefasst.«

»Ihr habt eine gegenseitige Abneigung entwickelt?« Trisu lachte, als Kaeritha seine Worte wiederholte.

»Milady, ich könnte sie niemals so verabscheuen, wenn sie mich nicht ebenfalls verachtete! Denn es spielt für mich keine Rolle, wie heilig Die Stimme der Lillinara in den Augen Ihrer Anhängerinnen angeblich ist.«

Kaeritha musste unwillkürlich lachen, doch er fuhr ungerührt fort:

»Es ist wohl nicht ungewöhnlich, dass der Lord einer Domäne gerade in den Bereichen eine andere Meinung als die Hohepriester und Hohepriesterinnen hat, in denen sich ihre Autoritäten und Verantwortungen überschneiden. Jeder von uns will gern der Herr im eigenen Haus sein, und wenn wir widerstreitende Ansichten oder Ziele haben, verstärkt sich diese natürliche Ablehnung noch.

Doch in diesem Fall ging das erheblich weiter.«

Er hielt inne und Kaeritha betrachtete sein Gesicht. Es war so hart und kompromisslos wie immer, aber hinter seiner Miene verbarg sich noch etwas anderes. Sie wusste nicht genau, um welches Gefühl es sich handelte, spürte aber, dass es vorhanden war.

»Wie das, Milord?«, fragte sie, nachdem das Schweigen einige Atemzüge lang angehalten hatte.

»Ich …« Er unterbrach sich. »Nein, Dame Kaeritha, das stimmt nicht. Ich wollte sagen, dass ich nicht wüsste, wie ich Eure Frage beantworten soll, aber das weiß ich sehr wohl. Ich habe gezögert, weil ich fürchtete, dass meine Ehrlichkeit Euch gegen mich einnehmen würde.«

»Ehrlichkeit ärgert mich vielleicht, Milord.« Sie antwortete so ernst, wie sie es seinem aufrichtigen Ton und Verhalten schuldig war. »Das sollte nicht so sein, aber ich bin nur der Paladin eines Gottes, nicht der Gott selbst. Ich verspreche Euch jedoch, bei meinem und bei Seinem Schwert: solange Ihr ehrlich zu mir seid, werde ich Euch mit offenem Ohr und unvoreingenommenem Verstand begegnen.« Sie lächelte. »Da Ihr ehrlich zu mir seid, will ich auch ehrlich zu Euch sein. Ihr hegt bestimmte Meinungen und Überzeugungen, die mir ebenso viel Unbehagen bereiten wie Euch offenkundig die Kriegsbräute. Zweifellos habt Ihr das bereits bemerkt. Ob ich mit Euch in diesen Punkten übereinstimme oder nicht, hat nicht das Geringste damit zu tun, ob ich Euren ehrlichen Worten vertraue oder nicht.«

»Wohl gesprochen, Milady.« Zum ersten Mal zeigte er eine Wärme, die von keinen Vorbehalten durchsetzt war. Dann holte er tief Luft.

»Wie Euch Domina Yalith gewiss gesagt hat, wurde die eigentliche Stadt Quaysar fast vollkommen von dem dortigen Tempel aufgesogen. Dabei verschmolz das Amt Der Stimme des Tempels mit dem Amt der Bürgermeisterin von Quaysar. Der Tradition gehorchend hatte in den letzten mehr als siebzig Jahren dieselbe Person diese beiden Ämter inne. Was bedeutet: Die Stimme ist nicht nur die Hohepriesterin des Tempels, sondern auch die weltliche Führerin der Gemeinde. In dieser Rolle gehört sie zu meinen Vasallen, was gelegentlich zu Reibungen zwischen Den Stimmen und meinem Vater und Großvater geführt hat. Das war unausweichlich, da es Den Stimmen schwer gefallen sein dürfte, ihre weltlichen Pflichten den Lords von Lorham gegenüber mit ihren geistlichen Verpflichtungen im Hinblick auf ihre Gläubigen in Einklang zu bringen. Und natürlich mit ihrer Verantwortung für die Kriegsbräute, über die mein Haus keinerlei Autorität hat.

Mein Vater hat dafür gesorgt, dass ich auf solche Schwierigkeiten vorbereitet war, obwohl sie nur selten vorkamen. Ich glaube, er hatte Angst, dass ich ohne dieses Wissen nicht bereit gewesen wäre, die Kompromisse in Erwägung zu ziehen, die diese delikate Lage erforderte. Er hat bei meinem Onkel Saeth gesehen, wohin ein solches Verhalten führt, und ich muss leider zugeben, dass ich schon als Kind nicht gerade dafür bekannt war, gern Kompromisse einzugehen.« Er lachte und schüttelte den Kopf, als Kaeritha ihn fragend ansah. »Verzeiht, Milady. Ich musste nur gerade daran denken, wie nachdrücklich meine verschiedenen Lehrer und Waffenmeister meine letzte Bemerkung bestätigen würden.«

Kaeritha nickte. Immerhin kann er über sich lachen, dachte sie.

»Jedenfalls«, fuhr er fort, »war ich darauf vorbereitet, dass die neue Stimme und ich uns nicht sofort ins Herz schließen würden. Worauf ich allerdings nicht vorbereitet war … das war die Aura von … *Falschheit*, die sie ausstrahlte.«

»Falschheit?«, wiederholte Kaeritha bedächtig.

»Ich weiß kein besseres Wort dafür«, gab Trisu zu. »Es war mir, als klinge jedes Wort, das sie sagte, falsch. Jedes einzelne Wort, Milady. Ich bin oft Menschen begegnet, die ich schlicht und einfach nicht mochte, und ich bin sicher, dass andere Menschen genauso auf mich reagiert haben. Und das auch immer noch tun. Aber bei uns beiden war es, als hätte man eine Katze und einen Hund in einen Schrank gesperrt. Oder vielleicht eine Schlange und ein Frettchen. Dieses Gefühl war von dem ersten Augenblick an da, in dem Die Stimme den Mund aufmachte. Und – ich schäme mich, das zugeben zu müssen – etwas an ihr hat mir Angst eingeflößt.«

Er sah Kaeritha offen an, seine grauen Augen verdunkelten sich.

»Wenn Ihr die ganze Wahrheit hören wollt, Milady«, sagte er ganz ruhig, »ich kann bis heute nicht genau sagen, wer von uns das Frettchen war und wer die Schlange.«

Kaeritha stand in ihrem Gemach und starrte in den Himmel, während sie sich an Trisus Miene und Tonfall erinnerte. Es rieselte kalt über ihren Rücken, als würde ihr jemand mit einem Eiszapfen darüber streichen. Trisu von Lorham mochte ein Ärgernis sein. Vielleicht war er sogar engstirnig, und ganz sicher war er voreingenommen. Aber eines war er nicht: ein Feigling. Denn kein Feigling würde einem Paladin des Tomanâk gegenüber so unverblümt zugeben, dass ihm jemand Angst eingeflößt hatte. Schon gar nicht, wenn er ein eingefleischter Konservativer von Trisus Art – und die Person, die ihm Angst einjagte, eine Frau war.

Yalith dagegen hatte keine ähnlichen Gefühle Der Stimme gegenüber empfunden. Es war sehr verlockend, schrecklich verlockend, diesen Unterschied auf die Meinungsverschiedenheiten zwischen Kalatha und den Lord von Lorham zurückzuführen. Aber auch wenn es verführerisch sein mochte, Kaeritha wusste, dass die Antwort niemals so einfach war.

Aus diesem Grund musste sie selbst nach Quaysar reiten. Und jetzt wurde ihr auch klar, warum sie den eisigen Hauch der Angst bei diesem Gedanken verspürte.

10

»Ich wünschte, du müsstest nicht gehen.«

»Das wünsche ich mir selbst auch, Liebste«, erwiderte Tellian, legte Hanatha einen Arm um die Schultern und zog sie an sich. »Am liebsten würde ich hier bei dir bleiben. Wenn ich schon Leeana nicht zu dir nach Hause zurückbringen kann, und das kann ich nicht, sollte ich doch wenigstens hier bei dir sein, während du dich auf diese Leere in deinem – in unserem – Leben einstellst. Wären die Götter gerecht, könnte ich das auch tun.«

»Die Götter sind niemals ungerecht«, widersprach Hanatha. Sie stellte sich auf die Zehenspitzen, küsste ihn auf die Wange und lächelte ihn traurig an. »Wir Sterblichen treffen unsere Entscheidungen und müssen eben mit den Konsequenzen leben.«

»Ich kann mich nicht daran erinnern, entschieden zu haben, dass ein derartiger Mistkerl wie Cassan, der über die Moral eines Kupplers und den Verstand eines Wiesels verfügt, das Recht hat, einen lüsternen alten Bock, der älter ist als ich und kaum mehr wert als ein gemeiner Vergewaltiger, als Gatten für meine Tochter vorzuschlagen!« Tellians Antwort fiel ein wenig hitziger aus, als er beabsichtigt hatte.

»Nein.« Ihre ruhige Stimme glich einem sanften Tadel. »Ich habe aber auch nicht gesagt, dass wir nur mit den Folgen unserer eigenen Entscheidungen leben müssen. Es wäre meiner Stellung nicht angemessen, wenn ich deiner Beschreibung von Cassan oder Schwarzenberge zustimmen würde«, fuhr sie geziert fort, »doch da nur ein höchst ungehorsames Eheweib ihrem Ehemann widersprechen würde, und ich selbstverständlich viel zu demütig und eingeschüchtert bin, um aufsässig zu sein, lasse ich dir diese schändliche Sprache durchgehen. Solltest du jedoch jemals Gelegenheit haben, Cassans Eltern einander vorzustellen, wirst du es hoffentlich auch tun.«

Trotz seiner Enttäuschung und Wut zuckten Tellians Lippen verdächtig, als er sich bemühte, ein Lächeln zu unterdrücken.

»Was auch immer wir von den beiden halten«, fuhr Hanatha ernsthafter fort, »sie verfügen auch über die Macht, Entscheidungen zu treffen. Diese Entscheidungen haben bedauerlicherweise nicht nur für sie, sondern für uns alle Folgen. Mir scheint, es wäre ein wenig viel verlangt, wenn wir die Götter bäten, diese unglaubliche Schlangengrube von gegenseitig widerstreitenden Entscheidungen auszuräuchern, nur damit du und ich glücklich sind. Ich hätte freilich nichts dagegen, wenn sie das täten, aber ich fürchte, uns bleibt nur, mit unseren Entscheidungen und unserer Verantwortung so gut wie möglich zurechtzukommen.«

»Es gibt Augenblicke, Liebes, zahlreiche Augenblicke, da beschleicht mich das Gefühl, der Falsche von uns beiden ist als Mann geboren worden. Du hättest einen vorzüglichen Baron abgegeben.«

»Vielleicht. Aber so wie die Dinge liegen, gebe ich dir meinen Rat in dem Wissen, dass die letzte Entscheidung bei dir liegt, nicht bei mir.« Sie lächelte. »Das bedeutet auch, dass ich weit weniger Druck aushalten muss, also fällt es mir natürlich leichter, Abstand zu bewahren.«

»Gut möglich.« Er wandte sich um, ohne den Arm von ihren Schultern zu nehmen, und schaute vom oberen Balkon seines Schlosses hinab auf seine Bewaffneten, die geduldig darauf warteten, dass er zu ihnen herunterkam. Die Kürasse der Reiter blitzten in der Morgensonne auf, das Leder glänzte, und die blau-weißen Banner mit dem geflügelten Löwen, dem Gryphon, dem Banner von Balthar und der persönlichen Standarte des Barons, wehten im sanften Morgenwind. Sein

Blick fiel auf den Gryphon, das uralte Wahrzeichen von Ottovars untergegangenem Reich in Kontovar. In ganz Norfressa verwendeten nur die Sothôii dieses Emblem. Der Baron presste die Lippen zusammen.

»Ich sollte eigentlich zu den Warmen Quellen reiten, wie ich es vorhatte«, sagte er. Hanatha seufzte. Sie hatte ihm bereits erklärt, warum er seine Meinung besser änderte, aber sie wusste, dass er nicht gegen sie persönlich sprach. In solchen Augenblicken hasste er es einfach nur, dass es nur ein Exemplar von ihm gab.

»Du kannst nur an einen Ort zur Zeit gehen, Tellian«, sagte sie geduldig. Ihr Tonfall verriet, dass sie dieses Gespräch schon einmal geführt hatten. »Prinz Bahzell, Hurthang, Gharnal, Brandark und Kelthys sind zu den warmen Quellen geritten. Wenn sie dieses Problem nicht bewältigen können, um was für eines auch immer es sich handeln mag, was willst denn du da noch ausrichten?«

»Schon, aber …«

»O nein, Tellian!« Sie schüttelte den Kopf und drohte ihm mit dem Finger. »Du wirst diesmal nicht versuchen, dich herauszuwinden und dich anschließend mit einem schlechten Gewissen herumplagen! Du trägst die Verantwortung für Kleinharrow ebenso wie für die Warmen Quellen, und die erfahrensten Leute, die du finden konntest, sind bereits zu den Warmen Quellen geritten. Trianal dagegen ist vermutlich der unerfahrenste Offizier unter deinen Leuten, und er ist in Kleinharrow als dein Stellvertreter ganz allein auf sich gestellt.« Sie warf ihm einen Blick zu, der fast böse wirkte. »Wenn du das alles in Betracht ziehst, gibt es da noch den geringsten Zweifel, wohin du reiten musst?«

Tellian wollte etwas sagen, überlegte es sich jedoch besser und schüttelte nur den Kopf.

»Schon besser.« Ihre Augen, die seit seiner Rückkehr aus Kalatha mit leeren Händen so traurig gewirkt hatten, funkelten nun ein wenig. Doch dann zogen sie sich kurz zusammen, als sich die Baronin fragte, wie viel dieser scheinbaren Unentschlossenheit nur ein Trick ihres Gemahls war. Wollte er sie von ihrer Trauer ablenken, indem er ihr die Möglichkeit gab, ihn zurechtzuweisen?

»Ja, Liebes«, sagte er demütig. Dann holte er tief Luft und straffte die Schultern.

»Da wir gerade von Trianal sprechen«, begann er. »Ich denke …«

»Ja.«

Er hielt inne, überrascht von ihrem Einwurf.

»Ja, was?«

»Ja, du solltest an deine Schwägerin Gayarla und an Seine Majestät schreiben und sie über unsere formelle Adoption von Trianal unterrichten.«

Er betrachtete seine Frau mit einem zärtlichen Blick. Hanatha erwiderte ihn mit einer Heiterkeit, die, wie sie überrascht feststellte, fast ungekünstelt war.

»Natürlich schmerzt es mich, dass wir Leeanas Platz mit einer derartig ungebührlichen Eile sozusagen ersetzen«, fuhr sie fort. »Aber nach ihr ist Trianal der einzige annehmbare Thronfolger. Der Kronrat würde ihn gewiss zu deinem Nachfolger ernennen, solltest du morgen sterben! Je schneller die Sache also erledigt und offiziell geregelt ist, desto eher werden Leute wie Cassan daran gehindert, sich weiterhin in die Thronfolge einzumischen. Schließlich war das auch der einzige Grund, aus dem Leeana uns … verlassen hat. Außerdem ist Trianal ein wunderbarer Junge. Ich könnte ihn nicht mehr lieben, wenn er unser leiblicher Sohn wäre. Du wirst mir meine Worte nicht verübeln, aber trotz der falschen Erziehung deiner Schwägerin ist er zu einem großartigen jungen Mann herangewachsen. Er wird zweifellos auch nach dir einen großartigen Baron und Lordhüter abgeben.«

»Ich bin sicher, Gayarla würde darauf hinweisen, dass es schließlich du und ich sind, die ihre Tochter an diese verdorbenen Kriegbräute verloren haben – und schon das beweist, wer die besseren Eltern sind. Doch ich bin ganz deiner Meinung, dass Trianal wirklich ein Wunder ist, angesichts der gegebenen Umstände. Bist du denn sicher, Liebes, dass du bereit bist, so schnell zu handeln?«

»Tellian, gibt es einen besonderen Grund, aus dem du vergisst, wer mein Vater und Großvater waren? Uns Weißsätteln ist Politik nicht fremd, ebenso wenig wie die Verantwortung, die Herrschende tragen. Außerdem haben wir keine große Auswahl in dieser Sache. Deshalb bin ich auch froh, dass wir Trianal so lieben.« Sie schüttelte den Kopf. »Schreib die Briefe, Tellian. Aber schicke sie von Kleinharrow aus ab! Du hast bereits genug Zeit damit vergeudet, dich von mir zu verabschieden!«

»Euer Diener, Milady«, sagte er. Dann nahm er sie in die Arme, dort oben auf dem Balkon, wo seine Bewaffneten sie gut sehen konnten, und küsste sie, genüsslich und leidenschaftlich. Er nahm sich Zeit – und Hanatha rang nach Atem, als er sie schließlich losließ.

»Lümmel!« Sie schlug ihm mit der geballten Faust auf den Brustpanzer, ihre Augen aber leuchteten. »Wie könnt Ihr es wagen, mich öffentlich derartig zu kompromittieren? Mein Ehemann wird Euch wegen Euer Zudringlichkeit zur Rechenschaft ziehen, Sire! Er weiß, wie man mit solchen Lüstlingen umgeht.«

»Das kümmert mich nicht!« Sein Blick glitt mit leidenschaftlicher Zärtlichkeit über ihr Gesicht. »Aber ich weiß, wie eilig ich es haben werde, zu dir zurückzukommen. Und«, seine Augen funkelten und er küsste sie noch einmal zart auf den Mund, »ob Euer Gemahl weiß, wie er mit mir umgehen muss oder nicht, Milady, seid versichert, dass *ich* sehr genau weiß, wie ich mit Euch umgehen muss!«

11

Du kannst viel besser laufen, als ich erwartet habe«, sagte Brandark lächelnd, als Bahzell auf die Veranda des Herrenhauses von Lord Edinghas trat. Es wurde bereits dunkel.

»Du bist wirklich der lustigste kleine Mann auf der ganzen Welt«, knurrte Bahzell und setzte sich, sehr, sehr vorsichtig, auf das breite Geländer der Veranda.

»Wenn nicht, dann liegt das bestimmt nicht daran, dass ich mich nicht bemühte oder ein natürliches Talent dafür hätte.« Brandark grinste, denn Bahzell verzog schmerzhaft das Gesicht, als sein Hintern das Holz berührte. »Ist Eure Kehrseite sehr wund, Milord Paladin?«

»Mich schmerzt weniger mein Hintern, eher meine Beine …« Bahzell schnaubte verächtlich und bewegte dann sehr vorsichtig die linke Schulter. »Und ich kann auch nicht abstreiten, dass dieser letzte Sturz nicht gerade die angenehmste Erfahrung war.«

»Das konnte ich sehen.« Brandark betrachtete ihn abschätzend. »Andererseits habe ich noch nie erlebt, dass jemand versucht hat, einen sechsmonatigen Reitkurs in einer einzigen Woche zu absolvieren. Erst recht kein Pferdedieb-Hradani.« Er reckte seine beachtliche Nase empor und sog hörbar die Luft ein. »Im Unterschied zu uns eher gedrungenen und geschickten Blutklingen seht ihr jämmerlichen, zu groß geratenen Anfänger wie Säcke mit Pferdemist aus, wenn ihr in einem Sattel sitzt. Du findest nicht zufällig, dass Walsharno und du es etwas übertreiben, angesichts deiner angeborenen Nachteile, meine ich?«

»Wir haben keine große Wahl«, erwiderte Bahzell nachdrücklich. Sein Ton war erheblich ernster als der seines Freundes. »Wenn wir ehrlich sind, haben wir schon viel zu viel Zeit damit verschwendet.«

»Du hast es Kelthys selbst versprochen«, konterte Brandark.

»Stimmt, das habe ich«, räumte Bahzell bedächtig ein. Er stand auf und trat an den Rand der Veranda. Seine Schritte klangen in den schweren Reitstiefeln, die Lord Edinghas' Flickschuster am Tag zuvor fertig gestellt hatte, noch schwerer als gewöhnlich. Bahzell blickte zu den Sternen hinauf, die seinen Blick mit ferner, kühler Schönheit zu erwidern schienen, während die dünne Sichel des Jungfernmondes tief am Horizont stand.

»Ich habe es ihm versprochen«, wiederholte er, ohne den Blick zu senken. »Aber ich hätte besser nicht auf ihn gehört. Hier stinkt es nach Verderbnis, Brandark. Nach einer Verderbnis, der wir noch nie begegnet sind, nicht einmal in Sharnâs Tempel. Es steht mir nicht im Mindesten zu, andere in einen derart bösen Gestank zu führen. Es riecht nach Tod und nach noch Schlimmerem, als es der Tod jemals sein kann.«

»Ich weiß.« Brandarks Stimme hatte alle Unbeschwertheit verloren.

Bahzell drehte sich zu ihm um, spitzte die Ohren und sah ihn fragend an. Die Blutklinge zuckte die Achseln.

»Chesmira mag mir erklärt haben, dass ich niemals ein Barde werden kann, Bahzell, aber ich habe lange Jahre damit verbracht, jede Ballade, jede Ode, jedes Gedicht zu studieren, sobald es mir in die Hände fiel. In aller Bescheidenheit darf ich wohl sagen, dass ich meinen Rang als Forscher hinlänglich bewiesen habe. Sobald Tomanâk dich, das heißt eigentlich uns alle, vor dem gewarnt hat, was da draußen lauert, wusste ich, über wen Er sprach. Oder hast du gedacht, ich wüsste es nicht?«

»Nein.« Bahzell schüttelte den Kopf. »Nein, Kleiner. Es wäre mir zwar lieber, du wüsstest es nicht, aber es bestand natürlich nicht die winzigste Chance, dass du es nicht herausfinden würdest. Das bedeutet aber nicht, dass ich es kaum erwarten könnte, dich mitten in diesem Schlamassel zu sehen.«

»Solche Sachen passieren nun mal Leuten, die dumm genug sind, den Aufpasser für Paladine des Tomanâk zu spielen«, gab Brandark unbekümmert zurück. Dann senkte er den Kopf und spitzte neugierig die Ohren. »Ich muss trotzdem zugeben: es überrascht mich ein wenig, dass Krahana« – als er den Namen der Dunklen Göttin endlich aussprach, schien ein eisiger Windhauch über die Veranda zu fegen – »nicht schon längst hier aufgetaucht ist, wenn sie denn wirklich dahinter steckt. Ich denke, auf jemanden wie sie muss dieser Ort hier« – er deutete mit dem Daumen auf das von Lichtern hell erleuchtete Haus hinter sich – »wie eine besonders große Keksdose wirken, in die sie nur zu gern ihre Klauen stecken würde.«

»Ich bezweifle, dass sie selbst hier auftauchen wird«, widersprach Bahzell. »Jedenfalls dürfte sie nicht allzu scharf darauf sein, Ihn Höchstselbst dazu zu veranlassen, ihr persönlich gegenüberzutreten.« Er lächelte. Es war ein schmallippiges Lächeln und verblüffend bitter. »Krahana gehört sicher nicht zu den klügsten der Dunklen Götter. Sie hat nicht mal annähernd den Geist von – zum Beispiel – Carnadosa. Aber sie ist auch nicht dumm, und sie hat sehen müssen, was mit Sharnâ passierte, als der sozusagen seine Klinge mit Ihm Höchstselbst kreuzte.

Was nicht heißen soll, dass sie keine Konfrontation riskieren würde. Aber sie wird dafür sorgen, dass es zu ihren Bedingungen geschieht, nicht zu Seinen. Also werden wir vermutlich erst einmal auf einen ihrer Diener stoßen. Man könnte sie in etwa auch ihre ›Paladine‹ nennen. Aber hier werden sie uns schwerlich angreifen.«

»Warum nicht?«, wollte Brandark wissen.

»Weil ich Ihn Höchstselbst darum gebeten habe, dafür zu sorgen, dass sie es nicht können«, erwiderte Bahzell schlicht. Brandark blinzelte verwirrt.

»So was kannst du?«

»Ja«, erwiderte Bahzell gelassen. »Im Volksmund nennt man ›so was‹ wohl ›Gebet‹, wenn ich mich nicht irre.«

»Gebet!« Brandark schnaubte verächtlich. »Bahzell, selbst Kaeritha muss zugeben, dass du eine glücklicherweise unvergleichliche Art und Weise hast, mit Tomanâk zu plaudern. Schließlich habe ich euren Gedankenaustausch mehrmals mitgehört, vielen Dank. Ich bin wirklich nicht sicher, ob jemand anders ›so was‹ ›Gebet‹ nennen würde!«

»Für Ihn Höchstselbst ist es gut genug, und in diesem Fall schließe ich mich Seiner Göttlichen Meinung gern an«, teilte ihm Bahzell mit. »Nachdem ich gesehen habe, was Gayrfressa und ihre Herde erdulden mussten, habe ich Ihn gebeten, so freundlich zu sein, dafür zu sorgen, dass Krahanas Handlanger ihren Überfall hier nicht wiederholen können. Nachdem ich Ihn darum bat, hat Er Höchstselbst mir gezeigt, wie ich das auch allein bewerkstelligen kann.«

Er zuckte die Achseln, und Brandarks Augenbrauen rutschten fast bis in seinen Haaransatz hinauf.

»Er hat dir gezeigt, wie *du* es selbst tun kannst?«

»Ja.« Das Funkeln in Bahzells Augen strafte seinen beiläufigen Ton Lügen. »Ist gar nicht so schwer, wenn man einmal begriffen hat, wie's geht.«

»Und wie geht das?« Brandark brannte förmlich vor Neugier. Bahzell lächelte.

»Kleiner, deine Nase ist das reinste Fragezeichen. Ist es nicht wirklich Furcht einflößend, wenn ein Mann, der so stolz auf seinen Riechkolben ist, ihn so schrecklich verzieht?«

Brandark schüttelte wütend die Faust und machte einen Schritt auf seinen Freund zu. Bahzell hob in gespielter Furcht die Hände.

»Du wirst doch einem so friedfertigen Burschen wie mir keine Gewalt androhen?«, grollte er. Brandark stieß einen leisen Fluch aus, was Bahzell mit einem weiteren Lachen quittierte.

»Du bist wirklich der berechenbarste Bursche auf der Welt. Jedenfalls wenn man weiß, welchen Hebel man umlegen muss. Aber ich möchte nicht, dass du platzt oder dir aus Verzweiflung etwas antust. Also, um deine Frage zu beantworten: Es ist fast so, wie eine Wunde oder eine Krankheit zu heilen.«

»Du meinst, du stellst dich als Tomanâks Kanal zur Verfügung?«

»Sozusagen. Es ist freilich nicht nur Er Höchstselbst, sondern auch einiges von mir dabei, aber … das ist im Grunde alles … als würde man … einen Ort heilen, nicht eine Person. Ich will nicht behaupten, dass dieser Schutz gegen alle Dämonen der Hölle ausreicht, aber ich habe einen Kreis um Lord Edinghas' Herrenhaus gezogen, den bis auf Krahana persönlich niemand überwinden kann. Leider kann ich ihn nicht mitnehmen, wenn wir aufbrechen, Brandark. Und er wird auch nicht lange weiterexistieren, wenn ich fort bin.«

»Aus diesem Grund hast du Kelthys versprochen, zu warten?« Brandark rieb sich nachdenklich das Kinn.

»Ja. Ich habe vermutet, dass es Krahanas Handlangern einfallen könnte, herzukommen und zu beenden, was sie angefangen haben. Ich hätte zwar Lust gehabt, ihnen hier entgegenzutreten, wo die anderen Ritter vom Orden auf sie warten und Sein Schutz uns einen gewissen Vorteil gibt. Doch wenn sie das wirklich vorhätten, hätten wir sie gewiss längst zu Gesicht bekommen.« Er runzelte die Stirn. »Und da sie bis jetzt nicht aufgetaucht sind, bleibt mir keine andere Wahl, als zu ihnen zu gehen.«

»Und sobald wir die Warmen Quellen verlassen, verlassen wir auch den Schutzkreis.« Brandark nickte bedächtig. »Deshalb bist du so unglücklich darüber, dass du Kelthys nicht davon abhalten konntest, seine Windreiter hierher zu rufen.«

»Ja. Denn es geht nicht nur um den Schutz, den wir verlieren«, erklärte Bahzell ernst. »Ich habe keine Ahnung, was für einen ›Paladin‹ Krahana hergeschickt hat. Und weil ich nicht weiß, wer oder was er ist, könnte er mit ihrer Hilfe seinen eigenen Schutzkreis um sich gezogen haben. Sollte das so sein, Brandark, kann ich nicht wissen, was wir vorfinden, sobald wir den Schutzwall überwunden haben.«

»Das verstehe ich, Bahzell«, erwiderte Brandark gefasst. »Dir muss jedoch auch klar sein, dass nicht einer von uns – weder ich, noch die Ordensbrüder noch Kelthys und seine Windreiter – darüber nicht ebenfalls nachgedacht hätte. Du weißt vielleicht nicht, was wir dort vorfinden, und wir können das schon gar nicht wissen, bis es so weit ist. Aber trotzdem ist uns klar, worauf wir uns da einlassen.«

»Brandark, dem hier sollte sich niemand aus reiner Freundschaft stellen.« Bahzell sprach ebenso ruhig wie Brandark. »Tomanâk weiß, dass ich noch nie einen Freund hatte, dem ich so nahe stand wie dir. Ich will uns nicht beide in Verlegenheit bringen, indem ich lang und breit auswalze, was mir diese Freundschaft bedeutet. Aber eines will ich dir sagen, Brandark Brandarkson: Es gibt nichts in der Welt, was ich weniger gern sehen würde, als dich neben mir auf dem Ritt nach Norden.«

»Das zu hören schmerzt mich wirklich sehr, sehr tief«, erwiderte Brandark gelassen. »Denn du hast in diesem Punkt leider kein Mitspracherecht.«

»Brandark …«

»Warum glaubst du eigentlich, dass du mir oder sonst jemandem, einschließlich Kelthys und den anderen Windreitern, befehlen kannst, wem wir uns stellen und wem nicht? Du bist ein Paladin des Tomanâk, Bahzell. Das wissen wir mittlerweile. Wir wissen auch, dass ein Kampf mit Krahana zu den Aufgaben gehört, die Tomanâk gern für Seine Paladine reserviert. Uns ist klar, dass du und die anderen Jungs vom Orden den Hauptteil der Prügel abbekommen werden, und dass wir daran nichts ändern können. Also?«

»Also ist es aus diesem Grund vollkommen überflüssig, dass ihr anderen euch ebenfalls Krahana stellt. Wenn Hurthang und Gharnal und ich es tun müssen, gut, aber welchen Sinn ergibt es, das Leben von noch mehr Leuten zu riskieren?«

»Möchtest du Walsharno gern erklären, dass er nicht mitkommen darf? Wenn ja, hast du dir die letzten vier Tage vollkommen umsonst die Hose durchgescheuert und deinen Hintern flach geritten.«

»Walsharno ...«, begann Bahzell.

»Red nicht lange drum herum, Bahzell Bahnakson! Du lässt ihn nicht hier, weil er niemals zurückbleiben würde. Ganz gleich, wie sehr du auch auf ihn einredest. Außerdem wisst ihr beide genau, was der andere denkt und fühlt, wirklich denkt und fühlt, meine ich.«

Der kleinere Hradani blickte seinen hünenhaften Freund im Licht der Lampen, die dunkle Schatten über die Veranda warfen, beinah trotzig an. Diesmal senkte Bahzell den Blick.

»Du weißt, warum er gehen will. Nicht nur, weil ihr beide ein Band geknüpft habt. Er will mitgehen, weil er Krahana ebenso hasst und verachtet und verabscheut, wie wir anderen das auch tun. Weil er Rache für die Herde will, in der er aufwuchs, bevor er zur Bärenfluss-Herde ging. Und weil es sein Recht ist, Bahzell! Es ist sein gutes Recht, gegen das Böse zu kämpfen, wenn er ihm begegnet.

Genauso ist das mein Recht. Und das von Kelthys. Und das der anderen Windrenner ebenso wie das der anderen Windreiter. Gute Menschen brauchen nichts weiter zu tun, um dem Bösen zu helfen, damit es triumphieren kann, als es einfach nicht aufzuhalten, wenn sie es vor der Nase haben.«

Brandark verstummte und holte tief Luft. Dann lachte er. Es klang fast wieder so dahergesagt wie immer.

»Ich hoffe, du hast mitgeschrieben, Bahzell«, sagte er beiläufig. »Ich bezweifle nämlich, dass du dich später daran erinnerst. Und ich werde nicht sehr oft eine so rührselige und gefühlige Rede halten.«

»Nein, wirst du nicht«, sagte Bahzell. »Das glaube ich auch.« Er blickte erneut zu den Sternen hinauf, holte tief Luft, nickte der Mondsichel zu und gab der Blutklinge einen leichten Klaps auf die Schulter.

»Einverstanden, Kleiner«, brummte er. »Letzten Endes hast du Recht. Und selbst wenn nicht: sogar Tomanâk weiß, dass du mindestens so stur sein kannst wie ein Pferdedieb.«

»Also bitte!« Brandark sah ihn empört an. »Niemand außer einem Sothôii oder einem Granitbrocken ist so stur wie ein Pferdedieb-Hradani! Das ist ein Naturgesetz und eine physikalische Unmöglichkeit. Schließlich ist es eine hinlänglich bewiesene Tatsache, dass nur hinter fünfzehn Zentimetern solider Schädelknochen eure echte Pferdediebs-Sturheit ausgebrütet werden kann. Ich empfehle dir dazu die Abhandlung von …«

Sein großtuerischer Sermon endete in einem hilflosen Quieken, als zwei schaufelgroße Hände ihn mühelos von der Veranda pflückten, und das trotz seiner zweihundertsiebzig Pfund Muskeln und Knochen. Brandark ruderte heftig mit den Armen, als er durch die Luft segelte, doch es war nur ein eher kurzer Flug. Der mit einem gewaltigen Platschen endete, als die Blutklinge eine für seine Verhältnisse recht unelegante Bauchlandung auf der friedlichen Oberfläche von Lady Sofallas Fischteich hinlegte.

»Erklärt es mir noch einmal. Warum genau seid Ihr hier?« Sir Fahlthu Schwartenbeißer musterte misstrauisch den Mann, der vor ihm stand.

»Weil Lord Saratic es so befohlen hat«, antwortete Darnas Warshu gleichmütig.

»Versuchen wir es noch einmal.« Sir Fahlthu schnaubte verächtlich. »Ich weiß, dass Lord Saratic Euch meiner Schwadron zugeteilt hat. Mir ist auch klar, dass Ihr ein besonders fähiger Führer und Kundschafter sein sollt. Ich weiß sogar, dass Lord Dathian persönlich nach Euch gefragt haben soll, weil Ihr Euch angeblich so gut in den Sümpfen und in Kleinharrow auskennt. Aber, Meister Braunsattel oder wie immer Ihr heißen mögt, ich glaube einfach nicht, dass dies wirklich alles ist.«

»Warum solltet Ihr die Wahrheit nicht glauben?«, fragte Warshu geduldig.

»Weil ich viele Führer kennen gelernt habe und viele Kundschafter, Meister Braunsattel. Die meisten waren mit Bögen bewaffnet, einige zogen leichte Armbrüste vor. Es gab sogar tatsächlich den ein oder anderen, der eine Arbalest mit sich herumschleppte. Ihr dagegen, Meister Braunsattel, seid der einzige Späher, der sowohl einen Kurzbogen der Sothôii als auch eine Hradani-Arbalest mit sich führt, und zwar gleichzeitig. Da drängt sich mir unwillkürlich die Frage auf, aus welchem Grund Ihr das wohl tut, hm? Ihr könnt nur entweder einen Bogen oder eine Arbalest abfeuern, es sei denn Ihr besäßet noch mehr verborgene Talente oder Arme, als ich zu vermuten geneigt bin.«

»Offenbar«, antwortete Warshu, »habe ich das wohl übersehen, Sir Fahlthu. Vielen Dank, dass Ihr mich darauf hinweist.«

Cassans Agent amüsierte sich nach außen hin sichtlich über den absurden Verdacht des Ritters, doch in Wirklichkeit war er alles andere als belustigt. Offensichtlich war Fahlthu klüger, als er angenommen hatte, möglicherweise auch gerissener, als Saratic und Sir Chalthar wähnten. Diese Fehleinschätzung könnte in den nächsten zwei Wochen höchst unwillkommene Konsequenzen zeitigen.

»Milord Ritter«, fuhr er kurz darauf geduldiger fort. »Ich weiß nicht, welchen Floh Ihr da im Ohr habt, aber ich kann Euch versichern, ich bin genau der und das, wer und was zu sein ich behaupte. Es schmeichelt mir natürlich, dass Lord Dathian eigens nach mir gefragt hat. Und es schmeichelt mir noch mehr, wenn ich an die Extra-Kormaks denke, die er mir dafür zahlt, dass ich Euch als Euer persönlicher Führer durch die Sümpfe führe. Solltet Ihr jedoch ein Problem mit mir haben, könnt Ihr das selbstverständlich Sir Halnahk oder Lord Dathian oder sogar Lord Saratic vortragen. Für mich spielt es wirklich keine Rolle.«

Er beobachtete Fahlthus Miene scharf, während er nach außen hin einen harmlosen, eher gelangweilten Eindruck machte. Hoffentlich nahm ihn der Ritter nicht beim Wort. Was Halnahk oder Saratic betraf, war Warshu nicht sonderlich besorgt, aber Dathian schien ein bisschen zu unberechenbar für seinen Geschmack. Der verräterische Lordhüter könnte durchaus auf die Idee kommen, dass es ihm nützte, wenn er Fahlthu erzählte, wie viele Wochen es gedauert hatte, bis Warshu sich einigermaßen mit den Pfaden durch die Sümpfe vertraut gemacht hatte. Zu seinem Glück besaß er einen ausgezeichneten Orientierungssinn und ein scharfes Auge für die Landschaft. Jetzt reichten seine Kenntnisse zumindest aus, um jemanden täuschen zu können, der sich in den Sümpfen gar nicht auskannte.

»Und was meine Waffen betrifft …«, fuhr er fort. »Natürlich kann ich immer nur eine zur Zeit benutzen. Aber ich bin Kundschafter, Sir Fahlthu. Das bedeutet, dass ich manchmal reite, was den Kurzbogen sehr praktisch macht. Ein ander Mal muss ich im Gras herumkriechen, wo sich eine Waffe wie zum Beispiel eine Arbalest, die man gut abfeuern kann, wenn man bäuchlings im Busch liegt, als sehr nützlich erweist. Abgesehen davon ist das keine Hradani-Arbalest.« Er hielt die Waffe hoch und tippte auf den Stempel von Zwergenheim in dem stählernen Bogen. »Das ist Axtmänner-Arbeit, Sir Fahlthu, und sie hat mich einen Haufen Kormaks gekostet. Ich bestücke sie zwar mit Hradani-Bolzen, aber wenn ich mich nicht irre, sollen wir doch vortäuschen, dass Bahnaks Pferdediebe irgendwie in diese Angelegenheit verwickelt sind, richtig?«

Fahlthu starrte ihn böse an. Offenbar reizte ihn Warshus Ironie, aber das kümmerte den Spion nicht. Das heißt, so ganz stimmte das auch nicht. Ein Mann wie Fahlthu war durchaus fähig, jemanden in einen Hinterhalt zu locken, der ihn wütend gemacht hatte. Trotzdem war ihm Fahlthus Wut lieber als sein Argwohn. Es mochte unwahrscheinlich sein, dass sein Kavalleriekommandeur herausfand, was Saratic und Baron Cassan tatsächlich vorhatten, unmöglich war es jedoch nicht. Und sollte er etwa hinter Warshus eigentliche Mission kommen, so war nicht abzusehen, was er tun würde. Abgesehen natürlich davon, dass ein Mann wie Fahlthu niemals riskieren würde, die Verantwortung für den Tod eines der vier höchsten Adligen der Sothôii zu übernehmen.

»Na gut«, knurrte der Ritter schließlich. »Ich glaube zwar keine Sekunde, dass Ihr tatsächlich der unschuldige, einfältige Kerl seid, den Ihr mir vorspielt, Meister Braunsattel. Aber letztlich geht es mich nichts an, was Ihr seid. Bis auf eins.« Ärgerlich fixierte er Warshu. »Solange Ihr in meiner Schwadron reitet, untersteht Ihr meinen Befehlen. Ich würde Euch nicht raten, sie in irgendeiner Weise zu missachten! Ist das klar, ›Meister Braunsattel‹?«

»Selbstverständlich, Sir«, erwiderte Warshu. »Was Ihr auch glauben mögt, ich hatte nie vor, Eure *Befehle* zu verletzen.«

»Warum verhalten sie sich Eurer Meinung nach in letzter Zeit so ruhig, Sir Yarran?«

»Wie bitte?« Sir Yarran Sturmkrähe sah von dem Krug auf, den ihm das Serviermädchen gerade vorgesetzt hatte. »Sagtet Ihr etwas, Milord?«

»Ja.« Sir Trianal Bogenmeister verzog das Gesicht und fuhr mit der Hand durch die rauchgeschwängerte Luft. In der Messe, die an Lordhüter Festians Kaserne angeschlossen war, drängten sich Kleinharrows Bewaffnete und die Hälfte der zehn Züge Bewaffneter aus Balthar, die er selbst hierher geführt hatte. Das laute Stimmengewirr und die ersten, zotigen Lieder, die gerade angestimmt wurden, machten es einem schon schwer genug, seine eigenen Gedanken zu hören, geschweige denn die leise Bemerkung seines Banknachbarn.

»Ich habe gefragt«, fuhr Trianal lauter fort, »warum sie sich in letzter Zeit wohl so ruhig verhalten.«

»Ich glaube, Milord«, erwiderte Sir Yarran, der trotz seiner erhobenen Stimme bedächtig klang, »die Gründe sind das Wetter und die Verstärkung Eures Onkels.«

Trianal musterte ihn skeptisch und forderte ihn mit einer Handbewegung auf weiterzusprechen. Sir Yarran grinste, trank einen genüsslichen Zug aus seinem Krug und zuckte dann die Achseln.

»Das Wetter klärt sich auf, Milord. Das macht es ihnen zwar leichter, in den Sümpfen zu verschwinden, mit oder ohne gestohlenem Vieh. Gleichzeitig hat es sie jedoch auch der Deckung dieses netten, dichten Nebels beraubt, in dem sie sich so gern versteckt haben. Wir haben fast alle Viehherden aus ihrem ursprünglichen Gebiet heraus nach Westen getrieben. Das bedeutet, sie müssen sich weiter hinauswagen. Der trockene, harte Boden macht es uns leichter, sie bis zu ihren Rattenlöchern zurückzuverfolgen. Und es regnet auch nicht mehr, so dass ihre Spuren nicht so schnell weggewaschen werden. Das wissen sie ebenso gut wie wir, und wenn Ihr dann noch in Rechnung stellt, dass der Baron seine eigenen Leute geschickt hat, dürfte ziemlich klar sein, was diese Halunken denken. Immerhin erhöht es die Zahl der Bögen und Schwerter, die ihnen gegenüberstehen und es zeigt ihnen auch, dass der Baron die Sache sehr ernst nimmt.«

»Verstehe.« Trianal stocherte mit der Gabel in den Resten seiner Mahlzeit herum. Es war dasselbe Essen, das auch seine Leute serviert bekamen.

Sir Yarran beobachtete ihn scharf und verkniff sich sorgfältig ein Lächeln. Mittlerweile war er zu dem Schluss gekommen, dass die lobenden Berichte, die er über Trianal gehört hatte, tatsächlich zutrafen. Der Junge schien gewissenhaft, arbeitete schwer und war sichtlich entschlossen, seinen Onkel, den er spürbar verehrte, auf keinen Fall zu enttäuschen. Außerdem war er nicht nur klug, sondern auch bereit, dieses Vermögen einzusetzen. Was nach Sir Yarran Sturmkrähes bisherigen Erfahrungen längst nicht alle jungen Adligen der Sothôii taten.

Trotzdem war Trianal erst neunzehn Jahre alt, und er konnte nicht verheimlichen, dass ihn die Vorsicht oder auch die

Feigheit seiner Feinde enttäuschte, weil sie ihm damit die Möglichkeit nahmen, zu beweisen, wozu er fähig war.

»Glaubt Ihr, dass sie ganz aufgegeben haben?« Er versuchte tapfer, wenn auch nicht ganz erfolgreich, seine Enttäuschung zu verbergen.

»Nein, Milord.« Sir Yarran beugte sich dichter zu dem jungen Mann, der offiziell sein Kommandeur war, damit er nicht schreien musste und es damit möglichen Lauschern schwerer machte.

»Milord«, fuhr er fort. Er sprach mit der Geduld, mit der er und Festian seit Jahren eifrige junge Soldaten ausbildeten. »In jedem Kampf gibt es zwei Seiten, und keine von beiden möchte gern verlieren. Das bedeutet, welche Handlung auch immer Ihr von diesen schmierigen Mistkerlen erwartet, sie werden sich auf jeden Fall etwas ausdenken, womit Ihr nicht rechnet.

Diese Leute, um wen es sich dabei auch handeln mag …« Er vermied trotz des fast ohrenbetäubenden Stimmengewirrs im Hintergrund, Namen zu nennen, »haben bereits mehr als deutlich gezeigt, dass sie verdammt entschlossen sind, Lord Festian zum Trottel zu stempeln und damit Euren Onkel zum Narren zu machen, weil dieser Richthof durch Festian ersetzt hat. Ich halte es für höchst unwahrscheinlich, dass sie diese Idee jetzt plötzlich für schlecht halten, lieber nach Hause gehen und artig sind. Selbst wenn sie oder zumindest einige von ihnen die Nerven verlieren, wir wissen ziemlich genau, wer sie sind. Ihr kennt Euren Onkel besser als ich. Glaubt Ihr wirklich, er würde diese Halunken so ungeschoren wie die reinsten Unschuldslämmer nach Hause gehen lassen?«

Über diese Vorstellung musste Trianal lachen, was Yarran mit einem Nicken quittierte.

»Eben. Und wenn wir das schon denken, dürfte die andere Seite wohl dasselbe vermuten. Das bedeutet, ihre beste Chance, mit heiler Haut aus dieser Lage herauszukommen, besteht darin, ihre Pläne erfolgreich zu Ende zu bringen. Das können sie aber nicht, wenn sie auf der anderen Seite der Sümpfe hocken bleiben und abwarten, wie Lord Festian wieder Ordnung in Kleinharrow schafft.

Deshalb werden sie sich meiner Meinung nach im Augenblick entweder zurücklehnen und abwarten, wie lange Milord Baron Euch und Eure Bewaffneten als Unterstützung für Lord Festian hier lässt, oder aber sie denken darüber nach, ob sie ihre Seite verstärken sollen. Es könnte auch sein, dass sie beides gleichzeitig tun.«

Er zuckte die Achseln und trank noch einen Schluck Bier. Doch seine Miene wirkte erheblich grimmiger als zuvor.

»Also lautet die Antwort auf Eure Frage, Milord«, er knallte den Humpen nachdrücklich auf die Tischplatte, »ja, wir werden sie zu Gesicht bekommen. Und das vielleicht schon früher, als uns genehm ist.«

»Wenigstens sind wir sie los«, erklärte Dahlaha Farrier. Sie blickte schmollend in den Spiegel über ihrem Frisiertisch, beugte sich vor und musterte kritisch die eigene makellose Haut. Ihr goldblondes Haar glänzte im Licht der Lampen.

»Ihr seid sie los«, verbesserte Varnaythus sie. Er saß gemütlich in einem Lehnsessel und beobachtete, wie sich die Frau für eine Nacht mit Trisus Cousin Triahm zurechtmachte. Es war der erste Abend, den sie seit Dame Kaerithas Ankunft auf der Feste Thalar zusammen verbrachten.

»Was meint Ihr damit?« Dahlahas Blick begegnete dem seinen im Spiegel. In ihrer Stimme schwang ein merkwürdiger Unterton mit, vielleicht Gereiztheit.

Varnaythus blickte sie ausdruckslos an. Sie hatte bereits deutlich zu verstehen gegeben, dass ihr seine Rückkehr nach Thalar nicht passte. Er sah keinen Grund, ihr zu verraten, dass es ihm ebenfalls nicht gefiel, und zwar vermutlich weit weniger als ihr. Noch weniger würde er ihr gestehen, dass er mehr als nur ein bisschen verängstigt war, als er den Befehl dazu bekommen hatte. Ihn verlangte nicht gerade danach, einem Paladin des Tomanâk näher zu kommen, als es unbedingt sein musste, schon gar nicht zu einem Zeitpunkt, da dieser Paladin möglicherweise Verdacht geschöpft hatte. Deshalb war er sehr erleichtert gewesen, als er feststellte, dass Kaeritha Thalar bereits einige Stunden vor seinem Eintreffen verlassen hatte.

»Ich wollte nur sagen, dass Dame Kaeritha offenbar durch nichts zu verstehen gab, dass sie ihr Interesse an Trisus Streit mit Kalatha verliert«, erklärte er. »Wenn ich mich nicht sehr irre«, und seine Kristallkugel hatte ihm gesagt, dass er es nicht tat, »ist sie bereits auf dem Weg nach Kalatha, um deren Dokumente zu untersuchen. Da sie bisher keine Seite der Fälschung oder Lüge bezichtigt hat, scheint sie die Echtheit der vorgelegten Dokumente auf beiden Seiten zunächst gründlicher prüfen zu wollen.«

»Selbstverständlich will sie das!« Dahlaha klang etwas schnippisch. »Eine Seite muss ja im Besitz von Fälschungen sein. Aber das ist auch vollkommen in Ordnung so. Die Netze meiner Lady sind sehr sorgfältig gesponnen, Varnaythus. Am Ende spielt es keine Rolle, wen Tomanâks kostbarer Paladin als Fälscher verurteilt. Es würde uns zwar mehr in die Hände spielen, wenn es Trisu träfe, vor allem, weil dieser Paladin eine Frau ist, aber jedes Ergebnis würde IHREN Plänen und Wünschen entgegenkommen.«

»Das weiß ich.« Varnaythus beobachtete sie unauffällig, aber sehr genau. »Ich will auch nur sagen, dass sie bisher noch niemanden verurteilt hat. Sie hat nicht einmal den Hauch einer Andeutung gemacht, ob sie überhaupt jemanden einer Fälschung verdächtigt. Daraus schließe ich, dass sie nicht zu voreiligen Schlüssen neigt oder vorschnell urteilt.«

»Und wenn schon!« Dahlaha zog ungeduldig eine Schulter hoch. »Es spielt für SIE keine Rolle, ob sie ihr Urteil in ein paar Tagen oder Wochen fällt. Am Ende muss sich der Paladin für eine Seite entscheiden, Varnaythus!«

»In einer Hinsicht spielt das sehr wohl eine Rolle, Dahlaha«, erklärte Varnaythus geduldig. »Ihr erinnert Euch doch daran, dass SIE viele Fäden in ihrem Netz haben, oder?« Dahlahas blaue Augen schienen Dolche zu schleudern, als sie sein Spiegelbild anstarrte, und er lächelte unmerklich. »Es wäre sehr nett, wenn Eure Lady und Krahana dafür sorgen könnten, dass IHRE Pläne möglichst gleichzeitig Früchte trügen. Wenn eine der beiden Listen scheitern«, sein Lächeln erlosch, »könnte derjenige Paladin des Tomanâk, der IHR ins Netz hätte gehen sollen, dem oder der anderen zu Hilfe kommen. Würde es Euch gefallen, wenn Bahzell Bluthand hier auftaucht und Dame Kaeritha hilft?«

Dahlahas Miene wurde ausdruckslos, als Varnaythus Bahzell erwähnte, was den Priester-Hexer vergnüglich stimmte. Dennoch würde er selbst sich natürlich auch nicht gerade darüber freuen. Denn trotz Dahlahas Verachtung für Sharnâ und den bedauerlicherweise so früh verschiedenen Tharnatus, war die brutale Heftigkeit, mit der Bahzell nicht nur einen, sondern gleich zwei größere Dämonen von Sharnâ erledigt hatte, Furcht einflößend. Das wusste Varnaythus ebenso gut wie Dahlaha. Was ihn amüsierte war ihr Erschrecken bei den Worten »Bluthand«. Wie passend dieser Ausdruck auch sein mochte, Varnaythus kannte das Lied, aus dem er stammte … und vor allem kannte er den Autor.

»Natürlich möchte ich es nicht mit zwei Paladinen gleichzeitig aufnehmen müssen, ganz gleich, wer sie sind!«, erwiderte Dahlaha bissig. »Aber wenn Krahanas Diener ihre Aufgabe ordentlich erledigen, wird es auch nicht dazu kommen, richtig?«

»Richtig«, stimmte Varnaythus ihr geduldig zu. »Gleichzeitig jedoch denkt Jerghar dasselbe von Eurer Lady und Euch, das ist Euch doch wohl klar?« Er verzog das Gesicht. »Man kann Euch beiden das wohl nicht gerade verübeln, aber Ihr solltet doch nicht vergessen, dass ich dafür zuständig bin, für Eure Wachsamkeit zu sorgen. Ganz zu schweigen von der nicht gerade leichten Aufgabe, Baron Cassan und seine kleinen Ränke im Auge zu behalten.«

Sie zuckte mit den Schultern. »Ihr habt Recht. Ich darf nicht vergessen, dass dieses Netz mehr als einen Faden hat. Und dass SIE Euch ausersehen haben, sich um alle Fäden zu kümmern. Andererseits weiß ich auch, dass Ihr gern Leuten auf die Nerven geht, Varnaythus. Spart Euch die Mühe, das abzustreiten. Wir wissen beide, dass es stimmt.«

»Natürlich gefällt mir das«, räumte er unbekümmert ein. »Es ist eine der wenigen Freuden, die ich mir gönnen kann, vor allem jetzt. Aber der eigentliche Grund für meinen Besuch ist ein anderer. Ich soll Euch fragen, was Eurer Meinung nach Dame Kaeritha genau tun wird, wenn sie nach Kalatha zurückgekehrt ist.«

»Was sie dort tut?« Dahlaha drehte sich vom Spiegel weg und sah ihn offensichtlich überrascht an. »Sie wird natürlich die Dokumente prüfen, wie sie es Trisu schon gesagt hat.«

»Ich meinte danach«, erklärte Varnaythus. Er klang so, als würde er seine Gottheit um Geduld und Stärke anflehen. Dahlahas Augen funkelten wütend, doch er tat das mit einem Schulterzucken ab. »Wir wissen beide, was sie finden wird, sobald sie die Dokumente vergleicht«, bemerkte er. »Selbst SIE konnten mir nicht voraussagen, ob sie herausfindet, welche gefälscht sind oder nicht, oder zumindest haben SIE es mir nicht verraten. Aber selbst wenn Kaeritha die Fälschung nicht entdeckt, wird sie feststellen, dass sich die Dokumente widersprechen. Also, was wird sie dann tun?«

»Das weiß ich doch nicht!« Dahlaha zuckte gereizt die Achseln. »Wahrscheinlich wird sie nach Sôthôfalas reiten und in den Königlichen Archiven nachsehen, was in den Abschriften der Krone steht.«

»Dahlaha«, Varnaythus klang müde. »Ich halte es nicht für klug, solch ungesicherte Annahmen einfach so von sich zu geben. Oder zu glauben, Kaeritha wäre eine Närrin, die nicht über ihre Schwertspitze hinaussehen könnte, nur weil sie Tomanâk folgt.«

Dahlaha starrte ihn finster an, Varnaythus seufzte.

»Ihr habt mir gerade erklärt, dass es für Eure Lady keine Rolle spielt, welche Seite Kaeritha am Ende der Fälschung bezichtigt. Ist Euch nicht in den Sinn gekommen, dass auch sie zu diesem Schluss gelangen könnte? Oder dass sie sich vielleicht fragt, ob diese Fälschung das Werk einer dritten Partei ist, die sowohl die Kriegsbräute als auch das ganze Königreich vernichten will?«

»Natürlich könnte sie das denken.« Die Wut wich aus Dahlahas Blick, als ihr Verstand einsetzte und sie nachdachte. Varnaythus musste zugeben, dass sie über einen sehr scharfen Verstand verfügte. Wenn sie ihn nur benutzen wollte!

»In diesem Fall«, fuhr er geduldig fort, »besteht doch durchaus die Möglichkeit, dass sie nicht einfach nach Sôthôfalas reitet, um herauszufinden, welches Dokument eine Fälschung ist, sondern sich darauf konzentriert, wer diese Fälschung angefertigt haben könnte. Wenn sie nämlich eine dritte Partei als Schuldigen entlarven kann, würde sie ein Urteil vermeiden, das einen Feuersturm auslösen wird, ganz gleich, ob sie Trisu oder Kalatha beschuldigt. Sollte sie jedoch stattdessen beweisen, dass beide Parteien Opfer einer Täuschung von dritter Seite geworden sind, könnte das die Schärfe aus der Konfrontation zwischen den beiden nehmen, oder nicht?«

»Ja, das könnte sein.« Dahlaha klang merklich nachdenklicher. »Aber in diesem Fall …«

»In diesem Fall wird sie länger und gründlicher in Kalatha forschen, als sie es hier getan hat«, fiel ihr Varnaythus nachdrücklich ins Wort. »Und sie wird sehr genau auf jeden Hinweis achten, der auf die dritte Partei verweisen könnte. Sie ist ein Paladin des Tomanâk, Dahlaha. Was Ihr auch von den Paladinen halten mögt, sie haben die Instinkte eines Bluthundes, wenn sie erst einmal die Witterung aufgenommen haben.«

»Wohl wahr. Die Spinne soll sie holen!«, knurrte Dahlaha.

»Also stimmt Ihr dieser Möglichkeit zu? Dass sie viele Fragen in Kalatha stellt und auf Grund der Antworten nicht nach

Sôthôfalas reitet, sondern nach Quaysar? Wenn sie sich über diese Art von Fragen wundert, muss sie mit der einzigen anderen Autorität sprechen, die in diesen Streit verwickelt ist. Und das ist Die Stimme von Quaysar.«

»Ja. Ja, richtig!« Dahlaha zog ihre blauen Augen zusammen, als sie endlich – endlich! – anfing, ihren scharfen Verstand zu benutzen, den Varnaythus in Schwung gebracht hatte.

»Mir ist klar, dass es für diese Möglichkeit Ausweichpläne gibt«, sagte er. Er ging jedenfalls davon aus, dass solche Ausweichpläne geschmiedet worden waren, aber er fürchtete, dass Dahlaha ihnen nicht genügend Aufmerksamkeit widmete. »Dennoch hielt ich es für angebracht, persönlich vorbeizukommen und Euch daran zu erinnern, dass diese Pläne möglicherweise gebraucht werden. Und«, er hielt ihren Blick fest, »weil ich Euch IHRE Aufforderung überbringen wollte, dass Ihr diese Pläne überprüfen solltet. Nur für alle Fälle.«

12

»Willkommen in Kalatha, Dame Kaeritha.« Domina Yalith begrüßte die Amazone weit herzlicher als bei ihrem ersten Besuch. »Wie kann ich Euch diesmal behilflich sein?« Sie lächelte strahlend.

»Ich mache hier eigentlich nur Zwischenstation auf meinem Weg nach Quaysar«, erwiderte Kaeritha und beobachtete die Bürgermeisterin von Kalatha unauffällig. »Ich habe mit Euch und mit Lord Trisu gesprochen. Jetzt halte ich es für angebracht, mit Der Stimme zu reden und Ihre Einschätzung der Zwistigkeiten zwischen Eurer Stadt und Trisu einzuholen. Ganz zu schweigen von den … Schwierigkeiten, die der Tempel selbst mit ihm hat.« Ihr kam es so vor, als hätte die Domina bei ihren letzten Worten unwillkürlich zustimmend genickt. »Mir war nach unseren früheren Gesprächen nicht klar, dass Die Stimme ja auch das weltliche Oberhaupt der Gemeinde von Quaysar ist. Das könnte bedeuten, dass sie vermutlich in einer engeren Verbindung zu Trisu steht, als ich angenommen habe.«

»Das tut sie bestimmt«, erwiderte Yalith etwas säuerlich. »Und ich bezweifle, dass sie diese Gespräche mehr genossen hat als ich.« Die Domina schüttelte den Kopf. »Mir ist klar, dass Die Stimme Lillinaras persönliche Dienerin ist, aber es würde eine Heilige erfordern, keine einfache Hohepriesterin, einen solchen Lehnsherrn zu ertragen.«

»Er kann einem wirklich sehr schnell auf die Nerven gehen«, gab Kaeritha zu, während sie auf Yaliths Tonfall und Körpersprache achtete. Die Domina hatte ganz offensichtlich keine Vorbehalte gegen Die Stimme. Kaeritha wünschte, sie könnte das auch von sich selbst behaupten.

»Wenn er schon einen Paladin des Tomanâk provoziert, könnt Ihr Euch sicher vorstellen, wie wütend er einen ständigen Nachbarn machen wird, der ihm nicht entfliehen kann!« Die Domina schüttelte wieder den Kopf und verzog das Gesicht.

»Ich bezweifle jedenfalls, dass man leichter mit ihm auskommt, wenn man ihm näher steht«, stimmte ihm Kaeritha zu. Yalith lachte und bedeutete Kaeritha mit einer Handbewegung, auf dem Stuhl vor ihrem Schreibtisch Platz zu nehmen.

Die Amazone setzte sich, lehnte sich zurück und schlug die Beine übereinander.

»Bevor ich jedoch nach Quaysar aufbreche«, sagte sie so beiläufig wie sie konnte, »wäre es schön, wenn Ihr mir etwas mehr über Die Stimme erzähltet.« Yalith sah sie fragend an. »Ich weiß nur«, fuhr Kaeritha gelassen fort, »dass sie ihr Amt fast zum gleichen Zeitpunkt angetreten hat, wie Trisu seine Lordhüterschaft. Ich wüsste gern etwas mehr über ihre Stellung und Persönlichkeit, bevor ich in ihren Tempel marschiere und ihr Fragen stelle, die eine Hohepriesterin möglicherweise für anmaßend oder gar beleidigend hält. Vor allem, wenn sie ihr von dem Paladin eines anderen Gottes gestellt werden.«

»Verstehe.« Yalith setzte sich bequem in ihrem Stuhl zurecht, stützte die Ellbogen auf die Lehnen und ihr Kinn auf die verschränkten Finger. Sie dachte einige Sekunden nach, doch Kaeritha bemerkte keinerlei Anzeichen von Unbehagen oder Reserviertheit.

»Die jetzige Stimme ist jünger als ihre Vorgängerin«, begann die Domina schließlich. »Als ich sie das erste Mal sah, dachte ich sogar, sie wäre vielleicht ein wenig zu jung für ein solches Amt. Aber ich habe mich geirrt. Sie hat es bereits eine Weile inne und ich habe erlebt, wie sie es ausübt. Ehrlich gesagt glaube ich fast, sie sieht jünger aus, als sie in Wirklichkeit ist.«

»Warum glaubt Ihr das?«

»Sie ist eine außerordentlich attraktive Frau, Dame Kaeritha. Sie hat ein Gesicht, das jung bleibt, mindestens bis sie achtzig ist.« Die Domina lächelte. »Als ich selbst jünger war, hätte ich bereitwillig zwei oder drei Finger meiner Linken für ihren zarten Knochenbau und ihren Teint gegeben. Jetzt beneide ich sie nur noch darum.«

»Ah.« Kaeritha erwiderte das Lächeln. »So eine ist sie also.«

»Ganz ohne Zweifel so eine«, stimmte ihr Yalith zu, schüttelte dann jedoch den Kopf. »Sie scheint sich dessen aber nicht bewusst zu sein«, fuhr sie ernster fort. »Manchmal frage ich mich, ob ihr Aussehen vielleicht ihre Berufung erschwert hat. Dennoch wird einem ihre Bestimmung ganz deutlich, wenn man einige Minuten in ihrer Gegenwart verbracht hat. Sie besitzt eine … Ausstrahlung, die ich noch bei keiner anderen Stimme erlebt habe. Ihr werdet sicher verstehen, warum die Kirche sie nach Quaysar berufen hat, sobald Ihr Der Stimme gegenübertretet.«

»Gewiss«, antwortete Kaeritha. »Trotzdem befähigt eine spirituelle Berufung eine Person nicht ohne weiteres, auch die eher weltlichen Angelegenheiten eines Tempels wirksam regeln zu können. Ich kann mir vorstellen, dass dies für eine Hohepriesterin, die gleichzeitig Bürgermeisterin ist, noch viel mehr gilt. Wie schätzt Ihr die Fähigkeiten Der Stimme in diesem Punkt ein?«

»Ich bin erst einmal in Quaysar gewesen, seit sie dort Stimme wurde«, erwiderte Yalith. »Zwar hat sie uns seitdem viermal hier besucht, aber die Verbindung zu ihr wurde meistens über ihre Dienerinnen geschlossen. Mein Eindruck von ihren Fähigkeiten als Domina einer Stadt beruht also hauptsächlich auf dem Hörensagen.«

Sie wartete, bis Kaeritha mit einem Nicken bestätigte, dass sie diese Einschränkung verstanden hatte.

»Dennoch würde ich sagen«, fuhr die Domina dann fort, »dass sie mindestens so tüchtig ist wie ihre Vorgängerin. Und das ist ein hohes Lob. Ich habe jedenfalls noch von keinen

Schwierigkeiten gehört. Und auf Grund meiner eigenen Erfahrungen kann ich nicht gerade behaupten, dass ich nur wegen ihrer Differenzen mit Trisu daran zweifeln würde, dass sie auch Schwierigkeiten hätte, mit einem weniger voreingenommenen Lord auszukommen.«

»Verstehe.« Kaeritha dachte darüber nach und neigte dann den Kopf. »Angesichts Eures geringen direkten Umgangs mit ihr kann ich wohl kaum eine genauere Beschreibung von Euch erwarten. Kanntet Ihr ihre Vorgängerin im Amt besser?«

»Aber ja!« Yalith lächelte. Es war ein strahlendes, herzliches Lächeln, obwohl es eine Spur Melancholie enthielt. »Die frühere Stimme stammte aus Kalatha. Sie wurde sogar hier geboren, und ich kannte sie schon lange, bevor sie Lillinaras Ruf empfing. Wir sind zusammen aufgewachsen!«

»Tatsächlich? Ich habe erwartet, dass sie älter gewesen sein müsste.«

»Alt? Shandra?« Yalith verzog das Gesicht. »Ich sollte sie nicht so nennen. Die Stimmen geben ihren alten Namen auf und nehmen einen neuen an, wenn sie ihr Amt antreten. Sie war jedenfalls ein Jahr jünger als ich, und wenn ich an sie denke, sehe ich immer noch den kleinen Blondschopf vor mir, der sich an meinen Rockzipfel klammerte, wenn ich im Fluss fischen ging.«

»Also war sie sogar jünger als Ihr.« Kaeritha dachte nach. »So wie Ihr über sie sprecht, scheint sie eine außergewöhnliche Person gewesen zu sein.«

»Das war sie«, bestätigte Yalith leise.

»Wie ist sie gestorben? Ich dachte, sie wäre älter als Ihr, und hatte angenommen, sie wäre an Altersschwäche oder vielleicht einer Krankheit gestorben. Aber wenn sie jünger war …«

»Das weiß niemand so genau.« Yalith seufzte. »Es war eine Krankheit, sicher, aber sie kam außerordentlich plötzlich, was ihre Ärzte und sie überrascht hat, weil sie sonst immer so gesund gewesen war. Sie meinte früher einmal scherzhaft, sie hätte die Konstitution eines Windrenners.« Traurig schüttelte sie den Kopf. »Aber selbst das reichte diesmal nicht. Sie wurde krank und ist kaum drei Tage später gestorben. Ich wusste nicht einmal, wie ernst es um sie stand, so dass ich Quaysar zu spät erreichte, um mich noch von ihr verabschieden zu können.«

»Ich bedauere Euren Verlust«, sagte Kaeritha leise. Und zwar mehr, als Ihr ahnt, dachte sie. Jedenfalls angesichts dessen, was ich allmählich argwöhne. »Also seid Ihr zufrieden mit der Art und Weise, wie die neue Stimme ihre Aufgaben verrichtet?«

»So zufrieden wie man sein kann, nachdem man jemanden wie Shandra verloren hat«, erklärte Yalith. »Wir können von Glück reden, dass wir zwei so starke Stimmen nacheinander bekommen haben. Möglicherweise ist die jetzige Stimme sogar geeigneter für die … weniger erfreulichen Aspekte unserer Zwistigkeiten mit Trisu, als Shandra es war. Ihr Glaube war zwar ebenso stark, aber Shandra scheute immer vor offenen Auseinandersetzungen zurück. Sie war nicht schwach, ganz und gar nicht, zog es aber vor, eine Übereinstimmung zu suchen oder Kompromisse zu finden. Was so lange kein Problem ergibt, als das Gegenüber ebenfalls vernünftig ist. Unsere jetzige Stimme jedoch ist sich ihrer Rolle als Sprachrohr Der Mutter etwas bewusster, vor allem, wenn es darum geht, das Fehlverhalten Ihrer Kinder zu tadeln.«

»Also unterstützt sie Kalathas Haltung gegen Trisu und gibt sich nicht nur damit zufrieden, sein Scheitern zu verurteilen, den Tod der Dienerinnen aufzuklären?«

»Aber ja.« Yalith nickte nachdrücklich. »In dieser Hinsicht macht sie keinen Hehl aus ihren Gefühlen. Sie hat das sogar schon lange vor uns kommen sehen.«

»Ach wirklich?«

»Ja. Sie hielt eine Predigt, in der sie uns riet, uns gegen einen heraufziehenden Sturm zu wappnen, lange bevor unsere Beziehungen zu Trisu den … Bach hinunterflossen. Ich glaube nicht, dass sie genau wusste, was geschehen würde, sonst wäre sie gewiss etwas deutlicher geworden, aber sie hat eindeutig gespürt, dass es schwer wiegende Probleme geben würde. Sobald unsere … Meinungsverschiedenheiten mit Trisu ans Licht kamen, hat sie immer wieder betont, wie wichtig es wäre, dass die Töchter Der Mutter stark und wachsam wären. Sie unterstützt unsere Entscheidung, so lange nicht nachzugeben, bis wir wenigstens einen vernünftigen Kompromiss mit Trisu erreicht haben. Allerdings hat sie darauf bestanden, die Originaldokumente persönlich in Augenschein zu nehmen, bevor sie offiziell Stellung bezog.«

»Sie hat die Dokumente überprüft? Hier?«

»Nein, nicht hier. Sie konnte Quaysar zu dieser Zeit nicht verlassen. Deshalb hat sie zwei Dienerinnen geschickt, die sie dann zum Tempel brachten.«

»Nur zwei Dienerinnen?«, fragte Kaeritha überrascht, und Yalith lachte barsch.

»Wir wissen ebenso gut wie Ihr, wie … angenehm es gewisse Personen fänden, wenn diese Dokumente auf Nimmerwiedersehen verschwänden, Dame Kaeritha. Ich habe den Dienerinnen eine Eskorte von fünfzehn Kriegsbräuten mitgegeben sowie Lanitha, die persönlich für die Dokumente verantwortlich war.« Sie zuckte die Achseln. »Doch es gab keine Zwischenfälle. Damals jedenfalls nicht.«

»Verstehe.« Kaeritha dachte nach. »Ich bin froh, dass Ihr eine Eskorte mitgeschickt habt«, sagte sie dann. »Schon aus historischer Sicht sind diese Dokumente unersetzlich. Ich kann mir vorstellen, dass die Kriegsbräute sie immer im Auge behalten haben, wenn sie Kalatha verließen.«

»Das war das einzige Mal, dass sie jemals die Stadt verlassen haben«, antwortete Yalith. »Ich bin sicher, meine Vorgängerinnen haben sie ebenso sorgfältig behütet.«

»Das taten sie bestimmt«, pflichtete Kaeritha ihr nachdenklich bei. »Ganz bestimmt.«

»Hallo, Dame Kaeritha.«

Leeana Bogenmeister hatte sich sehr verändert. Doch nein, das ist vielleicht ein wenig voreilig, verbesserte sich Kaeritha.

Ihr Äußeres war gewiss deutlich anders als früher, doch es blieb abzuwarten, wie sehr sich auch die junge Frau hinter dieser Fassade verwandelt hatte.

»Hallo, Leeana«, antwortete die Amazone. »Ihr seht gut aus.«

»Anders, meint Ihr wohl.« Leeana lächelte, als hätte sie Kaerithas Gedanken gelesen.

»Stimmt. Aber in Eurem Fall bedeutet ›anders‹ und ›gut‹ dasselbe. Ich meine damit nicht nur Euer Äußeres, junge Lady. Als ich Euch das letzte Mal sah, habt Ihr nicht gerade sehr glücklich ausgesehen.«

»Oh.« Leeana schaute auf ihre nackten Zehen und wackelte tatsächlich mit ihnen. »Da könntet Ihr Recht haben«, gab sie kurz darauf zu.

Die beiden standen auf einer überdachten Veranda vor der Ausbildungshalle. Die Bohlen fühlten sich schon unter Kaerithas Stiefeln unbehauen und roh an, umso mehr musste das Leeana spüren. Aber das Mädchen achtete nicht darauf. Und genauso wenig schien es den feinen Gewändern, der prachtvollen Stickerei und den Halbedelsteinen nachzutrauern, mit denen sich die Tochter eines großen Barons einst geschmückt hatte.

Das fiel Kaeritha auf. Sie hatte Leeana vor mehr als zwei Wochen das letzte Mal gesehen, an dem Nachmittag, als sie Leeana Tellians Antwort auf ihre Botschaft überbracht hatte.

Die Amazone hatte zwar erwartet, dass sich Leeana in dieser Zeit verändert hatte, hatte aber dennoch damit gerechnet, dass Leeana noch in den Gewändern umherlaufen würde, die ihrer Mutter gefallen hätten. Doch die Lederhosen und Kleider, die Leeana als bequeme Kleidung auf Schloss Hügelwacht so sehr geschätzt hatte, waren verschwunden. Kaeritha fragte sich, was ihre Eltern wohl sagen würden, könnten sie ihre Tochter jetzt sehen.

»Allerdings hat sich auch in Eurem Äußeren einiges verändert«, bemerkte sie dann amüsiert und neigte den Kopf.

»Fühlt Ihr Euch wohl darin?« Sie deutete auf den Chari und den Yathu.

»Wohlfühlen ist ein so … weiter Begriff.« Leeana verzog das Gesicht. Unwillkürlich hob sie die Hand und schob ihren Zeigefinger unter den Schulterriemen ihres engen Yathu. »Ich habe schon schwere Geschirrharnische für Kutschpferde gesehen, die bequemer waren! Außerdem«, sie zog erneut eine Schnute, zog ihren Finger heraus und deutete auf ihre kleinen, festen Brüste, »brauche ich diesen Yathu eigentlich gar nicht!«

»Das glaubt Ihr jetzt, Mädchen, aber Ihr werdet Eure Meinung in ein oder zwei Jahren drastisch ändern.« Kaeritha betrachtete die junge Frau noch einen Augenblick und lachte dann leise. »In Anbetracht Eurer Größe werdet Ihr ihn bestimmt noch viel mehr zu schätzen wissen als ich. Und es wird auch keine zwei Jahre mehr dauern, wenn ich genauer darüber nachdenke!«

»Wirklich nicht?« Leeana warf ihr einen kurzen Seitenblick zu, errötete und sah wieder auf ihre Zehen. Dabei grinste sie jedoch und Kaeritha schüttelte den Kopf.

»Alles spricht dafür«, meinte sie wissend. »Ihr seid schon jetzt größer als ich – und seid noch im Wachstum. Ihr müsst sicher noch ein bisschen Eure Formen ausbilden, doch Ihr scheint die Figur Eurer Mutter geerbt zu haben. Also wartet noch ein paar Jahre, bis Ihr Euch beschwert.«

»Wenn *Ihr* das sagt, Dame Kaeritha«, murmelte Leeana gehorsam, und Kaeritha verkniff sich ein Lachen. Sie vermutete, dass die Kriegsbräute ihre traditionellen Gewänder teilweise auch wegen ihrer starken Wirkung so entworfen hatten. Ob sie jedoch mit den Yathus nur ihren Busen sorgfältig schützen und stützen, oder auch die feine Gesellschaft der Sothôii hatten schockieren wollen, in einem Punkt war sich Kaeritha sicher. Weder Baron Tellian noch Baronin Hanatha hätten den engen Sitz des unbestreitbar höchst knappen Yathus gebilligt, und erst recht nicht die Art, wie er den wohlgeformten Körper ihrer Tochter und ihren Bauchnabel vor aller Welt zur Schau stellte.

»Seid nur nicht allzu sehr auf Komplimente aus, junge Lady!«, sagte Kaeritha jetzt streng. Leeana antwortete mit einem Laut, der verdächtig nach einem Kichern klang.

Dieses Kichern und die ganze Haltung des Mädchens beruhigten Kaeritha. Leeana war von ihren Selbstverteidigungsübungen weggerufen worden, um mit Kaeritha sprechen zu können. Kaeritha wusste, dass die körperliche Ausbildung der Kriegsbräute ebenso anspruchsvoll war wie ihre eigene. Mit Gewissheit war sie weit härter als alles, was Leeana bis vor ihrer Flucht aus Balthar erlebt hatte. Dabei war das Mädchen weder faul noch träge gewesen. Die Kriegsbräute nahmen ihre Mädchen sehr hart heran, vor allem die Kriegsjungfern in der Probezeit. Damit wollten sie nicht nur den Unterschied zwischen ihrem alten und dem neuen Leben verdeutlichen, sondern auch überprüfen, wie entschlossen die jungen Frauen wirklich waren, Kriegsbräute zu werden.

Die überwiegende Mehrheit von denen, die durchhielten und am Ende sogar zu Amazonen der Kriegsbräute aufstiegen, würde bei der leichten Infanterie dienen, als Späherinnen und Guerillakämpferinnen. Als solche kannten die Sothôii sie, wenn sie überhaupt einmal einen Gedanken an die Kriegsbräute verschwendeten. Dieser Kampfstil erforderte Schnelligkeit und Ausdauer, dafür aber weniger Körpergröße oder pure Kraft. Und die Ausbildung, die den Frauen diese Fähigkeiten vermittelte, war anspruchsvoll und unerbittlich. Kaeritha hatte feststellen können, dass die meisten Frauen – und Männer, dachte sie sarkastisch – das Maß an Konzentration und Schweiß nicht aufbringen mochten, das es kostete, diese hohe körperliche Ausdauer zu halten.

Leeana dagegen genoss dies offenbar sogar.

»Seid Ihr glücklich, Leeana?«, fragte sie. Leeana hob rasch den Kopf. Ihr Lächeln verschwand, aber Kaerithas Blick wich sie nicht aus.

»Das weiß ich nicht«, gab sie ehrlich zu. »Ich habe mich ein paar Nächte in den Schlaf geweint, wenn Ihr das meintet.« Sie zuckte fast unmerklich mit den Schultern. »Allerdings hatte ich das auch so erwartet. Nicht, weil das Leben hier in Kalatha so hart wäre. Mein Rücken tut weh, weil ich so viel härter arbeite als je zuvor, und oft glaube ich, dass ich vor Erschöpfung tot umfallen müsste. Aber das stört mich nicht, genauso wenig wie die Tatsache, dass ich nicht mehr die Tochter eines Barons bin.« Sie schüttelte den Kopf. »Das Einzige, was mir wehtut, ist, dass ich nach dem Gesetz auch nicht mehr die Tochter meines Vaters und meiner Mutter bin. Könnt Ihr das verstehen?«

»Allerdings.«

Leeana holte tief Luft.

»Abgesehen davon, dass ich Vater und Mutter vermisse, und gelegentlich Heimweh habe, bereitet es mir Freude. Bis jetzt, jedenfalls.« Sie lächelte wieder. »Ravlahn, die Hundert leitet die körperlichen Übungen und nimmt mich seit meinem ersten Tag ganz schön hart in die Mangel. Manchmal möchte ich einfach nur aufhören zu laufen, um vor Erschöpfung zusammenbrechen zu können. Aber ich entdecke Dinge in mir, von deren Dasein ich niemals etwas geahnt hatte. Das Einzige, was ich mir wünschte, wäre, dass die Zeit, die sie von mir fordert, mich von den eher ›traditionellen‹ Kursen befreien würde.«

»Traditionelle Kurse?«, erkundigte sich Kaeritha.

»Ja. Ich muss zugeben«, antwortete Leeana ironisch, »dass ich immer gehofft habe, meine Flucht zu den Kriegsbräuten würde mich aus den Klauen meiner Tutoren retten. Bedauerlicherweise wollen die Kriegsbräute jedoch, dass alle ihre Frauen auch gebildet sind. Sie ermuntern uns nachdrücklich, wie sie es nennen, die zusätzliche Ausbildung fortzusetzen.« Verächtlich stieß sie die Luft aus. »Nur haben sie mich gleich zu einer Ausbilderin gemacht!«

»Verstehe.« Kaeritha unterdrückte ein Lächeln, als sie sich daran erinnerte, wie sie sich in Leeanas Alter mit Händen und

Füßen dagegen gewehrt hatte, ein Klassenzimmer zu betreten.

»Aber als ich hierher kam«, fuhr Leeana ruhig fort, »habe ich etwas sehr Wichtiges erreicht. Jetzt können mich Vaters Feinde nicht mehr als Waffe gegen ihn benutzen, und ich habe die Möglichkeit, etwas anderes als eine gehorsame Stute zu werden, die Fohlen für irgendeinen Hengst austrägt, der mein Leben vollkommen beherrscht.«

»Ich bin froh, dass Ihr die Gelegenheit dazu habt«, erwiderte Kaeritha.

»Ich auch. Wirklich.« Leeana nickte, als wollte sie ihren Worten Nachdruck verleihen.

»Gut.« Kaeritha legte dem Mädchen die Hand auf die Schulter. »Das wollte ich wissen, bevor ich nach Quaysar weiterreite.«

»Quaysar? Ihr besucht Die Stimme?«

Etwas an Leeanas Tonfall machte Kaeritha stutzig.

»Ja. Warum fragt Ihr?«

»Einfach nur so.« Die Antwort kam etwas zu schnell. »Es ist nur …« Sie unterbrach sich, zögerte und schüttelte den Kopf. »Ich habe nur so ein … unbehagliches Gefühl.«

»Inwiefern?« Kaeritha hütete sich davor, das Mädchen zu drängen.

»Was Die Stimme betrifft«, antwortete Leeana kläglich, als gebe sie einen fürchterlichen Fehler zu.

»Und was für ein Gefühl ist das? Vielmehr, warum habt Ihr überhaupt solche ›Gefühle‹? Ihr saht sie doch noch nie, oder doch?«

»Nein«, gab Leeana zu. »Man könnte es wohl ein Gefühl aus ›zweiter Hand‹ nennen. Aber ich habe mit einigen anderen Kriegsbräuten über sie gesprochen. Recht oft sogar.«

»Ach ja?« Kaeritha kniff argwöhnisch die Augen zusammen. Ihrem Gespräch mit Yalith hatte sie nicht entnehmen können, dass die Gemeinschaft von Kalatha so stark auf Die Stimme ausgerichtet war, wie Leeana andeutete.

»Ja. Und ehrlich gesagt, Dame Kaeritha, was mir am meisten Sorgen bereitet, ist die Art, wie sie mit mir darüber gesprochen haben.«

»Das müsst Ihr mir erklären«, forderte Kaeritha sie auf. Sie trat einen Schritt zurück, hockte sich auf das Geländer der Veranda, lehnte den Rücken an einen der Pfeiler und verschränkte die Arme vor der Brust. Die Sonne wärmte ihre Schultern, als sie den Kopf auf die Seite legte.

»Euch ist klar, dass ich die Person mit der vornehmsten Herkunft in ganz Kalatha bin«, begann Leeana. Kaeritha hob eine Braue. Das Mädchen quittierte diese Geste mit einer Grimasse. »Das erwähne ich nicht aus Eitelkeit, Dame Kaeritha. Ich will damit nur sagen, dass ich auch als Tochter meines Vaters, nicht als Thronerbin, mehr politische Verleumdungen und Intrigen erlebt habe als die meisten anderen hier.«

»Verstehe.« Kaeritha nickte, als Leeana sie wartend ansah. »Das gestehe ich Euch zu, jedenfalls auf der aristokratischen Ebene. Aber macht Euch keine Illusionen. Bauern können ebenso streitsüchtig sein. Und auch genauso hinterlistig, wenn sie sich gegenseitig in den Rücken fallen.«

»Keine Sorge. Ich glaube nicht, dass ich mir noch viele Illusionen mache«, antwortete Leeana. »Was ich meinte, ist, dass mir die Art, wie die Leute hier über Die Stimme reden, sehr merkwürdig vorkommt.«

»Warum?«

»Der erste Grund ist«, Leeanas Miene wurde sehr ernst, »*wer* von den Kriegsbräuten darüber spricht. Es sind nicht die Älteren, die hohe Stellungen bekleiden, zum Beispiel Kriegsbräute wie Domina Yalith oder Stadtoberin Dalthys oder Hundert Erlis zum Beispiel. Und es sind auch nicht die ganz Jungen, wie Garlahna. Es sei denn sie plappern es einfach nur nach.«

»Und was genau plappern sie nach?«

»Es scheint fast ein bestehendes Muster zu sein.« Leeana wählte ihre Worte mit Bedacht. »Ich glaube, deshalb ist es mir überhaupt aufgefallen. Es hat im Laufe der Jahre viele Flüsterkampagnen gegen meinen Vater gegeben. Deshalb werde ich sofort misstrauisch, wenn ich so etwas irgendwo anders erlebe.«

»Und Ihr glaubt, dass dies hier stattfindet?«

»Ich halte es für möglich.« Leeana nickte langsam. »Es hat etwas gedauert, bis ich Verdacht schöpfte. Es fing damit an, als ich dieselben Geschichten in fast denselben Worten von einem halben Dutzend oder sogar noch mehr Frauen hörte.«

Kaerithas Blick wurde noch argwöhnischer. »Könnt Ihr mir sagen, wer dieses halbe Dutzend Frauen ist?«, fragte sie.

»Ich möchte eigentlich keine Namen nennen«, erwiderte Leeana unbehaglich. Kaeritha betrachtete sie kühl, bis die junge Frau den Blick senkte. Interessant, dachte Kaeritha. Trotz ihrer Klugheit und Einsicht scheint sie die üblichen Hemmungen eines Mädchens in ihrem Alter zu haben, als Spitzel zu gelten.

»Gut«, lenkte die Amazone nach einem Augenblick ein. »Ich dränge Euch nicht, Namen zu nennen. Jedenfalls jetzt noch nicht. Aber Ihr versteht doch, Leeana, dass Euch irgendwann vielleicht keine andere Wahl mehr bleibt?«

»Ja, Milady.« Leeana nickte. Ganz offensichtlich missfiel ihr diese Vorstellung.

»Gut.« Kaerithas Nicken versicherte der anderen Frau, dass sie nicht in sie drängen würde, solange sie es nicht unbedingt musste. »Dann sprecht weiter. Weshalb sind Euch diese Frauen aufgefallen?«

»Weil das, was sie sagten, nicht einfach nur ihre persönliche Meinung war, die sie ausdrückten, Dame Kaeritha. Sie benutzen sogar dieselben Argumente. Und auch die Art, wie sie ihre Worte wählten und mit wem sie sprachen, all das wirkte erstaunlich geplant, nicht wie etwas, das von selbst geschah.«

Es ist ein großer Verlust für das Königreich der Sothôii, dachte Kaeritha, dass diese unsichtbare Voreingenommenheit gegen weibliche Herrscherinnen Leeana Bogenmeister daran hindert, die Baronie von Balthar zu regieren. Sie hatte von Anfang an den scharfen Geist in diesem Mädchen bemerkt, aber der Verstand hinter den jadegrünen Augen arbeitete noch weit schärfer, als sie angenommen hatte. Leeana war in eine fremde Welt geworfen worden und einer unbekannten Zukunft begegnet. Beides unterschied sich vollkommen von dem, was sie bisher erlebt hatte. Wie viele junge Mädchen ihres Alters, fragte sich die Amazone, hätten in ihrer Lage wohl noch die Kraft gehabt, das zu untersuchen, was die Leute um sie herum sagten? Vor allem, wenn es so weit von ihrer eigenen, und sehr erschöpfenden, Wirklichkeit entfernt war, wie Die Stimme von Quaysar?

»Sprecht weiter«, forderte sie Leeana so sachlich wie möglich auf.

Leeana gehorchte. »Am meisten fiel mir an den Schilderungen der Kriegsbräute über die Aussprüche Der Stimme auf, dass sie übereinstimmend der Meinung zu sein schienen, die neue Stimme würde eine andere Politik machen als die alte Stimme. Sie waren sich auch alle darin einig, dass es eine Änderung zum Besseren wäre. Ihr habt mir nie gesagt, was Euch überhaupt nach Kalatha geführt hat, Dame Kaeritha, aber ich hörte, wie Ihr Lord Brandark gebeten habt, für Euch zu recherchieren, bevor Ihr abgereist seid. Und«, sie senkte mit einem Anflug von Verlegenheit den Blick, »ich habe auch … gehört, wie Prinz Bahzell und Vater miteinander sprachen. Deshalb weiß ich, dass Euch die Zwistigkeiten zwischen Lord Trisu und den Kriegsbräuten ernste Sorge bereiten.«

Kaeritha runzelte die Stirn, doch Leeana schüttelte hastig den Kopf.

»Ich habe mit niemandem hier darüber gesprochen, Dame Kaeritha! Mir ist klar, dass Ihr mit Domina Yalith geredet habt, und wenn Tomanâk Euch herschickte, steht es mir nicht zu, das auszuplappern. Aber deswegen hat mich das, was ich hörte, so beunruhigt. Denn dieselben Frauen, die gesagt haben, dass sie die neue Politik Der Stimme begrüßten, haben auch über Trisu gesprochen. Sie meinten, die neue Stimme würde im Gegensatz zur alten Stimme verstehen, dass es die Kriegsbräute nicht hinnehmen könnten, wie Lord Trisu versuchte, die Uhr zurückzudrehen. Diese neue Stimme fände es auch an der Zeit, sagten sie, dass sich die Kriegsbräute gegen Leute wie ihn zur Wehr setzten. Wenn jemand die Kriegsbräute herumschubste, sollten sie zurückschlagen, und zwar hart. Vielleicht sogar härter, als man ihnen ursprünglich zugesetzt hatte, weil sie es sich nicht leisten könnten, auch nur das Kleinste ihrer ohnehin wenigen Rechte aufzugeben.

Als ich das hörte, fing ich an mehr darauf zu achten, wie sie etwas sagten, nicht nur darauf, was sie sagten. Dabei habe ich festgestellt, dass sie andeuteten – oder es sogar geradeheraus sagten –, Die Stimme und nicht Domina Yalith oder ihre Stadtversammlung würde Trisu aufhalten.«

»Das glauben sie vielleicht«, meinte Kaeritha und verzichtete darauf, so zu tun, als hätte Leeana nicht ganz genau den Grund ihrer Reise nach Kalatha erraten. »Aber ich habe mit der Domina und Trisu gesprochen. So wie sie beide über die Zwistigkeiten und über den jeweils anderen sprachen, hat Die Stimme ohne Zweifel eine nebensächliche Rolle gespielt.«

Kaeritha beobachtete das Mädchen scharf, sprach aber nicht weiter. Einige ihrer Überlegungen und Vermutungen wollte sie jetzt noch nicht verraten, und außerdem war sie neugierig, ob sich die Schlüsse dieser scharfsinnigen jungen Frau mit ihren deckten.

»Aber genau das ist es ja!«, rief Leeana. »Nach dem, was sie sagten, hätte sich Die Stimme nicht einfach eingemischt oder für Lillinara gesprochen oder so etwas. Die Frauen behaupteten, ja, sie prahlten fast damit, dass sie viel zu klug und raffiniert wäre, selbst derartig offen in eine Konfrontation zu gehen. Der Grund wäre, dass sie die Neutralität ihres Amtes als Die Stimme wahren müsste. Doch ich habe erlebt, wie viele gerissene und raffinierte Adlige genau dieselbe Taktik benutzten. Die meisten haben nur deshalb eine offene Auseinandersetzung vermieden, um sich im Dunklen verstecken zu können, wenn sie jemandem einen Dolch in den Rücken stießen. Oder aber sie haben jemand anderen angestiftet, das für sie zu erledigen. Möglichst noch jemanden, der gutgläubig genug war, um ihm einreden zu können, es wäre ohnehin seine Idee gewesen.«

»Wollt Ihr andeuten, dass Die Stimme der Lillinara in diesem Fall so etwas tut?«

»Ich will nur sagen, dass es möglich wäre.« Leeana ließ sich von Kaerithas frostigem Ton nicht einschüchtern. »Und das ist noch nicht das Einzige, was ich für möglich halte. Die Art, wie die Kriegsbräute, die die Haltung der Stimme unterstützen, reden, untergräbt die Autorität von Domina Yalith und der Mehrheit der Stadtversammlung. Zwar nicht gezielt oder offen, aber auf lange Sicht hat das genau dieselbe Wirkung. Ich glaube, das ist kein Zufall. Jedes Mal, wenn sie davon reden, wie klug Die Stimme sei, und wie klar sie erkenne, was zu tun wäre, deuten sie damit an, dass Domina Yalith und die Stadtversammlung ohne Die Stimme nicht erkannt hätten, wie wichtig es wäre, sich gegen Trisu aufzulehnen. Bis auf die Rätin Maretha vielleicht. Aber sie und die Stimme scheinen in vielen Punkten derselben Meinung zu sein. Die Kriegsbräute, die die eine unterstützen, stehen auch auf der Seite der anderen.

Und mir ist noch etwas anderes aufgefallen. Die Kriegsbräute, die Die Stimme und Rätin Maretha am meisten bewundern, betonen immer ausdrücklich, dass die Domina und der Rest der Stadtversammlung ›ihr Bestes geben‹ oder ›gute Absichten haben, sich aber leider irren‹. Nur Die Stimme macht diese Fehler nicht. Auch das habe ich schon gesehen. Zwar nicht persönlich, aber ich habe in meinem Geschichtsunterricht gut aufgepasst, Dame Kaeritha. Ich glaube, das ist ein Versuch, die Autorität der Frauen zu untergraben, die Kalatha regieren. Entweder ist Die Stimme aus irgendeinem

Grund daran beteiligt oder aber eine dritte Partei benutzt sie für ihre Zwecke.«

»Verstehe.« Kaeritha betrachtete Leeana einen Augenblick lang und zuckte dann mit den Schultern. »Gibt es noch etwas?«

Leeana wich ihrem Blick voller Unbehagen aus. Sie wirkte fast verlegen. »Offenbar versuchen die Kriegsbräute, die mir aufgefallen sind, sehr heftig jüngere Kriegsbräute zu rekrutieren. Wahrscheinlich habe ich auch deshalb trotz der kurzen Zeit, die ich erst hier bin, so viel gehört. Dass ich Vaters Tochter gewesen bin und das bleibe, bis meine Probezeit vorbei ist, scheint mich in ihren Augen wertvoller zu machen. Vielleicht glauben sie ja, ich wäre so jung und unerfahren, dass man mich leicht beeindrucken und überzeugen kann.

Und«,wieder sah sie Kaeritha an, »einige der anderen Dinge, die sie über Die Stimme sagten, waren mir … sehr unangenehm.«

»Was denn, zum Beispiel?«, wollte Kaeritha wissen.

»Es ist einfach … ich glaube …« Leeana errötete leicht. »Ich habe nicht erwartet, dass Die Stimme der Lillinara so … unmoralisch sein könnte.«

»Unmoralisch?« Kaeritha unterdrückte ein Grinsen, doch Leeanas Röte in den Wangen vertiefte sich.

»So unschuldig bin ich nicht, Dame Kaeritha«, fuhr das junge Mädchen hoch. »Ich bin immerhin auf einer der größten Hengstzuchthöfe des Königreichs aufgewachsen! Also ist mir sehr gut bekannt, was zwischen Mann und Frau vorgeht, vielen Dank. Wenigstens«, fuhr es fort, als Kaeritha ihr Lachen nicht mehr zurückhalten konnte, »weiß ich alles, was es zu wissen gibt, ohne dass ich selbst … das heißt … ich will sagen … ach, Ihr wisst genau, was ich meine!«

»Ja, Leeana«, lenkte Kaeritha etwas zerknirscht ein. »Ich weiß, was Ihr meint.«

»Also«, fuhr Leeana besänftigt fort, »mich irritiert, dass dieselben Leute, die so stolz über die politischen Ansichten Der

Stimme sind, auch darüber sprechen, wie ›freizügig‹ ihre Haltung zu … anderen Dingen wäre.«

»Leeana«, antwortete Kaeritha bedachtsam. »Lillinara fordert keine Enthaltsamkeit von Ihren Stimmen. Einige von ihnen legen zwar von sich aus ein Keuschheitsgelübde ab, wenn sie den Ruf erhalten, Ihr zu dienen, aber das ist etwas anderes. Es ist eine persönliche Entscheidung, mit der sie sich von anderen Bedürfnissen und Wünschen befreien, um sich ausschließlich auf Sie konzentrieren zu können. Und es gibt auch sehr unterschiedliche Meinungen darüber, ob Lillinara selbst das billigt. Ihre Stimmen können keine Jungfrauen sein. Sie ist die Göttin der Frauen, aller Frauen, nicht nur die Schutzpatronin der Jungfrauen. Und Sie hat das Gefühl, dass Ihre Kirche und Ihre Priesterinnen auch Erfahrung in den Fragen haben sollten, in denen sie Ihre Anhänger beraten.«

»Wirklich?« Leeana dachte eine Weile darüber nach und nickte schließlich. »Das klingt einleuchtend«, erklärte sie dann mit der Entschiedenheit der Jugend.

»Was bin ich froh, dass Ihr es billigt«, murmelte Kaeritha. Das Mädchen errötete wieder, grinste dann jedoch.

»Andererseits«, fuhr Kaeritha fort, »klingen Eure Worte so, als meintet Ihr etwas, was noch viel weiter geht als dies.«

»Das stimmt.« Leeanas Miene blieb nachdenklich. Sie legte den Kopf auf die Seite und sah Kaeritha an. »Darf ich Euch eine Frage stellen, Dame Kaeritha?«

»Natürlich.«

Das Mädchen zögerte trotz der prompten Einladung noch einen Augenblick.

»Ich frage mich, wie die anderen Götter das sehen«, sagte sie schließlich langsam und ließ den Blick über das Grundstück vor der Übungshalle gleiten. »Ihr seid ja ein Paladin des Tomanâk. Wie sieht Er denn das?«

»Das Zölibat?« Kaeritha lachte leise. »Ich will es so ausdrücken: Als Gott der Gerechtigkeit würde Er es sicher für sehr ungerecht halten, wenn Er von seinen Gefolgsleuten verlangte, einer Sache abzuschwören, die so wichtig für uns Sterbliche ist. Wie Lillinara erwartet Er dennoch, dass wir nicht leichtfertig damit umgehen, und Er wünscht natürlich, dass wir die Konsequenzen und Verantwortung erkennen, die daraus erwachsen können. Aber alle Götter des Lichtes feiern das Leben, Leeana, und was könnte lebendiger sein, als eine liebevolle, gegenseitig befriedigende körperliche Beziehung?«

»Wirklich?« Etwas in dem Tonfall, mit dem Leeana dieses eine Wort aussprach, machte Kaeritha neugierig, was genau das Mädchen jetzt wohl dachte. Doch dann schüttelte sich Leeana und wandte sich wieder zu ihr um.

»Das klingt auch einleuchtend«, erklärte sie. »Aber es ähnelt nicht der Art, wie diese Leute reden, die mir aufgefallen sind.«

»Was meint Ihr damit?«

»Der liebende, gegenseitige Teil kommt dabei zu kurz«, erwiderte Leeana. »Und auch die Frage der Verantwortung.« Kaeritha runzelte die Stirn, unterbrach das Mädchen jedoch nicht. »Es haben mich auch noch einige andere Dinge überrascht, obwohl das eigentlich nicht hätte passieren sollen. Aber ich habe wohl doch noch mehr alte Überzeugungen in mir, als ich dachte. Immerhin leben die Kriegsbräute in einer Gemeinschaft von Frauen, die sich den Männern absichtlich nicht unterordnen wollen. Unter diesen Umständen hätte es mich nicht überraschen sollen, wenn sie sich andere Frauen als Partner aussuchten.

Das hat mich zwar am Anfang verwundert, doch ich habe es schnell verstanden. Was mich jedoch bekümmert, Dame Kaeritha, war nicht die Frage, in wen sie sich verlieben. Sondern es war die Art, wie diese Kriegsbräute über die Haltung Der Stimme sprachen, was die freie Auswahl ihrer Liebhaber betraf, seien es nun Männer oder Frauen.«

Nun wirkte Leeana nicht mehr befangen. Als hätte die Konzentration, mit der sie sich erklären wollte, alle Zurückhaltung gebannt.

»Warum?«

»Weil die Verpflichtung und Verantwortung, von der Ihr gesprochen habt, ihnen nicht so wichtig zu sein scheint. Sie reden darüber, als wäre es nur … eine körperliche Angelegenheit. Als ginge es nur um selbstsüchtiges Vergnügen oder einen Augenblick der Lust. Bei ihnen hörte es sich an, als würde die andere Person … nicht wirklich zählen, oder als wäre sie gar nicht wirklich da. Sondern nur ein Mittel zum Zweck. Ich bin nicht naiv, deshalb weiß ich, dass viele Menschen auf der Welt so denken, Dame Kaeritha. Aber diese Frauen haben sich darüber amüsiert, als wüssten sie genau, dass das, was sie sagten, falsch wäre, und als würde es ihnen deshalb nur noch besser gefallen. Einige von ihnen haben sich sogar fast darauf gefreut, jemandem wehzutun. Als wäre die körperliche Liebe eine Waffe, sich für alles zu rächen, was Männer Frauen jemals angetan haben. Jedes Mal, wenn ich hörte, wie eine so etwas sagte, musste ich daran denken, dass es viele Menschen gibt, die schon jetzt glauben, dass alle Kriegsbräute so denken.«

Kaeritha runzelte die Stirn. Was sie da hörte, gefiel ihr gar nicht. Es war möglich, dass Leeana auf ein paar zufällig aufgeschnappte Worte übermäßig erschreckt ansprach. Aber das Mädchen hatte selbst gesagt, dass es in der Tradition der Sothôii aufgewachsen war. Vielleicht war sie nicht so konventionell erzogen worden wie die meisten anderen, aber selbst eine ›unkonventionelle‹ Erziehung nach den Regeln der Sothôii würde ihre Spuren hinterlassen.

Doch bei Leeana sah Kaeritha das anders. Das Mädchen war nicht nur sehr klug und aufmerksam, sondern die Lage, die es beschrieb, passte nur zu gut in das Muster, das Kaeritha selbst allmählich zu entdecken begann. Jedenfalls fürchtete sie, dass sie ein Muster sah.

»Glaubt Ihr, dass ich mir nur etwas einbilde?«, fragte Leeana. Erneut schien sie Kaerithas Gedanken erraten zu haben, und die Amazone schüttelte den Kopf.

»Nein. Ich bin sicher, dass Ihr Euch das nicht einbildet, Leeana. Es ist zwar möglich, dass Ihr mehr in das hineinlegt, was Ihr hörtet, als tatsächlich dahinter steckt, aber ich glaube trotzdem nicht, dass Ihr Euch etwas einbildet.«

»Oh.« Leeanas Stimme klang plötzlich so kläglich, dass Kaeritha sie überrascht ansah.

»Dabei habe ich so gehofft, ich hätte es mir nur eingebildet«, erklärte die junge Frau sehr, sehr leise.

13

Die Hitze der Morgensonne wärmte die grasigen Hügel, als die verstärkte Kavallerieschwadron in den Farben von Kleinharrow und Balthar zügig nach Südosten abschwenkte. Der Wind wehte frisch und sanft aus Süden, es war noch kühl. Das würde sich jedoch ändern, wenn erst der Sommer kam, aber schon jetzt war es wärmer als am Tag zuvor. Die Spitze der Kavallerieeinheit näherte sich dem Rand der Sümpfe. Die Männer ritten an einem der schlammigen Gräben entlang, die das fruchtbare, doch ungenutzte Weideland jenseits der Moore entwässerten, das noch viele Meilen entfernt war. Dafür stiegen Schwärme von Insekten auf und schickten ihre Vorhut voraus, um die Reiter als mögliche Ziele auszukundschaften.

Sir Trianal Bogenmeister verzog das Gesicht, als die erste Stechfliege auf dem Hals seines Kriegsrosses landete. Auf der Haut des schwarzen Hengstes zuckte es einmal heftig und das Insekt summte davon. Trianal wusste, es würde bald zurückkehren. Und mit ihm seine Brüder, Schwestern und Cousins, dazu seine Riesenfamilie aus Onkeln, Tanten, Müttern und Vätern. Natürlich würden sie einen Weg unter die ledernen Arm- und Beinschienen finden, und auch unter die stählernen Brustpanzer. Andererseits, vielleicht war eine Pferdebremse unter einem Brustpanzer einem Moskito im Helm doch vorzuziehen.

Es ist schon merkwürdig, dachte er, dass diese Barden alle zu vergessen scheinen, diese Stechfliegen und Mücken zu erwähnen, oder den Schweiß, der sich in der Rüstung sammelt, wenn sie hehre Oden von Schlachten und Ruhmestaten singen.

Er schnaubte bei diesem Gedanken verächtlich und lachte, als er sich Brandarks Antwort auf seine Beobachtung vorstellte. Welche Vorbehalte Trianal auch gegen Hradani im Allgemeinen hegen mochte, er konnte nicht anders und bewunderte den Geist und den bissigen, scharfen Witz der Blutklinge. Seine Ansicht über diese lässlichen Sünden der Barden mochte vielleicht die eines Kulturbanausen sein, aber sie hätte Brandark ganz gewiss amüsiert.

Er richtete sich in den Steigbügeln kurz auf und dehnte seine Beinmuskeln. Dann ließ er sich wieder in den Sattel sinken. Seine Männer und er saßen seit Tagesanbruch auf den Pferden, abgesehen von einigen kurzen Pausen. Sie waren zwar langsam geritten, um ihre Tiere zu schonen, hatten jedoch keine Pause mehr eingelegt, seit sie die Kaserne verlassen hatten. Außerdem tat ihm der Hintern weh. Wenigstens war er noch nicht wund, und außerdem war er trotz seiner Jugend an solche Strapazen gewöhnt. Obwohl Chemalka das Vergnügen an ihrem Frühlingsregen offensichtlich verloren hatte, war es wenigstens noch nicht so trocken, dass seine Truppen selbst hier im Gras große Staubwolken aufwirbelten, was später im Sommer unvermeidlich geschehen würde.

Er überlegte, wie viele seiner Leute wohl heimlich der Meinung waren, nur ihre Zeit zu verschwenden. Wer auch immer hinter diesen Überfällen steckte, Trianal vermied es sorgfältig, an die Namen Dathian und Saratic zu denken, und schien genau das zu tun, was Sir Yarran vermutet hatte. Nämlich abzuwarten. Es hatte seit fast zwei Wochen keine Meldung von neuen Überfällen gegeben und Trianals Patrouillen hatten in dieser Zeit auch keinerlei Spuren von diesen Banditen gefunden. Trianal ließ selbst jetzt noch kleinere Gruppen von Kundschaftern danach suchen, doch er hatte beschlossen, diese Einheit selbst anzuführen. Zum Teil deshalb, weil er so an die frische Luft und aus dem winzigen Arbeitszimmer kam, das ihm Lord Festian im Fried von Kleinharrow zur Verfügung gestellt hatte. Außerdem, wenn ein Suchtrupp etwas fand, dann dieser. Jedenfalls, wenn

Lord Dathian tatsächlich einer der verantwortlichen Drahtzieher dieser Überfälle war. Trotzdem glaubte Trianal nicht, dass sie etwas Aufregendes erleben würden. Doch wenigstens bekam er auf diese Weise etwas Bewegung.

Und konnte mal wieder schwitzen und sich über Pferdebremsen unter Brustpanzern Gedanken machen.

Er lachte und griff nach seiner Wasserflasche, trank dann einen winzigen Schluck, gerade so viel, dass er seinen Mund ausspülen konnte, steckte den Stöpsel wieder hinein und blickte auf, als einer der Vorauskundschafter langsam auf ihn zugaloppiert kam.

»Glaubt Ihr, dass sie tatsächlich etwas gefunden haben?«, fragte Trianal den älteren Offizier neben sich skeptisch.

»Möglich wäre es«, erwiderte Sir Yarran und kniff die Augen gegen die Sonne zusammen, die am östlichen Horizont an einem strahlend blauen Himmel stand, über den höchst malerische weiße Wolkenberge zogen. »Aber wenn sie etwas gefunden haben, kann es nicht besonders wichtig sein.« Trianal sah ihn fragend an, der alte Ritter zuckte mit den Schultern. »Wäre es dringend, so würde er gewiss schneller reiten«, bemerkte er. Trianal nickte.

»Das ist wohl wahr.« Dann lachte er verbittert. »Aber es wäre schon ein Segen, wenn sie nach diesen fruchtlosen zwei Wochen überhaupt mal endlich etwas gefunden hätten!«

»Geduld, Milord, Geduld«, riet ihm Sir Yarran mit einem schiefen Grinsen. »Darum geht es die meiste Zeit, um Geduld, meine ich. Es ist schwerer, zu wissen, wann und wie man warten muss, als hinter den Hornsignalen her zum Angriff zu stürmen. Zu viel Übereifer oder Ruhmsucht bringen einen Mann vielleicht durch eine Schlacht und mögen bei Blutvergießen hilfreich sein, doch Disziplin und Geduld halten ihn davon ab, loszustürmen und sie mit Gewalt zu suchen. Und dabei seine Leute zu opfern, auch wenn es unnötig ist. Außerdem hilft ihm das auch, die Zeit zwischen den Kämpfen zu überstehen, ohne von der Langeweile abgestumpft zu werden.«

Trianal dachte über Yarrans Worte nach. Der ältere Ritter beobachtete ihn einen Augenblick lang und zuckte dann die Achseln.

»Die Langweile hat schon viele Wachposten und Kundschafter das Leben gekostet, Milord. Ein Mann, der sich langweilt, hält die Augen nicht auf und ist in dem entscheidenden Moment nicht geistesgegenwärtig, wenn ihm wirklich jemand mit einem Bogen auflauert oder sich von hinten anschleicht und ihm mit einem Messer die Kehle durchschneiden will.«

»Ich nehme an, dass sie auch viele Soldaten das Leben gekostet hat, deren Befehlshaber zu gelangweilt waren, um auf ihre Pflichten zu achten«, erwiderte Trianal schließlich, während er dem Kundschafter entgegensah.

»Allerdings.« Sir Yarran freute sich, dass der Jüngling selbst diesen Schluss gezogen hatte. »Das trifft wahrhaftig zu.«

Der Kundschafter erblickte Trianal neben seinem Hornisten und Standartenträger, galoppierte auf ihn zu und salutierte.

»Mit Verlaub von Sir Stannan, Milord. Er glaubt, dass wir vielleicht etwas gefunden haben könnten.«

»Schön. Und was?«, erkundigte sich Trianal trocken, als der Späher nicht weitersprach.

»Verzeiht, Milord.« Der Mann verzog ironisch das Gesicht und schüttelte den Kopf. »Ich wollte Euch nicht ermüden, Sir. Der Hauptmann lässt Euch ausrichten, dass wir auf die Spuren eines berittenen Trupps gestoßen sind.«

»Wie viele?« Trianal sah den Mann scharf an.

»Mindestens zwanzig Pferde, Sir. Vielleicht auch dreißig. Die meisten von ihnen tragen Kriegsbeschlagung.«

Trianal nickte dem Mann zu und schaute dann Sir Yarran an. Dieser erwiderte den Blick nachdenklich, sagte jedoch nichts. Jeder junge Falke musste fliegen lernen, und es gehörte ebenso zu seiner Aufgabe, Trianal seine Flügel ausprobieren zu lassen wie den Jungen vor allzu vielen Fehlern zu bewahren.

Dies wusste Trianal, und er nahm es ihm nicht übel – was

für ihn sprach. Als er sich jetzt wieder an den Kundschafter wandte, waren seine Worte gleichzeitig auch an Sir Yarran gerichtet.

»Kriegsbeschlagung muss nicht *notwendigerweise* etwas zu bedeuten haben«, er betonte das Wort leicht, »aber eine so große Reiterabteilung ist doch auffällig. Wie weit voraus befindet sich Sir Stannan?«

»Etwa einen halben Werst, Milord«, antwortete der Späher, drehte sich im Sattel um und deutete in die Richtung, aus der er gekommen war. »Hinter jener Anhöhe dort liegt eine Schlucht, die durch eine weitere Hügelkette führt, die wiederum bis zum Rand der Sümpfe reicht. Durch die Schlucht fließt ein Bach, in den dieser hier mündet. So wie es aussieht, war es vor einer Woche noch ein Fluss. Er verläuft durch die Hügel, allerdings nicht in gerader Linie. Sir Stannan meint, auf seiner Karte münde der Fluss genau in die Sümpfe. Die Spuren folgen der Schlucht.«

»Tun sie das?«, murmelte Trianal, und der Späher nickte. »Wie ist der Boden in der Schlucht beschaffen?« Der junge Ritter rieb sich nachdenklich das glatt rasierte Kinn.

»Nicht besonders gut, Sir.« Der Mann verzog das Gesicht. »Wie gesagt, sie scheint bis zur letzten Woche noch bis zum Rand mit Wasser gefüllt gewesen zu sein, und sie ist recht gewunden. Der Boden dort ist matschig und weich, und an einigen Stellen hat das Hochwasser Geröll aufgehäuft und sogar den einen oder anderen Felsbrocken angespült. Wer da nicht aufpasst, kann seinem Pferd schnell die Beine brechen.«

»Aber über die Hügel kommt man sicher voran?«, fragte Trianal. »Sind sie nicht zu steil?«

»Nein, Milord. Es sind nur sanft geschwungene Hügel, Sir, außerdem begrast. Es gibt nicht mal Bäume. Auf dem Kamm wachsen einige Büsche, aber mehr nicht.«

»Verstehe.« Trianal richtete seinen Blick auf Sir Yarran. »Dieser Kriegsbeschlag mag vielleicht nichts zu bedeuten haben«, erklärte er, »aber wenn ein Reitertrupp von dieser Größe lieber durch solch schwieriges Terrain reitet, statt über die sichereren Hügel …«

»Richtig.« Sir Yarran sah Stannans Boten an. »Wie frisch sind diese Spuren?«

»Sehr frisch, Sir.« Der Mann kratzte sich nachdenklich das Kinn. »Die Sonne hat sie noch nicht lange beschienen, jedenfalls nicht da unten in der Schlucht. Wo die Pferde den Schlamm aufgeworfen haben, ist er noch nicht getrocknet.« Er kratzte sich erneut. »Ich würde sagen, sie sind höchstens eine oder zwei Stunden alt.«

Trianals Augen leuchteten auf, doch er zwang sich dazu, bedächtig zu nicken. Dann öffnete er die Ledertasche an seinem Sattel und zog eine Karte heraus. Sie war bereits an der richtigen Stelle aufgefaltet, und er winkte Yarran näher zu sich, damit sie beide einen Blick darauf werfen konnten.

Die Karte war nicht so genau, wie die Landvermesser des Königkaisers sie einem Kommandeur des Reiches der Axt zur Verfügung gestellt hätten, aber sie war doch weit besser als die meisten anderen Karten, die auf der Ebene des Windes zu bekommen waren. Baron Tellian legte sehr viel Wert darauf, Landvermesser aus dem Reich der Axt ins Land zu holen. Diese Männer arbeiteten sich jetzt bereits seit einigen Sommern durch das WestGeläuf und nahmen sich einen Abschnitt nach dem anderen vor. So wie das Wetter und Tellians Budget es erlaubten. Zu Trianals Glück hatten sie mit Kleinharrow angefangen, wegen der Nähe dieser Lordhüterschaft zu den Pferdedieb-Hradani.

»Was haltet Ihr davon?« Trianal fuhr mit dem Finger über eine Stelle, die Stannans Schlucht bezeichnen musste. Laut Karte wand sie sich in vielen Kurven und Windungen durch die Hügel, bis sie schließlich in dem eher unbestimmt eingezeichneten Rand der Sümpfe endete. Bedauerlicherweise waren dort nur sehr wenige Einzelheiten eingetragen, wo die Karte die Sümpfe zeigte, abgesehen von zwei oder drei höheren Erhebungen.

Trianal tippte auf die Karte. »Hiernach sieht es so aus, als würde die Schlucht auf Lord Dathians Land enden.«

»Das stimmt«, pflichtete ihm Sir Yarran bei. »Allerdings befinden wir uns schon seit Sonnenaufgang auf Dathians Land«, fügte er dann gelassen hinzu.

»Ich weiß. Aber dies hier«, Trianal tippte wieder auf die Stelle, »führt weit tiefer hinein. Seine Burg liegt kaum drei Werst von der Stelle entfernt, wo die Schlucht in den Sümpfen mündet.«

»Drei Werst sind bei diesem Boden fast so weit wie dreißig«, erklärte Yarran.

»Es sei denn, jemand kennt zufällig einen Weg durch die Sümpfe.«

Der ältere Ritter nickte.

»Und wenn man durch die Schlucht reitet, muss man sich keine Sorgen machen, dass man gesehen wird oder deutliche Spuren auf offenem Gelände hinterlässt. Also verdoppelt das in etwa den Weg, den sie zurücklegen müssen. Und es verdreifacht die Zeit, die sie für diese Strecke brauchen. Wenn wir jedoch etwas anziehen und gleich hier über die Hügel abkürzen …«

»Eine gute Idee, Milord«, fand Yarran. »Aber es bleibt trotzdem unwahrscheinlich, dass wir vor ihnen da sind«, warnte er ihn. »Nicht, wenn diese Spuren eher zwei als eine Stunde alt sind.«

»Weiß ich. Nur ist es trotzdem einen Versuch wert. Und selbst wenn wir nicht vor ihnen dort eintreffen, wir holen doch möglicherweise genug Zeit auf, dass wir ihre Spuren in den Sümpfen finden können, bevor der Schlamm sie verschluckt.«

»Das stimmt allerdings«, gab Yarran zu.

Trianal drehte sich um und winkte seine Hauptleute zu sich.

Die Sonne stand fast im Zenit, und es war erheblich wärmer geworden, als die Schwadron den letzten Hügelkamm erreichte und den langen, sanften Hang zu der dunkelgrünen Barriere der Sümpfe hinabritt. Die paar Insekten, die Trianal am Morgen geärgert hatten, waren nichts im Vergleich zu den Schwärmen von Stechfliegen, Mücken und Moskitos, die sich gierig aus den Sümpfen erhoben und sich hungrig auf sie stürzten. Trianal schlug mürrisch nach einem besonders großen Moskito, der es sich auf seinem Brustpanzer gemütlich gemacht hatte. Er erwischte das Insekt mit der Handfläche und verzog das Gesicht, als der rote Fleck, den es hinterließ, ihm sagte, dass es bereits ausgiebig gespeist hatte.

Dann betrachtete er das Terrain und verzog das Gesicht. Er erinnerte sich an seine eigene Bemerkung, dass seine Karte nicht so genau war wie die eines Kommandeurs der KöniglichKaiserlichen Armee. Gewiss, die Schlucht und die Hügel fanden sich dort, wo sie eingezeichnet waren, nur waren auf der Karte das dichte Gebüsch und Dickicht nicht vermerkt, das die Sümpfe säumte und jedem den Zugang verwehrte. Die Schlucht schnitt zwar einen Weg in die grüne Barriere, aber Trianal war ein Sothôii. Ein Reiter aus ganzem Herzen und sowohl was seine Ausbildung, als auch seine Vorlieben betraf. Er war an den weiten Blick auf der Ebene des Windes gewöhnt. So gefiel es ihm gar nicht, dass ihm diese Vegetation einen genaueren Blick in das sumpfige Land dahinter verwehrte.

Er drückte das rechte Knie an die Flanke seines Pferdes, wendete und trieb es in einen Trott, als er den Abhang in Richtung Schlucht hinabtrabte. Ihr Ausgang verbreiterte sich zu den Sümpfen hin, und als er sich ihrer Mündung näherte, sah er die Erde, die die Reiter aufgewühlt hatten, die sie verfolgten. Sir Stannan, der Hauptmann, der die Späher befehligte, wartete mit seinem dienstältesten Sergeant bereits auf ihn.

»Die hier sehen frischer aus, Hautpmann«, sagte Trianal.

»Das tun sie, Milord«, stimmte ihm Stannan zu. Der schlanke, braunhaarige Mann war vielleicht acht Jahre älter als Trianal und hatte einen mächtigen Schnauzbart. Er deutete mit einem Nicken auf die Schlucht. »Wir haben Zeit auf sie gutgemacht, genau wie Ihr hofftet«, fuhr er fort. »Aber jetzt sind es weit mehr als am Anfang.«

»Ob ihre Freunde hier auf sie gewartet haben?« Trianal warf einen Blick nach Osten, wo die Schlucht in den grünen Schatten des Sumpfdickichts verschwand. Es hatte aufgefrischt. Der Wind zischte leise in dem Gras um sie herum und schüttelte dann sanft die Zweige der Büsche.

»Vielleicht«, vermutete Sir Yarran. »Möglicherweise war auch mehr als eine Abteilung von ihnen draußen unterwegs, Milord. Es wäre denkbar, dass sie genau dasselbe taten wie wir. Nämlich Ziele auszukundschaften. Wir schaffen ständig Herden aus diesem Gebiet heraus, deshalb wird es hier immer leerer. Sie reiten vielleicht nach Hause, nachdem sie die Nacht über eine größere Strecke ausgekundschaftet haben, und hoffen, unterwegs auf lohnende Beute zu treffen.«

»Oder sie halten Ausschau nach uns«, gab Trianal zurück. »Mir ist klar, dass das viel zu viele Männer für einen bloßen Spähtrupp sind, aber immerhin wissen sie, dass wir nach ihnen suchen. Es wäre nur verständlich, wenn sie uns im Auge behalten wollen, um eine unangenehme Überraschung zu vermeiden. Und sie könnten auch deshalb eine größere Kundschaftergruppe ausgesendet haben, um gewappnet zu sein, falls sie auf eine unserer Patrouillen stoßen.«

»Das stimmt«, meinte Yarran. »Jedenfalls ist es nachvollziehbar, dass sie aufeinander gewartet haben, bevor sie in die Sümpfe ritten. Vor allem, wenn es nur so wenige Führer gibt, die sich dort auskennen.«

»Wie viele sind es genau, Hauptmann?«, erkundigte sich Trianal bei Sir Stannan.

»Schwer zu sagen, Sir, da so viele Hufspuren übereinander liegen«, antwortete der Offizier. »Es würde mich überraschen, wenn es weniger als sechzig wären, vielleicht sind es achtzig oder sogar hundert.«

Trianal spitzte die Lippen und behielt seine Miene unter Kontrolle. Was ihm nicht leicht fiel. Achtzig oder neunzig Reiter? Das war fast eine vollständige Kavallerieschwadron. Wenn sie sich dann auch noch in einer geschlossenen Formation bewegte, musste ihr Anführer etwas im Schilde führen. Es war zudem die größte Truppe, die sie oder Lord Festians Späher bis jetzt aufgespürt hatten. Und sie waren ihrer Beute dichter auf den Fersen, als es jeder andere bisher geschafft hatte. Mit seinen eigenen Leuten und der Verstärkung aus Kleinharrow unter dem Befehl von Sir Yarran hatte er acht Abteilungen, insgesamt einhundertsechzig Reiter, unter sich. Also fast doppelt so viele Männer wie der Feind, laut Schätzung Hauptmann Stannans jedenfalls. Wenn er diese Briganten einholen und dingfest machen könnte …

»Es wäre sicher sehr schön, wenn wir die Mistkerle erledigen könnten, Milord«, bemerkte Sir Yarran. Trianal sah ihn an und nickte. Der erfahrenere Ritter fuhr nachdenklich fort: »Aber wir haben bislang keinen Beweis, dass sie etwas anderes getan haben, als sich die Landschaft anzusehen. Sollten sie zufällig auch noch Lord Dathians Farben tragen, hätten sie auch alles Recht dazu …«

»Das ist wohl wahr«, gab Trianal zurück. »Falls sie jedoch nicht Lord Dathians Farben tragen, oder wenn sie die Farben von … jemand anderem tragen, sind wir doch mindestens dazu verpflichtet, sie höflich zu fragen, wer sie sind und was sie hier wollen, oder nicht?« Er lächelte bissig. »Immerhin ist Lordhüter Dathian der Vasall meines Onkels. Es gehört zu meinen Pflichten, dafür zu sorgen, dass nicht einfach fremde Truppen in seine Domäne eindringen oder gar die Sicherheit seiner Hüterschaft gefährden.«

»Wohl gesprochen, Milord.« Sir Yarran bleckte die Zähne, als er den ganz und gar unschuldigen Ton des Jünglings mit einem bewundernden Grinsen quittierte.

»Wohlan denn. In diesem Fall«, sagte Trianal, »sollten wir versuchen, sie schleunigst einzuholen, damit wir sie fragen können, höflich, versteht sich.«

14

SIE KOMMEN, SIR«, erklärte Sergeant Evauhlt.

Der Bewaffnete des Goldenen Tales hockte auf einer stämmigen Eiche und beobachtete durch sein Fernrohr ein unregelmäßiges Blitzen im Osten. Das lange Fernrohr war schwerer und umständlicher zu handhaben als das Zwillingsfernglas der Axtmänner, das Sir Fahlthu in einem Etui um den Hals hängen hatte. Es war jedoch genauso scharf und erheblich billiger. Fahlthu hatte nicht die geringste Lust, sein kostbares Prunkstück einem ungeschickten Kavalleristen in die derben Finger zu drücken. Nicht mal einem Signalsergeanten wie Evauhlt.

»Wie viele sind es?« Er blickte in den Baum hinauf.

»Die Späher meinen, es handelt sich um sechs oder sieben Abteilungen, Sir«, gab Evauhlt zurück. Er beobachtete immer noch das Blitzen des Sonnenschreibers auf einem steilen Hügel im Sumpf. Die Ausgucke in den Baumwipfeln konnten über die Büsche und Bäume hinwegsehen, in deren Deckung Fahlthu Stellung bezogen hatte, bis zu den Hügeln jenseits der Sümpfe. Sie hockten seit Tagesanbruch pflichtbewusst in ihren unbequemen Stellungen und warteten auf die Rückkehr seiner Kundschafter. Die gaben ihre Meldungen an den Signalposten weiter, der sich so weit unten am Hügel befand, dass die niedrigen Bäume und Büsche in den Sümpfen das Aufblitzen des Heliographs für jeden verdeckte, der westlich des Hügels ritt.

Fahlthu quittierte Evauhlts Bericht mit einem Knurren und trommelte mit den Fingern auf seinem Säbelknauf herum. Der Feind schien entgegen seiner Erwartung erheblich stärker, als seine Späher ihm das erste Mal gemeldet hatten, dass sie verfolgt wurden. Andererseits glaubte die andere Seite ja nach wie vor, dass sie einfache Briganten jagten. Man hatte keine Ahnung, dass sich die Spielregeln verändert hatten …

»Also, Meister Braunsattel«, sagte er zu dem Mann neben sich, »so viel dazu, dass wir unsere Spuren verwischen konnten.«

Ihm war bewusst, dass seine Kritik alles andere als gerecht war, doch das kümmerte ihn im Augenblick nicht. Je länger er Braunsattel beobachtete, desto weniger gefiel ihm der Mann. Nicht, weil er unfähig gewesen wäre. Dieser Kerl war sogar fast aufreizend gut. Und genau das bereitete Fahlthu Kopfzerbrechen. Braunsattel war viel zu fähig für einen Späher, der er ja angeblich sein wollte. Fahlthu hatte die scharfen Instinkte eines erfolgreichen Söldners, und sie flüsterten ihm hartnäckig eine Warnung zu. Schon Braunsattels Anwesenheit bewies, dass hier mehr vorging, als ihm Sir Chalthar bei der Übermittlung von Lord Saratics Befehlen erklärt hatte.

»Wenn es noch regnen würde, wäre das ein Versagen, Sir«, antwortete Darnas Warshu. Seine Stimme klang höflich, sein geduldiger Unterton aber verriet deutlich, was er von Fahlthus Kritik hielt. »Bei diesem Wetter jedoch«, er zuckte mit den Schultern, »kann man die Hufspuren so vieler Pferde nicht verwischen, egal was man tut. Man kann höchstens versuchen, dort zu reiten, wo niemand nach ihnen sucht. Zum Beispiel im Tal einer Schlucht.«

Fahlthu knurrte wieder. Diesmal klang er fast wie ein gereizter Bär, während er seine Möglichkeiten abwog. Dieselben Instinkte, die ihn vor Braunsattel warnten, rieten ihm auch, jede offene Konfrontation mit seinen Verfolgern zu meiden. Das wäre nicht weiter schwierig, obwohl Sir Trianal es deutlich schneller bis hierher geschafft hatte, als Fahlthu angenommen hatte. Der Junge hat sogar verdammt schnell reagiert, räumte der Offizier vom Goldenen Tal sich selbst gegenüber ein.

Und er war leider auch nicht so scharf geritten, dass er seine Pferde ermüdet hätte, wie Fahlthu gehofft hatte. Dafür mochte Sir Yarran verantwortlich gewesen sein. Doch wie schnell sie auch hier eingetroffen waren und wie müde ihre Pferde sein mochten, Fahlthu verfügte immer noch über den Vorteil dieser Stellung. Ganz zu schweigen von den Führern, die sich in diesem elenden Sumpf sehr gut auskannten. Trotzdem war Trianals Schwadron erheblich größer, als Halnahk vermutet hatte, der Fahlthu die genaueren Befehle für seine Operation auseinander gesetzt hatte. Fahlthu hätte sich erheblich sicherer gefühlt, wenn die Einheit des Jungen aus kleinen, eigenständig operierenden Abteilungen von Kundschaftern bestanden hätte, die er während dieser ersten Phase des Feldzugs erwartet hatte.

Bedauerlicherweise war die Verbindung mit dem Feind bereits hergestellt, und in diesem Fall waren Halnahks und – wichtiger noch: Chalthars – Befehle eindeutig.

»Milord, irgendetwas stimmt da nicht«, erklärte Sir Yarran.

Trianal drehte sich um und sah ihn unter dem offenen Visier seines Helmes fragend an.

»Was genau?«

»Das kann ich leider nicht sagen«, gab Yarran gedehnt zurück. Er runzelte die Stirn und sah sich um, während seine Blicke über den Waldrand glitten, dem sie immer näher kamen. Angestrengt überlegte er, was seine Instinkte so unvermittelt geweckt haben mochte. »Es ist nur …«

Plötzlich wusste er es und kniff die Augen zusammen.

»Seht dort, zu Eurer Linken!«, stieß er hervor. »Dort, bei dieser Gruppe Eichen!«

»Welche Eichen? Die auf dem Hügel?«

»Nein, Sir, die weiter links, etwa dreißig Meter!«

»Ich sehe sie«, erklärte Trianal. »Was ist damit?«

»Beobachtet die Vögel!« Yarran deutete auf einen kleinen Schwarm von höchstens fünfzehn Vögeln, die gerade aufgestiegen waren und jetzt dicht über den Bäumen kreisten. Trianal schien ratlos, Yarran schüttelte den Kopf.

»Junge«, er wollte, dass der Jüngling verstand, was er meinte, und vergaß dabei jede Förmlichkeit, »etwas hat sie gerade von ihren Ästen vertrieben. Sie haben sich erschreckt.«

Trianal blickte Yarran an, dann wandte er sich wieder den Bäumen zu. Seine Gedanken überschlugen sich. Es konnte viele vollkommen harmlose Erklärungen für ihr Verhalten geben, zum Beispiel der Angriff einer dieser Wildkatzen, die in den Sümpfen beheimatet waren. Aber er konnte Yarrans Vermutung, dass es sich keineswegs um einen Zufall handelte, nicht so einfach abtun.

Die Bäume waren jedoch mindestens hundert Meter von der Stelle entfernt, an der die Schlucht im Wald endete. Wenn dort jemand hockte, waren sie ziemlich weit von dem einzigen einigermaßen sichtbaren Pfad durch das dichte Unterholz entfernt. Allerdings standen die Eichen nicht weit vom Rand dieses Unterholzes entfernt. Gerade weit genug, damit man sich in dem Dickicht und zwischen den jungen Bäumen verstecken konnte, ohne dass jemand einen sah. Und auch nicht zu weit entfernt, dass ein Reiter im Galopp nicht plötzlich herauspreschen könnte und …

»Hornist!«, fuhr er den Soldaten neben sich an. »Blast ›Schwadron halt!‹«

»Verflucht!«, stieß Fahlthu wütend hervor, als die klaren Töne des Hornsignals erklangen und die Schwadron, die gemächlich die Flanke der Schlucht heruntertrabte, sofort reagierte und langsamer wurde. Fahlthu hämmerte mit der rechten Faust so hart auf seinen Kniepanzer, dass sein Pferd unter ihm zusammenzuckte. Es war bereits zu spät, um seine Pläne zu ändern. Das Unterholz, das seinen weit auseinander gezogenen Truppen Deckung vor den Kundschaftern des Feindes gewährt hatte, verhinderte gleichzeitig, dass seine Befehle schnell genug durch die ganze Formation weitergegeben werden konnten. Deshalb hatte er seinen Leuten seine Instruktionen gegeben, bevor sie ihre Stellungen bezogen, und jetzt konnte er sie nicht mehr widerrufen. Jedenfalls nicht, ohne seinen eigenen Hornisten zu bemühen. Und das würde ihren Standort sofort verraten.

Außerdem würden selbst diese Signale nicht mehr rechtzeitig genug kommen, um die Männer aufzuhalten.

Trianal beobachtete, wie seine Schwadron in Viererreihen langsam in den Schritt fiel und schließlich anhielt. Seine Kundschafter ritten gut sechzig oder siebzig Meter vor ihnen, als das Hornsignal ertönte, und befanden sich fast am Rand des Waldes. Sie vergrößerten den Abstand sogar noch, bis sich zwei Späher in ihren Sätteln umdrehten und zu der Hauptstreitmacht zurückschauten. Dabei trabten sie langsam weiter.

In diesem Augenblick rauschte ein tödlicher Schwarm von Pfeilen aus dem Dickicht.

Darnas Warshu fluchte nicht, dafür war er zu diszipliniert. Obwohl er wirklich sehr dazu neigte. Andererseits konnte er Fahlthus Männern keinen Vorwurf machen. Sie hielten sich nur an ihre Befehle.

Als die ersten Späher Kleinharrows die festgelegten Markierungen erreichten, feuerten sie ihre Pfeile ab. Doch das Hornsignal, auf das hin der größte Teil der Schwadron anhielt, hatte den Abstand zwischen den Kundschaftern und der restlichen Streitmacht erheblich vergrößert. Es überlebte zwar nicht ein einziger Späher diesen vollkommen überraschenden Pfeilhagel, aber ihre Nähe hatte den größten Teil der Salve von ihren weiter entfernten Kameraden abgezogen. Da die Schwadron zudem auch noch weiter entfernt war, waren die Verluste der Hauptstreitmacht wesentlich geringer, als sie es erhofft hatten.

Besonders ärgerte Warshu, dass dadurch auch der Abstand zu Sir Yarran und Trianal deutlich größer war. Trotzdem habe ich noch eine Chance, dachte er und presste den Schaft der Arbalest fest gegen seine Brust.

Verwundete Menschen und Pferde kreischten vor Schmerz, als dieser hinterhältige Angriff seinen Tribut forderte, und Trianal blieb fast das Herz stehen, als er ohnmächtig mit ansehen musste, wie der Pfeilhagel seine Späher aus ihren Sätteln fegte. Mindestens ein Dutzend Kriegsrösser stürzte zu Boden. Die Hälfte von ihnen wieherte schrill und schlug wie wild mit den Hufen um sich. Für kurze Zeit schien Trianals Gehirn wie eingefroren.

Deshalb kam es ihm noch merkwürdiger vor, seine eigene Stimme zu hören, die entschlossen Befehle bellte.

»Blast ›Rückzug‹, dann ›Offene Gefechtsordnung‹ und ›Mir folgen‹!«, schrie er seinen Hornisten an. Etwas Bösartiges zischte haarscharf an ihm vorbei, doch er achtete nicht darauf. »Standartenträger, mir nach!«, befahl er.

Der Hornist blies die Befehle, und während die Töne erklangen, wandte Trianal sein Ross herum und donnerte den Hügel hinauf, den sie gerade erst hinabgeritten waren. Das fiel ihm nicht leicht. Seine Instinkte drängten ihn vorzustürmen, zwischen die Bäume zu reiten und die Bogenschützen zu stellen, die seine Kundschafter soeben abgeschlachtet hatten und immer noch auf seine anderen Leute feuerten. Doch allein nach der Dichte des Pfeilhagels und der breiten Front zu urteilen, in der die Salve aus dem Dickicht gekommen war, musste die Streitmacht, die sich dort verbarg, weit größer sein als die, deren Spuren sie verfolgt hatten. Und Trianal konnte nicht einmal schätzen, um wie viel größer sie war.

Er wusste nicht, ob die Spur, der sie gefolgt waren, von Anfang an als Falle angelegt worden war, aber jedenfalls waren sie in einen Hinterhalt geraten. Hätte er versucht, in diesem Gelände einen Angriff zu reiten, gegen eine möglicherweise überlegene Anzahl vorbereiteter Bogenschützen, die sich über seine so breite Front verteilten, er hätte sein Kommando nur in den sicheren Tod geführt. Und wäre er weitergeritten und hätte sich an die Spitze seiner Leute gesetzt, er hätte sich nur leichtsinnig zu einem weiteren Ziel für die versteckten Bogenschützen gemacht.

Also musste er sich aus diesem Chaos heraushalten, wollte er die Kontrolle behalten. Und seinen Standartenträger musste er ebenfalls von diesem Gewühl um sich tretender, schrill wiehernder Pferde und fluchender Reiter fern halten. Seine Standarte war das weithin sichtbare Orientierungszeichen für die Hauptleute, nach dem sie suchen würden, wenn sie eine neue Formation einnahmen.

Trianal hielt auf dem Hügelkamm an und wendete sein Pferd erneut. Er biss die Zähne zusammen. Der Hornist und der Standartenträger waren unmittelbar hinter ihm, der blauweiße Gryphon tanzte an seiner Stange. Der Wind wehte durch den weit aufgerissenen Schnabel des geflügelten Löwen in die Röhre und blähte den seidigen Stoff der Standarte stolz und weit auf. Die Sonne glitzerte auf den goldenen Fäden des Löwenkopfes wie in einer Zurschaustellung kriegerischen Ruhmes. Doch die Wahrheit am Boden war viel härter und kälter.

Sämtliche Kundschafter Trianals waren gefallen, und mindestens zwanzig weitere Männer lagen dort am Boden, wo die Vorhut seiner Schwadron angehalten hatte. Zusammen mit den Spähern hatte Trianal fast ein Viertel seiner Leute verloren. Viele Männer lagen reglos da, andere dagegen wanden sich und schrien vor Schmerzen. Er wäre ihnen am liebsten zu Hilfe geeilt, lieber als alles andere. Es waren seine Leute, er trug die Verantwortung für sie, er sollte da unten bei ihnen sein und sich um ihre Verletzungen kümmern, statt sie einfach im Stich zu lassen.

Doch er durfte nicht noch mehr Leben vergeuden, und er zwang sich, seinen Kiefer zu entspannen, während er beobachtete, wie der Rest seiner Schwadron wie befohlen den Rückzug antrat. Die Formation hatte sich zwar aufgelöst, war aber nicht in ein ungeordnetes, kopfloses Chaos verfallen, trotz dieses überraschenden Angriffs. Der Grund dafür war die kurze Vorwarnung, die sein Befehl anzuhalten seinen Männern gegeben hatte. Sie wussten zwar nicht, was passieren würde, hatten aber vermutet, dass etwas nicht so war, wie es sein sollte. Dieses Wissen hatte die Panik zumindest ein wenig gedämpft, die selbst die erfahrensten Soldaten bei einem solch unerwarteten Angriff durchlebten.

Sein Befehl, sich in offener Gefechtsordnung zurückzuziehen, war ebenfalls richtig gewesen. Er wusste nur nicht, ob er ihn aus einem Instinkt heraus oder wohl erwogen gegeben hatte. Doch dadurch hatte sich die Schwadron auseinander gezogen und machte sich so zu einem schwereren Ziel für die Bogenschützen. Gleichzeitig hatte sein Befehl den Abstand zwischen seinen Reitern und dem Feind vergrößert. Außerdem versicherte dies seine Männer, dass ihr Kommandeur in der Lage war, sie als geordnete Streitmacht zusammenzuhalten.

Jetzt musste er nur noch herausfinden, mit wem sie es zu tun hatten.

Diesmal fluchte Darnas, wenn auch leise. Er hatte sein Ziel knapp verfehlt. Sein Arbalestbolzen war nur eine Handbreit an der Gestalt in Balthars Farben vorbeigezischt, die Trianal Bogenmeister entsprechen musste. Aus dieser Entfernung wäre wahrscheinlich selbst der Bolzen der mächtigsten Arbalest vom Brustpanzer des Jungen abgeprallt. Vielleicht hätte er ihn aber auch durchschlagen. Ganz sicher hätte er jedoch eine verheerende Wirkung gehabt, wäre er nicht auf die Rüstung oder den Helm geprallt.

Jetzt jedoch konnte Warshu nichts mehr ausrichten, also zog er den Hebel aus dem Stutzen der Arbalest aus Zwergenheim und spannte den Stahlbogen erneut. Er ließ sich Zeit damit, viel Zeit, denn er hatte nicht vor, sich in das einzumischen, was jetzt geschehen würde.

Sir Fahlthu gab seinem Hornisten wütend ein Zeichen – der Mann hob sein Horn an die Lippen. Der Befehl ›Aufsitzen und zum Angriff!‹ ertönte, und seine große Schwadron sowie die drei Abteilungen, die ihm Lord Dathian unterstellt hatte, stürmten vor.

Allerdings hatte sich Fahlthu diesen Angriff ganz anders vorgestellt. Er hatte erst seine Deckung verlassen wollen, nachdem mehr Feinde gefallen waren oder er wenigstens ihre Formation zerschmettert hatte. Doch Chalthars und Halnahks Befehle ließen ihm keine Wahl. Er bezweifelte zwar, dass er alle Bewaffneten Trianals töten konnte, ganz gleich, was Lord Saratic wünschte. Aber jetzt konnte er nicht mehr so tun, als hätte er sie nicht angegriffen, und die Männer, die bereits gefallen waren, erhöhten den Einsatz erheblich. Jetzt ging es nicht mehr um einen einfachen Vieh- oder Pferdediebstahl. Er hatte Kleinharrow den Krieg erklärt, und die Befehle an ihn und seine ›Briganten‹ ließen ihm keine andere Wahl, als so viele Feinde abzuschlachten wie möglich.

Sir Yarrans Bauch krampfte sich zusammen, als er sah, wie viele Bewaffnete das Dickicht ausspuckte. Sie trugen die schlichten, ungezeichneten Lederharnische und Rüstungen von freien Söldnern oder Gesetzlosen, falls es da überhaupt einen Unterschied gab. Es waren deutlich mehr Männer, als in der Gruppe geritten waren, deren Spuren sie verfolgt hatten. Das sind mindestens zweihundert, dachte Yarran, möglicherweise sogar anderthalbmal so viel. Selbst ohne die anfänglichen Verluste wären Trianals Männer ihnen zahlenmäßig deutlich unterlegen gewesen.

Er warf einen kurzen Blick auf seinen Befehlshaber. Der Junge hatte schneller reagiert, als die meisten erfahrenen Veteranen es getan hätten. Und er hatte richtig gehandelt, als er die Schwadron anhalten ließ. Es war vielleicht nicht die beste Entscheidung gewesen, aber sie war richtig. Yarran wusste, dass sich Trianal bittere Vorwürfe machte, weil er die Späher nicht ebenfalls zurückgerufen hatte. Wäre Yarran an seiner Stelle gewesen, er hätte sich ebenfalls dafür gescholten. Aber eine solche Entscheidung wäre nicht gerechtfertigt gewesen. Man konnte seine Kundschafter nicht einfach zurückrufen, nur weil irgendwelche aufgescheuchten Vögel anzeigten, dass da möglicherweise etwas im Busch war.

Entscheidend jedoch war, dass Trianal seine Einheit zusammengehalten hatte. Viele Formationen wären bei einem solchen Überraschungsangriff in alle Winde zerstreut worden. Wären es erfahrene Veteranen gewesen, ihre Hauptleute und Sergeanten hätten sie sicherlich wieder zusammengetrieben. Irgendwann. Bis dahin jedoch hätten die Angreifer ihre Verwirrung gnadenlos ausgenutzt. Trianals Befehle jedoch hatten diese sofortige Fluchtreaktion erstickt, bevor die Instinkte der Leute die Oberhand gewinnen konnten. Und die Bewaffneten, die Baron Tellian Trianals Kommando unterstellt und nach Kleinharrow geschickt hatte, waren handverlesene Veteranen. Wie Yarrans eigene Leute wussten sie genau, ob ein Kommandeur seine Einheit fest im Griff hatte oder nicht, und sie handelten auf Trianals Befehle hin genau so, wie man es von gut ausgebildeten Soldaten erwarten konnte.

Und jetzt, dachte Yarran, brauche ich nur noch herauszufinden, ob der Jüngling neben mir weiß, was er mit diesen erfahrenen Kämpfern anfangen kann.

Trianal beobachtete, wie sich seine Schwadron auffächerte, als sich die Männer in Richtung seiner Standarte zurückzogen. Die einstudierte Taktik der Sothôii setzte ein, so dass jeder kommandierende Offizier genau wusste, was er zu tun hatte. Seine Reiter wirbelten durcheinander. Jeder, der die Kavallerie der Sothôii noch nie im Einsatz erlebt hatte, hätte ihre Formation für vollkommen chaotisch gehalten, Trianal aber erkannte das zu Grunde liegende Muster. Seine Männer hatten ihre Bögen herausgezogen und schickten ihre tödlich zischenden Pfeile gegen die Angreifer.

Das überraschende, hässliche Scharmützel entwickelte sich allmählich zu einem klassischen Kampf zwischen Einheiten der Leichten Kavallerie. Dabei ging es um Beweglichkeit und Schnelligkeit, tödlichen Pfeilsalven folgte ein plötzlicher Rückzug, während eine andere Abteilung die Flanke derjenigen Partei angriff, die diesem Rückzug zu dicht folgte. In dieser Phase fand kaum noch ein Pfeil sein Opfer, denn galoppierende Pferde, die immer wieder auswichen und abdrehten waren schwer zu treffende Ziele.

Ein halbes Dutzend von Trianals Männern war abgestiegen, als ihre Pferde verwundet oder getötet worden waren. Sie rannten zu Fuß in Richtung seiner Standarte. Einige wurden von ihren berittenen Gefährten eingeholt, die ihnen eine Hand hinhielten und sie in den Steigbügel einsteigen ließen, während sie sich vom Kampfgetümmel entfernten. Es galoppierten auch einige reiterlose Pferde aus dem Tumult zurück. Die meisten waren ebenso gut auf die Hornsignale abgerichtet wie ihre Reiter, die sie verloren hatten, und liefen nicht einfach in panischer Flucht davon, sondern ließen sich fast kontrolliert zurückfallen. Die Verstärkung seiner Schwadron, seine eigentliche Reserve, ließ die Tiere an sich vorbeilaufen. Doch Hauptmann Eisensäbel hatte einen Sergeanten und sechs Bewaffnete abkommandiert, die Rösser einzufangen und sie zu den Ersatzpferden der Einheit zu bringen. Trianal spielte mit dem Gedanken, diesen Befehl zu widerrufen, damit die Männer konzentriert blieben. Doch wie es aussah, würden sie wahrscheinlich auf jedes Pferd angewiesen sein, das sie besaßen.

»Die Tauben!«, befahl er. Ein runzliger Soldat tauchte wie aus dem Nichts neben ihm auf. In dem Weidenkäfig auf dem Packpferd, das ein anderer Soldat am Zügel führte, gurrten ängstlich einige Tauben und schlugen aufgeregt mit den Flügeln. Der Mann legte eine Hand auf den Käfig und beruhigte die Vögel mit leisen Lauten.

Trianal zog einen Block mit dünnem, sehr teurem Papier und einen Bleistiftstummel aus seiner Kartentasche. Dann betrachtete er den Kampf, der zunahm. Obwohl der Boden feucht war, stiegen an einigen Stellen Staubwolken auf. Dunst hing in der Luft, als die Hufe immer wieder über die trockenen Stellen des Weidelandes trommelten. Der junge Kommandeur dachte einige Sekunden lang scharf nach. Dann kritzelte er hastig etwas auf das Papier. Er musste den spärlichen Platz, der ihm zur Verfügung stand, so gut wie möglich nutzen. Er schrieb rasch die Mitteilung, überflog sie noch einmal kurz, und knurrte zufrieden. Das musste genügen.

»Schickt sie los!« Er reichte dem Taubenhalter die mehrmals gefaltete Nachricht. Der Mann hatte bereits einen Vogel aus dem Käfig geholt. Jetzt befestigte er schnell, aber sorgfältig das Papier an dem Band am Fuß der Taube und warf das Tier anschließend in die Luft. Die Brieftaube kreiste zweimal über ihren Köpfen und flog dann pfeilgerade in westlicher Richtung davon.

Trianal hatte keine Zeit, ihrem Flug nachzusehen. Er sprach schon mit Yarran, noch bevor der Taubenhalter den Vogel in die Luft warf.

»Wir ziehen uns zur Kreuzsenke zurück«, befahl er dem anderen Ritter und deutete nach Nordwesten. »Wir dürfen uns nicht in einen Nahkampf verwickeln lassen, doch ich will den Kampf auch nicht gänzlich abbrechen.«

Sir Yarran betrachtete die Kampflinie, die sich ihnen immer weiter näherte. Obwohl die Pferde in halsbrecherischer Geschwindigkeit kreuz und quer über das Gras fegten, verlagerte sich das ganze Gefecht allmählich nach Westen. Vermutlich änderte sich das, sobald alle Reiter ihres Gegners das hinderliche Dickicht verlassen hatten und ihre zahlenmäßige Überlegenheit voll ausnutzen konnten. Aber sie waren alle Sothôii, Freund wie Feind, und niemand beherrschte diese Taktik besser als die Sothôii. Die Angreifer würden sich hüten, zu schnell vorzustürmen und sich dabei in Einzelkämpfe verwickeln zu lassen. Sie würden vorsichtiger vorgehen, ihre größere Anzahl von Bogenschützen einsetzen, und vor allem ihre größere Menge an

Pfeilen, die so viele Männer mit sich führen konnten, um Trianals Einheit langsam zu zermürben. Einen nach dem anderen würden sie Männer und Pferde töten oder verwunden, die Pferde ihres Gegners ermüden und Trianals Reiter zwingen, ihre eigenen Pfeile zu verschießen, dabei die Angriffe immer wieder abschlagen, bis der entscheidende Augenblick ganz plötzlich käme. Den beide Seiten erkennen würden. Es war der Augenblick, in dem höhere Verluste, Erschöpfung und der Mangel an Munition die Schlacht zu Gunsten des Überlegeneren kippte. Dann wäre die Zeit gekommen, den Gegner gänzlich zu erledigen.

Der zahlenmäßig unterlegeneren Seite blieb nur eine Möglichkeit, dem zu entgehen. Sie mussten die Berührung mit ihrem Gegner abbrechen und sich so schnell wie möglich zurückziehen. Das wusste Yarran ebenso gut wie Trianal. Der alte Haudegen wusste jedoch auch, was der Jüngling plante. Es könnte gelingen, dachte er. Die Chancen standen zwar schlecht, aber Trianal verfügte über die Kühnheit der Jugend. Die ausgezeichneten Soldaten, die unter seinem Kommando standen, würden es ihm vielleicht ermöglichen, seinen Plan erfolgreich durchzuführen.

Vielleicht.

Sir Yarran Sturmkrähe wog das Für und Wider ab, bedachte seine Verantwortung als Trianals Ratgeber und Mentor, und traf seine Entscheidung.

»Jawohl, Milord«, erklärte er grimmig. »Also auf zur Kreuzsenke.«

15

Sir Fahlthu brach aus dem Dickicht und lenkte sein Pferd über die nördliche Flanke der Schlucht auf die Weiden darüber. Es war zwar nicht der beste Beobachtungspunkt, aber von hier aus konnte er wenigstens mit eigenen Augen sehen, was vorging. Er zog sein Fernglas aus dem Futteral, hob es an die Augen und stellte mit dem kleinen Rädchen zwischen den beiden Zylindern die Schärfe ein, bis er den Kamm des Hügels im Westen klar erkennen konnte. Er konnte selbst mit diesem Fernglas nicht so viel ausmachen, wie ihm lieb gewesen wäre. Doch die Gestalt auf dem großen, schwarzen Kriegsross neben der Standarte trug das Blauweiß von Balthar, und die weißen Bögen und die roten Pfeile mit den grünen Federn des Hauses Bogenmeister hoben sich deutlich von dem Brustpanzer seines geschwärzten Kürasses ab. Das musste Trianal sein. Der andere Reiter neben ihm trug das schlichte Grau von Kleinharrow und eine ebenso einfache, gehämmerte Brustplatte. Yarran.

Fahlthu ließ das Fernglas sinken und betrachtete ohne diese Sehhilfe das scheinbare Chaos der galoppierenden Reiterei. Trianal und Yarran hatten von ihrem höheren Standort aus zwar einen weit besseren Blick auf das Geschehen, aber Fahlthu war ein erfahrener Soldat und konnte den Fortgang des Kampfes anhand der wenigen Ausschnitte ablesen, die er einsah. Dann grinste er finster.

Der junge Hitzkopf auf dem Hügel hatte einen schweren Fehler gemacht. Vielleicht hatte er die Zahl der Männer unterschätzt, die ihm Fahlthu entgegenwerfen konnte. Oder er reagierte einfach mit der Sturheit der Jugend. Jedenfalls hatte er die falsche Entscheidung getroffen. Er hätte sich sofort zurückziehen und wie der Teufel versuchen sollen, sich von Fahlthus Truppen zu lösen, solange sich der größte Teil von dessen Reitern noch im Dickicht befand. Stattdessen hatte er die Schlacht angenommen. Zweifellos in der Hoffnung, dass sie fast gleich stark waren oder sogar überlegen, was von seiner Zuversicht abhing. Jedenfalls glaubte er offenbar eindeutig, dass er erfolgreich Scharmützel ausfechten konnte, selbst gegen diese Übermacht, und sich nur dann zurückziehen musste, wenn es zu brenzlig wurde. Doch dieses Spiel hatte Fahlthu schon häufiger gespielt. Er wandte sich zu seinem Hornisten um.

Trianal registrierte den Augenblick, da der feindliche Befehlshaber seinen Truppen neue Befehle gab. Bei dem Kampflärm konnte er die Hornsignale zwar nicht hören, sah jedoch, wie sich etwa ein Drittel ihrer Gegner zurückfallen ließ. Die anderen zwei Drittel griffen weiter an und feuerten eine Pfeilsalve nach der andern ab, während Trianals Männer das Feuer sparsamer und zögernder erwiderten.

Der Jüngling konnte seine eigenen Verluste nicht genau abschätzen. Nur das Banner einer Abteilung war verschwunden, doch auch den übrig gebliebenen, gezackten Wimpeln folgten nur selten die zwanzig Reiter, aus denen diese Abteilungen ursprünglich bestanden hatte. Und immer noch fielen auf beiden Seiten Soldaten. Trianal schätzte, dass er vielleicht noch hundert Reiter zur Verfügung hatte, der Feind dagegen führte mindestens ein Dutzend Banner ins Feld, was bedeutete, dass es über zweihundert Reiter waren, wenn nicht eher dreihundert. Also konnte sich der gegnerische Kommandeur leisten, ein Drittel seiner Truppen zurückzuziehen, damit sie ihre Pferde schonten und ihre Munition sparten, während die restlichen zwei Drittel seiner Truppe Trianals Leuten weiter zusetzten und sie zwangen, ihre Pfeile zu verschießen und ihre Pferde zu ermüden.

Der Zweifel, der ihn überfiel, lähmte ihn fast, doch dann schüttelte er sich heftig.

Wenn mein Gegner, wer es auch sein mag, wirklich wüsste, was ich vorhabe, dachte er, würde er keine Reserve zurückziehen, sondern mit allem, was er hat, angreifen und die Verluste hinnehmen, um mich schnell zu besiegen. Er kann dieses Gefecht natürlich auch auf diese Weise gewinnen, und weit einfacher, als durch einen Frontalangriff, aber nur, wenn es so läuft, wie er es will. Sollte er dagegen zulassen, dass ich den Kampf verlängere …

»Ob sie etwas von den Tauben wissen?«, fragte er Sir Yarran leise, während die Kampfgeräusche vor ihnen bedrohlich anschwollen.

»Wahrscheinlich nicht«, erwiderte der alte Ritter ebenso gedämpft. »Dathian hat gewiss schon etwas davon gehört, aber dieser Kerl ist viel zu angriffslustig für einen von Dathians Kommandeuren. Außerdem würde Dathian einen solchen Hinterhalt ebenso meiden wie der Teufel das Weihwasser. Denn es war ein Hinterhalt, Milord, was auch immer der gegnerische Kommandeur vorgehabt hat, als er heute Morgen losritt. Aber eine offene Auseinandersetzung mit Baron Tellian? Dathian würde sich niemals auf so etwas einlassen, jedenfalls nicht, wenn er fürchten müsste, dass man diesen Hinterhalt bis zu ihm zurückverfolgen könnte. Meines Wissens ist niemand außerhalb des Geläufs Eures Onkels darüber in Kenntnis gesetzt, dass Baron Tellian mit Brieftauben experimentiert.«

»Hoffen wir es«, knurrte Trianal und musterte den Älteren aufmerksam, bevor er weitersprach.

»Ich werde alle Hilfe brauchen, die Ihr mir geben könnt, Sir Yarran«, erklärte er offen. »Vielleicht hätte ich eine Stelle weiter östlich der Kreuzsenke aussuchen sollen, aber ich wollte die Gegner nicht wieder in ein Versteck treiben, so dass wir sie am Ende noch suchen müssen.« Er zuckte mit den Schultern. »Ich weiß zwar genau, was ich will, aber leider nicht, ob ich genug Erfahrung habe, um das auch zu bewerkstelligen. Falls Ihr Vorschläge habt oder glaubt, dass ich einen Fehler mache, so sagt es mir. Und zwar laut und deutlich, gerade so wie Ihr es für nötig haltet!«

Er beendete den Satz mit einem Lächeln, das dem von Sir Yarran an Grimmigkeit in nichts nachstand.

»Milord … Junge, Ihr habt Eure Sache bis jetzt gut gemacht. Ich gebe Euch gern eine Kopfnuss, falls das nötig sein sollte. Aber bis jetzt hätte ich keine Vorschläge, bis auf den vielleicht, dass wir uns allmählich ein wenig weiter zurückziehen sollten.«

»Richtig.« Doch bevor Trianal auf Yarrans Worte antwortete, winkte er Yardan Eisensäbel zu sich.

»Sir?« Die Stimme des Hauptmanns seiner Einheit klang erheblich ruhiger, als sich der Mann fühlen musste.

»Ihr und Eure Männer, und alle, die es zu Fuß bis hierher schaffen, seid unsere Reserve«, erklärte Trianal. »Ihr setzt keinen Mann ohne meinen oder Sir Yarrans persönlichen Befehl ein, verstanden?«

»Jawohl, Sir.«

»Jetzt brauche ich drei Boten. Sie sollen sich ins Getümmel stürzen und Sir Rikhal, Major Helmscrest und Sir Kallian suchen und ihnen mitteilen, dass wir uns zur Kreuzsenke zurückziehen. Sie sollen sich weiterhin an meiner Standarte ausrichten und dafür sorgen, dass der Feind uns bis zur Senke folgt. Wir ziehen uns langsam über den Hügelkamm zurück und machen dem Feind weis, dass er uns zurückdrängt. Er soll nicht vermuten, dass wir ihn hinter uns her locken. Sobald wir die Hügel überquert haben, werden wir auf mein Signal hin nur so weit vor ihnen flüchten, dass sie uns jagen können. Ist das klar?«

»Kontakt halten und sich zur Kreuzsenke zurückziehen. Langsamer Rückzug über die Hügel und dann voller Galopp auf Euren Befehl. Eine vorgetäuschte Flucht, damit sie uns folgen. Jawohl, Sir, verstanden.« Eisensäbel salutierte, indem er mit der Faust auf seinen Brustpanzer schlug. Er wirkt bemerkenswert gefasst für jemanden, der gerade den Befehl eines Verrückten entgegengenommen hat, dachte Trianal. Aber wenn jemand Boten zu seinen drei Hauptleuten durchbringen konnte, dann war es Eisensäbel.

»Gut, führt den Befehl aus. Nachdem Ihr die Boten ausgeschickt habt, ziehen wir uns in dieses Espengehölz auf der anderen Seite des Hügels zurück. Aber langsam! Ich will, dass unsere Leute die Standarte lange genug auf dem Hügelkamm sehen, damit sie begreifen, dass wir uns geordnet zurückziehen, nicht einfach flüchten!«

Fahlthu beobachtete, wie die Standarte von Balthar langsam zum Hügelkamm zurückwich, bis sie schließlich auf der anderen Seite verschwand. Doch seine Hoffnung, die gegnerischen Truppen mögen sich im Glauben, ihr Befehlshaber hätte sie im Stich gelassen, auflösen, verpuffte sehr bald. Der Feind führte seinen verwirrenden Tanz fort. Er wich zwar ständig zurück, behielt dabei aber seine Schlachtordnung, was für diejenigen von Fahlthus Männern, die sich zu weit vorwagten, den Tod bedeutete. Noch wogen die Verluste zu seinen Gunsten, was auch zu erwarten war. Schließlich war selbst dieser Teil seiner Einheit, der kämpfte, dem Feind zahlenmäßig mindestens zwei zu eins überlegen. Aber der Unterschied an Verlusten war nicht sehr hoch, und schon diese Anzahl schmerzte Fahlthu mehr als genug. Andererseits bot ihm die Dickköpfigkeit des jungen Narren möglicherweise die Chance, seinen Befehl auszuführen und sämtliche Feinde abzuschlachten.

Bei dem Gedanken verzog er das Gesicht. Einige seiner Leute scheuten bereits davor zurück, Trianals verwundete Reiter einfach zu ermorden. Ein Sergeant hatte den Befehl sogar schlichtweg verweigert. Sein Hauptmann hatte ihn wegen dieser Meuterei auf der Stelle erschlagen. Fahlthu verstand, dass diese Grausamkeit nötig war, und er war bereit, so rücksichtslos vorzugehen, wie es seine Befehle erforderten, aber sie gefielen ihm trotzdem nicht. Außerdem konnte er sich lebhaft ausmalen, welche Folgen ein Feldzug wie dieser langfristig auf die Disziplin der Dritten Schwadron haben würde.

Und nachdem wir jetzt angefangen haben, die Verwundeten des Gegners niederzumetzeln, dachte er, wäre es sehr gut, diesen Kampf nicht zu verlieren. Merkwürdig ist nur, dass immer die Soldaten im Feld die Gräueltaten ausbaden müssen, die in der Schlacht begangen wurden, nie die Lords selbst, die diese grausamen Befehle geben. Aber es gibt einen Haufen Geld für dieses Gemetzel – und Kormaks kann ich immer brauchen.

»Was zum Teufel hat Hauptmann Hathmin vor?«, knurrte er. Seine mürrischen Gedanken verpufften, als er wütend zusah, wie die Abteilung des Hauptmanns einen steilen Hang an der linken Flanke des Feindes hinaufstürmte.

»Ich weiß es nicht, Sir«, beantwortete sein Standartenträger die rhetorische Frage und zuckte zusammen, als ihm Fahlthu für diese Verwegenheit einen vernichtenden Blick zuwarf. Der Schwadronkommandeur starrte ihn noch eine Sekunde länger böse an und richtete dann denselben grimmigen Blick auf den weit entfernten Hathmin. Das nützte zwar nichts, aber wenigstens fühlte er sich jetzt besser.

Er begriff sehr genau, warum Trianal diese Flanke geschwächt hatte. Der Hügelhang war nass und wurde von einigen Gräben bewässert, die durch die Frühlingsregen bis zum Rand gefüllt waren. Das feuchte Gras war zu Schlamm getreten worden, nachdem die Reiterei Balthars und Kleinharrows mehrmals darüber hinweggeritten war. Die Pferde von Hathmins Leuten fanden auf dem rutschigen Untergrund kaum Halt. Sie schwankten und kamen fast nur im Schritttempo weiter. Als sie langsamer wurden, feuerten zwei Abteilungen von Festians Männern Pfeilsalven in ihre Flanke. Dann tauchte noch eine weitere Abteilung Bogenschützen auf, alle in Balthars Farben. Die Soldaten stürmten über den Hügelkamm und schossen einen fast horizontalen Pfeilhagel gezielt auf Hathmins Leute.

Der Kurzbogen der Sothôii war eine wirkungsvolle Waffe. Die Männer schrien, als die im Feuer gehärteten Pfeilspitzen mit Leichtigkeit durch ihre Lederharnische drangen und auf diese kurze Entfernung sogar ihre Brustpanzer durchschlugen. Pferde kreischten entsetzt auf, als sie von Pfeilen getroffen wurden, und wild bockende Kriegsrösser donnerten den Abhang wieder herunter, während Trianals Soldaten vorrückten und mit ihren Säbeln ihre blutige Aufgabe vollendeten. Keiner von Hathmins Reitern überlebte, und Fahlthu fluchte wütend, als der letzte fiel. Das war ein nachdrücklicher Hinweis, dass es unklug war, zu unbedacht vorzustürmen.

Andererseits hatte den Gegner das Massaker an Hathmins Abteilung viele Pfeile gekostet. Das war die andere Seite der Medaille. Sobald sie alle ihre Pfeile verschossen hatten, waren sie dem Untergang geweiht. Denn warum sollte sich Fahlthu ihnen auf Säbellänge nähern, wenn seine Bögen noch feuern konnten und ihre nicht? Wenn das so weiterging, kam dieser Augenblick vielleicht sogar weit früher, als er ursprünglich gehofft hatte.

Er beobachtete, wie die Reserve, die Hathmin erledigt hatte, wieder hinter dem Hügelkamm verschwand. Dann knurrte er und galoppierte weiter, seinen gerüffelten Standartenträger und Hornisten im Kielwasser. Er folgte dem Teppich aus Toten oder Schwerverletzten, die den Weg markierten, auf dem sich Trianal Bogenmeister zurückzog.

»Blast ›Voller Galopp‹!«, befahl Trianal, als der Hauptteil seiner ständig kleiner werdenden Einheit die Hügelkette erreichte und den Westhang hinab auf ihn zuritt.

Das Horn erklang laut und deutlich, als hätte die Schönheit seines Tons nichts mit dem Gemetzel und dem Gestank nach Tod und Blut zu tun, das den Boden zwischen den Hügeln und den Sümpfen tränkte. Die Offiziere waren von den Boten verständigt worden, wussten, was er vorhatte und befahlen ihren Abteilungen zu wenden. Ihre Pferde waren zwar nicht mehr so frisch wie am Anfang des Kampfes, doch sie gehorchten willig den Befehlen ihrer Reiter und donnerten in halsbrecherischem Tempo den Hang hinunter. Ein Pferd stürzte mitsamt seinem Reiter und beide blieben tödlich verwundet liegen. Die anderen jedoch schafften es, und Trianal atmete erleichtert auf, als er sah, wie seine kleiner gewordenen Truppen den schmalen, gezackten Bannern ihrer Abteilungen folgten und die Hügel hinter sich ließen. Als die ersten Vorausabteilungen des Feindes über den Kamm ritten, hatten seine Männer bereits wieder Formation eingenommen und donnerten im vollen Galopp nach Westen.

»Jetzt«, schrie Trianal Sir Yarran zu, während er sein Pferd wendete und den Hengst zum Galopp trieb, »werden wir ja sehen, wie schnell die Gäule vom Goldenen Tal wirklich sind!«

»Sie haben etwas vor!« Fahlthu wandte den Kopf zu dem Sprecher um. Meister Braunsattel war wie der sprichwörtliche Falsche Fuffziger aus dem Chaos aufgetaucht. Der Ritter starrte den Mann böse an.

»Natürlich haben sie etwas vor!«, fuhr er ihn an. »Sie versuchen, den Kopf aus dem Pisspott zu ziehen, in den sie ihn gesteckt haben! Und dabei«, setzte er grimmiger hinzu, »so viele von meinen Jungs umzubringen, wie sie nur können!«

»Das habe ich nicht gemeint.« Darnas Warshu verzog ungeduldig das Gesicht, während er neben Fahlthu galoppierte. »Sie haben mit einem ernsthaften Rückzugsgefecht angefangen und jetzt flüchten sie wie ein Hase vor dem Hund. Dabei müssen sie doch wissen, dass unsere Pferde frischer sind als ihre.«

»Müsst Ihr immer an die schlimmste Möglichkeit denken?«, fragte Fahlthu angewidert. »Ist Euch nicht in den Sinn gekommen, dass sie vielleicht einfach nur genug haben? Sie haben so viele ihrer Freunde sterben sehen, dass sie jetzt fliehen. Männer, die irgendwann in Panik geraten, denken selten darüber nach, wessen Pferde frischer sind!«

»Milord!«, erklärte Warshu so geduldig, wie er konnte. »Wenn diese Soldaten in Panik geraten wären, hätten sie das am Anfang der Schlacht getan. Und wenn ihre Moral wirklich gebrochen ist, weshalb passiert das dann der gesamten Einheit gleichzeitig, und zu allem Überfluss auch noch in geschlossener Formation? Habt Ihr nicht die Erfahrung gemacht, dass eine Panik meistens in einer kleineren Einheit beginnt und sich dann allmählich über den Rest der Streitmacht ausbreitet?«

»Und woher in Phrobus' Namen wollt Ihr wissen, dass ihre Flucht nicht genauso angefangen hat?«, wies ihn Fahlthu barsch zurecht. »Ich kann nicht durch einen Hügel hindurchsehen, um das zu beobachten. Könnt Ihr das?«

Warshu biss die Zähne zusammen, um diesen Idioten nicht anzubrüllen. *Bei allen Göttern! Dieser Narr hätte keine drei Monate bei des Königs Eigenem Regiment durchgehalten! Er hat sich eine Meinung über das Geschehen gebildet und lässt sich von so etwas Unbedeutendem wie* Tatsachen *nicht mehr umstimmen!*

»Milord«, er versuchte es noch einmal. »Wenn es sich nun um eine vorgetäuschte Flucht handelt?«

»Und wenn es sich dabei um Hiriam Leichtfuss' verschollene Mutter handelt?«, gab Fahlthu sarkastisch zurück. »Nein, Meister Braunsattel. Kümmert Ihr Euch um Eure Aufgabe, worum es sich dabei auch handeln mag, und ich erledige meine. Die im Augenblick darin besteht, einen jungen Heißsporn zu erledigen, der sich von Tollkühnheit und Übereifer statt von seinem gesunden Menschenverstand leiten lässt.«

Er galoppierte schneller und Warhsu ließ sein Pferd zurückfallen. Er sah Fahlthu nach, der den Hügel hinaufritt, seine langsameren Männer anbrüllte und mit Handbewegungen antrieb, und schüttelte den Kopf.

Es bestand natürlich die Möglichkeit, dass Fahlthus Einschätzung der Lage stimmte und Warhsu sich irrte. In diesem Fall hatte der Kavalleriekommandeur jedoch genug Leute, um Trianal und Yarran zu erledigen. Warhsu konnte ihm getrost die blutige Arbeit überlassen. Selbst wenn Fahlthu falsch lag, bedeutete dies nicht unbedingt, dass Trianals Plan, wie der auch aussehen mochte, Erfolg zeitigte. Aber in keinem der beiden Fälle wollte Warshu mitten in dem Tumult stecken, der ausbrechen würde, wenn Fahlthu zum Todesstoß ausholte. Er war kein einfacher Kavallerist. Sollte Fahlthu scheitern oder Erfolg haben, Trianal aber entkommen lassen, konnte ein Fachmann an der richtigen Stelle weit mehr bewirken, als alle Reiter Fahlthus zusammen am falschen Ort erreichten.

Außerdem konnte jener auch dafür sorgen, dass Fahlthu nicht in die Lage kam, nach einer Niederlage Lord Festian oder Baron Tellian Rede und Antwort zu stehen. Es hätte sehr unbequeme Folgen für Baron Cassan, wenn der Hauptmann vom Goldenen Tal lebendig gefangen genommen würde. Und Darnas Warshu lag nichts daran, seinem Gönner Ungelegenheiten zu bereiten.

Bei diesem Gedanken lächelte er böse und ließ sich allmählich hinter die vordere Front der Verfolger zurückfallen.

Trianal Bogenmeister tat jeder Knochen im Körper weh. Bestimmt war er schon einmal so müde gewesen wie jetzt, aber er konnte sich einfach nicht daran erinnern, wann das gewesen sein mochte.

Er zügelte seinen Hengst, und das Tier stieß ein langes Schnauben aus, das Müdigkeit und Dankbarkeit verriet. Die Nüstern des Kriegsrosses waren weit gebläht, verkrustete Schaumflecken bedeckten seine Schultern und Flanken, und Trianal fühlte, wie die mächtigen Muskeln des Hengstes vor Erschöpfung vibrierten. Er beugte sich vor, tätschelte den pechschwarzen Hals seines Tieres und flüsterte ihm aufmunternde Worte zu. Seine überlebenden Männer und er selbst waren vollkommen ausgelaugt, ihre Pferde aber waren noch viel erschöpfter. Jeder Einzelne von ihnen verdankte seinem Ross das Leben.

Nicht, dass es noch viele Männer wären, dachte Trianal verbittert.

Er drehte sich um. Der Feind verfolgte sie jetzt hartnäckig seit drei Stunden, und die knapp sechzig Reiter, die von seiner Einheit noch übrig waren, würden nicht mehr lange vor dem Feind fliehen können. Zum Glück hatten sie den Sichtkontakt zu dem Gegner fast abgebrochen, als sie sich über die Hügel zurückzogen.

Die Pause, in der die Hauptstreitmacht des Feindes langsam über die Hügel vorgedrungen war, hatte den Abstand noch weiter vergrößert. Vor allem jedoch hatten sich Trianals mitgenommene Truppen auf der Flucht neu formieren können. Löcher in der Kommandokette waren gestopft und Aufstellungen neu ausgerichtet worden. Die Überlebenden seiner Einheit waren als Ganzes geflüchtet, das seinen Hornsignalen breitwillig gehorchte.

Das war auch gut so, denn die grausame Jagd hatte mehr Leben gekostet, als er sich eingestehen mochte. Hauptmann Eisensäbel würde für Trianal keine Boten mehr entsenden. Er lag viele Meilen hinter ihnen, mit einem Pfeil im Hals. Acht seiner Reiter lagen neben ihm. Trianal hatte sich ebenfalls nicht aus den Kämpfen heraushalten können, obwohl Sir Yarran dies sicher lieber gewesen wäre. Einer seiner beiden Satelköcher war vollkommen leer, in dem anderen steckten noch fünf Pfeile, deutlich mehr, als die meisten anderen seiner Männer noch besaßen.

Der Augenblick ist gekommen, dachte er, als er die unregelmäßige Kolonne von Reitern betrachtete, die ihm durch das Gras folgte. Die Sonne ging bereits am westlichen Horizont unter und das Zwielicht senkte sich herab. Sie hatten noch anderthalb Stunden Tageslicht, höchstens zwei. Das genügte für einen letzten Kampf, bevor die Dunkelheit der schwächeren Seite die Flucht ermöglichte. Aber nur, wenn dieser Kampf bald begann.

Und das wird er, dachte Trianal grimmig. So oder so, ob sein verzweifelter Plan gelang oder nicht. Die Rösser seiner Männer stolperten nur noch weiter und die Köcher der Bogenschützen waren leer. Sie waren geschlagen und flohen so schnell, wie ihre erschöpften Pferde sie trugen. Während die Reserve, die der gegnerische Kommandeur zurückgehalten hatte, erbarmungslos das Tempo erhöhte. Ihre Pferde waren zwar nicht gerade frisch, aber trotz der anstrengenden Verfolgung wirkten sie weit ausgeruhter als die ausgepumpten Kreaturen unter Trianals Männern. Und der Feind stürmte mit jedem Augenblick näher heran.

Trianal betrachtete seine Leute noch eine Weile, dann trieb er seinen Hengst weiter. Das Kriegsross gehorchte so folgsam, dass Trianal fast geweint hätte, aber dafür war jetzt keine Zeit. Der Kurs, den die Überlebenden seiner Einheit eingeschlagen hatten, führte sie geradewegs auf ein flaches Flusstal zu.

Es war kein großer Fluss, eher ein Bach, der im Hochsommer meist vollkommen versiegte. Jetzt wurde er jedoch noch von den letzten Regenfällen des Frühlings gespeist und murmelte fröhlich in seinem flachen, kiesigen Bett. Er maß an seiner breitesten Stelle knapp fünfzig Meter, war zumeist jedoch schmaler als die Schlucht, der sie heute Morgen gefolgt waren. Weiden und kurze, buschige Bäume markierten an seinem Ufer den Lauf. Der Uferhang auf dieser Flussseite war flacher, auf der Westseite jedoch steiler, und Trianal konnte sich fast den Triumph ausmalen, den seine Verfolger empfinden mussten, wenn sie sich vorstellten, was das für die erschöpften Pferde ihrer Beute bedeutete.

Sollten Trianals Männer es schaffen, den Grat der anderen Uferböschung zu erreichen, erwartete sie dort mindestens ein langer Abhang. Allerdings war es unwahrscheinlich, dass einer von ihnen überhaupt das Tal durchquert hatte, bevor die Verfolger sie einholten.

Trianal beugte sich wie ein Jockey über die Mähne seines Streitrosses, trieb den Hengst mit Händen und Stimme weiter und verschmolz mit der unwiderstehlichen Bewegung der mächtigen Muskeln zwischen seinen Beinen. Er fühlte, wie das Tier nach Luft rang und die Erschöpfung die Sicht des Hengstes trübte, als er sich auf Verlangen seines Reiters sein mächtiges Herz aus dem Leib rannte.

Der Himmel war wolkenlos, doch Trianal glaubte eine Sekunde lang, ein fernes Gewitterdonnern zu hören. Dann vernahm er es wieder, ein rollendes, dumpf hämmerndes Geräusch, das er eher spürte als hörte ... Aber er bildete es sich nicht ein. So etwas bildete man sich nicht ein.

Trianal blickte hoch. Voller Hoffnung riss er die Augen auf und sah ... wie das westliche Ufer des Flussbettes unter einer breit gefächerten Welle von galoppierenden Kriegsrössern verschwand.

Sir Fahlthu hörte den Donner nicht, sondern *sah* ihn. Er sah, wie die wogende Sturmflut der Kavallerie genau auf ihn zuhielt. Sie mussten Beobachter oben auf der Böschung postiert haben, da sie den Zeitpunkt gut gewählt hatten. Er wusste nicht genau, wie das Gelände hinter dem Fluss aussah, aber es musste nach Westen hin abfallen. Nur so hatten es die Reiter in den Farben von Balthar und Kleinharrow schaffen können, ihre Rösser zu einem vollen Galopp anzutreiben, ohne gesehen zu werden.

Aber wie?, dachte Fahlthu merkwürdig ruhig. Wie hat dieser kleine Mistkerl sie benachrichtigen können? Der Fried von Kleinharrow ist mehr als eine Stunde entfernt, und selbst das schafft man nur, wenn man im vollen Galopp reitet. Wie konnten sie also rechtzeitig hier eintreffen? Und dazu noch mit so ausgeruhten Pferden?

Dass die Feinde ausgeruhte Pferde besaßen, wurde unverkennbar deutlich, als die Angreifer den Hang wie ein einziger Erdrutsch hinunterstürmten. Das flache Wasser des Baches spritzte in weißer Gischt unter ihren donnernden Hufen auf, Hörner schmetterten unter dem vielstimmigen, dunklen Gebrüll der Reiter, die Trianals Namen als Schlachtruf ausstießen, zum Angriff. Fahlthus Verfolger kamen rutschend zum Stehen und ihre Formation zerbrach in verstreute Grüppchen.

Einige seiner Leute rissen ihre Pferde herum und versuchten vergeblich, nach Osten auszubrechen, in die trügerische Sicherheit der Sümpfe. Doch Fahlthu war klar, dass sie es nicht schaffen konnten. Der Spieß war soeben auf brutalste Weise umgedreht worden. Wie viel frischer als Trianals erschöpfte Tiere seine Pferde auch gewesen sein mochten, sie konnten diesen ausgeruhten Kriegsrössern, die auf sie zustürmten, nichts entgegensetzen. Und deren rachedurstige Reiter waren ebenfalls frisch und ausgeruht … und hatten ihre Köcher bis zum Rand mit Pfeilen gefüllt.

Er starrte dem heranbrausenden Untergang seiner Schwadron entgegen, erblickte die Gryphons an der Spitze, den blau-weißen von Balthar und den grauen von Kleinharrow, die im Wind flatterten und tanzten, und schmeckte bittere Verzweiflung im Mund. Es war sinnlos, sich mit seinen Männern zu ergeben, nicht, nachdem sie Trianals hilflose Verwundete so brutal massakriert hatten. Andererseits konnte er dieser herandonnernden, rachsüchtigen Sturmflut nicht entkommen. Er griff zum Säbel und lockerte die Waffe in der Scheide.

Immer noch starrte er auf die flatternden Gryphons, als der Arbalestbolzen durch den Rückenpanzer seines Kürasses schlug und sein Rückgrat zermalmte.

Darnas Warshu beobachtete von seinem reglosen Kriegsross aus, wie Fahlthu vornüber aus dem Sattel fiel. Zufrieden verzog er das Gesicht, ließ die schwere Arbalest fallen, wendete sein Pferd auf der Hinterhand und galoppierte davon, so schnell er konnte. Er würde diese Waffe schmerzlich vermissen, denn nur ihre außerordentliche Reichweite hatte ihm den tödlichen Schuss auf den Hauptmann des Goldenen Tales aus so weiter Entfernung ermöglicht. Doch sein Pferd würde das zusätzliche Gewicht ebenfalls spüren, und in diesem Augenblick war das alles, was zählte. Warshu war weit vom Ort des Geschehens entfernt. Dadurch hatte er eine hervorragende Chance, bis zum Einbruch der Dunkelheit vor etwaigen Verfolgern zu bleiben, vor allem, wenn es sie einige Zeit kostete, den Rest von Fahlthus Männern zu überrennen.

Vielleicht würde er sein Ross zuschanden reiten, aber neue Pferde, tröstete er sich gelassen, sind leichter zu bekommen als ein neuer Kopf.

Trianal rang schluchzend nach Atem, als der donnernde Sturm an ihm vorbeirauschte. Es kam ihm in diesem Augenblick so vor, als wären es Tausende von Bewaffneten in Balthars Blauweiß und Kleinharrows Grau, aber natürlich war dem nicht so. Es waren nur die anderen sechs Abteilungen, die er von Schloss Hügelwacht mitgebracht hatte, und dazu sieben weitere, die unter Lord Festians Befehl standen. Nur dreizehn Abteilungen, alles in allem knapp zweihundertsechzig Reiter. Aber es hätten auch tausend sein können, der Wirkung nach zu urteilen, mit der diese frische, straffe Formation hinter einem Pfeilhagel unter die Männer fegte, die Trianal so lange verfolgt hatten.

»Wir haben es geschafft!«

Er brauchte eine Sekunde, bis er begriff, dass er selbst diesen triumphierenden Schrei ausgestoßen hatte, und im nächsten Augenblick schon lief sein Gesicht vor Scham rot an. Doch noch während er seinen jugendlichen Mangel an Abgeklärtheit wegen dieses Gefühlsausbruchs verwünschte, hörte er, wie jemand schallend lachte. Er runzelte finster die Stirn, drehte sich herum und fand sich Sir Yarran gegenüber. Irgendwie hatte dieser Ritter es geschafft, zusammen mit Trianals Standartenträgern und Hornisten, wie eine Klette an ihm zu kleben. Jetzt grinste er über sein wettergegerbtes, bärtiges Gesicht.

»Allerdings, wir haben es geschafft, Junge, du hast es geschafft!« Yarran schüttelte den Kopf. »Um die Wahrheit zu sagen, Junge, ich meine Milord, ich dachte, die Chancen stünden drei zu eins gegen uns. Aber Ihr habt es geschafft! Ihr habt es tatsächlich geschafft!«

Ja, ich habe es geschafft, wir haben es geschafft. Trianal schaute zurück zu der tödlich wogenden Wolke aus Reitern, die durch die erschöpften Verfolger brachen wie ein Mauerbrecher durch eine Holzwand. Er bremste seinen Hengst, ließ ihn langsam im Schritt weitergehen und lauschte den schmetternden Hörnern, den Schreien und dem Klirren von Stahl.

Wir haben es geschafft, aber nur wegen der Brieftauben. Und meine eigene Einschätzung unserer Chancen war noch weit niedriger als Eure, Yarran. Bei den Göttern, ich wünschte, Lord Festian hätte uns mitteilen können, dass er diese Nachricht rechtzeitig empfangen hat!

»Sammeln wir die Männer und gönnen wir den Pferden eine Pause, Sir Yarran«, sagte er und sah seinen Mentor an. Der Ritter nickte mit beinah väterlichem Stolz.

»Jawohl, Milord«, erwiderte er. »Das tun wir.«

16

BAHZELL TRAT AUF DEN HOLZBLOCK und kletterte in den Sattel hoch oben auf Walsharnos Rücken.

Er kam sich immer noch lächerlich vor.

Irgendwie hätte es seine Körpergröße doch erübrigen sollen, dass er eine Aufsitzhilfe brauchte, um auch nur seinen Fuß in den Steigbügel setzen zu können. Und dabei war es auch noch ein übergroßer Block. Außerdem sollte sich ein Paladin des Tomanâk nicht in den Sattel hieven müssen, als hätte er nicht die geringste Ahnung, wie so etwas einigermaßen elegant zu bewerkstelligen wäre. Bahzell war es einfach nicht gewohnt, bei etwas, das er tat, unbeholfen auszusehen und – vor allem – sich auch so zu fühlen!

Wenn du glaubst, dass dies schon peinlich für dich ist, dann stell dir vor, was ich *erst im Feld durchmachen muss, wenn du deine kostbare Aufsitzhilfe nicht dabeihast!*, meldete sich eine sanfte Stimme in seinem Hinterkopf. *Und jetzt hör auf, dir über Eleganz Sorgen zu machen und pass lieber auf, dass du oben bleibst.* Die Stimme war zwar erheblich tiefer als die von Brandark, doch schwang in ihr ein beißender Sarkasmus mit, der Bahzell stark, man könnte fast sagen, schmerzlich an die Blutklinge erinnerte.

»Du kannst mir leicht gute Ratschläge geben«, knurrte er. »Schließlich stehst du mit allen vier Hufen fest auf dem Boden! Schließlich bin ich ein Hradani, kein verdammter Zirkusakrobat!«

Ach was, ein Hradani *bist du? Vielleicht sollte ich diese Partnerschaft noch einmal überdenken.*

»Da würdest du mehr als genug Leute finden, die dich aus

ganzem Herzen unterstützen wollten«, versicherte ihm Bahzell, als er endlich in den Sattel fiel. »Aber da wir gerade von ›oben bleiben‹ sprechen. Ich wäre wirklich glücklicher, wenn hier oben mehr wäre, woran ich mich festhalten könnte.«

Du hast das Sattelhorn, den Hinterzwiesel des Sattels und, falls du wirklich *Sicherheit brauchst, den Kampfriemen,* erwiderte Walsharno scharf. Zügel *brauchst du nicht auch noch.*

»Du hast leicht reden!«, erwiderte Bahzell grinsend. Er wusste, dass Walsharno seinen Humor sehr genau wahrnahm.

Außerdem, fuhr Walsharno fort, *wird es Jahre dauern, bis ich dir auch nur zutrauen würde, ein* Pferd *zu lenken. Ganz bestimmt werde ich nicht zulassen, dass du* mich *in einem gefährlichen Augenblick ablenkst.*

»Zugegeben, das klingt einigermaßen sinnvoll«, gab Bahzell lachend zu. »Aber wenn du derjenige bist, der lenkt und dergleichen, würde es dir da etwas ausmachen, jetzt mal schleunigst in die Hufe zu kommen?«

Walsharno schnaubte, und Bahzell fühlte, wie sich die mächtigen Muskeln unter ihm kurz anspannten. Dieses winzige, absichtliche Zucken war die einzige Vorwarnung, die ihm der Windrenner gewährte, bevor er buckelte, und zwar spielerisch, das wusste Bahzell. Doch die Warnung genügte. Rasch legte er die Knie an, packte den hohen Rand seines Kriegssattels mit beiden Händen und blieb tatsächlich oben, bis der Hengst mit der Hinterhand wieder auf der Erde landete. Der Aufprall war so hart, dass Bahzells Zähne aufeinander schlugen. Den Anblick von zwei Tonnen »Pferd«, die ihren Rücken bogen und ihre Hinterhand hochwarfen, musste man selbst gesehen haben, damit man an ihn glaubte. Bahzell hatte das Gefühl, sein Rückgrat wäre einen Zentimeter kürzer, als Walsharno wieder mit allen vieren auf der bebenden Erde stand.

Ich nehme an, das war schleunigst *genug für dich?*

»O ja, das kannst du wohl sagen«, versicherte ihm Bahzell und hielt sich aus Leibeskräften an dem Sattelrand fest, sicherheitshalber.

Gut, antwortete der Hengst, und setzte sich dann so friedlich wie ein Kinderpony in Bewegung.

Der Hradani hörte den Windrenner irgendwo in seinem Hinterkopf lachen und amüsierte sich ebenfalls. Das kam ihm vollkommen natürlich vor, obwohl er sich niemals hätte träumen lassen, einem anderen Lebewesen jemals so nahe zu sein. Er begriff jetzt, warum die Windreiter jeden anderen Windreiter »Bruder« nannten, ungeachtet ihrer Herkunft oder ihres Ranges. Denn jeder, der diese innige Beziehung zu einem Windrenner erlebte, unterschied sich von allen anderen.

Bahzell war allerdings durch seine Verständigung mit Tomanâk in gewisser Weise bereits auf diese Bindung zu Walsharno vorbereitet gewesen. Natürlich war das nicht dasselbe, dennoch gab es unübersehbare Ähnlichkeiten. Wichtiger schien jedoch, dass Tomanâk Bahzell an die Vorstellung gewöhnt hatte, nicht immer allein in seinem Kopf zu sein.

Das ist auch gut so, stimmte ihm Walsharno sarkastisch zu. Er war Bahzells Gedankengängen gefolgt. *Denn in deinem Schädel ist so viel leerer Raum, dass du dich ohne einen Hirngenossen vermutlich darin verirren würdest. Oder ohne einen kleinen Laternenträger, der dir ordentlich heimleuchtet.*

»Du kannst dir deine Kommentare gern sparen«, versetzte Bahzell, und Walsharno schnaubte vor Lachen.

Bahzell stimmte darin ein. Er genoss diese Wortgefechte, trotz der grimmigen Umstände, die sie zwangen, die Warmen Quellen zu verlassen. Doch er konnte nicht anders, als sich zu freuen, wenn er die lebhafte Persönlichkeit und die Kraft des Hengstes spürte und wahrnahm, wie sie mit der seinen verschmolz. Bahzell wusste sehr gut, wie schrecklich der Kampf werden würde, der sie erwartete, und dennoch hatte er sich niemals lebendiger und besser gefühlt, außer vielleicht in den seltenen Augenblicken, da Tomanâks Macht und Wesen ihn durchfluteten. Und dieses Gefühl vereinter Macht und Stärke begleitete das Wissen, die umfassende Gewissheit, dass er sich dieser Gefahr nicht allein stellen musste, keiner

Gefahr, nie wieder, und auch nicht der Trauer über einen Verlust.

»Bist du endlich so weit, Lulatsch?«, bemerkte eine bissige, nur allzu vertraute Stimme, als Walsharno von den Stallungen wegtrottete.

Bahzell sah Brandark an. Von dem erhöhten Standort des Pferdediebs aus gesehen wirkte das Kriegsross der Blutklinge merkwürdig geschrumpft, fast wie ein Schaukelpferd. Selbst Bahzell war nicht gewohnt, auf ein Kriegsross der Sothôii *hinunter*zusehen.

»Das bin ich, falls ihr alle immer noch einfältig genug seid, mich unbedingt begleiten zu wollen«, erklärte er und ließ seinen Blick über die anderen Männer neben Brandark gleiten.

»Das sind wir!« Keltyhs kam Brandark zuvor. Er sprach für sich und die vierzehn Windreiter, die während der letzten zwei Tage auf dem Gestüt der Warmen Quellen eingetroffen waren. Hurthang, Gharnal und die anderen Mitglieder des Ordens schenkten sich eine Erwiderung. Sie sahen Bahzell nur wartend an. Und hinter ihnen standen die dreizehn Windrenner-Hengste vom Bärenfluss, die Walsharno, Kelthys und Walasfro zu den Warmen Quellen begleitet hatten.

»Also gut«, sagte Bahzell. Walsharno drehte sich ohne eine weitere Aufforderung herum und verließ das Gestüt der Warmen Quellen über den Pfad, den die Herde des Gestütes auf ihrem Weg in den Untergang nach Norden genommen hatte.

»Ich nehme nicht an, dass du einen, sagen wir, ausgefeilteren Schlachtplan entwickelt hast, seit wir uns das letzte Mal sprachen?« Brandark trottete auf seinem Ross neben Walsharno her. Das Tier wirkte neben seinem Vater wie ein Jährling.

Ich mag ihn, sagte Walsharno zu Bahzell. *Aber er kann auch eine ziemliche Nervensäge sein, stimmt's?*

Allerdings, erwiderte Bahzell lautlos. *Das kann er. Damit erinnert er mich allerdings an einen gewissen Windrenner, den ich zufällig kenne.*

»Pläne?«, sagte er laut zu Brandark. »Es hat wenig Sinn, Pläne zu schmieden.« Er zuckte die Achseln und deutete nach Nord-Nordost. »Was wir jagen, liegt in dieser Richtung, Brandark. Abgesehen davon weiß ich nicht mehr, als ich euch bereits mitgeteilt habe.«

»Welch Freude«, knurrte Brandark mürrisch, und Bahzell lachte barsch.

»Du wolltest ja unbedingt mitkommen, mein Junge«, erinnerte er seinen Freund.

»Damit steht Lord Brandark nicht allein, Milord Paladin.« Sir Kelthys ritt auf Bahzells linker Flanke. Der Pferdedieb drehte sich zu dem Ritter der Sothôii herum, der sein Windbruder geworden war.

»Ja, sieht aus, als hätte es plötzlich einen Ausbruch von Geistesschwäche in den Warmen Quellen gegeben«, stimmte ihm Bahzell liebenswürdig zu. »Und als hätte das nicht genügt«, er sah von Kelthys zu den anderen vierzehn Windreitern und Windrennern hinüber, »musstet Ihr auch noch gleich mehr Narren anschleppen, die einfältig genug sind, sich auf eine solche Expedition zu begeben.«

Die meisten anderen Windreiter lachten, aber zwei oder drei von ihnen wirkten wenig amüsiert. Einer sah ihn sogar böse an, als läge ihm eine scharfe Erwiderung auf der Zunge. Doch dann glättete sich seine Miene und er sah rasch weg.

Bahzell verkniff sich ein verächtliches Schnauben. Die Windreiter, die zu den Warmen Quellen geeilt waren, hatten nicht gewusst, was sie bei ihrer Ankunft erwartete. Doch ganz gewiss war kein Einziger von ihnen auf den bizarren Anblick eines Hradani-Windreiters vorbereitet gewesen. Alle, einschließlich ihrer Windrenner, hatten höchst ungläubig reagiert, und bei einigen war an die Stelle dieser ursprünglichen Fassungslosigkeit rasch Ungläubigkeit, Wut und sogar offener Widerwille getreten.

Bahzell erlebte eine solche Erwiderung nicht zum ersten Mal, seit er ein Paladin des Tomanâk geworden war. Und diesmal gab es zugegebenermaßen weit mehr Grund für diese Ablehnung als bei den früheren Fällen. Die Sothôii teilten, im Gegensatz zu vielen feindseligen Menschen, auf die er im Königreich der Axt und den Frontreichen getroffen war, eine wahre Historie gegenseitigen Abschlachtens mit den Hradani. Und ihre Windrenner ebenso. Bahzell kam mit Hass viel besser zurecht, wenn er eine echte Grundlage hatte und nicht nur auf ignoranter Wüterei beruhte.

Glücklicherweise gab es diesmal auch noch einen anderen, sehr entscheidenden Unterschied. Nämlich Walsharno, seine Schwester Gayrfressa und die anderen überlebenden Windrenner der Warmen Quellen.

Bahzell hatte schnell herausgefunden, dass Windreiter ebenso stur und dickköpfig Gegebenheiten missachten konnten, die ihnen nicht gefielen, wie alle anderen, auch Menschen, und besonders Hradani. Er vermutete, dass Windrenner noch weit störrischer waren, allerdings auf eine gänzlich andere Art und Weise. Die vielleicht etwas mit ihrem Herdensinn zu tun hatte. Das wusste er nicht, noch nicht, dafür hatte er jedoch etwas anderes festgestellt. Wenn ein Windrenner einem anderen gegenüber etwas als wahr erklärte, war die Sache damit erledigt. Nach dem, was er seinen Gesprächen mit Walsharno entnommen hatte, war den Windrennern so etwas wie Lüge oder selbst eine einfache Übertreibung bei der Verständigung mit einem anderen Windrenner vollkommen fremd. Sie logen einfach nicht, ja, sie wussten nicht einmal, wie sie das hätten tun sollen. Natürlich konnten sie sich irren, und sie stimmten auch nicht immer in ihren Deutungen eines Vorfalls oder einer Idee überein, aber sie dachten sich nichts aus.

Bahzell konnte sich sehr gut ausmalen, zu welchen Verwirrungen diese selbstverständliche Ehrlichkeit führen konnte, aber sie besaß unzweifelhaft auch ihre Vorteile. Die Windreiter mochten vielleicht seinen Rang als Paladin anzweifeln oder seine Eignung als Windreiter in Frage stellen, die Windrenner taten das jedoch nicht. Und wie Luthyr Kriegshorns Mienenspiel deutlich gezeigt hatte, war die Geduld eines Windrenners mit seinem Windreiter keineswegs grenzenlos.

Natürlich würde der Rüffel seines Windrenners Kriegshorns Meinung nicht von heute auf morgen ändern. Der dunkelhaarige, stämmige Windreiter schien sich nicht einmal darüber klar zu sein, welche Vorstellung er ungeheuerlicher fand: einen Hradani als Windreiter, einen Hradani als Paladin, oder ein ganzes Hradani-Ordenskapitel des Tomanâk. Wenn ihm sein Windrenner, Sir Kelthys und drei andere Windreiter nicht fast beide Arme ausgekugelt hätten, um ihn mitzuschleppen, würde er vermutlich noch immer in einer Ecke von Sir Edinghas' Herrenhaus hocken und schmollen.

Was Bahzell weit besser gefallen hätte, das musste er zu seinem eigenen Verdruss zugeben. Kriegshorn hatte sich nicht gerade ins Herz des Pferdediebs geschmollt.

»Wenn ich zusätzliche dickköpfige Narren ›angeschleppt‹ habe«, fuhr Sir Kelthys fort, »dann nur deshalb, weil ich Leute finden wollte, mit denen Ihr etwas gemeinsam habt, Milord Paladin.«

»Das kann ich gut verstehen«, erwiderte Bahzell lächelnd. »Trotzdem habe ich seit gestern Abend keinen ausgefeilteren Plan entwickelt.«

»Sollten wir vielleicht Späher aussenden?« Die Frage kam von Shalsan Kriegslampe, einem anderen frisch eingetroffenen Windreiter. Der Sothôii hatte blonde Haare, dunkle Augen und war sehr bereitwillig, schneller zu bejahen, was und wer Bahzell war.

»Gegen einen anderen Feind, sicherlich«, antwortete Bahzell. »Aber gegen diesen …?« Er schüttelte den Kopf und legte die Ohren an. »Alle ›Späher‹, die wir benötigen, befinden sich hier oben.« Er tippte sich an die Stirn. »Ich will keinen von unseren Leuten allein vorausschicken. Das, was wir jagen, würde jeden Einzelnen von ihnen überrumpeln und erledigen.«

Kriegslampe schien nicht überzeugt, aber bevor er etwas sagen konnte, mischte sich Brandark ein. Von seiner gewohnten Unbekümmertheit war nichts zu spüren. Im Gegenteil, seine Stimme klang todernst.

»Bahzell hat Recht, Shalsan«, erklärte er. »Es klingt gewiss lächerlich, aber ich habe das erlebt, als wir Sharnâ aufspürten. Wenn Bahzell Bahnakson Euch sagt, dass er weiß, wo die Dunklen zu finden sind, könnt Ihr ihn gelassen beim Wort nehmen.«

»Damit dürfte sich die Sache wohl erledigt haben«, erwiderte Kriegslampe kurz darauf und rollte die Schultern, als wäre es ihm kalt über den Rücken gelaufen. »Es kommt mir nur irgendwie nicht richtig vor, keine Späher vorauszuschicken, wenn wir wissen, dass der Feind irgendwo da draußen auf uns lauert.«

»Das stimmt«, pflichtete Bahzell ihm bei. »Aber wie gesagt, es ist nicht die Art Feind, mit dem Ihr es gewöhnlich zu tun bekommt, Shalsan.«

»Sie kommen, Meister.«

Das Wesen, das einst ein Mensch namens Jerghar Sholdan gewesen war, öffnete die Augen und setzte sich auf, als es die unterwürfige Stimme hörte. Es hatte natürlich nicht fest geschlafen. Es brauchte schon seit langer Zeit keinen Schlaf mehr, doch es benötigte einen Augenblick, um die Erinnerung der dunklen, windigen Leere abzuschütteln, wo es zwischen unsichtbaren, schwarzen Flammen auf den Schwingen eines brausenden Sturmes geschwebt war. Hinter diesen Mauern aus eisigem Feuer existierte ein Wesen, ein NAME, der von dem Heulen des tosenden Windes verweht wurde. Dieses Wesen kannte beide, betete sie an, und dennoch erfüllte es der Gedanke an sie gleichzeitig mit Hass und Furcht.

Doch auch das war schon seit langer Zeit so, rief sich Jerghar ins Gedächtnis. Er strich mit der Zunge vorsichtig über seine rasiermesserscharfen Eckzähne, die äußeren Wahrzeichen für das, zu dem er geworden war. Hass und Furcht, ebenso wie das Wissen seiner eigenen Versklavung, waren ein lächerlicher Preis für die Unsterblichkeit und die Macht, die sie ihm gewährte.

Dennoch, räumte er sehr, sehr verstohlen ein, in den tiefsten, verborgensten Winkeln seines Verstandes regten sich zuweilen Gedanken …

»Wo?«, fragte er barsch.

»Im Süden«, erwiderte die Kreatur, die ihn geweckt hatte, unterwürfig. »Weit im Süden, aber sie kommen näher!«

Sie rieb ihre missgebildeten Pfoten aneinander, nickte mit dem Kopf und duckte sich vor ihm. Vor dem Sonnenlicht außerhalb der Höhle hob sie sich als bloße Silhouette ab. Jerghar betrachtete sie verächtlich, doch unter dieser Verachtung schwelte mehr als nur ein Rest von Angst. Nicht vor der Kreatur, aber vor der Ähnlichkeit, den Parallelen zu ihm, die er auch durch Leugnen nicht auslöschen konnte.

Die glatte lange Zunge des Shardohns zuckte wie eine nasse schwarze Schlange heraus und fuhr über den schweineartigen Rüssel. Das Wesen presste sich noch dichter an den Boden, als es seinen Blick spürte.

»Bitte, Meister!«, wimmerte es. Er versetzte ihm einen heftigen Hieb, als seine eigene Furcht in Wut umschlug. Die Wucht des Schlages hätte menschliche Knochen zerschmettert, doch der Shardohn quiekte nur, mehr vor Angst als vor Furcht, fiel auf die Seite und bedeckte mit seinen Flügeln schützend den Kopf. Jerghar holte zu einem weiteren Schlag aus, ließ dann jedoch den Arm an seiner Seite heruntersinken.

»Steh auf!«, fauchte er. Der Shardohn rappelte sich hastig auf und hockte sich vor ihn. Das Wesen blickte zu Boden, da es seinem Blick nicht begegnen wollte.

»Wo genau im Süden sind sie?«, grollte er. Die Kreatur schien in sich zusammenzufallen und wimmerte – und Jerghar musste sich zwingen, sie nicht erneut zu prügeln. Das fiel ihm schwer, aber er rief sich die Beschränktheit des Wesens ins Gedächtnis. Nacht und Dunkelheit waren die Umgebung von Krahana und ihren Kreaturen. Jerghar selbst konnte zwar Licht ertragen, obwohl das Sonnenlicht selbst ihm wehtat und ihn leicht benommen machte, trotz des Amulettes, das Varnaythus ihm gegeben hatte. Es sollte ihn gegen diese Schwäche schützen und andere daran hindern, seine seltsam verlängerten Eckzähne zu bemerken. Die Shardohns jedoch beeinträchtigte Licht weit mehr, und selbst wenn sie vor unmittelbarem Sonnenlicht geschützt wurden, waren sie tagsüber ungelenk und langsam … und dumm.

»Nenn mir den Ort, wo sie sich jetzt befinden!« Er sprach sehr langsam und deutlich, und der Shardohn merkte sichtlich auf, als hätte Jerghar die Frage in Worte gefasst, die diese Kreatur begreifen konnte.

»Etwa einen Werst südlich des Ortes, wo wir uns an Pferden satt gefressen haben, Meister«, sagte er beflissen und streckte eine mit Krallen versehene Klaue aus, als wollte er Jerghars Knie berühren. Im letzten Augenblick wurde ihm die Ungehörigkeit dieser Vertraulichkeit klar und er riss die Pfote hastig zurück. Jerghar knurrte besänftigt.

»Gut«, sagte er dann. »Geh zurück zu deinem Rudel. Ich rufe dich, wenn ich dich brauche.«

»Jawohl, Meister, jawohl!« Der Shardohn sabberte fast vor Erleichterung, nickte, verbeugte sich und hastete davon, tiefer in das Dunkel der Höhle hinein. Jerghar sah ihm nach und setzte sich auf einen Felsvorsprung, um nachzudenken.

Wenn die Meldung des Shardohn zutraf, und das tat sie wahrscheinlich, würde es noch mindestens drei oder vier Stunden dauern, bis Bahzell hier eintraf. Bis dahin war die Sonne längst untergegangen.

Höhnisch verzog er bei diesem Gedanken die Lippen. Dennoch wünschte er sich, dass er über bessere Handlanger verfügte. In ihrem eigenen Element, im Schutz der Dunkelheit, waren Shardohns weit weniger dumm, als diese armselige Kreatur vermuten ließ, die ihm gerade die Meldung überbracht hatte. Für alle sterblichen Wesen waren sie zudem höchst Furcht einflößende Gegner. Ihre Krallen und Stoßzähne waren vergiftet und sie vermochten die Gestalt von Wölfen anzunehmen. Darüber hinaus konnten sie mit den meisten Waffen, über die Menschen verfügten, nicht getötet werden. Äußerst schwierig war es, ihre Körper zu vernichten. Am schlimmsten jedoch, vom Standpunkt ihrer lebenden Feinde aus gesehen, war, dass sie von der Essenz ihrer Herrin Krahana zehrten. Sie waren praktisch Extremitäten von IHR, zwar isoliert und unvergleichlich viel schwächer, das wohl, aber dennoch, ein Teil von allem, was sie fraßen, nährte auch SIE. Wen sie zu Boden rissen, verschlangen sie, und sie begnügten sich nicht allein mit Fleisch, Knochen und Blut.

Dennoch waren die Shardohns jämmerliche Wesen, jedenfalls verglichen mit den größeren Dämonen, die Sharnâ kontrollierte. Jerghar dachte sogar manchmal, dass sie am besten als Nahrung dienten. Die Essenz, die sie erfüllte, war zwar weit weniger süß und befriedigend als die unverdorbene Lebenskraft von Sterblichen, doch konnte sie Wesen wie Jerghar ernähren. Und wie alle Kreaturen Krahanas dienten die Niederen den Größeren als Nahrung, wenn es nötig war ... oder auch nur aus einer Laune heraus.

Er spielte mit dem Gedanken, den Boten zurückzurufen, und malte sich aus, wie er seine Reißzähne in das stinkende Fleisch der Kreatur grub und deren Essenz wie ein Lebenselexir in ihn einströmte. Doch er unterdrückte diesen Gedanken. Er würde alle Shardohns benötigen, die er hatte. Vermutlich würde er sich sogar wünschen, dass er weit mehr von ihnen zur Verfügung hätte, bevor sich diese Nacht dem Ende zuneigte. Außerdem erinnerte ihn die Versuchung daran, dass es auch die gab, die in Krahanas Hierachie höher standen als er selbst. Sollte er scheitern, würde ihnen sein Lebenselexir weit süßer schmecken als ein einfacher Shardohn ihm selbst mundete.

Nein, es wurde Zeit, sich um das zu kümmern, was seine Herrin von ihm verlangt hatte.

Er schloss die Augen und sehnte sich danach, in die tröstende Dunkelheit der Leere zurückzukehren, bis die Sonne draußen vor der Höhle untergegangen war. Obwohl er die Shardohns verachtete, musste er zugeben, dass sein Verstand tagsüber ebenfalls langsamer und weniger scharf arbeitete als in der Nacht. Damals in Balthar hatte sich Varnaythus keine Mühe gegeben, seine Verachtung für Jerghar zu kaschieren. Der Hohn des Hexer-Priesters hatte ihn gestört. Aber Varnaythus war Jerghar nie des Nachts begegnet, wenn Letzterer sich auf der Höhe seiner Macht befand. Manchmal sehnte sich Jerghar danach, Varnaythus dann zu empfangen und ihm seine Verachtung zurückzuzahlen. Dazu würde es jedoch nicht kommen, jedenfalls nicht so lange Varnaythus für Carnadosa nützlich war. Denn Krahana hatte bestimmt, dass die auserwählten Diener IHRER Schwester Unberührbare wären. Sollte der Hexer-Priester jedoch irgendwann einmal in Ungnade fallen und Carnadosa IHRE schützende Hand von ihm nehmen …

Jerghar unterdrückte diesen Gedanken gewaltsam und fluchte, da seine Fantasien nur unterstrichen, wie sein Verstand unter dem Einfluss der verfluchten Sonne selbst hier, mehr als fünfzehn Meter weit unter der Erde, abschweifte.

Er wusste, was er zu tun hatte und ihm war auch klar, welch mächtige Waffen die Königin der Verdammten ihm an die Hand gegeben hatte. Trotzdem und ungeachtet dessen, dass seine Feinde ihn an der Stelle aufsuchten, die er ausgesucht und vorbereitet hatte, rieselte ihm etwas über den Rücken, was ein Sterblicher einen Schauer der Furcht genannt hätte, als er über seine Aufgabe nachdachte.

Es wäre viel einfacher gewesen, hätte er die Warmen Quellen angreifen können. Er hätte sie mit seinen Shardohns leicht überrennen und jede sterbliche Seele dort niedermetzeln können. Doch die Pläne seiner Herrin untersagten ihm, mit den Shardohns nach dem Angriff auf die Windrenner-Herde das Gestüt selbst zu überfallen. Der Angriff auf die Herde, die in den Warmen Quellen überwinterte, und der Ort selbst waren nur ein Köder in der Falle, die hinter Baron Tellian zuschnappen sollte. Gewiss, zu guter Letzt würde Lord Edinghas' gesamte Domäne erobert und genüsslich, ja fast zärtlich verzehrt werden. Aber erst, nachdem Tellian in die Falle gegangen war. Er war als Hauptgang bei diesem großen Fressen vorgesehen.

So lauteten Krahanas Pläne. Nur leider hatte Tellian ihr nicht den Gefallen getan, sich daran zu halten. Er war nach Kalatha gelockt worden und Krahanas Krallen entwischt, um sich im Netz der SPINNE zu verfangen. Jerghar sollte eigentlich keine Einzelheiten der Pläne kennen, die Dahlaha und ihre Herrin ausgeheckt hatten. Doch er wusste vieles, was er nicht wissen sollte. Varnaythus schien wirklich ganz und gar mit Jerghars Dummheit zu rechnen. Ihm war entgangen, dass Jerghar Kenntnis von diesen Dingen erlangt hatte, trotz der Versuche des Hexer-Priesters, das zu verhindern. Wenn ihm eine solche Nachlässigkeit bei jemandem passierte, der die Hilfstruppen seiner eigenen Herrin befehligte, war das umso schlimmer für ihn.

Dass jedoch statt Baron Tellian Bahzell Bahnakson gekommen war, drohte sogar IHRE Pläne zu vereiteln, und es oblag Jerghars Verantwortung, es nicht so weit kommen zu lassen. Er war ernstlich versucht gewesen, den Angriff auf die Warmen Quellen jetzt durchzuführen, was dem ursprünglichen Plan entsprach. Aber die Schnelligkeit, mit der Bahzell und seine Gefährten von Balthar aus Lord Edinghas' Gestüt erreicht hatten, hatte ihn überrumpelt. Bahzell war einen ganzen Tag früher angekommen, als Jerghar mit seiner Ankunft gerechnet hatte. Und er hatte die Windrenner von dem schleichenden Gift der Shardohns heilen können. Daran hatte Jerghar ebenfalls nicht geglaubt, nicht einmal, obwohl Bahzell ein Paladin des Tomanâk war. Bis Jerghar das Kommando über die Shardohns und die anderen Diener, die auf ihn warteten, übernommen und seine Streitmacht ordentlich aufgestellt hatte, hatte Bahzell noch viel mehr erreicht, als einfach nur die Windrenner zu heilen. Er hatte einen ganzen kostbaren Tag gewonnen, an dem er sich von dieser Strapaze erholen konnte – und er hatte diesen Aufschub sehr gut genutzt.

Es hatte genügt, dass Jerghar einen seiner Diener als Kundschafter ausgeschickt hatte. Der hatte ihm berichtet, dass dieser verfluchte Hradani einen Verteidigungsring um das Gestüt gezogen hatte, den niemand durchbrechen konnte. Allein die Stärke dieser Barriere, die Bahzell errichtet hatte, war mehr als nur Furcht einflößend. Der Pferdedieb war erst seit knapp einem Jahr ein Paladin, und doch überstieg die nahtlose, undurchdringliche Macht dieser Barriere, die für alle, die Augen hatten sie zu sehen, in dem fürchterlichen blauen Licht von Tomanâk gleißte, alles, was Jerghar bisher erlebt hatte. Der Herrin sei Dank, dass der Paladin dieses feste und dichte Bollwerk nicht mitnehmen konnte! Es musste ihn Stunden gekostet haben, es überhaupt zu errichten, und er hatte es offensichtlich in der Erde des Herrenhauses der Warmen Quellen selbst verankert.

Dennoch schien der Hradani zuversichtlich genug zu sein, dass er seine Deckung jetzt sogar verließ. Was entweder Gutes verhieß ... oder das Schlimmste war, was Jerghar überhaupt passieren konnte. Falls die Meldung des Shardohns stimmte, würde er noch in dieser Nacht herausfinden, welche der beiden Möglichkeiten zutraf.

17

*B*IST DU BEREIT, *B*AHZELL? *Und du, Walsharno?*

Diesmal rührte die tiefe, grollende Stimme, die in Bahzells Verstand hallte, nicht von einem Windrenner her. Es war die Stimme von Tomanâk Orfro, dem Gott des Krieges und Oberkommandierenden der Götter des Lichts.

Bahzell blinzelte nicht einmal, doch seine beweglichen Ohren zuckten und bewegten sich im vollendeten Gleichklang mit Walsharnos Lauschern noch vorn. Der Hradani spürte die Antwort seines Windrenners wie ein Echo seiner eigenen, doch Walsharno reagierte auf diesen rauschenden, musikalischen Donner der göttlichen Stimme weit gelassener als Bahzell bei seiner ersten Unterhaltung mit Tomanâk. Seine Gefühle waren zwar mit tiefem Respekt unterlegt, und auch mit einem Hauch von Verwunderung und Entzücken, aber nicht gerade mit übermäßig viel Ehrfurcht.

Was ist das für eine alberne Frage?, dachte Bahzell an seine Gottheit gerichtet. *Glaubst Du, ich gehe davon aus, dass wir zu einem netten, kleinen Sonntagspicknick reiten?*

Walsharno teilte keineswegs die Unruhe, die oft an blankes Entsetzen grenzte, und mit der die meisten Zweibeiner auf Bahzells doch recht provokanten Wortwechsel mit seinem Gott antworteten. Stattdessen trottete er munter weiter, peitschte mit dem Schwanz eine besonders lästige Fliege ins Nirwana und hörte mit vergnügtem Interesse zu. Er hockte wie ein unbeteiligter Beobachter in Bahzells Verstand.

Bahzell, fuhr die tiefe, klingende Stimme mit einer Art gequälter Belustigung fort, *ich weiß, dass du nicht gerade das konventionellste Schwert bist, das ich je besaß, aber du könn-*

test wirklich ein wenig an deinen Manieren arbeiten, wenn wir miteinander plaudern.

Das könnte ich natürlich, aber wenn ich es täte, würde Dich das vielleicht verwirren, und Du würdest dich fragen, ob Du Dich wirklich mit dem richtigen Bahzell unterhältst.

Das bezweifle ich, Bruder, mischte sich Walsharno ein. *Ich kann mir nicht vorstellen, dass selbst Er* zwei *Paladine ertrüge, die so penetrant sein können wie du.*

War klar, dass du dich auf seine Seite schlägst, nur weil er ein Gott ist und so weiter, warf Bahzell ein, und das erderschütternde Gelächter Tomanâks durchbrauste ihn. Als der Gott weitersprach, klang seine Stimme etwas sanfter.

Wie Ich sehe, passt ihr beide genauso gut zusammen, wie wir Vom Licht es uns erhofft haben, meine Kinder. Das ist gut so. Ihr habt einen weiten Weg vor euch. Erfreut euch aneinander und wertschätzt das, was euch verbindet.

Ja, das tun wir, antwortete Bahzell. Seine innere »Stimme« klang erheblich sanfter als zuvor. Er fühlte Walsharnos unausgesprochene Zustimmung im Einklang mit seiner eigenen, und schüttelte sich dann. *Letztlich*, fuhr er fort, *klingt das so, als hätten wir noch so etwas wie einen gemeinsamen Weg vor uns*, nachdem *wir dieses kleine Abenteuer erlebt haben, das uns da erwartet.*

Ich wünschte, ich könnte dir das versprechen, Bahzell, erwiderte Tomanâk ernst. *Bedauerlicherweise kann ich das aber nicht. Nicht einmal ein Gott kann dir sagen, was sein wird. Ich kann dir nur verraten, was sein könnte.*

Tatsächlich? Walsharno zuckte neugierig mit seinen Ohren. *Verzeiht mir, Tomanâk, aber ich habe immer angenommen, ein Gott könnte die Zukunft ebenso leicht einsehen wie die Vergangenheit.*

Die Schwierigkeit, Walsharno, gab Tomanâk zurück, *ist dabei, dass es in Wirklichkeit keine Zukunft oder Vergangenheit gibt. Alle Zeiten und alle Ereignisse existieren gleichzeitig. Sterbliche leben in einer Art von sich bewegendem Fenster, das kurz einen Ausschnitt zeigt, den sie als einen Zeitpunkt in dieser einzigen Wirklichkeit wahrnehmen. Es liegt an ihrer Sterblichkeit, dass sie unfähig sind, das Ganze zu erkennen. Deshalb ordnen sie das, was sie sehen und erleben in eine Vergangenheit, eine Gegenwart und eine Zukunft ein.*

Bahzell runzelte gefesselt die Stirn. Ein Teil von ihm achtete aufmerksam auf die Bewegungen von Walsharnos Muskeln unter ihm, auf die sanfte, fast liebkosende Brise dieses Spätnachmittags, der sich bereits zur Dämmerung neigte, auf das Klingeln der Panzer und Waffenharnische, das Knarren des Sattelleders und den leicht rauchigen Duft des Grases, das unter den Hufen der Windrenner und Kriegsrösser zerdrückt wurde. Doch der größere Teil seiner Aufmerksamkeit widmete sich dieser Antwort seines Gottes auf eine Frage, die er niemals gestellt hätte.

Ich kann nicht unbedingt behaupten, dass ich das auch nur annährend verstehe, warf er ein. *Aber ich bin todsicher, dass ich dieses »Ganze« überhaupt nicht begreife.*

Ich auch nicht, fiel Walsharno ein. *Und Ihr sagt, Götter* könnten *alle Zeiten in einem einzigen Augenblick sehen? Wenn das stimmt, wenn Ihr das, was wir Vergangenheit und Zukunft nennen, gleichzeitig sehen könnt, warum sagt Ihr dann, dass Ihr uns nur sagen könnt, was sein könnte, nicht aber das, was ist?*

In der Frage des Windrenners lagen weder Trotz noch Respektlosigkeit. Er nahm das, was Tomanâk gesagt hatte, hin wie ein Jährling die Urteile und Erklärungen seines Leithengstes. Er suchte einfach nur eine Erklärung, und verlangte nicht, dass Tomanâk rechtfertigte, was Er gerade gesagt hatte.

Die Sterblichen denken in Begriffen von Ursache und Wirkung, erwiderte Tomanâk. *Insofern das die Angelegenheiten der Sterblichen betrifft, ist dies auch ganz nützlich, um sich begreiflich zu machen, was sie erleben. Aber in Wahrheit hat eine Ursache nicht eine feste, unumstößliche Wirkung, wie Sterbliche gern annehmen. Alle möglichen Ergebnisse einer*

Tatsache oder eines Ereignisses sind ebenso wirklich und gültig, Walsharno. Sterbliche beobachten und erfahren allerdings nur eines dieser Ergebnisse, wenn das sich bewegende Fenster ihrer Wahrnehmung über den Augenblick der Auflösung gleitet. Doch die anderen sind ebenfalls gegenwärtig und wirklich, und zwar sowohl das ›Davor‹ als auch das ›Danach‹ dieses Ausschnittes, den die Sterblichen als ›Jetzt‹ bezeichnen.

Ich glaube, mir brummt der Schädel, bemerkte Bahzell trocken. Tomanâk lachte mitfühlend. *Wenn ich Dich recht verstanden habe*, fuhr Bahzell fort, *sagst Du, dass alles, was wir für vergangen halten, gar nicht geschehen ist? Dass wir es uns nur einbilden, weil wir nicht die Augen oder den Verstand haben, um wirklich wahrnehmen zu können, was sich ereignet hat?*

Nein, widersprach Tomanâk. *Das Schwierige ist, dass den Sterblichen der richtige Bezugspunkt fehlt, um sich alles vorstellen zu können, was in dem geschieht, was sie das ›Jetzt‹ oder die ›Wirklichkeit‹ nennen. In gewisser Weise macht euch das so wertvoll bei diesem Ringen zwischen Licht und Dunkel, Bahzell. Auf eine Weise, die ich dir nicht erklären kann, eben wegen unserer unterschiedlichen Bezugspunkte*, beschreiben und deuten *Sterbliche die Ereignisse und werden am Ende entscheiden, ob das Licht oder das Dunkel im Universum triumphiert. Das tun sie genau durch diesen Rahmen oder das Fenster, das sie einer Wirklichkeit aufzwingen, die sie nicht einmal gänzlich erfassen.*

Offenbar bemerkte er Bahzells und Walsharnos Verwirrung.

Stellt es euch so vor, fuhr er fort. *Geschichte ist eine Schöpfung der Sterblichen, eine Prozession von sterblichen Erfahrungen, die sich durch die miteinander verbundene Vergangenheit und Zukunft bewegt. Sie … wählt aus, welches Ergebnis sich aus dem Zusammenprall aller möglichen Ursachen und aller möglichen Wirkungen für jedes einzelne Ereignis ergibt. Das Wort ›bis‹ ist ebenfalls eine Kreation der Sterblichen. Eine Kon-*

sequenz daraus, wie ihr Zeit und Ereignisse erlebt, aber ›bis‹ zu diesem Augenblick, in dem ein Sterblicher ein Ereignis wahrnimmt, existieren alle möglichen Ergebnisse gleichberechtigt nebeneinander. Wenn Ihr es gern so sehen wollt, könntet ihr auch sagen, die Wahrnehmung jedes einzelnen sterblichen Wesens schafft ihr eigenes Universum für jedes Ergebnis jedes Ereignisses.

In diesem Fall, dachte Walsharno bedächtig, *muss es ja so viele Universen geben, wie es mögliche Ergebnisse gibt.*

Ganz recht, antwortete Tomanâk gelassen, als wäre diese unfasslich komplexe und absurde Konsequenz vollkommen einsichtig. *Wie ich dir schon erklärte, Bahzell, das Licht und das Dunkel sind in einen Kampf verstrickt, der sich über mehr Universen erstreckt, als du dir vorstellen kannst. Die Sterblichen haben nur einfach nicht begriffen, dass sie selbst es sind, die diese Universen schaffen. Am Ende der Zeiten wird eine Bilanz gezogen und das Übergewicht der Universen, in denen das Licht oder das Dunkel triumphiert haben, das Schicksal aller Universen bestimmen.*

Jetzt weiß *ich, dass mir der Schädel brummt,* dachte Bahzell nach einem Augenblick. *Aber wenn ich zumindest auch nur einen Fetzen von dem verstanden habe, was Du uns erzählt hast, so ist der Grund, aus dem Du uns nicht sagen kannst, was geschehen wird, derjenige, dass wir mit unserem ›Fenster‹ den entsprechenden Augenblick noch nicht erreicht haben?*

Genau, stimmte Tomanâk ihm zu. *Aber das ist noch nicht einmal alles. Sterbliche glauben, wir Götter sehen alles in Zeit und Raum und könnten, wenn wir wollten, ihnen erzählen, was geschehen wird. Das trifft nur teilweise zu. Wir sehen zwar* alles *in Raum und Zeit, aber gerade weil wir um alle möglichen Ergebnisse wissen, können wir den Sterblichen nicht vorhersagen, welches entsprechende Ereignis sie erfahren werden. Wir könnten euch zwar verraten, welches Ergebnis am wahrscheinlichsten ist, oder welches weniger wahrscheinlich, aber wir können nicht sagen, welches dasjenige ist, was für* dich *zum Beispiel zutrifft, weil alle Ergebnisse gleichzeitig irgendwo eintreten.*

Andererseits ist das aber nur gerecht, meine Kinder, weil nur ihr *uns sagen könnt, wie unser endgültiges Schicksal aussehen wird. Denn in dem Augenblick, da wir alle sterblichen Wahrnehmungen aller sterblichen Ereignisse erreichen, und die Entscheidung entweder zu Gunsten des Lichts oder des Dunkels fällt, werden alle anderen möglichen Ergebnisse verschwinden, als hätte es sie niemals gegeben. Letzten Endes liegt euer Schicksal deshalb in euren eigenen Händen, nicht in unseren. Was ihr entscheidet, die Kämpfe, die ihr wagt, die Schlachten, die ihr gewinnt oder verliert,* sie *bestimmen, was das Schicksal selbst für die Götter entscheidet. Und das, Bahzell, beantwortet die Frage, die du mir einst stelltest. Dies ist der Grund dafür, warum du und jeder einzelne von euch Sterblichen so ›höllisch wichtig‹ für uns Götter seid.*

Bahzell und Walsharno schwiegen, erschüttert von der Ungeheuerlichkeit dessen, was ihnen Tomanâk gerade auseinander gesetzt hatte. Die Vorstellung, es gäbe eine unendliche Anzahl von Bahzells, die mit einer ebenso unendlichen Anzahl von Walsharnos ein Band geschlossen hätten, und dass jede einzelne Verschmelzung von ihnen ihr eigenes Ergebnis erlebte, ihre eigenen Schlachten schlug und ihr eigenes Schicksal erlebte, hätte dazu führen können, dass sie sich klein und unbedeutend fühlten. Wie zwei winzige Sandkörner auf einem ungeheuren Strand. Doch sie waren alles andere als klein und unbedeutend. Die Ausübung ihres freien Willens würde ihr Schicksal bestimmen, und ihr Schicksal entsprach nicht winzigen Sandkörnern am Strand, sondern Felsbrocken in einer riesigen Lawine, die zu einem gewaltigen Ende donnerte, das das Schicksal aller Universen und aller Kreaturen bestimmte, die je gelebt hatten und je leben würden.

Das ist aber ein ziemlich großer Brocken für einen einfachen Mann, dachte Bahzell nach einer langen, nachdenklichen Pause.

Das stimmt, pflichtete ihm Tomanâk bei. *Und es ist ein Brocken, den die wenigsten Menschen abbeißen und kauen können. Nicht jeder hat die Fähigkeit, die Konsequenzen zu verstehen und zu anzuerkennen, und viele, die es könnten, weigern sich. Dass ihr beide versteht und aus diesem Verständnis Kraft für die Schlacht schöpft, statt euch angesichts einer solchen Ungeheuerlichkeit der Hoffnungslosigkeit zu ergeben, ist einer der Gründe, die dich zu einem Paladin machen, Bahzell. Und dich auch, Walsharno.*

Mich? Walsharno blieb plötzlich stehen, richtete die Ohren steil auf und riss die Augen auf, dass man das Weiße sehen konnte. *Ich, ein Paladin? So was bin ich nicht.*

O doch, das bist du, widersprach Tomanâk liebevoll. *Nicht von dir allein aus freilich, aber dennoch bist du ein Paladin. Der erste Windrenner-Paladin, so wie Bahzell der erste Hradani Paladin seit über zwölf Jahrhunderten ist.*

Aber … Bahzell wollte protestieren.

Keine Angst, Bahzell, beruhigte ihn Tomanâk freundlich. *Niemand wird Walsharno zwingen, etwas gegen seinen Willen zu tun oder zu sein, ebenso wenig wie ich dich zwingen konnte, mein Paladin zu werden. Du musstest es freiwillig tun. Außerdem sind Windrenner nicht wie Menschenrassen. Wenn Menschen oder Hradani eine Wahl treffen, tun sie das als Einzelwesen. Jeder Einzelne von euch steht in diesem Augenblick allein. Windrenner jedoch gehören zu einer Herde, sind Teil eines miteinander verwobenen Ganzen, wo Gedanken mit Gedanken sprechen, und Verstand zu Verstand. Walsharno ist, wie alle Windrenner, die sich einen Bruder unter den Menschen erwählen, anders, weil er über seine Herde hinausgreift. Sein Gespür dafür, wer und was er ist, überträgt diesen prachtvollen Fluss aus Gedanken und Erfahrungen. In gewisser Weise macht es ihn größer als das Ganze, gleichzeitig jedoch auch kleiner. Denn bis zu dem Augenblick, da seine Seele die deine fand, fehlte ihm etwas. Etwas, das seine Herde ihm nicht geben konnte, und dessen Fehlen er erst bemerkt hat, als er dich traf. Aber es war sein Herdensinn, diese Bewusstheit von sich selbst als einem Einzigartigen, und dabei doch gleichzeitig ein Teil eines Größeren Ganzen, die beide dazu beitrugen, dass er dich erkannte, als er dich sah, und die ihn dazu brachte, sich freiwillig mit dir zu vereinen. In dieser Vereinigung, die euch beide als die Individuen beließ, die ihr wart, und gleichzeitig zu der Einheit formte, die ihr werdet, wenn sich euer Band festigt und stärkt, hat er Teil an deinem Rang als Paladin.*

Augenblick!, protestierte Bahzell ungeachtet der anderen Windrenner und Kriegsrösser, die verwirrt neben ihm und Walsharno anhielten. *Augenblick mal! Das lasse ich nicht zu. Ich werde Walsharno nicht wie ein Opferlamm in das Gemetzel führen, das da auf mich wartet. Ganz gleich, was es sein mag!*

Das verworrene Band zwischen Hradani, Windrenner und Gottheit erbebte unter der Stärke seines Protestes.

Friede, Bruder! Walsharno schüttelte seine Verblüffung über Tomanâks gelassene Verkündigung ab, als er den Schmerz und das Schuldgefühl wahrnahm, das Bahzells mentalen Protestschrei färbte. *Du kannst mich niemals gegen meinen Willen in etwas hineinziehen! Als ich dich auserkoren habe, tat ich das in dem Wissen, dass du ein Paladin bist. Ich wusste, wohin das führen konnte. Ich war zwar überrascht, aber Er hat Recht, und wenn du darüber nachdenkst, wirst du das auch zugeben. Ich habe willentlich und froh entschieden, jedes Schicksal in Kauf zu nehmen, das dich erwartet. Das heißt, jedes Schicksal, das wir uns selbst schmieden, und diese Entscheidung traf ich im vollen Wissen, dass du ein Paladin bist … und dass nur sehr wenige Paladine in Frieden sterben, umgeben von denen, die sie lieben. Mir ist dabei nur nicht klar gewesen, dass ich der Macht des Lichts dadurch selbst so nahe kommen würde.*

Doch das hast du getan, Walsharno, sagte Tomanâk herzlich. *Und es passt zu dir und zu Bahzell, dass ihr eine so tiefgründige*

Entscheidung so schnell und furchtlos getroffen habt. Ein großes Herz erkennt ein großes Herz, wenn beide sich treffen, so wie ihr euch begegnet seid. Dennoch tut Bahzell gut daran, um dich zu fürchten und zu versuchen, dich zu beschützen. Wenn er dich auch gewiss nicht in ein Schicksal ›hineingezogen‹ hat, das du nicht freiwillig hingenommen hättest. Und daher frage ich dich, willst du als der erste Windrenner-Paladin das Schwertgelübde auf mich ablegen?

Das will ich. Die Stimme des Windrenners hallte durch Bahzells Verstand. Ein Teil in ihm wollte es voller Verzweiflung verhindern und Walsharno davor bewahren, sich so unausweichlich an das Schicksal zu binden, das Bahzell selbst erwartete. Gleichzeitig erkannte er, dass es dafür zu spät war. Von dem Augenblick an, da sich Walsharno freiwillig mit ihm verbunden hatte, waren ihre Schicksale bereits untrennbar miteinander verknüpft. Außerdem wusste er, dass er nicht das Recht hatte, Walsharno dies zu verbieten. Es war das Recht des Windrenners, seines Bruders, diese Entscheidung selbst zu treffen.

Schwörst du, Schlachtendämmerung, Sohn des Sommergewitters und der Morgenstolz, mir Gefolgschaft?

Das schwöre ich. Walsharnos »Stimme« war so tief und ruhig wie die von Tomanâk selbst, und erfüllt von der Zuversicht und Stärke in seinem Herzen.

Wirst du meinen Kodex achten und ehren? Wirst du treue Dienste den Mächten des Lichtes leisten, den Befehlen deines eigenen Herzens und Verstandes folgen, wenn sie verlangen, dass du gegen die Mächte der Dunkelheit kämpfst, selbst bis zum Tode?

Das werde ich.

Schwörst du bei meinem Schwert Mitgefühl für jene zu haben, die in Not sind, Gerechtigkeit denen gegenüber auszuüben, welche du befehligst, und Loyalität für die zu üben, den du dienst, sowie jene zu strafen, die sich wissentlich der Dunkelheit verschreiben?

Das schwöre ich.

Dann erkenne ich deinen Schwur an, Walsharno, Sohn von Mathygan und Yorthandro. Möget ihr, du und dein Bruder, euch immer im Dienste des Lichtes bewähren.

Eine tiefe, wohlklingende Glocke schlug irgendwo in den Abgründen von Bahzell Bahnaksons Seele. Diese einzelne Note umhüllte ihn und Walsharno. Und als sie jubilierte – wie das Universum selbst –, glühte Walsharnos Gegenwart neben ihm wie die Schlachtensonne, nach der er benannt worden war. Die Macht und Essenz von Tomanâk speiste dieses glorreiche Feuer, und Bahzell spürte in diesem Augenblick jedes der Myriaden von Bändern zwischen ihnen dreien. Etwas so Unerhörtes hatte er noch nie empfunden, nicht einmal in dem Augenblick, da er und Kaeritha mit Vaijon den Augenblick erlebten, als Tomanâk dessen Schwertgelübde empfangen hatte.

Vollendet – und gut vollendet! Die tiefe Stimme sang in den letzten Winkeln ihrer Seelen, sonor und triumphierend, freudig die bevorstehende Schlacht begrüßend und umhüllt von ihrem gewaltigen Dröhnen. *Zittere, O Dunkelheit! Zittere vor dem Erscheinen dieser meiner Schwerter!*

18

Die Herrin hatte Recht, es sind Narren!«

Treharm Haltharu, der ebenso menschlich aussah wie Jerghar Sholdan – und es genauso wenig war –, fletschte seine rasiermesserscharfen Zähne zu einem bösartigen Grinsen. Die Sterne funkelten über ihnen mit gleichgültiger, juwelengleicher Schönheit, und die Sichel des Neumondes hing tief über dem östlichen Horizont. Er stand neben Jerghar auf dem niedrigen Hügel über der Höhle, in der sie sich tagsüber verkrochen, und seine Augen glitzerten in dem tödlichen Grün seines wahren Wesens.

»Natürlich hatte die Herrin Recht«, erwiderte Jerghar barsch, »aber sie hat sie nie zu Narren erklärt.«

»Selbstverständlich tat sie das!«, schnarrte Treharm. »Seid Ihr etwa ein genauso großer Narr wie sie, oder wollt Ihr mich einen Lügner schimpfen?«

Er starrte Jerghar böse an, seine Finger krümmten sich und unverhüllter Hass loderte zwischen ihnen auf. Jerghars Hand zuckte in einem schrecklich schnellen Schlag empor. Als sie traf, krachte es, als wäre ein Baum in einem vereisten Wald gebrochen, und Treharms Schädel flog zur Seite, da die Wucht des Hiebs ihn von den Füßen gefegt hatte. Er segelte fast drei Meter weit, bevor er rücklings rutschend auf dem grasigen Hügel landete. Sein schriller Wutschrei zeriss die Nacht wie der Dolch der Verdammten.

Er sprang mit dieser unglaublichen Schnelligkeit wieder auf die Füße, die verriet, zu was er geworden war. Doch selbst diese unnatürliche Behändigkeit war zu wenig und kam viel zu spät. Jerghar hatte ebenfalls blitzschnell reagiert und grub die

Finger seiner rechten Hand in Treharms Haar. Er fiel auf ein Knie und bog das Rückgrat IHRES anderen Dieners brutal über seinen Schenkel. Treharms Wutschrei nahm eine andere Färbung an. Er klang fast wahnsinnig, dunkel vor Furcht, als Jerghar mit dem linken Arm seine um sich schlagenden Fäuste niederdrückte. Dann erlosch selbst dieses Wimmern, als Jerghars Reißzähne nur Zentimeter vor seinem gebogenen, gespannten Hals schimmerten.

»Du ssssagtesssst etwassss, Sssswein?« Die Worte klangen verzerrt, von den Zähnen, die sich plötzlich fast zu tödlichen weißen Krummsäbeln verlängert hatten, in lispelnde Silben zerhackt. Das grüne Leuchten in Treharms Augen erlosch schlagartig. Die erstaunliche Kraft eines Dieners von Krahana erlosch mit ihm, und Jerghar hielt den anderen noch zehn Sekunden länger fest, damit sich das Gefühl der Niederlage tief in sein Gedächtnis einbrannte. Dann ließ er Treharm langsam los und gestattete ihm, sich zu seinen Füßen ins Gras zu kauern. Wäre Treharm ein Hund gewesen, er hätte sich auf den Rücken gerollt, um seinen Bauch als Zeichen seiner Unterwerfung zu entblößen. Jerghars Lippen verzerrten sich zu einer höhnischen Grimasse der Dominanz.

»Widerssssprich mir oder reizsse mich noch einmal, dann nehme ich dicccch!« Die Worte zischten verstümmelt von seinen Reißzähnen über die Lippen, und seine Augen leuchteten in einem weit helleren, giftigeren Grün, als diejenigen Treharms es getan hatten.

»Jawohl, Meister.« Treharm wimmerte, und Jerghar spie ins Gras, das unter seinem grünen Speichel zischte und qualmte.

»Schon bessssser«, sagte er und richtete sich auf. Wäre er ein einfacher Sterblicher gewesen, er hätte sicher durchgeatmet. Das war er jedoch nicht, also reckte er sich nur, entspannte seine Hände und nickte seinem Stellvertreter dann barsch zu.

»Ssssteh aufff!« Seine Stimme klang eisig, und Treharm rappelte sich auf, blieb jedoch in seiner geduckten Haltung stehen. Jerghar beobachtete ihn, schmeckte seine eigene Wut, seine Verachtung, und schloss seine glitzernden Augen, die Wut beherrschend.

Das dauerte einige Sekunden. Als er die Augen schließlich wieder öffnete, war seine Miene ruhig. Jedenfalls fast so ruhig, wie einer IHRER Diener sein konnte, wenn er sein fadenscheiniges Mäntelchen der Gewöhnlichkeit abgeworfen hatte. Die schimmernde Wut, die von dem unersättlichen Hunger und der Gier zu fressen angeheizt wurde, die bei jedem IHRER Diener des Nachts dicht unter der Oberfläche ihres Wesens siedete, war nützlich, wenn er jagte. Jerghar ermahnte sich selbst, nicht zu vergessen, dass sie auch in etwas ganz anderes umschlagen konnte, wenn zwei oder mehr IHRER Diener gezwungen waren zusammenzuarbeiten.

»Also …« Seine Stimme klang wieder vertraut, als er zu Treharm sprach. Nachdem er seine Überlegenheit gezeigt hatte, waren seine Zähne fast gänzlich zurückgeschrumpft. »Es mag sein, dass sie Narren sind, vielleicht sind sie es jedoch nicht. Die Herrin sagte, dass Ihr Schutzherr überheblich wäre und sie seine Überheblichkeit übernommen hätten. Das heißt nicht gleich, dass sie Narren sind, Treharm. Es könnte sie vielleicht zu Handlungen verleiten, die närrisch wirken, aber wenn wir annehmen, dass sie sich immer so verhalten, würden wir ihnen einen gefährlichen Vorteil gewähren. Und dies hier ist ein Paladin des verfluchten Schwertes. Nur eine Axt von Isvaria könnte solchen wie uns ebenso gefährlich werden. Vergiss das nicht!«

»Nein, Meister«, antwortete Treharm immer noch unterwürfig. Jerghar warf ihm einen drohenden Blick zu, um diese Haltung zu verstärken, obwohl er sich keinen Illusionen hingab. Treharms Gehorsam würde schwerlich über die heutige Nacht hinaus anhalten. Aber länger war das auch nicht nötig.

»Doch es kommt vor«, seine Stimme klang jetzt nicht mehr ganz so eisig, »dass sich Hochmut und Dummheit gelegentlich untrennbar vermischen. Es ist möglich, *möglich*, sage ich, dass dies einer dieser Augenblicke sein könnte.«

Treharm hob den Kopf, den er demütig gesenkt hatte, und die Ränder seiner Augen glitzerten grünlich. Jerghar nickte.

»Denn es ist zumindest sehr … kühn, uns in den Stunden IHRER Dunkelheit herauszufordern. Ich hätte von einem Paladin, der Sharnâ nicht nur einmal, sondern gleich zweimal geschlagen hat, und zwar fast mühelos, eine weit klügere Taktik erwartet. Uns jedoch zu der Zeit anzugreifen, da wir am stärksten sind, verleiht uns einen Vorteil, mit dem ich niemals zu rechnen gewagt hätte. Da er uns so gehorsam an dem Ort und zu der Zeit stellt, die wir selbst aussuchten, werden wir ihm entgegentreten und ihn zerschmettern.«

Das grüne Feuer in Treharms Augen flackerte stärker auf, und er wagte es, seinen Vorgesetzten anzulächeln. Treharm hatte nie viel für Jerghars ursprünglichen Plan übrig gehabt, dem Feind immer wieder in die Flanke zu fallen, sich die schwächsten Glieder herauszupicken und die starken langsam mit der Verzweiflung zu zermürben, die ihnen der Verlust ihrer Kameraden bereiten würde. So lange, bis die Zeit reif war, sie alle zu vernichten. Er hatte eingewandt, eine solche Taktik könnte zu lange dauern und sie zu viele der wertvollen Nachtstunden kosten. Am Ende könnte das Bahzell und Brandark sogar die Flucht ermöglichen, ausgerechnet diesen beiden ihrer Feinde, die um jeden Preis getötet werden mussten.

Jerghar war jedoch bereit gewesen, das zu riskieren, trotz der Strafe, mit der ihn seine HERRIN zweifellos belegen würde, falls er versagte. Denn er hatte nicht im Traum erwartet, dass Bahzell ihn so tollkühn an dem Ort angreifen würde, den er eigens vorbereitet hatte und an dem seine Macht am größten war. Dabei war es nicht einmal ein sorgfältig versteckter Tempel, der seine Sicherheit einer sorgfältigen Tarnung verdankte, wie Sharnâs Ort in Navahk. Die Lebenskraft, die die Shardohns den Windrennern entrissen hatten, versorgte Jerghar mit ausreichend Macht, damit er um seinen Hügel eine uneinnehmbare Festung gegen jeden Paladin des Lichts errichten konnte. Es war eine berauschende, begeisternde Macht, eine Woge gestohlener Kraft, so stark, wie sie seit Jahrhunderten kein Diener Krahanas mehr gekostet hatte – wenn überhaupt. Jerghar hatte das wahre Wesen der Windrenner nicht erahnt und niemals vermutet, dass ihn ihre Lebenskraft mit einem derartigen Born aus Macht versorgen würde. Dafür war es allerdings nötig gewesen, ihre Seelen den Shardohns wieder zu entreißen, jedenfalls vorläufig, damit er sie als Brenngläser benutzen konnte, durch die er ihre unerwartete Verbindung mit dem magischen Feld der ganzen Welt um ihn herum anzapfen konnte.

Den Shardohns hatte das nicht gefallen. Zwei von ihnen hatten sich Jerghar sogar offen widersetzt. Sie waren wegen ihrer Anmaßung sofort von ihm gerissen worden. Das genügte. Die anderen hatten ihre Beute wieder herausgewürgt, hatten die verzehrten Seelen der Windrennerherde Jerghar ausgeliefert, so wie sie diese Seelen am Ende auch der HERRIN selbst übergeben hätten.

Das war wahrlich ein Augenblick der Ekstase und tödlichsten Verlockung gewesen! Als diese Seelen, diese ungeheure Macht durch Jerghar strömte und zu seiner freien Verfügung stand, hatte er einen Zipfel der Göttlichkeit selbst in Händen gehalten. Wie Treharm, der dumm genug gewesen war, seine Überlegenheit in Frage zu stellen, hatte auch Jerghar gefühlt, wie ihn dieser Augenblick der Macht zu dem Gedanken verführt hatte, sie für sich selbst zu nutzen, sie für sich zu behalten, und nicht das zu tun, was seine HERRIN ihm befohlen hatte.

Am Ende hatte er dieser Versuchung jedoch widerstanden. Da er nur zu gut wusste, wie Krahana dies vergelten würde. All diese Lebenskraft – diese zusätzliche Macht – durfte er sich nur borgen, um sie gegen IHRE Feinde einzusetzen. Am Ende war es IHRE Beute, nicht die seine. SIE würde sie bekommen, sie von IHREN Shardohns ernten, und wehe dem, der es wagte, sich zwischen SIE und IHRE Beute zu stellen.

Also hatte er diese Macht benutzt, statt sie für sich zu vereinnahmen. Das Ergebnis stand in der Dunkelheit hinter ihm.

Er fühlte, wie die Seelen der Windrenner, die er, wenn auch nur für kurze Zeit, den Shardohns entrissen hatte, die sie verschlungen hatten, lautlos schrien. Diese Seelen hatten einen Vorgeschmack auf das erlebt, was sie erwartete, und das Entsetzen dieser Erfahrung fegte wie ein Zyklon des Terrors durch sie hindurch. Das war gut, denn ihre Furcht, ihre Mühe, dieser fürchterlichen Auflösung zu entgehen, die sie erwartete, machte es ihm leichter, ihre Essenz zu beeinflussen. Sie waren seine Brenngläser, sein Fokus, die Anker des glitzernden Netzes, das er gewoben hatte. Jerghar lächelte boshaft in der Dunkelheit. Es würde ihre Verzweiflung vollenden und den Geschmack ihrer zerbrochenen Seelen unendlich versüßen, wenn ihnen erst klar wurde, dass sie es waren, ihre Seelen, die Essenz, die er ihnen gestohlen hatte, welche einen der verhassten Paladine des Tomanâk besiegt und vernichtet hatten.

»Geh und verständige Haliku und Layantha«, sagte er zu Treharm. »Unsere Feinde werden innerhalb einer Stunde eintreffen. Layantha soll zu mir kommen … und wenn es so weit ist, bekommt sie, was sie braucht.«

»Wir sind ihnen nahe.«

Bahzell sprach leise zu seinen Gefährten, Hradani, Menschen und Windrennern, die sich um ihn und Walsharno scharten. Er spürte ihre Anspannung, ihr Bangen vor dem, was sie erwartete. Aber er nahm auch ihre grimmige Entschlossenheit wahr, und ihren Hass auf das Böse, das sie endlich gestellt hatten.

»Woher wisst Ihr das?« Luthyr Kriegshorn klang noch immer mürrisch und ablehnend, doch seine Frage war aufrichtig gemeint und keine herausfordernde, skeptische Kritik an Bahzells Fähigkeiten.

»Es ist ein Sinn, den ErSelbst seinen Paladinen verleiht.« Bahzell beantwortete die Frage so ehrlich, wie sie es verdiente. »Ich kann das nicht genauer beschreiben, aber ich spüre die Gegenwart des Dunklen so deutlich, wie Ihr eine Wolke vor der Sonne seht. Was dort auf uns wartet, sind die Sturmtruppen von Krahana selbst.«

Seine Gefährten spannten ihre Muskeln an und pressten die Kiefer aufeinander. Doch keiner senkte den Blick.

»Was sollen wir tun?«, fragte Sir Kelthys ruhig.

»Ich weiß nur wenig über das, womit wir es zu tun bekommen«, erwiderte Bahzell grimmig. »Aber eines weiß ich doch: Uns erwarten dort zwei Schlachten, eine körperliche, die mit Klauen und Reißzähnen und Klingen ausgetragen wird, und eine, in der Waffen eingesetzt werden, die Ihr nicht sehen könnt. Ich habe das ungute Gefühl, dass unser Feind nicht im Entferntesten aus dieser natürlichen Welt der Sterblichen stammt, trotz seiner körperlichen Manifestationen. Alles jedoch, was fest genug ist, um Euch verletzen zu können, kann auch von Euch verletzt werden. Ich will nicht behaupten, dass Ihr imstande seid, es zu töten, aber Ihr könnt es wenigstens in Schach halten.«

Er verstummte und musterte seine Verbündeten einen Augenblick lang. Dann zuckte er mit den Ohren.

»Ich will Euch nicht anlügen. Ich wünschte mir wirklich sehr, dass keiner von Euch mitgekommen wäre, außer meinen Ordensbrüdern. Aber Ihr wolltet ja nicht anders. Ehrlich gesagt, ich bewundere den Mut jedes Einzelnen von Euch, der Euch bis hierher geführt hat. Diese Courage macht uns alle zu Schwertbrüdern. Aber Menschen und Windrenner fallen manchmal in der Schlacht, Brüder, und das werden einige von uns auch heute tun.«

Dutzende von Augenpaaren erwiderten seinen Blick gemessen, trotz der Anspannung, die in ihnen immer stärker wurde.

»Es wird einen Kampf in dieser Schlacht geben, den ich allein ausfechten muss«, fuhr er fort. »Dabei kann mir keiner von Euch helfen. Doch Ihr könnt mir den Rest von dem, womit wir es zu tun bekommen, vom Hals halten, während ich meinen Kampf ausfechte. Werdet Ihr mir den Rücken freihalten, Brüder?«

»Ja.« Es war Luthyr Kriegshorn, der antwortete. Seine Stimme klang kalt und hart, als er es versprach, trotz der Abneigung, die nach wie vor in seinen Augen schimmerte. »Jawohl, Milord Paladin. Das werden wir.«

»Jetzt, Layantha.«

Jerghar zischte diesen Befehl, während er auf dem Hügel kauerte. Das Gesicht des Wesens, das früher einmal eine sterbliche Frau gewesen war, verzerrte sich zu einem grauenvollen Lächeln. Layantha Peliath war ein äußerst rares Exemplar unter Krahanas Dienern. Diese Magierfrau war freiwillig in den Dienst der Königin der Verdammten getreten. Und sie war mehr als ein Magier gewesen, sie war eine Empathin. Aber keine passive Empathin. Die meisten dieser Magier widmeten sich der Heilkunst, entweder der des Körpers oder der der Seele. Allein die Natur dieser Gabe machte ein Schicksal wie das von Layantha nahezu undenkbar. Wäre sie eine passive Empathin gewesen, so hätte sie die Grausamkeit von Krahana und IHREN Dienern zu deutlich wahrgenommen, als dass sie sich IHR freiwillig angeschlossen hätte. Sie wäre vielleicht von einem Diener oder einem Shardohn oder von Krahana selbst überwältigt und gezwungen worden, aber sie hätte sich IHR nicht freiwillig hingegeben. In diesem Fall hätte sie auch nie werden können, was sie jetzt war.

Layantha war jedoch keine passive Empathin, sondern eine gebende Empathin. Sie konnte zwar ihre eigenen Gefühle übertragen, war jedoch nicht in der Lage, die Gefühle anderer zu empfangen. Ihre Gabe gehörte zu den magischen Talenten, die nur sehr beschränkten Nutzwert besaßen. Vielleicht war das auch ein Grund für ihre Entscheidung gewesen. Layantha besaß nicht die gefestigte Persönlichkeit, die ihr hätte ermöglichen können, hinzunehmen, dass sie nicht der Mittelpunkt von jedermanns Universum war. So wie sie sich als den einzigen Fixpunkt ihrer eigenen, kleinen Welt wahrnahm.

Sie hatte nicht rechtzeitig begriffen, dass sie nur zu einem weiteren Diener in dieser gierigen Leere geworden war, die ihre HERRIN erschaffen hatte. Dass sie weiterhin keineswegs das Zentrum des Universums war, fraß wie Gift an ihrer Seele und schürte nur weiter ihren Hass auf alle sterblichen Wesen. Ihre magische Gabe, die ihr geblieben war, als sie sich Krahana auslieferte, war jetzt keineswegs mehr ein Talent mit beschränktem Nutzen.

Als ihre Feinde die letzte Düne der Ebene des Windes überquerten, die sich vor ihrem Hügel erhob, griff sie nach dem Reservoir an konzentrierter Macht, das ihr Jerghar zur Verfügung stellte. Und das Lächeln auf ihrem Gesicht war noch grausiger mit anzusehen.

Eine Woge reinsten Terrors fegte wie eine Sturmböe über die nächtliche Steppe.

Entsetzen war Bahzell Bahnakson nicht fremd. Er hatte es mit Schwarzen Magiern, verfluchten Schwertern und Dämonen aufgenommen, und kein Mensch, ganz gleich wie mutig er sein mochte, war gefeit gegen Angst. Aber er hatte noch nie ein schrecklicheres Entsetzen geschmeckt, in dessen Kern ein finstereres Grauen gelauert hätte … und das gleichzeitig keine Quelle zu haben schien.

Layanthas Woge aus finsterster Dunkelheit toste über ihn hinweg – und er hörte erstickte Schreie und das hohe, schrille Wiehern, als sie auch über seine Gefährten hinwegspülte. Sie brach über ihnen zusammen, riesig und widerlich und verkrüppelnder als jede körperliche Wunde. Er spürte seine Gefährten hinter sich und wusste, dass sie sich nur aus einem einzigen Grund nicht zur Flucht wandten. Das Entsetzen, das sie durchdrungen hatte, überwältigte sie so vollkommen, dass es sie lähmte. Sie waren hilflos festgefroren, wie panische Kaninchen, die darauf warteten, dass der Wildhüter sie an den Ohren packte.

Bahzell war ebenso davon gefangen wie seine Gefährten, doch diese schwarze Flut aus grauenvollem Eis, die sie hinabgezogen hatte, konnte sein Innerstes nicht erreichen, jedenfalls nicht ganz. Sie kam nicht bis zu diesem unbeugsamen Kern aus elementarer Dickschädeligkeit, die zu einem echten Hradani gehörte, der von seinem Band zu Tomanâk … und zu Walsharno gestützt wurde.

Der Windrenner und er standen regungslos da, ebenso erstarrt wie ihre Gefährten, als die Nacht plötzlich zu einem gruseligen Leben erwachte. Er sah, wie sie grüne Pusteln zu bekommen schien, hinter denen sich Hunderte von glitzernden Augen verbargen. Sie kamen auf ihn zu – und er ERKANNTE sie. Er hatte sie zwar nicht selbst zu Gesicht bekommen, aber Gayrfressa hatte sie gesehen. Sie hatte ihre Reißzähne und das Gift gespürt, und den schrecklichen, gierigen Hass, der in ihnen loderte. Er hatte Gayrfressas Empfindungen gespürt, als wären es seine eigenen gewesen, und deshalb verstand er, weit besser als Gayrfressa selbst, womit er es hier zu tun hatte. Und er kannte auch das unvorstellbare Entsetzen, das jeden erwartete, der ihnen zum Opfer fiel.

Die Kreaturen schlichen langsam näher. Ihre Furcht vor der Macht von Tomanâk ließ sie nur vorsichtig vorrücken, trotz dieses Treibsandes aus verbreitetem Entsetzen, der ihre Feinde lähmte.

Diese Vorsicht war ihr Fehler.

Sie hätten sich auf Bahzell stürzen, hätten ihm und Walsharno augenblicklich ihr Leben und ihre Seele entreißen sollen, solange Layantha sie lähmte. Stattdessen zögerten sie jedoch einen kurzen Augenblick. Und diesen nutzte Bahzell.

Er tastete in sein Innerstes, dachte dabei nicht nach, reagierte einfach. Trotz der grausigen Woge von Gefühlen, die ihn durchdrang, griff er tief hinab in sich – und gleichzeitig nach außen. Es war, als streckte er beide Hände aus, eine nach Tomanâk und die andere nach Walsharno, und zur selben Zeit umklammerten ihn zwei geistige Hände mit einem eisernen Griff. Bahzell bog sich förmlich wie ein Akrobat in der Luft, in der unerschütterlichen Gewissheit, dass er mehr darauf vertrauen konnte, dass ihn diese Hände hielten als seine eigenen. Und als sie das taten, durchzuckte ein Strahl der Sonne selbst seine Seele.

Noch während sein Gott und sein Windrennerbruder ihn in dieser Dreifaltigkeit hielten, weckte Bahzell die Blutrunst. Er ließ diesen wilden Wirbelwind aus berserkerhafter Blutrunst frei, der seit zwölf Jahrhunderten der Fluch seines Volkes war, bis ihn die Zeit und die richtige Kur in etwas anderes verwandelt hatten. In eine elementare Entschlossenheit und eine tödliche, eiskalte Konzentration.

Die mächtigen Schlingen aus hoffnungslosem Entsetzen, die Layantha über ihn geworfen hatten, zerrissen in Fetzen – wie Spinnweben von Walsharnos wilder Kraft – und schrumpften unter der blendenden Nähe von Tomanâk. Im Herzen dieses Kerns von Licht, das die Dunkelheit erhellte, befand sich Bahzell Bahnakson in der fürchterlichen Erhabenheit der Blutrunst. Er stand unerschütterlich wie ein Fels, an dem die Brandung des Entsetzens zerschellte.

»TOMANÂK!«

Sein tiefer, dröhnender Schlachtruf durchdrang diese Finsternis, und Walsharnos wilder, lauter Wutschrei untermalte ihn noch. Bahzells Schwert sprang in seine rechte Hand, schneller, als der Gedanke dauerte, der es gerufen hatte. Es erstrahlte in einem so blendend blauen Licht, dass selbst die Augen der Menschen unter seinem Gleißen schmerzten. Die Shardohns dagegen, Geschöpfe der Nacht, erstarrten und heulten vor Entsetzen auf. Ihr Grauen reichte weit tiefer als das, welches Layantha über ihre Feinde geworfen hatte, um sie zu lähmen.

Layantha kreischte. Sie fuhr sich mit den Händen an ihren Kopf, ballte sie zu Fäusten, hämmerte gegen ihre Schläfen und stolperte zurück. Sie wand sich schreiend, als das Entsetzen, das sie beschworen hatte, auf sie zurückschlug. In ihrem ganzen sterblichen Leben hatte sie nie Gefühle der anderen wahrgenommen. Sie war ebenso blind dafür gewesen, trotz ihrer Empathie, wie jeder andere, der kein Magier war. Doch jetzt, endlich, wurde ihr Verstand geöffnet, seine Barrieren und Mauern wurden von dieser gewaltigen Faust aus blauer Macht niedergerissen, und der gesamte Hass, die ganze finsterste Verzweiflung, die sie gegen ihre Beute geschleudert hatte, durchfuhr jetzt sie selbst.

Sie kreischte erneut und versuchte verzweifelt, die Schmerzen zu unterdrücken. Doch das wurde ihr verwehrt. Sie konnte nicht aufhören auszustrahlen, wegen all der geraubten Energie, die Jerghar in sie hineingeleitet hatte. Nicht etwa nur, weil Tomanâk und seine Paladine es nicht erlaubten. Die niedergemetzelten Windrenner der Warmen Quellen waren brutal dem Tod entrissen worden, da sie die Erniedrigung erleben sollten, ihren Schlächtern auch noch dienen zu müssen. Doch diese gepeinigten Seelen waren die Seelen von Windrennern.

Wie Lord Edinghas Bahzell erklärt hatte, beugten sich Windrenner weder Dienern des Bösen, noch Dämonen, und auch nicht Dunklen Göttern. Sie weigerten sich, von ihrer Macht zu lassen, die Jerghar ihnen zurückgegeben hatte. Sie wanden sich und wieherten ebenso gepeinigt von Qualen wie Layantha schrie, als Jerghar versuchte, ihnen seinen Willen aufzuzwingen. Er schlug mit feurigen Peitschen auf sie ein und befahl ihnen, ihre geraubte Lebensenergie nicht länger durch die Magierfrau zu senden. Sie wanden sich zuckend unter diesen Hieben … aber sie gaben nicht nach.

Layantha kreischte jetzt unablässig, bebte wie von Krämpfen geschüttelt. Ihre grünen Augen leuchteten wie zwei Sonnen. Jerghar brachte sich mit einem gewaltigen Satz in Sicherheit und stolperte ungeschickt vor Furcht, als die Magierfrau plötzlich in Flammen aufging.

Zuerst war nur Rauch von ihr aufgestiegen. Doch im nächsten Augenblick zuckten aus diesem Rauch Flammen empor, fürchterliche Flammen, in denen sich das blaue Strahlen Tomanâks und das grüne Gift Krahanas zu einer lodernden Feuersbrunst vereinten. Diese Feuersäule erhob sich tosend in den nächtlichen Himmel, und Jerghar zuckte vor der Person zurück, die in ihrem Kern gellend schrie. Die Flamme entwickelte keinerlei Hitze, dennoch schrumpfte Layantha, verzehrt von diesem fürchterlichen Feuer, das nicht einmal den Tau auf dem Gras trocknete, auf dem sie stand.

Sie brüllte noch einmal auf: mit einem animalischen, grauenvollen Schrei, der scheinbar endlos in Zeit und Ferne verklang. Dann war sie verschwunden. Als Zeugnis ihrer Vernichtung blieb nur ein kleiner Haufen Asche übrig.

Die Lähmung, die Bahzells Gefährten bannte, erlosch so plötzlich, als hätte man eine Kerze ausgeblasen. Er hörte und spürte, wie seine Brüder die Nachwirkungen abschüttelten, aber er hatte keine Zeit, ihnen zu erklären, was geschehen war. Jerghar hatte die Shardohns dem Befehl Treharms und der beiden anderen Diener unterstellt, und noch während Krahanas Erster Diener vor dem Mahlstrom der Vernichtung zurückzuckte, der Layantha verzehrte, schrie sein Verstand seinen Untergebenen Befehle zu, peitschte sie zum Angriff.

»Jetzt, Schwertbrüder!«, brüllte Bahzell. Die Nacht erwachte zu einem gespenstischen Leben, als ein boshaftes Heulen aus den Kehlen seltsam wirkender Wölfe erklang.

Die Shardohns stürzten vor. Ihr Wutgeheul klang gieriger und heißer als je zuvor, da ihr eigenes Entsetzen darin widerhallte. Das gleißend blaue Strahlen um Bahzells Schwert erfüllte sie mit einer Panik, die lähmender war als alles, was Layantha hätte beschwören können. Doch das tiefer sitzende Grauen vor ihrer HERRIN und IHREN Dienern trieb sie voran, peitschte sie weiter und stürzte sie in ein geradezu wahnsinniges Verlangen, alles um sich herum niederzureißen.

Schwerter und Säbel und Hurthangs zweischneidige Axt funkelten in dem Licht, das von Bahzells Klinge ausstrahlte, und die wiehernden Schlachtrufe der Windrenner übertönten das wütende Geheul der Wölfe. Walsharno sprang vorwärts, der heranwogenden Welle von Angreifern entgegen. Bahzell und er bildeten die Spitze des Keils, der in das Herz ihrer Feinde vorstieß.

Vierbeiniges Grauen kollidierte mit scharfem Stahl und Hufen wie Streitkolben. Die Nacht war von Wutgeschrei erfüllt, gierigem Geheul, Schmerzensschreien und dem dumpfen Krachen von Stahl, der untotes Fleisch durchtrennte und untote Knochen zerschmetterte. Dutzende und Aberdutzende von nicht sterblichen Dämonengestalten warfen sich in blinder Gier vorwärts. Es waren einfach zu viele. Einer der Hengste vom Bärenfluss wieherte brüllend auf, als er zu Boden gerissen wurde. Anderthalb Tonnen kämpfender Wut verschwanden unter einem »Wolfs«-Rudel, das an dem Windrenner riss und zerfetzte ihn in Stücke.

Ein anderer Windrenner stolperte und sank zu Boden. Sein Reiter flog aus dem Sattel. Doch das Tier sprang wieder auf und wieherte vor Wut und Hass, als sich drei Shardohns auf seinen Reiter stürzten. Der Säbel des Windreiters blitzte auf, und einer der Shardohns kreischte, als die Klinge sein Rückgrat zertrümmerte. Er stürzte, wand sich vor Todesqualen, die beiden anderen aber durchbrachen die Abwehr des Windreiters. Er starb, ohne einen Laut von sich zu geben, als die langen Reißzähne seine Kehle zerfetzten. Sein Windrennerbruder schrie, als wäre er selbst ein Dämon. Er bäumte sich auf, erschlug die Mörder und kreischte erneut, als eine Woge von Wölfen über ihn herfiel und ihn endgültig zu Boden warf.

Hurthangs Axt zuckte wie ein Donnerkeil herab. Er schimmerte mit einem Widerhall der blauen Flamme, die Bahzells

Schwert ausstrahlte. Ein Shardohn jaulte vor Qual, als dieser glühende Stahl ihn durchbohrte und er erfuhr, wenn auch nur für den Bruchteil einer Sekunde, dass auch er sterben konnte. Gharnals Schwert flimmerte in demselben Glanz, während er einen anderen dieser geheimnisvollen Wölfe ausweidete. Brandarks Kriegsross wieherte schrill vor Entsetzen, als ein weiterer Shardohn es ansprang. Die Blutklinge riss den Kopf herum, wich dem Angriff aus und ließ gleichzeitig sein Schwert herabsausen. Die Klinge glänzte zwar nicht in Tomanâks Licht, der Schlag aber fegte sein Opfer beiseite. Es hatte den Kopf verloren und trat blindlings mit den Läufen um sich. Es war zwar nicht wirklich »tot«, doch es war ja auch nicht »lebendig« gewesen. Taumelnd rappelte es sich auf und blieb in einer grotesken Parodie auf die Natur und das Leben schwankend und orientierungslos stehen, während die Schlacht an ihm vorbeirauschte.

»Tomanâk! *TOMANÂK!*«

Bahzells dröhnender, tiefer Schlachtruf erhob sich über den tosenden Tumult, übertönte alle anderen Geräusche und hallte wie das Kriegshorn des Gottes, dem er diente, durch die Nacht. Walsharno und er kämpften wie *ein* Wesen, so vollkommen miteinander verschmolzen, dass keiner von beiden hätte sagen können, wo die Gedanken des einen endeten und die des anderen begannen.

Bahzells gewaltiges Schwert, eine mehr als anderthalb Meter lange, blau gleißende Klinge, war eine Zweihandwaffe und selbst mit beiden Händen von einem gewöhnlichen Sterblichen nicht leicht zu schwingen. Bahzell jedoch führte sie mit einer Hand, als wöge sie nicht mehr als ein Florett, und jeder Shardohn, der in die Reichweite dieser Furcht einflößenden Waffe geriet, war sogleich des Todes. Walsharno strahlte in demselben Licht, und aus seinen Vorderhufen zuckte blaues Licht, wenn er sie auf ein Opfer hinuntersausen ließ. Von Bahzells üblicher Ungeschicklichkeit im Sattel war jetzt nichts zu sehen. Er war Teil von Walsharno, nicht nur sein Reiter, und die beiden stürmten unaufhaltsam zu dem Hügel vor, auf dem Layantha in Flammen aufgegangen war.

Jerghar richtete sich wieder auf und riss seinen Blick von dem kleinen Aschehaufen auf dem Gras los, wo Layantha gestanden hatte. Eine Furcht, die so düster war wie alles, was diese untote Magierfrau je hätte wirken können, drang ihm bis ins Mark. Er hatte niemals erwartet, dass ihr so etwas widerfahren könnte, ja, dass es überhaupt passieren konnte. Und wenn Bahzell dazu imstande war …!

Nein! Jerghar schüttelte sich heftig. Es mussten die Windrenner gewesen sein, die sich an ihren Mördern rächen wollten. Sie waren mindestens so sehr daran beteiligt gewesen wie Bahzell selbst! Und da er jetzt wusste, was geschehen war, würde er Abhilfe schaffen. Er war schließlich der Meister dieser verdammten Seelen! Er geißelte sie mit einer weiß glühenden Kraft, die sich aus seiner Wut und seiner Panik speiste. Diesmal blieb ihm keine Zeit, ihre lautlosen Schreie angemessen zu genießen. Selbst jetzt noch spürte er, wie sie sich ihm widersetzten, besiegt, aber nicht unterjocht. Doch sie konnten ihm nicht widerstehen, als er alle Reserven seiner verderbten Energie einsetzte.

Nach diesem kurzen, titanischen Kampf blickte er auf. Seine grün leuchtenden Augen weiteten sich ungläubig. Die Feinde waren tief in den äußeren Verteidigungsring eingedrungen, und schlugen eine gnadenlose Bresche durch das Meer von Shardohns. Das war doch nicht möglich! Bahzell mochte ein Paladin des Tomanâk sein, aber die anderen waren bloß … Sterbliche. Sie hätten eigentlich wie Stroh im Feuer verzehrt werden, eine leichte Beute sein sollen … aber das waren sie keineswegs.

Er konnte jeden Meter ihres Vorrückens an ihrem Blut und ihren Leichen ablesen. Windrenner und Menschen und Hradani starben, aber sie starben nicht leicht … und schon gar nicht allein. Fast ein Drittel seiner Shardohns war verkrüppelt oder bereits vernichtet worden, und immer noch mähten sich diese verrückten Menschen und Windrenner weiter durch ihre Reihen, in einer Schlacht, die doch nur mit ihrem eigenen Tod enden konnte! An ihrer Spitze, umhüllt von diesem tödlich blauen Glanz der Macht, trabte der größte Windrenner von allen, und auf seinem Rücken hockte das entfesselte Schwert Tomanâks, Bahzell Bahnakson.

»*Bahzell!*«

Gharnals Warnschrei gellte durch den Tumult und das Chaos. Bahzell riss den Kopf herum, als etwas durch die Luft auf ihn zusauste. Es sah wie ein Mensch aus, aber kein Mensch hätte sich so erschreckend schnell und gelenkig bewegen können. Es war aus dem Gras aufgesprungen, aus einer Traube knurrender Wölfe, die sich um Bahzells linke Flanke scharten. Bahzell drehte sich schon im Sattel herum, um sich dem Angreifer stellen zu können, noch während Walsharno selbst herumfuhr.

Doch es war zu spät. Der Angreifer landete auf dem Boden, federte in einem unmöglichen Satz wieder in die Luft und stürzte sich auf Bahzells ungeschützte Seite, um seine Krallen hineinzuschlagen, als … eine Hand vorzuckte.

Gharnal Uthmâgson erwischte mit der Linken Treharm an seinem Fußknöchel. Krahanas Diener jaulte vor Schreck und Wut auf. Bislang war er noch keinem Sterblichen begegnet, der schnell genug gewesen wäre, um das zu bewerkstelligen. Und ganz gewiss wäre niemand stark genug dafür gewesen. Allerdings war Treharm bisher auch noch nie einem Hradani begegnet, der die Blutrunst gerufen hatte. Gharnal riss ihn mit einer Kraft zurück, die der von Treharm fast gleichkam.

Dieser wirbelte herum und schlug mit seiner Klaue zu, deren Krallen den Kettenpanzer zerfetzten. Gharnal grunzte, als sie sich auch in seine Haut gruben, aber sein Schwert sauste, getrieben von der ungeheuren Geschwindigkeit der Blutrunst, herunter. Diesmal heulte Treharm auf, als der blau schimmernde Stahl seinen rechten Arm wie eine Axt abtrennte.

Panik flammte in dem Diener auf. Sie war schlimmer als der körperliche Schmerz, den er empfand, als sein abgetrennter Arm wegflog. Eine solch grausige Wunde wäre für jeden Sterblichen tödlich gewesen oder hätte ihn zumindest verkrüppelt. Treharm war jedoch kein Sterblicher. Das amputierte Glied würde mit der Zeit wieder nachwachsen, und der Schock, der einen gewöhnlichen Menschen zumindest gelähmt hätte, zeitigte bei ihm so gut wie keine Wirkung.

Jedenfalls keine körperliche. Doch es gab andere Wirkungen eines Schocks. Diese Verletzung war eine beängstigende Warnung, dass er am Ende vielleicht doch sterblich sein könnte. Er quiekte, wand sich heftig und schlug mit seinem verbliebenen Arm um sich. Er führte einen wilden, verzweifelten Schlag gegen Gharnal, und Bahzells Stiefbruder bog sich im Sattel zurück, als eine übernatürlich starke Hand durch seinen Brustpanzer drang und sich tief in seine Brust grub. Rippen zersplitterten, deren spitze Enden sich in seine Lunge und sein Herz bohrten.

Gharnal Uthmâgson war in diesem Augenblick ein toter Mann. Allerdings war er ein auserwählter Ritter des Tomanâk und nicht zuletzt ein Pferdedieb-Hradani, der von der Erhabenheit der Blutrunst durchdrungen war. Er fiel nicht. Nicht so leicht. Treharm konnte noch ein letztes Mal kurz und fassungslos quieken, während sich seine Linke um das pochende Herz seines Feindes schloss. Dann sauste Gharnals Klinge in einem endgültigen, vollendeten Bogen herab, der Treharms Schädel in einem eher weniger unvollendeten Bogen in die Nacht hinaussegeln ließ.

»NEIN!«

Jerghar schrie seinen Trotz heraus. Nicht weil ihn Treharms Schicksal bekümmert hätte, sondern weil dessen Tod bedeutete, dass er zwei Drittel seiner Diener verloren hatte. Und mit ihnen ihre Macht. Vor allem jedoch, weil Treharms und Layanthas Tod verhieß, dass auch er getötet werden konnte.

Die schreckliche Vorahnung seines eigenen Untergangs durchfuhr ihn, und der Schreck, den sie auslöste, drängte ihn zur Flucht. Aber das übermächtige Grausen vor Krahanas Rache erstickte diese Furcht wieder. Tomanâk und sein Paladin mochten Jerghar vielleicht vernichten, aber wenn er Krahana verraten würde, blühte ihm weit Schlimmeres. Also blieb er wie angewurzelt auf dem Hügel stehen und beobachtete das wirbelnde Chaos des Kampfes, das sich alles zermalmend auf ihn zuwälzte.

Brandarks Kriegsross wieherte schrill, diesmal vor Qual, als ein Shardohn die Verteidigung der Blutklinge unterlief und dem Ross die Kehle herausriss. Der Hengst stürzte in einem Schwall von Blut zu Boden, und Brandark zog hastig die Füße aus den Steigbügeln. Er landete schwer auf der Erde, schaffte es jedoch, sein Schwert noch festzuhalten, während er sich abrollte und sofort wieder aufsprang.

Trotz seiner Behändigkeit wäre er fast nicht schnell genug gewesen. Derselbe Shardohn, der sein Pferd gerissen hatte, schnappte nach Brandarks Kehle, und zwei weitere Dämonen griffen ihn von der Seite an.

Der Erste hechtete häuptlings in Brandarks Schwert und schluckte dreißig Zentimeter blanken Stahl. Er schrie vor Schmerz, wickelte sich um die Klinge und schnappte mit seinen Wolfszähnen danach. Brandark riss sein Schwert unter einer Fontäne von Blut heraus und wirbelte herum, um sich dem Shardohn zu stellen, der ihn von rechts angriff. Die mit Blut und Gift verschmierte Waffe sauste mit der Eleganz eines Hackbeils herunter, geführt von einem Arm, fast so machtvoll wie der Bahzells und gelenkt von der wilden Treffsicherheit der Blutrunst. Die Klinge durchtrennte mit einem dumpfen Knirschen das Rückgrat des Dämons unmittelbar hinter der Schulter. Der Shardohn brach mit einem Schrei zusammen. Er erhob sich jedoch sofort wieder und zog sich mit den Vorderläufen vorwärts. Doch er schleppte seine Hinterläufe nutzlos nach und war zu langsam, um Brandark zu erreichen.

Was jedoch dem dritten Dämon gelang. Er warf sich auf Brandarks Schultern und riss an der Stahlplatte des Kürasses, den die Blutklinge trug. Stahlharte Reißzähne gruben sich ihren Weg durch die Panzerung und kratzten darauf herum. Brandark schüttelte heftig die Schultern, versuchte so, das Wesen abzuwerfen, während er es gleichzeitig nach vorn zerrte.

Fast wäre es ihm gelungen, doch dann holte der Shardohn erneut aus, und Brandark knurrte vor Qual, als die vergifteten Fänge wie Nägel durch den linken Arm seines Kettenhemdes drangen. Sie durchlöcherten den harten, von Zwergen geschmiedeten Panzer, zerfetzten Muskeln und Sehnen und zermalmten Knochen. Das Triumphgeheul seines widerlichen Gegners hallte durch Brandarks Leib. Die Kreatur schmeckte seinen Lebenssaft, saugte ihn aus, noch während sie ihr Gift in ihn spritzte. Sie wusste, dieser Mensch gehörte nun ihr.

Nur war dieser Mensch zufällig ein Hradani und entsprechend zäher als alle Beute, die der Shardohn zuvor gerissen hatte. Zudem war er ein Hradani unter dem Einfluss der Blutrunst, getrieben von der schrecklichen, unaufhaltsamen Kraft dieses uralten Fluchs seines Volkes. Und er war Brandark Brandarkson. Kein Paladin des Tomanâk, nein, und auch kein Ritter des Ordens von Tomanâk. Nur eine Blutklinge, die sich sehnlichst gewünscht hatte, ein Barde zu sein. Ein Poet, der es an Bahzells Seite mit weit größeren Dämonen aufgenommen und seinen Trotz der Hölle ins Gesicht gespuckt hatte.

Er knurrte, umhüllt von der eisigen Wut der Blutrunst, als er fühlte, wie seine Lebenskraft in den Shardohn strömte, und drehte erneut die Schultern. Er fletschte die Zähne, als sich zerborstene Knochen und zerfetzte Muskeln im Maul des

Shardohns bewegten. Und das Triumphgeheul der Kreatur wurde schwächer, als sie fühlte, wie sie langsam herumgezogen wurde. Sie versuchte noch loszulassen, doch ihre Reißzähne waren in dem Kettenpanzer und Körper ihres Opfers verklemmt. Sie konnte nicht entkommen, als Brandark seinen rechten Arm anlegte, den linken anhob, das Gewicht des Shardohns von seinem zerfetzten Oberarm nahm und der Kreatur die Klinge in den Wanst rammte. Er drehte das Handgelenk und weidete den »Wolf« förmlich aus.

Der Shardohn quiekte, kämpfte verzweifelt trotz der Qualen, die ihm seine Wunde bereitete, und endlich lösten sich seine Zähne von seinem Opfer. Er landete auf allen vieren, hob gequält den Kopf … und verlor ihn im gleichen Augenblick, als Brandarks Schwert wie ein Fallbeil auf seinen Hals heruntersauste.

Der Shardohn kippte leblos um und Brandark ließ sich auf die Knie sinken. Seine Linke hing schlaff an der Seite herunter, als ihn der Blutverlust und das eisige Saugen an seiner Seele schwächten. Er ließ sein Schwert sinken und den Kopf hängen, als ein weiterer Shardohn Anstalten machte, ihm an die Kehle zu springen. Brandark versuchte verzweifelt, die Klinge hochzureißen. Seine Augen glühten in dem trotzigen Feuer der Blutrunst, selbst als er schon mit einem Fuß im Grab stand, doch sein übel zugerichteter Körper hatte alles gegeben, was ein Hradani geben konnte. Es gelang ihm nicht, die Waffe rechtzeitig hochzubekommen. So musste er hilflos zusehen, wie die von grüner Verderbnis triefenden Reißzähne des Shardohns auf ihn zuflogen.

In diesem Augenblick schwang eine doppelschneidige Streitaxt, von einer verzehrenden, blauen Flamme umhüllt, wie ein gigantisches Pendel quer vor seinem Gesicht vorbei. Und wischte den Shardohn einfach weg.

»Tomanâk! *TOMANÂK!*«

Hurthangs Axt leuchtete wie ein Donnerkeil. Jetzt endlich brach Brandark zusammen.

Bahzell durchzuckte ein schmerzlicher Stich, als er sah, wie Gharnal tot über der Leiche seines Mörders zusammensackte, wie Hurthang breitbeinig über Brandarks reglosem Körper stand, während sich das heulende Pack auf ihn stürzte. Aber er hatte keine Zeit für Trauer, keinen Raum für Furcht. Gharnal und Brandark waren nicht die einzigen Brüder, die er heute Nacht verloren hatte, und das Sterben war noch lange nicht vorbei. Obgleich …

Sein Kopf ruckte hoch. Der wogende Kampf hatte Walsharno und ihn immer weiter vorwärts getragen. Es gab so viel Dunkle Macht in dieser Finsternis, dass selbst seine Paladin-Sinne sie nicht hatten durchdringen und ihren Kern ausfindig machen können. Doch jetzt war er nahe genug. Seine gefallenen Schwertbrüder hatten ihn weit genug vorangetragen, dass er endlich das Zentrum dieses riesigen, wirbelnden Tornados von korrumpierter Energie erkennen konnte, der unsichtbar über dem Hügel toste. Er fühlte Walsharno unter sich und schmeckte die Trauer des Windrenners, als dieser die Qualen und das Entsetzen der Windrenner wahrnahm, die in Krahanas Klauen gefangen waren. Als sie beide das Herz und den Kern dieses Mahlstroms erkannten, der sie und ihre Gefährten verschlingen wollte, wussten sie, was zu tun war.

Bahzell nahm Walsharnos Wut über das Schicksal der Windrenner von den Warmen Quellen auf, verschmolz sie mit seiner eigenen Trauer um Gharnal und Brandark und alle anderen, die dem Grauen dieser fürchterlichen Nacht zum Opfer gefallen waren. Er vereinte sie, hüllte sie um seine Blutrunst und gab sie an sich und Walsharno zurück, nicht als Verzweiflung, sondern als eine Kraft, die härter war denn Stahl. Seine donnernde Stimme übertönte mühelos den Kampflärm.

»TOMANÂK!«, brüllte er, und Walsharno stürmte mit einem mächtigen Satz vorwärts.

Jerghar hörte diesen markerschütternden Schrei auf seinem Feldherrnhügel, und das Entsetzen, das er bei Treharms Vernichtung empfunden hatte, überspülte ihn erneut wie eine schwarze, erstickende See. Doch er rang es nieder, nicht mit Mut, sondern mit Verzweiflung, und klammerte sich fester an die Macht, die er geraubt hatte.

Ein weiterer Diener Krahanas, der einst als Sterblicher Haliku Koharth geheißen hatte, sprang auf. Er stürzte sich aus dem verrinnenden Ozean der Shardohns wie ein Hase, der aus einem Dickicht flüchtet, als Walsharno wie ein Vulkan aus blauem Licht vor ihm auftauchte. Die Shardohns jaulten, als hätten sie vergessen, dass sie in Wahrheit keine Wölfe waren, sondern nur ihre Gestalt angenommen hatten, und brachten sich vor dem Angriff des Windrenners in Sicherheit. Sie spritzten unter den blau schimmernden Schlägen seiner gewaltigen Hufe in alle Richtungen davon – wie Schlamm aus einer Pfütze. Einer war zu langsam, und ein Huf sauste wie der Morgenstern des Tomanâk selbst hinab. Er erwischte den quiekenden Shardohn mitten im Rückgrat, und sein künstlicher Körper verschwand in einem leuchtend blauen, göttlichen Blitz.

Der Windrenner donnerte immer schneller durch die nächtliche Steppe. Ein rasender Sturm der Vernichtung, umhüllt von strahlendem Blau. Diese göttlich knisternde Aura klebte an ihm, wehte hinter ihm her wie ein Schleier aus Blitzen, und kein einziger Shardohn konnte ihm widerstehen. Sie flohen heulend in die Nacht hinaus. Ihre Furcht vor Tomanâk überwältigte, wenn auch nur kurz, das tiefe Grauen vor ihrer HERRIN.

Haliku blickte über die Schulter zurück. Seine grünen Augen glühten im Dunkeln und das Entsetzen der Shardohns spiegelte sich auf seiner verzerrten Fratze. Er schlug Haken und versuchte, der direkten Angriffslinie von Walsharno auszuweichen. Bahzell beugte sich aus dem Sattel. Mit der Linken hielt er sich am Sattelhorn fest und die Rechte schwang das Langschwert in einem blendenden Bogen wie ein leuchtendes Leichentuch. Der Diener kam noch dazu, einen entsetzten Protestschrei auszustoßen, bevor die tödliche Klinge seinen Körper von Kopf bis Fuß spaltete.

Eine blaue Feuersäule explodierte aus dem Gras und verzehrte das, was einst ein Diener Krahanas gewesen war. Mit dem nächsten Galoppsprung überwand Walsharno den letzten Verteidigungsring der Shardohns. Er streckte den majestätischen Schädel vor und seine mächtigen Muskeln arbeiteten unwiderstehlich, als er in dem unvergleichlichen Galopp eines Windrenners voranstürmte, dem nur der Wind hätte Paroli bieten können.

Ein Meteor aus grünem Feuer erhob sich in hohem Bogen von dem Hügel. Er glitzerte in der verachtenswerten, alles verzehrenden Gier von Krahanas Macht, und sauste kreischend wie alle Teufel der Hölle heran. Bahzell hob ruhig sein Schwert und hielt es sich quer über den Kopf, eine Hand am Knauf, die andere an der blau glühenden Schneide.

»*TOMANÂK!*«, brüllte er, und ein bläulich gleißender Blitz zuckte aus ihm und Walsharno heraus. Der sich ausbreitende Ring aus Licht fegte wie eine Sturmwelle über das Steppengras und presste die Stängel zu Boden. Die Nacht wurde von einem gewaltigen Donner erschüttert, als Jerghars Flammenkeil gegen Tomanâks Schild prallte … und erlosch.

Jerghar sackte zitternd in die Knie, als ihn der Rückschlag seines parierten Angriffs durchschüttelte. Seine Kontrolle über die Seelen der Windrenner wankte bei seinen Qualen, aber er war nicht umsonst für diese Aufgabe bestimmt worden. Er war nicht schwach. Er schlug die Windrenner zurück, zwang sie erneut unter seine Kontrolle und hob den Kopf.

Seine Augen loderten von grünem Feuer, das ebenso heiß brannte wie die Verzweiflung tief in seinem Inneren. Die Shardohns und die ihm unterstellten Diener von Krahana hatten fast ein Drittel von Bahzells Gefährten getötet. Doch jetzt waren alle diese Diener vernichtet und die Streitmacht der Shardohns war zerbrochen. Sie flohen in Bahzells Kielwasser.

Zwischen Tomanâks Paladin und Jerghar befand sich nun niemand mehr, nichts, bis auf seine letzte, innerste Verteidigungslinie. Der Wall aus konzentrierter Energie, mächtig genug, jeden Paladin aufzuhalten, der je auserkoren worden war. Dessen war sich Jerghar sicher, doch noch während er sich von dieser umfassenden Gewissheit beruhigen ließ, dachte er an all die anderen Dinge, die er mit derselben Überzeugung irrtümlich geglaubt hatte, bis er Bahzell Bahnaksons Angriff glauben musste.

Bahzell schwankte bei diesem seelenerschütternden Aufprall von Jerghars Lichtblitz im Sattel. Doch im Unterschied zu Jerghar war Bahzell nicht allein. Er wurde von Tomanâk unterstützt, war mit Walsharno verbunden, und dazu noch getragen von seiner eigenen eisernen Entschlossenheit und der Erhabenheit der Blutrunst.

Er richtete sich wieder auf und legte die Ohren an. Dann fletschte er die Zähne, als er diese letzte Barriere wahrnahm, die sich wie eine Wand aus unsichtbarem Stahl in der Finsternis vor ihm erhob.

»Jetzt, Bruder!«, rief er Walsharno zu, und die Stimme, die ihm antwortete, schien tief und fest in seinem eigenen Verstand verwurzelt.

Nimm, was du brauchst, Bruder!

Das tat Bahzell. Er griff zu, tief, tiefer als er sich je hätte träumen lassen. Er ertastete seine eigene Verbindung zu Tomanâk, zu Walsharno, Walsharnos Band zu ihm und Tomanâk, und dann, in einem einzigartigen Zusammenschluss aus Hradani, Windrenner und Gottheit, spürte er unter seinem geistigen Griff die unendliche, kochende See der ungezügelten Kräfte des Universums, ein Meer – und das wusste er im selben Augenblick –, dessen Existenz vor langer Zeit Wencit von Rûm, der Letzte der Zügellosen Zauberer, in einer stürmischen Winternacht ihm und Brandark zu beschreiben versucht hatte.

Bahzell hatte keine Ahnung, wie er dieser Energie begegnen sollte. Er war kein Magier, kein Weißer Zauberer und schon gar kein Zügelloser Zauberer, das würde er auch niemals sein. Aber er war ein Paladin, und er griff furchtlos nach dieser knisternden, tödlichen Schönheit. Er legte seine Hand darauf und wurde nicht davon verzehrt. Stattdessen leuchteten Bahzells Augen in demselben unheimlichen, regenbogenfarben schillernden Feuer, das seit so vielen Jahrhunderten in Wencits Augenhöhlen glühte.

Er hob die leere Hand, und um sie knisterten verheißungsvoll … nicht nur das Blau von Tomanâk, sondern alle Farben, die je erschaffen wurden. Sie alle vermischten sich, als er die Faust ballte.

»TOMANÂK!«

Jerghar riss fassungslos die Augen auf, als er die zügellose Magie erkannte, die über der Faust des Hradani loderte, mitten in der alles verzehrenden Wut von Tomanâks Zorn. Das war unmöglich! Vollkommen unmöglich! Es konnte einfach nicht sein! Niemand außer einem Weißen Zauberer – einem Zügellosen Zauberer! – vermochte zu tun, was Bahzell gerade getan hatte!

Aber seine Feinde waren jetzt nahe genug. Sein Sinn für das Unsichtbare war zwar weniger scharf, als der von Bahzell jetzt geworden war, aber er war noch gut genug, um ihm eine Warnung zuzukreischen, eine allerdings tödlich verspätete Warnung, während Bahzell und Walsharno selbstmörderisch gegen seine undurchdringliche Mauer aus Macht anrannten.

Unmöglich!, wiederholte sein Hirn dieses Mantra. *UNMÖGLICH!*

Es war nicht ein Paladin, es waren zwei … ZWEI! Und so tief miteinander verbunden und verschmolzen, dass sie wie ein einziger wirkten!

Bahzells Faust zuckte vor, deutete auf die Barriere unmittelbar vor ihm – und Blitze zuckten heraus. Ein solider, gezackter Strang aus purer Energie strömte aus seiner Hand und fegte wie eine dreizackige Lanze vor Walsharno und ihm her. Er schlug in Jerghars Barriere ein und explodierte in einem Pilz, aus dem sich ein schillernder Tornado einander widerstreitender Energien bildete. Diesmal erzeugte der Aufprall eine sengende Hitze, und das grüne, feuchte Frühlingsgras flammte auf. Rote Flammen und weißer Rauch stiegen in einem wabernden Vorhang empor.

Einen Augenblick lang wogte dieser titanische Kampf hin und her, als Mächte miteinander rangen, die weit jenseits der Welt der Sterblichen existierten. Dann erschütterte ein letztes, umwälzendes Beben das Universum, als Bahzells Lichtblitz Jerghars letzten Verteidigungsring durchschlug.

Jerghar kreischte vor Qual auf, als die Ausläufer dieser ungeheuren Explosion über ihn hinwegfegten und ihn wie eine Spielzeugpuppe umrissen. Er rutschte über den harten Boden und rollte durch das Gras der Ebene des Windes, wurde hochgeschleudert und landete wieder auf der Erde, wie ein Stein, den ein übermütiges Kind geworfen hatte. Feuer umhüllte ihn. Das blaue Feuer des Tomanâk, das alles verzehrte, alles …

Jerghar kreischte unaufhörlich und riss an seinem untoten Fleisch, als sich die Berühung des Tomanâk qualvoll in ihn hineinbohrte. Doch es gab kein Entkommen vor dieser Tortur. Sie fraß sich langsam in ihn hinein, unendlich langsam. Und sie zerstörte ihn dabei einen quälenden Zentimeter nach dem anderen.

Hufe in der Größe von Speisetellern näherten sich ihm unaufhaltsam über das Gras des Hügels. Er starrte durch die Qualen dieses gnadenlosen blauen Nimbus, der ihn einhüllte, als Walsharno, Sohn von Mathygan und Yorthandro unmittelbar vor ihm stehen blieb, dramatisch erleuchtet von einem

Hintergrund aus rot glühenden Flammen und erstickendem Qualm.

»Bitte!«, stieß Jerghar qualvoll hervor. »*Bitte*!«

»Zuerst befreist du diese Windrenner aus deinem und dem Griff deiner verderbten Göttin!« Die tiefe Stimme klang kälter als das Eis von Vonderland.

»Ja ... *JA!*«, kreischte er und löste seine Kontrolle. Die Seelen der Windrenner schossen aus seiner Umklammerung, flohen vor dem widerlichen Griff Krahanas, und die Augen des Windrenners, der über ihm stand, blitzten in dem blauen Glanz des Tomanâk.

»Bitte!«, wimmerte Jerghar flehentlich. Er wand sich im Staub, gepackt von einer Qual, die so groß war, wie er sie sich niemals hätte ausmalen können. »Oh, bitte!«

»Du solltest mir einen triftigen Grund dafür geben«, erklärte diese unendlich kalte Stimme. Jerghar schluchzte.

»Deine Freundin«, keuchte er. »Dieses Biest von Paladin!« Er biss die Zähne zusammen, um einen Schmerzensschrei zu unterdrücken, und warf den Kopf wild hin und her.

»Was ist mit ihr?«, wollte Bahzell wissen.

»Versprich es!« Jerghar brachte die Worte einigermaßen verständlich über die verzerrten Lippen. »Versprich ... dass du mich ... tötest! *Versprich es*!«

»Du hast mein Wort, dass du stirbst!«, knurrte Bahzell.

»Nach Süden«, japste Jerghar schluchzend. »Eine Falle ... es ist nicht Kalatha. Sie haben es ... so eingerichtet. Mehr weiß ich nicht ... ich schwöre!«

»Du hast Kerry eine Falle gestellt?« Bahzells Stimme war so kalt wie zuvor, doch klang sie jetzt schärfer.

»Nicht ich ... andere!«, keuchte Jerghar. »Ich kenne nicht alle. Sie wollen dich und sie ... und Tellian. Mehr weiß ich nicht! Ich schwöre es, ich schwöre!«

Bahzell starrte ihn hasserfüllt an. Jerghar schluchzte.

»Du hast es versprochen«, wimmerte er. »*Versprochen!*«

Einen qualvollen Augenblick lang geschah gar nichts.

»Das habe ich«, stimmte ihm Bahzell kalt zu. »Bruder?«

Verzehrt von seinen unerträglichen Qualen begriff Jerghar zunächst nichts. Doch dann dämmerte es ihm, und ein in seiner Demut geradezu entsetzlicher Ausdruck tiefster Dankbarkeit verwandelte seine Fratze in ein Gesicht, als Walsharno seinen mächtigen, blau schimmernden Huf hob. Jerghar richtete seinen Blick mit beinahe verzweifelter Gier darauf, bis der Huf den Scheitelpunkt seiner Bewegung erreicht hatte und genau über seinem Kopf reglos verharrte.

Um dann herabzusausen.

19

Kaeritha verliess Kalatha etwa sieben Tage nach ihrer Ankunft aus Thalar.

Sie hatte nicht vorgehabt, sich dort so lange aufzuhalten, aber nach ihrem Gespräch mit Leeana vermutete sie, dass sie wohl mehr in Kalatha untersuchen musste, als sie ursprünglich angenommen hatte. Diese unauffälligen Nachforschungen anzustellen kostete sie mehr Zeit, als sie geplant hatte. Doch es hatte sich trotzdem gelohnt. Zudem dauerte es auch erheblich länger, bis sie eine neue Möglichkeit bekam, die Originalfassung der Charta und die Landschenkungsurkunde zu überprüfen, als bei ihrem letzten Besuch.

Sharral war so hilfreich wie immer, doch diesmal machte Lanitha Schwierigkeiten. Kaeritha bekam die Archivarin einfach nicht zu fassen. Aber sie brauchte sie, damit sie das Stadtarchiv noch einmal aufsuchen konnte. Das war ... seltsam. Obwohl Lanitha ihren Posten als Bibliothekarin und Archivarin noch nicht lange innehatte und für eine solche verantwortungsvolle Aufgabe etwas jung schien, hielt Kaeritha sie für aufmerksam und entschlossen, diese Verpflichtungen so gut wie möglich zu erfüllen. Und die Art, wie sie Kaeritha bei deren ersten Besuch hier in Kalatha geholfen hatte, machte deutlich, dass sie auch ziemlich geschickt war.

Diesmal jedoch schien Lanitha einfach keinen Zeitpunkt zu finden, zu dem Kaeritha die Dokumente noch einmal überprüfen konnte, obwohl sie deutlich machte, wie sehr sie sich bemühte. Angesichts der Bedeutung dieser Schriftrollen für die Stadt Kalatha im Besonderen und für die Kriegsbräute insgesamt überraschte es Kaeritha nicht, dass die junge Frau bei ihrer Durchsicht unbedingt dabei sein wollte. Schließlich trug sie die Verantwortung für die Sicherheit und ordnungsgemäße Behandlung der Dokumente. Kaeritha hätte sich an ihrer Stelle ebenso verhalten. Außerdem war Lanitha eine sehr große Hilfe gewesen, als Kaeritha diese Unterlagen mit Domina Yalith zum ersten Mal überprüft hatte. Trotzdem wünschte sie sich, es hätte keine drei Tage gedauert, bis Lanitha endlich etwas Zeit fand, um Kaeritha persönlich so zur Hand gehen zu können, wie es jedem Paladin eines Gottes, vor allem jedoch einem des Gottes des Krieges und der Gerechtigkeit gebührte. Als Kaeritha schließlich am vierten Tag ihres Aufenthaltes in Kalatha im Archiv eintraf, musste sie überrascht feststellen, dass Lanitha wegen eines unaufschiebbaren Notfalls weggerufen worden war. Allerdings verblüffte dies Kaeritha nun weniger, als man hätte annehmen können. Lanitha ließ ihr natürlich ihre aufrichtigsten Entschuldigen ausrichten und versprach, sie stünde der Amazone am nächsten Tag, spätestens jedoch am übernächsten zur Verfügung, und zwar ohne Wenn und Aber. Leider, ließ Lanitha weiter übermitteln, wäre es ihr jedoch schlicht unmöglich, diese Verabredung jetzt einzuhalten.

Obwohl Kaeritha diese erneute Verzögerung enttäuschte, nutzte sie die freie Zeit sehr wirkungsvoll. Auch wenn das den meisten ahnungslosen Beobachtern nicht aufgefallen wäre, was allerdings verzeihlich war. Kaeritha war bereits seit einigen Jahren ein Paladin des Tomanâk. Und eines hatten Seine Paladine gelernt, jedenfalls die meisten Seiner Paladine, verbesserte sich Kaeritha lächelnd, als sie an einen besonderen, hünenhaften Paladin dachte: nämlich Untersuchungen möglichst unauffällig durchzuführen. Dabei half der irrige Glauben der meisten Menschen, die Methoden und Taten der Paladine würden mit viel Blitz und Donner und Rauch dramatisch untermalt. Kaeritha gab amüsiert zu, dass einige der ihr von Tomanâk verliehenen Werkzeuge auch tatsächlich sehr wirkungsvoll waren. Manchmal war es jedoch besser, unauffällig vorzugehen, und dies hier schien genau so eine Gelegenheit zu sein. Aus diesem Grund bemerkte keine der Kriegsbräute von Kalatha, dass dieser weibliche Paladin des Tomanâk, der zu Besuch in den Mauern ihrer Stadt weilte, mit ihnen die Mahlzeiten einnahm, im Ausbildungssaal mit ihnen kämpfte oder Waffenübungen absolvierte, gleichzeitig eine Menge Neuigkeiten aufsaugte.

Viele dieser Einzelheiten wurden dabei vollkommen offen und ehrlich geäußert, was sie nicht weniger wertvoll machte.

Kaeritha hatte ihre Zweihand-Schwertkampftechnik selbstständig entwickelt. Dass sie von Geburt mit beiden Händen gleich stark war, hatte sie überhaupt erst auf die Idee gebracht, aber es gab im Reich der Axt einige Waffenmeister und -meisterinnen, die eine ähnliche Kampftechnik lehrten. Viele unterrichteten den Kampf mit Schwert und Dolch oder Schwert und Bajonett, die meisten anderen lehrten, auch die nicht so starke Hand als waffenführende einzusetzen. Es bestand immer die Möglichkeit, dass der gewohnte Schwertarm bei einem Kampf verletzt wurde und nicht mehr eingesetzt werden konnte. Aber all das unterschied sich noch vollkommen von einem Kampfstil, bei dem man gleichzeitig mit zwei gleichen Schwertern in den Händen focht.

Einige Kriegsbräute verwendeten jedoch eine Technik, die trotz aller Unterschiede im Detail der von Kaeritha dennoch stark ähnelte. Zufällig war Hundert Ravlahn eine von ihnen, und Kaeritha freute sich schon auf die Gelegenheit, ihre Geschicklichkeit mit dem Können der Hundert zu messen. Ravlahn genoss ihre gemeinsamen Übungen offenbar ebenso wie Kaeritha, obwohl ihnen beiden sehr schnell klar wurde, dass die Kriegsbraut trotz ihrer unbestrittenen Geschicklichkeit und ihrer Erfahrung unterlegen war. Das war jedoch, wie Ravlahn selbst betonte, nicht überraschend. Schließlich maß sie sich mit einem auserkorenen Paladin des Kriegsgottes.

Doch abgesehen davon, dass sie ein paar neue Tricks für ihr Kampfrepertoire aufschnappte, fand Kaeritha auch die Gelegenheit, in entspannter Umgebung Zeit mit Kalathas Kriegsbräuten zu verbringen, unschätzbar wertvoll. Dabei war nicht so sehr das wertvoll, was sie zu ihr sagten, sondern das, was sie einander erzählten oder ihr eben nicht mitteilten, wenn sie behutsame Fragen stellte. Kaerithas Hörvermögen war weit schärfer als das gewöhnlicher Menschen, wenngleich schwächer als das empfindliche Gehör eines Hradani, wie zum Beispiel Bahzells. Doch eine ihrer Fähigkeiten als Paladin des Tomanâk erlaubte ihr, Gespräche zu »hören«, von denen sie sonst niemals etwas hätte erfahren können. Diese Fertigkeit entsprach zwar nicht der telepathischen Möglichkeiten, wie Magier sie besaßen, denn sie konnte nur solchen Gesprächen »zuhören«, von denen sie wusste und deren Gesprächspartner sie mit eigenen Augen sah. Aber deshalb vermochte sie selbst in einem überfüllten Ballsaal oder – wie in diesem Fall – in einer lauten Ausbildungshalle, ruhig in einer Ecke zu sitzen und unauffällig mitzuhören, worüber sich andere Leute unterhielten.

Diese Fertigkeit setzte sie jedoch nur sparsam ein, da die Verlockung so groß war, sie zu missbrauchen. Dennoch schien sie für eine Ermittlerin ausgesprochen hilfreich.

Kaeritha bediente sich dieses Könnens bei ihrem zweiten Aufenthalt in Kalatha häufig, und was sie hörte, bestätigte ihren traurigen Verdacht, dass Leeana keineswegs eine junge Schwarzseherin war, die überall Schatten vermutete, wo gar keine Sonne schien. Im Gegenteil, das Mädchen hatte den Ernst der Lage sogar eher unterschätzt.

Kaeritha hörte zwar nichts, womit sie sich an einen Richter hätte wenden können, aber das Muster war offenkundig. Es gab mindestens drei Fraktionen in Kalatha.

Die erste war die von Domina Yalith, jedenfalls im Augenblick noch die größte und einflussreichste Gruppierung. So wie Yalith selbst waren ihre Gefolgsleute zwar wütend auf Trisu und entschlossen, ihn zu zwingen, seine Übergriffe zuzugeben. Gleichzeitig waren sie dankbar für die starke Unterstützung Der Stimme in Quaysar, aber dennoch grundsätzlich bereit, sich an die Spielregeln des Systems zu halten. Vor allem deshalb, weil sie von der Rechtmäßigkeit ihrer eigenen Haltung überzeugt waren und glaubten, dass die Gerichte am Ende zu ihren Gunsten entscheiden würden. Gleichzeitig jedoch erkannten sie an, dass es ihnen oblag zu beweisen, dass ihre Forderungen von Anfang an vernünftig gewesen waren. Sie taten das nicht, weil sie etwa weniger aufgebracht gewesen wären als die anderen, sondern weil ihnen sehr klar war, dass die Untertanen im Königreich der Sothôii die Kriegsbräute ohnehin schon scheel ansahen. Deshalb wollten sie diesen Vorurteilen auf gar keinen Fall weitere Nahrung geben.

Die zweite Fraktion, die Kaeritha herauskristallisiert hatte, bildete der Teil der Stadtbewohner, die nicht geschlossen hinter ihrer Bürgermeisterin standen. Ihrer Meinung nach übten die Domina und die Stadtversammlung viel zu viel Druck auf Trisu aus. Zwar zweifelten sie weder Yaliths Argumente noch ihr Urteilsvermögen oder die konkrete rechtliche Lage an. Sie glaubten nur nicht, dass diese Konfrontation mit Trisu so viel wert war, wie es sie alle am Ende kosten würde. Was auch immer sie von ihm hielten, er war der mächtigste Adlige in der Gegend, und sie würden auch die nächsten Jahre und Jahrzehnte mit ihm und seinen Söhnen zurechtkommen müssen, ganz gleich was irgendein Richter in irgendeinem Gerichtssaal entschied. Nur wenige von dieser Fraktion waren jedoch wütend genug, um sich Yalith offen zu widersetzen. Sie unterstützten sie nur ganz einfach nicht, wenngleich sie ihr auch einen gewissen mürrischen Respekt als Bürger erwiesen. Außerdem waren sie im Vergleich zu den ausgesprochenen Anhängern der Domina deutlich in der Minderzahl.

Die meisten Sorgen machte Kaeritha die dritte Fraktion, deren Sprachrohr Maretha Keralinfressa war. Dies war die kleinste und gleichzeitig wütendste der drei Gruppierungen. Marethas Haltung war klar und eindeutig. Sie war nicht nur wütend auf Trisu und seinesgleichen in Thalar, sondern glaubte auch, dass es Zeit wurde, ihn mit allen Kritikpunkten der Kriegsbräute zu konfrontieren. Ihrer Meinung nach hatten sie schon viel zu viel Zeit mit fruchtlosen Kompromissen und Schlichtungen vergeudet, was nur dazu geführt hatte, ihn zu ermuntern, die Rechte der Kriegsbräute noch weiter zu beschneiden. Sie und ihre Anhängerinnen forderten, dass die Kriegsbräute nicht länger beweisen sollten, dass ihre Forderungen vernünftig waren, sondern stattdessen lieber endlich ›*unvernünftig*‹ zu reagieren hatten. Sie sollten ihren Widersachern drastisch klar machen, dass sie keine weitere Beschneidung ihrer Vorrechte duldeten.

Diese Gruppierung war in der Stadtversammlung zwar noch deutlich in der Minderheit, aber Maretha war eine charismatische Rednerin und entwickelte sich offenkundig zu Domina Yaliths stärkster Rivalin. Es sprach sogar einiges dafür, dass sie sich bei der nächsten Wahl als Gegenkandidatin aufstellen lassen wollte. Allerdings schätzte Kaeritha ihre Erfolgsaussichten als sehr gering ein. Denn obwohl ihre Anhänger in der Versammlung vernehmlich und sehr loyal zu ihr standen, waren sie nur wenige.

Doch die Wirkung ihres Widerstands gegen die Domina reichte weit über die Stadtversammlung hinaus. Sie schien besonders die hitzige Unterstützung einer kleinen, aber wild entschlossenen Gruppe von Kriegsbräuten gewonnen zu haben, die vor allem – wenn auch nicht ausschließlich – aus jüngeren Kriegsbräuten sowie den Frauen bestand, die zu weit unten in der Hierarchie von Kalatha standen, um der Stadtversammlung ihre Meinung aufzwingen zu können. Sie schienen Maretha als ihre nominelle Fürsprecherin anzuerkennen, doch waren sie dabei noch lautstärker und wütender als Maretha selbst.

Die hochrangigste von ihnen war, soweit Kaeritha es bisher bemerkt hatte, eine gewisse Soumeta Harlahnafressa, eine einfache Kommandeuse von Fünfzig. Das musste nicht zwangsläufig bedeuten, dass sie keinen Einfluss genoss. Die

Wildheit ihrer Gefährtinnen war Furcht einflößend. Sie hegten einen glühenden Zorn gegen Trisu und bestanden angriffslustig darauf, dass ihre Rechte und die aller Kriegsbräute unangetastet blieben. Sie hörten nicht auf Argumente, die forderten, sie müssten vorsichtig sein oder sich vernünftig verhalten. Es wurde Zeit, so argumentierten sie, dass jemand anderer zur Vernunft gebracht wurde. Und wenn Kaeritha ehrlich war, konnte sie diese letzte Forderung auch sehr gut nachvollziehen.

Aber viele Gespräche, die sie belauscht hatte, gingen weit über diese Punkte hinaus. Es gab nur zehn, höchstens fünfzehn Frauen, die Kaeritha als »Rädelsführerinnen« bezeichnet hätte. Die große Mehrheit waren nur wütende, aufgebrachte Frauen, die auf die jahrelangen Vorurteile und den Fanatismus reagierten, was mehr oder weniger verständlich war. Aber die zehn oder fünfzehn, die Kaeritha herausgepickt hatte, folgten ganz eindeutig einem ausgeklügelten Plan. Sie waren nicht blind vor Wut, sondern stachelten den Zorn der anderen Frauen an und setzten sich sehr geschickt ein, um die traditionellen Autoritäten der Kriegsbräutegemeinschaft in Kalatha zu untergraben.

Das allein war schon schlimm genug, aber Leeana hatte auch in den anderen Punkten Recht. Kaeritha konnte zu diesem Zeitpunkt noch nicht mit Gewissheit sagen, ob diese Rädelsführerinnen ihre Stichworte von Der Stimme in Quaysar bekamen oder nicht – obwohl die Amazone einen Verdacht hatte. Jedenfalls benutzten sie die angeblichen Äußerungen Der Stimme, um den Leuten einzuflüstern, dass Lillinara Selbst eine eigensüchtige Lebensweise guthieß, was Kaeritha entsetzte. Und was, dessen war sie sich gewiss, Lillinara Selbst ebenfalls entsetzt hätte. Dabei ging es nicht einmal so sehr darum, dass sie rigoros jede Verantwortung für ihr Tun ablehnten, oder um ihre Behauptung, es wäre moralisch hinnehmbar, jemand anderen auszunutzen oder für sein eigenes Vergnügen zu missbrauchen. Das Entscheidende war, dass sie diese Ablehnung oder Vorstellung hauptsächlich damit begründeten, dass sie sich für alle Entwürdigungen und Unterdrückungen, die sie jemals erlebt hatten, »revanchieren« wollten.

Kaeritha hatte durch persönliche, brutale Erfahrung den Unterschied zwischen Rache und Gerechtigkeit kennen gelernt. Deshalb nahm sie sehr genau wahr, welch bitteren Beigeschmack diese leisen, giftigen Unterhaltungen hatten, die sie um sich herum hörte.

Leider jedoch durfte sie sich bisher nur auf Vermutungen stützen. Damit konnte sie sich schlecht an Yalith wenden, und selbst wenn sie es getan hätte, war die Domina selbst viel zu wütend auf Trisu, als dass sie darauf gehört hätte. Außerdem stellte die Domina ebenfalls ein Problem dar. Yalith war bereits im Amt gewesen, als die Spannungen mit Trisu begonnen hatten. Wenn sich jemand an den Dokumenten zu schaffen gemacht hatte, die sich im Besitz von Kalatha befanden, was Kaeritha stark vermutete, so hätte Yalith davon wissen müssen. Der notwendige Schluss daraus war, dass Yalith eingeweiht sein musste, falls etwas Schändliches in Kalatha vorging. Dennoch bezweifelte Kaeritha dies, denn sie hatte die Ehrlichkeit der Domina unauffällig überprüft. Nicht so offenkundig, wie sie Salthan in Thalar auf die Probe gestellt hatte. Aber die Amazone war sich einigermaßen sicher, dass Yalith ehrlich und aufrichtig glaubte, sie wäre im Recht.

Daraus schloss Kaeritha, dass in Kalatha möglicherweise nicht nur Dokumente gefälscht worden waren.

»Diese Verzögerung tut mir wirklich ausgesprochen Leid, Dame Kaeritha«, erklärte Lanitha, während sie die Amazone in das Hauptarchiv führte. »Mir ist klar, wie wertvoll Eure Zeit ist, sowohl für Tomanâk als auch für Euch, und ich finde es schrecklich, dass Ihr fast eine ganze Woche untätig herumsitzen und auf mich warten musstet!«

Sie schüttelte den Kopf. Ihre Miene wirkte gehetzt, gereizt und gleichzeitig entschuldigend.

»Es war fast, als hätte ein Fluch auf meiner Woche gelegen«, fuhr sie fort, trat hastig ans Fenster und zog die schweren Vorhänge zurück, die den Raum und seinen Inhalt schützten. Sonnenlicht flutete herein. »Jedes Mal, wenn ich gerade vorhatte, Euch die Dokumente zu zeigen, kam wie aus dem Nichts eine andere Katastrophe dazwischen.«

»Das ist überhaupt kein Problem, Lanitha«, beruhigte Kaeritha die Archivarin. »Ich glaube, wir alle hatten eine anstrengende Woche. Meine jedenfalls war hart.«

»Danke.« Lanitha hielt kurz inne und lächelte sie dankbar an. »Es erleichtert mich, dass Ihr so verständnisvoll seid. Auch wenn Euer Mitgefühl mich nicht gerade umsichtiger aussehen lässt!«

Kaeritha erwiderte schweigend ihr Lächeln und wartete ab. Sie sah zu, wie die Archivarin die Vorhänge wegzog und den großen Aktenschrank aufschloss, in dem die wichtigeren Schriften von Kalatha lagerten.

»Domina Yalith – das heißt, eigentlich war es Sharral – hat mir nicht gesagt, an welchen Passagen genau Ihr diesmal interessiert seid«, warf sie über die Schulter zurück, während sie die schwere, eisenverstärkte Schranktür aufzog.

»Ich muss noch einmal die Abschnitte von Kellos Schenkungsurkunde prüfen, auf der die Grenzen um die Getreidemühle festgelegt sind«, erklärte Kaeritha beiläufig.

»Verstehe.« Lanitha suchte den entsprechenden Schuber, zog ihn aus dem Schrank und stellte ihn vorsichtig auf den Schreibtisch vor das größte Ostfenster des Dokumentenraumes. Ihr Tonfall war höflich. Doch Kaeritha beobachtete sie so genau und unauffällig wie möglich, und etwas an den hochgezogenen Schultern der Archivarin verriet, dass Lanitha keineswegs so ruhig war, wie sie tat. Zwar konnte Kaeritha keinerlei Anzeichen entdecken, dass sie etwas anderes als die ehrliche, hart arbeitende junge Frau war, als die sie sich gab. Doch diese Anspannung … Lanitha wirkte, als machte ihr ein innerer Zwiespalt zweier miteinander ringender Loyalitäten zu schaffen.

Die junge Frau öffnete den Kasten und legte das Original von Lord Kellos Schenkungsurkunde an die Kriegsbräute von Kalatha auf den Tisch. Kaeritha hatte schon oft empfindliche Originale betrachtet, deshalb blieb sie geduldig vor dem Tisch stehen, die Hände auf dem Rücken, während Lanitha die Schriftrolle vorsichtig auseinander breitete und die entsprechende Passage suchte.

»Hier ist es!« Die Archivarin trat zur Seite, damit Kaeritha das Dokument selbst in Augenschein nehmen konnte.

»Danke«, sagte sie herzlich, trat an den Tisch und beugte sich über die verblichene, verschnörkelte Handschrift. Das Alter dieses Dokuments war augenfällig, ebenso wie seine Echtheit. Aber die Echtheit von Trisus Abschriften war ebenfalls offenkundig, rief sie sich ins Gedächtnis, und stützte unauffällig ihre linke Hand auf den Knauf ihres Schwertes.

Die Haltung war durchaus natürlich, wenn auch etwas theatralischer, als es Kaeritha lieb war. Als sie das letzte Mal in diesem Raum gewesen war, hatte sie beide Schwerter abgegürtet und auf die Seite gelegt. Sie hoffte, dass Lanitha sie nicht fragte, warum sie das diesmal nicht ebenfalls getan hatte. In diesem Fall würde sie erwidern, dass sie das letzte Mal Stunden hier verbracht hatte, um die Dokumente zu prüfen und sich Notizen zu machen. Diesmal wollte sie nur eine einzelne Passage rasch noch einmal überprüfen. Und sie war, wie Lanithas nachdrückliche Entschuldigung ja betont hatte, ziemlich weit hinter ihrem Terminplan zurück.

Da war es nun. Sie beugte sich vor und studierte die geschraubten Sätze eingehender. Dabei fuhr sie mit dem Zeigefinger ihrer rechten Hand leicht über die entscheidenden Stellen. Nur ein gleichgültiger Archivar hätte uninteressiert mit angesehen, wie jemand diese alten, zerbrechlichen Dokumente berührte, selbst wenn er zuvor seinen Respekt vor der Zerbrechlichkeit des Pergaments gezeigt hätte. Lanitha war jedoch alles andere als gleichgültig oder sorglos. Sie trat einen halben Schritt vor und starrte beunruhigt auf Kaerithas rechte Hand … Und genau das hatte die Amzone beabsichtigt.

Da Lanitha so auf Kaerithas Rechte fixiert war, entging ihr das schwache bläuliche Flackern um deren linke Hand, die sie auf den Knauf des Paladinschwertes gelegt hatte. Es war zwar nicht sehr hell – Tomanâk wusste, wann es nötig wurde, unauffälliger zu sein –, aber für Kaerithas Zwecke genügte es.

»Danke, Lanitha«, sagte sie erneut und trat zurück. Als sie die Hand vom Schwertgriff nahm, erlosch das Flackern augenblicklich. »Mehr brauche ich nicht zu sehen.«

»Seid Ihr sicher, Milady?«, fragte die junge Archivarin ernst, und Kaeritha nickte.

»Ich wollte nur überprüfen, ob ich die Worte richtig in Erinnerung habe«, versicherte sie ihr.

»Darf ich fragen, warum, Milady?«

»Ich stecke noch mitten in meinen Ermittlungen, Lanitha«, erinnerte Kaeritha sie. Die junge Frau senkte den Kopf, als sie den sanften Tadel annahm. Kaeritha betrachtete sie einen Augenblick scharf und zuckte dann betont gelassen die Achseln. »Andererseits«, fuhr sie fort, »wird es am Ende sowieso herauskommen, denke ich.«

»Was wird herauskommen?« Offenbar machte Kaerithas letzter Satz Lanitha kühner.

»Es liegt eine eindeutige Diskrepanz zischen diesen Originaldokumenten und Trisus so genannten Kopien vor«, erklärte Kaeritha. »Ich muss zugeben, dass ich erstaunt war, als ich seine Kopie sah. Es kam mir vollkommen unmöglich vor, dass jemand eine so gelungene Fälschung anfertigen könnte. Doch es gibt nur eine einzige Erklärung für diesen krassen Unterschied zwischen seinen Abschriften und dem Original. Jemand muss entscheidende Passagen ersetzt oder gefälscht haben.«

»Bei Lillinara!«, stieß Lanitha leise hervor und machte das kreisförmige Zeichen des Vollmondes Der Mutter. »Natürlich wusste ich, dass Trisu alle Kriegsbräute hasst, aber ich hätte nie erwartet, dass er so etwas wagen würde, Milady! Wie kann er erwartet haben, dass dies unbemerkt bleibt? Er muss doch wissen, dass früher oder später jemand wie Ihr kommt und die Fälschung mit dem Original vergleicht!«

»Eines habe ich in den letzten Jahren gelernt, Lanitha.« Kaeritha beobachtete, wie die Archivarin die Landschenkungsurkunde zusammenrollte und vorsichtig in den Dokumentenkasten zurückschob. »Verbrecher«, fuhr die Amazone müde fort, »glauben immer, dass sie ›davonkommen‹. Würden sie das nicht denken, so würden sie sich hüten, sich etwas zuschulden kommen zu lassen.«

»Wahrscheinlich habt Ihr Recht.« Lanitha seufzte und schüttelte den Kopf. »Es kommt mir nur so dumm vor … und traurig.«

»Da seid Ihr im Irrtum.« Kaerithas Stimme klang so ausdruckslos, dass Lanithas Kopf herumfuhr und sie die Amazone über die Schulter ansah, während sie den Dokumentenkasten in den Aktenschrank zurücklegte.

»Im Irrtum, Milady?«

»Es ist weder dumm noch traurig«, erklärte Kaeritha. »Was auch immer der ursprüngliche Beweggrund gewesen sein mag, diese Art von Diskrepanz zwischen den Originaldokumenten hier und denen in Thalar spielt nicht nur Leuten wie Trisu in die Hände. Sie ist kein unbedeutender Unterschied, den man als einen Schreibfehler abtun könnte. Es handelt sich um eine vorsätzliche Fälschung. Da draußen denken jetzt schon zu viele Menschen das Schlimmste von Euch Kriegsbräuten. Für sie spielt es keine Rolle, dass Ihr über die Originale verfügt, während er nur im Besitz von Kopien ist. Entscheidend ist, dass sie glauben werden, Ihr hättet diese Veränderungen vorgenommen.«

»Dann ist es wohl sehr gut, dass ein Paladin des Tomanâk zur Stelle ist, hab ich Recht, Milady? Selbst die voreingenommenste Person müsste Eurem Wort glauben, dass Trisu oder jemand in seinen Diensten der Fälscher ist.«

»Allerdings, Lanitha«, erwiderte Kaeritha finster. »Das müsste wohl jeder tun.«

Kaum hatte der Wachposten seine Meldung gemacht, war Baron Tellian in den Hof von Schloss Hügelwacht geeilt. Deshalb wurde er Augenzeuge, wie Bahzell auf Walsharno durch das Gatter ritt. Der Baron-Lordhüter schien nicht glauben zu können, was er da mit eigenen Augen sah.

Bahzell musste trotz seiner düsteren Miene grinsen, als er bemerkte, mit welchem Gesichtsausdruck der Baron dem Klappern der Pferdehufe auf den Pflastersteinen lauschte. Das Geräusch kam nicht nur von Walsharnos, sondern auch von den Hufen der einundzwanzig anderen Windrenner. Von denen allerdings nur zehn Reiter trugen.

»Willkommen zurück, Milord Paladin.« Tellian klang merkwürdig förmlich, als Walsharno neben der Aufsitzhilfe des Windreiters stehen blieb.

»Danke.« Bahzell schwang sich aus dem Sattel auf den Block und stieg zu dem Baron herunter. Er umklammerte Tellians Unterarm im Kriegergruß, während der eindringliche Blick des Lordhüters des WestGeläufs deutlich besorgt über das Gesicht des Paladins glitt.

»Brandark?«, fragte er leise.

Bahzell lächelte kurz. »Dem Kleinen geht es einigermaßen gut«, erklärte er. »Er ist zwar ein bisschen angefressen um die Ränder herum, aber Hradani sind zäh. Er hat nichts, was nicht geheilt werden könnte. Aber so sehr er auch gewollt hätte, weder er noch sein Kriegsross konnten den Ritt hierher bewältigen.«

»Sind deshalb auch Gharnal und Hurthang nicht in Eurer Begleitung?« Bei Tellians Frage erlosch Bahzells Lächeln.

»Nein«, erwiderte er ruhig. »Hurthang trifft etwa in einer Woche hier ein, Gharnal jedoch nicht. Ebenso wenig wie Farchach, Yourmak, Tharchanal oder Shulhârch.«

»Sie sind tot, alle?«

»Ja.« Bahzells Stimme klang gepresst vor Schmerz. »Wir waren die Speerspitze. Außer Hurthang hat keiner der Ordensbrüder überlebt, und er selbst war ebenfalls fast tot, als ich zu ihm kam. Alle sind tot, Tellian … und mit ihnen starben fünf Windreiter und acht Windrenner.«

»Tomanâk!« Tellian machte mit der Rechten unwillkürlich das Zeichen von Tomanâks Schwert. »Mag Isvaria sie zu den Ihren nehmen!«, setzte er hinzu.

»Das wird sie.« Bahzell holte tief Luft. »Wenn jemals eine Seele zu ihr gerufen wurde, dann die ihren. Es waren Krahanas Handlanger, die die Windrennerherde überfallen haben. Und hätten meine Brüder nicht bei dem Versuch, mir den Rücken freizuhalten, ihr Leben gegeben, hätte sie uns wohl alle erwischt.«

»Aber das hat sie nicht geschafft!« Tellian legte ihm die Hand auf den Unterarm. »Und Ihr wärt nicht hierher zurückgekommen, hättet Ihr die Situation nicht bereinigt.«

»Nein, das stimmt.« Bahzell grinste gequält. »Ich bin mir dessen allerdings nicht so sicher, wie ich es gern wäre, deshalb habe ich Brandark und Hurthang zurückgelassen, damit sie die Lage im Auge behalten. Allerdings wäre ich nicht gekommen, wenn ich nicht überzeugt gewesen wäre, diesen besonderen Buschbrand ausgepisst zu haben. Was nicht heißt, dass ich nicht noch genug andere Probleme am Hals hätte.«

»In diesem Fall solltet Ihr am besten hereinkommen und mir sagen, wie ich Euch helfen kann.«

»… als wir Kleinharrow erreichten, hatten Trianal, Yarran und Lord Festian die Angelegenheit bereits im Griff.« Tellian lehnte sich auf seinem Hochlehner zurück und trank einen großen Schluck Bier aus seinem Krug. Seine Stimme klang unbekümmert, doch er betrachtete eindringlich Bahzells müdes Gesicht. Hanatha saß bei ihnen und nippte vornehm an ihrem zierlichen, mit Silber beschlagenen Krug. Sie ließ Bahzell dabei ebenfalls nicht aus den Augen.

»Ich nehme an, dass sich diese Angelegenheit in den nächsten Monaten noch weit hässlicher entwickeln wird«, fuhr Tellian fort. »Damit meine ich nicht etwa, dass die Überfälle weitergehen. Wir haben viele Gefangene gemacht, und mit ihren Aussagen können wir beweisen, dass die Brigantenstreitmacht, die Trianal angegriffen hat, unter dem Oberbefehl von Lord Saratic stand. Obwohl sein Feldkommandeur – höchst merkwürdig! – von einem Armbrustbolzen der Hradani getötet wurde, der sein Rückgrat zerfetzte. Er wurde von einer Arbalest aus Zwergenheim abgefeuert, die wir in der Nähe fanden.«

Sein Lächeln hätte Stahl ätzen können.

»Aber wir haben genug Gefangene, und sie sind sehr gesprächsbereit, da sie gern den Strick oder das Beil vermeiden würden. Mit ihrer Hilfe können wir beweisen, welche Farben sie eigentlich hätten tragen sollen. Zudem dürfte es nicht mehr lange dauern, bis wir ebenfalls belegen können, dass Dathian bis zu seinen Augenbrauen in diese Geschichte verwickelt ist. Sobald das unwiderlegbar erwiesen ist, werde ich mich höchstpersönlich um Dathian kümmern. Es wird mir einen unbestreitbaren Genuss bereiten, mir auszumalen, was ihm wohl als Letztes durch den Kopf schießt, bevor ihn das Fallbeil davon trennt.«

Er lächelte wieder, nun noch bösartiger.

»Inzwischen habe ich einen Boten zum König entsendet. Mit einer Petition um eine Ermittlung unter Führung der Krone. Zwar wäre ich unter den gegebenen Umständen berechtigt, selbst gegen Saratic vorzugehen, aber ich habe mich lieber an die Krone gewendet. Außerdem habe ich mich bei der Formulierung der Petition in dieser Sache höchst geduldig gezeigt. König Markhos und Prinz Yurokhas dürften von meiner Milde zutiefst beeindruckt sein. Und sie werden sich ihrer gewiss so gut bedienen, wie es ihnen möglich ist, da sie es immerhin mit Cassan zu tun haben. Was der König auch von meinen Bemühungen hält, die Beziehungen mit Eurem Vater zu verbessern, Prinz Bahzell, es wird ihn ganz gewiss nicht amüsieren, wenn er feststellen muss, dass einer seiner Barone einen offenen Krieg gegen einen anderen angezettelt hat. In den Zeiten der Zerrüttung hatten wir davon genug, vielen Dank. Und wie gut Cassan seine Spuren auch verwischt zu haben glaubt, seine Majestät wird dennoch nicht die geringsten Zweifel hegen, dass er hinter all diesen Unruhen steckt. Ich vermute stark, dass Cassan recht unvermittelt der königlichen Huld verlustig gehen wird, und das wird ihn auf lange Sicht teuer zu stehen kommen. Trianal bleibt derweil in Kleinharrow, als eine nachdrückliche Erinnerung an Dathian und Saratic, diese … Angelegenheit tunlichst nicht weiter zu verfolgen.«

Bahzell nickte bedächtig und nahm einen tiefen Zug aus dem Bierkrug in seiner Hand. Tellian trank ebenfalls einen Schluck und stellte seinen Krug dann auf den Tisch.

»Doch nun genug von Festian und Trianal, Milord Paladin«, erklärte er entschieden. Bahzell hob eine Braue und spitzte die Ohren. Als Tellian das sah, schnaubte er. »Als ich Euch sah, war es so auffällig wie die Nase in Brandarks Gesicht, dass Ihr erschöpft bis auf die Knochen seid, Bahzell, Hradani hin oder her. Verzeiht, wenn ich das sage, und das umso mehr, weil der Verlust Eurer Leute Euch schwer auf der Seele lastet. Deshalb haben Hanatha und ich die letzte halbe Stunde mit Euch geplappert und Euch auf den neuesten Stand gebracht, angefangen von Leeana und Trianal, bis zur Zustimmung des Königs, dass wir den Jungen zu uns nehmen können. Jetzt habt Ihr Euch ein wenig erholt und könnt uns hoffentlich erklären, was den ersten Hradani Windreiter in der Menschheitsgeschichte, zehn andere Windreiter und ihre Windrenner und dazu noch elf reiterlose Windrenner nach Balthar geführt hat.«

Bahzell wartete kurz. »Es wird mehr Zeit kosten, als wir haben, wenn ich Euch alles berichte, was sich in den Warmen Quellen zugetragen hat. Fürs Erste mag genügen, dass Walsharno offenbar einen sehr delikaten Geschmack hat, was Reiter betrifft. Ah, und da ich gerade von Walsharno spreche, dieses große Stutfohlen in Euren Gaststallungen ist seine Schwester und eine besondere Freundin von mir, könnte man sagen.«

Tellian starrte ihn verblüfft an, schaute kurz zu seiner Frau hinüber und richtete seinen Blick dann wieder auf ihren Gast.

»Ihr seid Euch gewiss gewahr, dass Eure Erklärung nur noch mehr Fragen aufgeworfen hat?«

»Sicher.« Bahzell lächelte traurig. »In Wahrheit jedoch kann ich es mir nicht leisten, mir den Hintern platt zu sitzen, während ich Euer Bier schlürfe. Sicher, selbst ein Hradani nascht bisweilen ganz gern, und ich will nicht abstreiten, dass wir alle, Reiter und Windrenner, eine Atempause brauchen. Aber ich habe keine Zeit zu verlieren.«

»Das dachten wir uns bereits«, erwiderte Tellian eine Spur ungeduldig. »Es ist offensichtlich, dass Ihr wie die Furien der Hölle von den Warmen Quellen hierher geritten seid. Was ich gern wüsste, ist nur: warum?«, fragte er geradeheraus.

»Weil Kerry in Schwierigkeiten steckt«, antwortete Bahzell ebenso offen.

»Inwiefern?« Tellian beugte sich vor, stützte die Ellbogen auf die Knie und sah Bahzell eindringlich an.

»Das kann ich nicht mit Gewissheit sagen«, gab dieser unglücklich zu. Er trank noch einen Schluck Bier und ließ den Krug dann sinken. »Ich kann mich nur auf Bruchstücke von Mitteilungen stützen, die ein Diener Krahanas mir verraten hat, und auf das hier.« Er tippte mit dem Zeigefinger an seine Stirn. »Wenn es nur der Diener wäre, wäre ich nicht so besorgt. Aber das …«

Er tippte sich erneut an die Stirn, schüttelte den Kopf und legte die Ohren halb an.

»Also wollt Ihr Dame Kaeritha zu Hilfe eilen, Bahzell?« Hanathas Frage war eher eine Feststellung.

»Ja.« Seine Miene hellte sich etwas auf, als er lachte. »Allerdings nicht allein. Ich möchte mir wirklich nicht vorstellen, wie mein Volk auf die Gesellschaft reagieren würde, mit der ich mich zurzeit herumtreibe! Aber nachdem wir Krahanas Handlanger erledigt hatten, wollte sich nicht ein einziger Windreiter, der mit uns geritten war, davon abbringen lassen, mich bei dieser Unternehmung ebenfalls zu begleiten. Und dann hat mich Gayrfressa, Walsharnos Schwester, gelöchert, weil sie und die Windrennerhengste vom Bärenfluss uns ebenfalls nicht aus den Augen lassen wollten.«

»Dass die Windreiter mitkommen wollen, kann ich verstehen, Bahzell«, sagte Tellian ernst. »Diejenigen von uns, die windgeboren sind, scheinen etwas von dem Herdensinn unserer Windrennerbrüder anzunehmen. Wann immer ein Windbruder in Schwierigkeiten steckt, juckt es uns an einer Stelle, an der wir nicht kratzen können, bis wir ihnen zu Hilfe eilen.«

»Ist mir auch schon aufgefallen«, erwiderte Bahzell spöttisch.

»Eben. Was ich aber nicht ganz verstehe: Warum wollen Euch die anderen Windrenner begleiten?«

»Das ist letztlich Gayrfressas Schuld«, gab Bahzell mit einem schiefen Grinsen zu. »Sie hat das merkwürdige Gefühl, als würden mir die Windrenner die eine oder andere Gefälligkeit schulden. Also hat sie sich mit den anderen Windrennern verschworen, und die Hengste haben zugestimmt, mitzukommen und sich – selbstverständlich nur dieses eine Mal – bereit erklärt, ein paar Jungs vom Orden sozusagen Huckepack zu nehmen.«

»WAS?« Tellian sprang vor Erstaunen auf, und Hanatha knallte ihren zierlichen, silbernen Bierkrug höchst undamenhaft auf den Tisch. Bahzell lächelte sie nur an, während sich Tellian langsam wieder hinsetzte. Der Baron schüttelte den Kopf.

»Bahzell«, sagte er bedächtig, »ich glaube nicht, dass auch nur *ein* Windrenner in der ganzen Geschichte dieses Königreiches häufiger als dreimal zugestimmt hätte, jemand anderen zu tragen als seinen auserkorenen Windreiterbruder. Und ich bin mir ganz sicher, dass keiner der drei Glücklichen ein *Hradani* war. Wollt Ihr mir jetzt etwa weismachen, dass sie sogar bereit wären, ausgerechnet Pferdedieb-Hradani aufsitzen zu lassen?«

»Yo.« Bahzell trank mit sichtlichem Genuss einen Schluck Bier und gab sich alle Mühe, so auszusehen, als hätte er etwas vollkommen Gewöhnliches verkündet. Tellian starrte ihn eine Weile an und lehnte sich dann weit auf seinem Stuhl zurück.

»Es wartet«, bemerkte er, nachdem er seine Fassung wiedergewonnen hatte, »ein besonders schlimmes Ende auf die Menschen, die zu selbstgefällig sind, Milord Paladin!«

»Was Ihr nicht sagt.« Bahzell spitzte frech die Ohren und wandte sich zu seinem Gastgeber, doch dann wurde er wieder ernst. »Das ist ja alles ganz schön und gut«, erklärte er, »nur leider habe ich noch das kleine Problem, dass ich nicht weiß, wohin sie uns tragen sollen. Das Beste wäre, wenn ich nach Kalatha reiten und versuchen würde, so viel wie möglich herauszufinden. Aber das da …« Er tippte sich auf die Schläfe, »flüstert mir beharrlich etwas anderes ein. Wo auch immer Kerrys Ärger wartet, es wird jedenfalls nicht in Kalatha sein.« Er verzog enttäuscht das Gesicht. »Es macht mich wahnsinnig zu wissen, dass kaum noch Zeit bleibt, und gleichzeitig nicht zu wissen, wo in Tomanâks Namen sie hinreiten will.«

»Nun, Prinz Bahzell«, mischte sich Hanatha lächelnd ein, »Ihr habt das zwar eigentlich nicht verdient, nachdem Ihr den armen Tellian so mit den Windrennern gequält habt, aber zufälligerweise weiß ich ziemlich genau, wohin Ihr Euch wenden müsst.«

20

Die Strasse nach Quaysar verlief von Kalatha aus beinahe schnurgrade nach Osten. Die Morgensonne schien Kaeritha hell ins Gesicht, als Wölkchen zwei Tage nach ihrem Aufbruch munter vorantrabte. Vögel schwirrten über ihrem Kopf und zwitscherten sich in dem unfassbar blauen Himmel zu. Der kräftige Wind aus Nordost neigte das endlose Meer aus frischem Steppengras, das musikalisch zischte, als die steifen Böen darüber hinwegfegten. Es war noch kühl, aber das hohe Gezwitscher der Vögel klang lebhaft, und Kaeritha sog diese Energie, die in der Luft zu liegen schien, tief in ihre Lungen.

Es war verlockend, sich dem sinnlichen Erleben des neuen Tages hinzugeben, doch der düstere Verdacht, der seit ihrem Besuch in Trisus Bibliothek in ihr wisperte, hatte sich zu etwas weit Dunklerem verhärtet, das seinen unheilvollen Schatten über diesen wundervollen Morgen warf.

Du hast noch zu viele Fragen und viel zu wenig Antworten, ermahnte sie sich. Doch noch während sie sich dies gewissenhaft sagte, wusste sie bereits, in welche Richtung all die Einzelheiten deuteten, die sie überprüft hatte. Nicht einmal annähernd wusste sie jedoch, wie das alles hatte geschehen können, oder warum sich Lillinara und Tomanâk einig zu sein schienen, dass es ausgerechnet ihre – Kaerithas – Aufgabe war, diesen Schlamassel zu richten.

Denn sie zweifelte nicht auch nur eine Sekunde daran, dass dies in ihrer Verantwortung lag. Es war genau die Art von Herausforderung, die sie überhaupt verlockt hatte, in Tomanâks Dienste zu treten. Sie wünschte sich aus ganzem Herzen, dass jemand wie die Kriegsbräute ihrer Mutter hätten helfen können, und ihr selbst, als sie noch ein Kind gewesen war. Und dieser Wunsch verstärkte ihre Entschlossenheit. Sie hatte zwar keine klare Vorstellung von dem, was sie in Quaysar erwartete, doch diese ganze Angelegenheit hatte den fauligen Ruch des Dunklen an sich. Vermutlich würde sie genau in dieses Dunkel hineinreiten, aber es war nun mal eine der Aufgaben eines Paladins des Tomanâk, selbst in die tiefste Finsternis Licht zu bringen.

Manchmal jedoch strahlte selbst dieses göttliche Licht nicht hell genug.

Das wusste Dame Kaeritha Seldanstochter. Ebenso klar war ihr, dass nur sehr, sehr wenige Paladine des Tomanâk jemals friedlich im Bett gestorben waren. Doch das war der Preis, wenn man das Dunkle eindämmen wollte, das einst den Fall von Kontovar herbeigeführt hatte. Und sie würde ihn zahlen. Sollte es zum Schlimmsten kommen … der Brief, den sie unter Schwerteid an Bahzell geschickt hatte, enthielt all ihre Mutmaßungen, ihre Entdeckungen und ihre Schlussfolgerungen. Sollte ihr diesmal bestimmt sein zu scheitern, dann in der großen Gewissheit, dass ihr Bruder sie rächen und ihre Aufgabe vollenden würde. Genauso, wie sie es für ihn getan hätte.

Liebevoll lächelte sie bei diesem Gedanken, schüttelte dann jedoch ihre finsteren Gedanken ab, hob den Kopf und wandte ihr Gesicht weiter der Sonne zu, um ihre Wärme zu genießen.

Quaysar war beeindruckend.

Die Architekten des ursprünglichen Tempels hatten einen der wenigen natürlichen Hügel für seine Lage ausgewählt, die man auf der Ebene des Windes finden konnte. Als sich Kaeritha der Stadt näherte, fiel ihr sofort auf, dass die schroffe Erhebung, auf der der Tempel und die ihn versorgende Stadt standen, hauptsächlich aus solidem Granit bestand. Dieser »Berg« war längst nicht so hoch, wie sie es auf den ersten Blick vermutet hatte. Das merkte sie, als sie dichter heranritt. Doch das war auch nicht unbedingt erforderlich. Die flache, sanft geschwungene Ebene des Windes erstreckte sich ringsum, so weit sie sehen konnte, und selbst Quaysars eher niedrige Höhe erlaubte es der Stadt, ihre Umgebung mühelos zu kontrollieren.

Die alte Stadt Quaysar, die von der Tempelgemeinde aufgesogen worden war, wurde von einer niedrigen Befestigungsmauer geschützt. Neuere Gebäude und Höfe breiteten sich von der Altstadt an den Straßen der Kreuzungen aus. Alle Straßen trafen sich jedoch letztlich an dem kleinen See zu Füßen des Granitfelsens, auf dem der Tempel stand. Kaeritha trottete auf dem Weg dorthin mit Wölkchen an Arbeitern vorbei, die die Felder bestellten.

Der Tempel besaß eine eigene Befestigungsmauer, die noch höher war als die um die Altstadt. Sie erhob sich gefährlich dicht am äußersten blanken Rand des steinernen Fundamentes des Tempels. Die Tempel der Lillinara im Reich der Axt wiesen keine derartigen Sicherheitsmaßnahmen auf, aber schließlich war das Reich auch das älteste und befriedetste aller Reiche von Norfressa. Auf der Ebene des Windes hatte weit weniger Ordnung geherrscht, als Quaysar gegründet wurde. Woran sich wahrscheinlich gar nicht so viel geändert hat, dachte Kaeritha. Jedenfalls waren Unruhen bei den Sothôii vorstellbar. Die Zeiten der Zerrütterung lagen so weit noch nicht zurück. Angesichts dieser Geschichte konnte sie den Erbauern des Tempels nicht verdenken, dass sie ihn nicht nur an einer Stelle errichtet hatten, die gut zu verteidigen war, sondern ihn auch darüber hinaus gut befestigt hatten.

Die Mauer versperrte ihr zwar einen Blick auf die Tempelanlagen, doch die drei traditionellen Türme, die jeder Tempel der Lillinara aufwies, ragten hoch in den Himmel. Der Turm Der Mutter wurde mit seinem runden Vollmond aus Alabaster von dem etwas niedrigeren, mit einem Halbmond geschmückten Turm Der Jungfrau flankiert. Den Abschluss bildete der Turm Der Alten mit seiner Kugel aus schwarzem Obsidian. Die zusätzliche Höhe des Felsens, auf dem sich der Tempel befand, erhob sie weiter in den blauen Himmel als selbst die hohen, schneeweißen Wolken im Süden. Kaeritha gab sich für einen Augenblick der Fantasie hin, wie diese Türme wohl gegen den Nachthimmel wirken mussten, wenn der silberweiße Glanz von Lillinaras Firmament ihre Steine erleuchtete. Quaysar war längst nicht der größte Tempel dieser Göttin, den Kaeritha gesehen hatte. Doch seine Lage und besondere Bedeutung verliehen ihm eine Majestät und Ausstrahlung, der kaum ein anderer Tempel gleichkam, den sie kannte.

Als sie sich weiter näherte, verblasste diese Fantasie der Türme, wie sie im kühlen, strahlenden Licht vor dem sternenübersäten Himmel glühten, und ein eisiger Hauch berührte ihr Herz. Nicht das silberne Licht der Lady umhüllte diese Türme oder die Mauern, die im warmen Licht des frühen Nachmittags leuchteten, was sicherlich kein anderer Mensch bemerkt hätte. Aber Kaerithas Sehkraft entsprach auch nicht der eines gewöhnlichen Sterblichen. Sie ERKANNTE, was andere nicht wahrnehmen konnten. Jetzt presste sie die Lippen zusammen, als sie das unheilvolle, giftgrüne Flackern in ihren Augenwinkeln bemerkte.

Dieses widerliche Grün kannte sie. Sie hatte es früher bereits ERKANNT, und sie erinnerte sich an einen verregneten Tag in Baron Tellians Bibliothek, als sie ihm erzählt hatte, wie unglücklich vertraut die Paladine des Tomanâk mit der Anwesenheit des Dunklen waren.

Sie holte tief Luft, schaute zum Tempel hinauf und versuchte, die Quelle dieses flüchtigen grünen Flackerns auszumachen. Doch es gelang ihr nicht, sie biss die Zähne zusammen. Jeder von Tomanâks Paladinen nahm das Böse Wirken der Dunklen Götter auf eine andere, einzigartige Art und Weise wahr. Bahzell erhielt seine »Gefühle«, einen Eindruck von Dingen, die er zwar nicht genau sah, aber irgendwie »wusste«.

Ein anderer Paladin, den sie kennen gelernt hatte, folgte der Musik, die ihn führte. Kaeritha jedoch ERKANNTE es, wie einige Magier, mit denen sie sich darüber unterhalten hatte. Für sie war es ein Spiel aus Helligkeit und Schatten, aus LICHT und DUNKEL. Diese innere Wahrnehmung, ihre VISION, hatte sie noch nie im Stich gelassen oder irregeführt, doch heute blieb die Bedeutung dessen, was sie ERKANNTE … undeutlich. Sie konnte es nicht klar sehen, konnte nicht einmal sicher sein, dass diese grünen Lichtreflexe, die am Rand ihres Sichtfeldes tanzten, tatsächlich vom Tempel kamen, und nicht etwa aus der Stadt, die sich darunter drängte.

Das sollte eigentlich nicht geschehen. Schon gar nicht, wenn sie bereits von ihrem Verdacht und früheren Nachforschungen vorgewarnt war. Der verräterische Glanz des Bösen sollte für sie eindeutig zu ERKENNEN sein, es sei denn jemand oder … etwas mit einer ungeheuren Macht verbarg es absichtlich.

Sie stieß die Luft aus und schüttelte den Kopf, als wollte sie wie ihr Ross eine Fliege verscheuchen. Dieses Versteckspiel wird nicht meinetwegen betrieben, sagte sie sich. Was auch immer in Quaysar vor sich ging, es war ganz offensichtlich Teil eines jahrelangen Bemühens. Und was Quaysar in den Augen der DUNKLEN zu einer so kostbaren Beute machte, war eben ihre Bedeutung für Lillinara und vor allem für die Kriegsbräute der Sothôii. Das bedeutete auch, dass Quaysar sehr bekannt und beliebt war und weit mehr Pilger und Besucher anziehen würde als die meisten anderen, weit bescheideneren Tempel. Und mit den Pilgern mochten auch Leute wie Kaeritha kommen, die Sinne besaßen, mit denen sie wahrnehmen konnten, was das DUNKLE lieber im Verborgenen lassen wollte.

Doch so notwendig diese Schlussfolgerung auch sein mochte, es blieb die Tatsache, dass es einer ungeheuren Macht bedurfte, um das innere ERKENNEN eines Paladins so gründlich zu verdunkeln. Dieselbe Macht musste die Sinne, seien es

Sehvermögen, Gehör oder ein Gespür, eines jeden, der weniger eng an den Dienst ihres Gottes gebunden war, vollkommen geblendet haben.

Was bedeutete, dass irgendwo dort oben auf diesem verwitterten Zahn aus Granit ein Diener des Größeren Dunklen wartete.

Ja, sagte sie sich grimmig. *Vermutlich ist es »Die Stimme« selbst. Es muss so sein. Etwas so Dunkles und Mächtiges könnte sich niemals vor einer nicht korrumpierten Stimme verbergen. Aber was es auch sein mag, seine Kontrolle ist nicht vollkommen. Nicht einmal ein Dunkler Gott könnte verhindern, dass ich es ERKENNE. Großartig.* Sie lachte lautlos. *Es sind nicht alle in Quaysar verdorben. Wirklich fantastisch. Ich muss einfach nur davon ausgehen, dass jeder, dem ich begegne, im Dienst des Dunklen steht, bis ich das Gegenteil herausgefunden habe!*

Sie schloss die Augen und holte einmal tief Luft.

Wohlan, Tomanâk, dachte sie. *Du hast mir nie versprochen, dass es leicht würde. Und ich würde vermutlich schleunigst davonreiten und mir Verstärkung holen, wenn ich nicht genauso dickschädelig wäre wie Bahzell. Aber das bin ich nun mal. Also, falls Du heute Nachmittag nichts Besseres vorhast … wie wär's, wenn wir beide Der Stimme einen Besuch abstatteten?*

»Sie ist fast da, Paratha.«

Varnaythus stand auf der Stadtmauer von Quaysar und beobachtete, wie sich der einzelne Reiter der Stadt näherte.

»Fein«, erwiderte die große Frau neben ihm gleichgültig. Sie klang so blasiert, dass Varnaythus seinen Kopf drehte und sie finster anstarrte.

»Ich weiß, dass Dahlaha sehr … sagen wir, zuversichtlich ist, Paratha. Aber ich hatte gehofft, dass wenigstens eine kleine Chance bestünde, dass Eure Zuversicht vielleicht nicht ganz so … überschwänglich sein könnte. Dies da ist immerhin ein Paladin des Tomanâk, wisst Ihr?«

»Ist sie.« Die große Frau wandte sich von der Mauer ab und lehnte sich mit dem Rücken dagegen. Sie warf Varnaythus einen Blick zu, in den sich Zuversicht, Verachtung und … noch etwas anderes mischte. Gier, sagte sich Varnaythus. Oder vielleicht nicht Gier, sondern Beflissenheit?

»Ihr erinnert Euch daran, dass hier in Quaysar eigentlich keine Paladine auftauchen sollten, schon gar keine Paladine des Tomanâk, richtig?«, fragte er mit beißender Ironie.

»Nein, sollten sie nicht«, gab sie zu. »Andererseits habe ich mich darauf vorbereitet. Die SPINNE wusste, was SIE tat, als SIE mich rekrutierte, Varnaythus. Bei aller gebotenen Bescheidenheit, ich bin die Beste. Ich werde mich schon deines kleinen Paladinfräuleins annehmen.«

Varnaythus starrte sie ungläubig an.

»Seid Ihr denn verrückt geworden?«, fragte er tonlos, und Wut flammte in ihren Augen auf. Ihre Hand zuckte zu ihrem Schwertgriff, dann zog sie wie ein fletschender Hund die Oberlippe zurück.

Sie wollte etwas erwidern, doch der Zeigefinger unmittelbar vor ihrem Gesicht hinderte sie daran.

»Kein … einziges … Wort!« Seine Stimme zischte wie Seide, die über eine unendlich scharfe Klinge wehte. »Nicht … ein … Wort!«

Sie klappte mit einem hörbaren Klacken den Mund zu. Der Hexer-Priester holte sehr lange und sehr tief Luft, um seine Wut zu zügeln.

»Ihr hört *mir* zu.« Jedes seiner Worte kam wie ein Eisbrocken aus seinem Mund. »Cassans armseliger Plan, Tellian zu schwächen, endet, wie es aussieht, in einem vollkommenen Fiasko. Jerghar wurde mit all seinen Dienern ausgelöscht. Tellian, Bahzell und Brandark dagegen erfreuen sich bester Gesundheit. Der ganze Plan, mit Ausnahme dieses einen, letzten Aspektes, ist bereits gescheitert. Falls Eure Überheblichkeit dazu führt, dass dieser Teil ebenso fehlschlägt wie die anderen, dann betet zu wem Ihr mögt, dass Ihr hier in Quaysar sterbt. Denn wenn nicht, werden SIE dafür sorgen, dass Ihr den ganzen Rest der Ewigkeit über krepiert.«

Ein Schatten von Furcht huschte über das Gesicht der großen Frau, doch es lag ebenso viel Groll wie Furcht in ihrer Miene, und sie blähte die Nasenflügel auf.

»Ich werde nicht versagen«, erwiderte sie schlicht. »Gut, zugegeben, wir hätten eigentlich keinen Paladin des Tomanâk hier in Quaysar zu Gesicht bekommen sollen, das gestehe ich dir zu. Aber IHRE Pläne haben immer in die Rechnung einbezogen, dass wir unseren Stützpunkt in Quaysar verlieren könnten. Ja, sie fußen sogar darauf, dass wir ihn zu einem von uns ausgewählten Augenblick verlieren.« Sie zuckte die Achseln. »Vielleicht ist die Zeit gekommen, vielleicht auch nicht. Das werden wir bald feststellen. Aber eines kann ich dir sagen, Varnaythus, du und Jerghar und dein Schoßhündchen Baron Cassan mögen jämmerlich versagt haben, aber wir werden nicht scheitern. Und selbst wenn alle anderen Teile des Plans fehlgeschlagen sind, für's Erste jedenfalls ist dies hier doch der wichtigste Aspekt, wie du sehr wohl weißt. Du und Dahlaha, ihr habt mir von Anfang an erzählt, dass ihr die Zeiten der Zerrütterung wieder heraufbeschwören wollt. Nun, dann bekommt ihr sie eben, verdammt! Wir werden deinen ach so schrecklichen kleinen Paladin auslöschen, die SPINNE wird ihr das Leben heraussaugen und sie euren Diensten unterjochen!«

»Unsere Erfolgsstatistik gegen Paladine des Tomanâk erfüllen mich nicht gerade mit unbändigem Vertrauen in Eure Vorausschau, Paratha!«, erwiderte Varnaythus kalt. »Und Ihr solltet vielleicht noch eines bedenken. Vor knapp einem Jahr trieben sich siebzehn Paladine des Tomanâk in ganz Norfessa herum. Jetzt sind es zwanzig, und vier von ihnen – vier, Paratha, das ist ein Fünftel! – halten sich hier auf der Ebene des Windes oder in Hurgrum auf. Haltet Ihr das für einen unbedeutenden Zufall? Oder glaubt Ihr nicht vielleicht auch, dass es dafür einen Grund geben könnte? Ich halte das nämlich nicht für puren Zufall, und außerdem glaube ich, dass es einen Grund dafür gibt, dass wir im Kampf gegen sie so wahrhaft übel dran sind!«

»O nein, Varnaythus, um Jerghar Gerechtigkeit widerfahren zu lassen, er hatte es mit der Bluthand selbst zu tun. Und dazu noch mit einem zweiten Paladin, das hat uns die SPINNE gesagt. Einem Windrenner-Paladin wohlgemerkt!« Sie schüttelte verächtlich den Kopf. »Gegen einen so Mächtigen wie Bluthand ist alles möglich. Und falls Jerghar nicht damit rechnen konnte, dass er nicht nur gegen einen, sondern gleich gegen zwei Paladine antreten musste, ist es kein großes Wunder, dass er verloren hat. Wir dagegen haben es nur mit einem zu tun, dazu noch mit dem Schwächsten von ihnen.« Sie schnaubte und spie verächtlich über die Mauer. »Dieses Paladinfräulein ist im Grunde seines Herzens eine Art Winkeladvokat, Varnaythus. Es will der Gerechtigkeit dienen, den ›Kleinen Leuten‹ helfen. Wäre es die Bluthand, würde ich mir Sorgen machen, denn er ist ein Widersacher, den man zumindest achten muss. Aber das hier ist Kaeritha …!« Sie lachte höhnisch. »Wir werden sie fressen und den Rest den Flammen überlassen, die wir entfesseln!«

Varnaythus sah sie einige Sekunden schweigend an und zuckte schließlich die Achseln.

»Wie Ihr meint. Ich hoffe nur, dass Ihr Recht behaltet. In jedem Fall, Paratha, liegt die Verantwortung dafür bei Euch. Bei Euch und Dahlaha. Ich habe sie ebenso gewarnt wie Euch. Ich kann nur hoffen, dass Ihr entsprechend vorbereitet seid.«

»Sind wir«, erwiderte sie selbstsicher.

»Ich bin entzückt, das zu hören«, erwiderte er eisig. »Ich habe getan, was ich konnte. Von jetzt an seid Ihr auf Euch allein gestellt. Falls Eure Zuversicht gerechtfertigt ist, sehen wir uns in ein paar Tagen wieder.«

Paratha öffnete den Mund, doch bevor sie etwas sagen konnte, war er schon verschwunden. Sie stand allein auf den

Zinnen und starrte auf die blanken Steine, auf denen er eben noch gestanden hatte. Dann unterdrückte sie einen derben Fluch, drehte sich um und blickte wieder hinaus auf die Straße nach Kalatha.

Die Reiterin war mittlerweile näher gekommen, und Paratha starrte sie zwei Minuten mit einem finsteren, gierigen Grinsen an. Dann lachte sie einmal auf. Es klang, als breche ein gefrorener Zweig unter dem Gewicht des Eises. Anschließend wandte sie sich ab.

»Natürlich, Dame Kaeritha! Kommt herein, nur herein. Wir haben Euch bereits erwartet.«

Der kommandierende Wachoffizier am großen Zeremonientor des Tempels verbeugte sich tief und deutete einladend mit der Hand auf das offene Tor. Als er sich aufrichtete, sah er, dass Kaeritha ihn aus Wölkchens Sattel fragend ansah, und runzelte leicht die Stirn, als wäre er überrascht, warum sie seiner Einladung nicht sofort gefolgt war.

»Ihr habt mich erwartet?«

Der Mann räusperte sich. »Ja, Milady.« Dann riss er sich zusammen. »Die Stimme hat uns vor einigen Tagen davon unterrichtet, dass Ihr uns besuchen würdet«, erklärte er.

»Verstehe.« Kaeritha speicherte diese Nachricht ebenso wie den starken Sothôii-Akzent des Mannes und die Wärme, die in seinen Worten mitgeschwungen hatte, als er Die Stimme erwähnte. Selbst im Reich der Axt war es sehr ungewöhnlich, dass die Torwache eines Tempels der Lillinara von einem Mann befehligt wurde. Es kam dennoch, wenn auch selten, vor, da so wenig Axtmannfrauen den Dienst an der Waffe wählten. Vermutlich ergab es deshalb hier im Königreich der Sothôii noch mehr Sinn, wo noch weit weniger Frauen Kriegerinnen waren. Doch sie sah auch zwei Kriegsbräute in Yathu und Chari hinter ihm stehen. Sie waren mit Schwertern gegürtet, trugen einen Riemen mit Wurfsternen über der Brust und hatten sich die traditionellen Garotten der Kriegsbräute wie ledernen Schmuck um die Köpfe geschlungen. Angesichts der besonderen Bedeutung von Quaysar für die Kriegsbräute kam es ihr nur merkwürdig vor, dass die Wache nicht ausschließlich aus diesen Amazonen bestand.

Wie der wachhabende Offizier von Der Stimme gesprochen hatte, war ebenfalls interessant, vor allem da es ein geborener Sothôii war. Er schien sich in seinem Tempeldienst vollkommen wohl zu fühlen, der nicht nur der Göttin aller Frauen geweiht war, sondern unmittelbar mit der Geschichte all dieser »unnatürlichen« Kriegsbräute zu tun hatte. Selbstverständlich musste jeder, der einen solchen Dienst überhaupt antrat, weit erleuchteter sein als der durchschnittliche Sothôii, aber in seiner Stimme hatte mehr als eine einfache Bereitschaft mitgeschwungen. Sie hatte fast … unterwürfig geklungen. Aus diesem Grund störte sich Kaeritha nicht weiter an dem merkwürdig verhüllten Blick seiner Augen. Außerdem wäre es ihr schwer gefallen genau zu sagen, was daran sie irritierte.

»Ja, Milady«, fuhr der Offizier fort. »Sie wusste, dass Ihr Kalatha und Lord Trisu besuchen wolltet und hat uns vor fast einer Woche gesagt, dass Ihr auch uns einen Besuch abstatten würdet.« Er lächelte. »Und natürlich hat Sie unmissverständlich deutlich gemacht, dass wir Euch mit dem Respekt begrüßen sollen, der einem Paladin des Kriegsgottes gebührt.«

Kaeritha betrachtete die anderen Wachsoldaten. Sie bestanden aus den beiden Kriegsbräuten, die sie schon gesehen hatte und aus drei weiteren Männern in dem traditionellen Kürass und Lederwams der Sothôii. Sie waren viel zu gut ausgebildet, um ihre wachsame Haltung aufzugeben, doch ihre Körpersprache und ihre Mienen spiegelten die Herzlichkeit in der Stimme ihres Kommandeurs.

»Das war sehr umsichtig von Der Stimme«, erwiderte sie nach einer Weile. »Ich weiß es zu schätzen. Und Sie hatte Recht, ich bin nach Quaysar gekommen, um Sie zu treffen. Da Sie freundlich genug war, Euch vorzuwarnen, hat Sie vielleicht auch gesagt, ob Sie mir eine Audienz gewähren kann?«

»Meine Instruktionen lauten, Euch sofort zu Ihr zu führen. Ich vermute, Major Kharlan, die Befehlshaberin Ihrer persönlichen Wache, erwartet Euch bereits, um Euch zu Ihr zu geleiten.«

»Wie ich sehe ist Die Stimme ebenso vorausschauend wie freundlich«, gab Kaeritha lächelnd zurück. »Ganz so wie diejenigen, die hier in Quaysar Ihr und der Göttin dienen.«

»Danke für Eure freundlichen Worte, Milady.« Der Offizier verbeugte sich erneut, wenn auch etwas weniger tief, und deutete auf das offene Tor. »Wir alle wissen, dass Euch nur wichtige Angelegenheiten so weit vom Reich haben fortführen können, und Die Stimme wartet darauf, dass Major Kharlan Euch zu Ihr bringt.«

»Selbstverständlich.« Kaeritha neigte leicht den Kopf. »Ich hoffe, wir begegnen uns noch einmal, bevor ich Quaysar verlasse«, fügte sie höflich hinzu und trieb Wölkchen sanft an.

Die Stute trottete durch das offene Tor. Der Tunnel dahinter war erheblich länger, als Kaeritha erwartet hatte. Die Verteidigungsanlage des Tempels musste weit massiver sein, als sie aus der Ferne wirkte, und die Sonnenscheibe, die sie am anderen Ende willkommen hieß, war winzig und sehr weit entfernt. Kaeritha hob die Schultern, die Anspannung sang in ihrem Bauch – und sie nahm die drohende Stille der Mörderlöcher an der Decke des Tunnels wahr, als sie darunter hindurchritt. Es war nicht das erste Mal, dass sie wissentlich in einen Hinterhalt ritt, äußerlich wirkte sie ruhig und unbekümmert. Nur in ihr fühlte es sich ganz anders an.

Major Kharlan wartete bereits auf sie. Kaeritha hob eine Braue, als sie sah, dass die Majorin nur einen Stallburschen bei sich hatte, der sich offenbar um Wölkchen kümmern sollte. Die Stimme hatte offenbar etwas weit Raffiniertes im Sinn als ein offenes Gemetzel im Tempelhof.

»Milady Paladin«, murmelte die Majorin und senkte den Kopf. »Mein Name ist Kharlan, Paratha Kharlan. Quaysar fühlt sich durch Euren Besuch geehrt.«

Die Majorin sprach einen deutlichen Sothôii-Akzent und war mindestens drei Zentimeter größer als Kaeritha. Sie trug ihren Kürass über einem Kettenpanzer, wie Kaeritha selbst, und war mit einem Kavalleriesäbel bewaffnet. Falls sie auch eine Kriegsbraut war, gehörte sie offenbar zu der Minderheit, die an eher »traditionellen« Waffen ausgebildet worden war.

Das fiel Kaeritha auf den ersten Blick auf, so wie es auch jeder andere wahrgenommen hätte. Dies war jedoch auch schon all das, was jeder andere auch gesehen hätte. Die zusätzliche »Rüstung«, die Kharlan trug, war nur für Kaeritha sichtbar, und sie spannte sich an wie ein Katze, die sich plötzlich einer Kobra gegenübersieht, als sie die widerliche grüngelbe Aura ERKANNTE, die den Körper der Majorin umhüllte. Das Gefühl von »Falschheit«, das diese Frau ausstrahlte, traf Kaeritha fast wie ein Fausthieb in den Magen. Der Geschmack in ihrem Mund war so widerlich, dass sie beinah hätte würgen müssen. Einen Augenblick lang fragte sie sich, warum das nicht jeder so deutlich wahrnehmen konnte, wie sie es tat.

»Die Stimme hat mir befohlen, Euch willkommen zu heißen und Euch zu Ihr zu führen, wenn es Euch beliebt.« Die hoch gewachsene Frau lächelte und ihre Stimme klang nach all dem, was Kaeritha an ihr ERKANNT hatte, auf so bizarre Weise gewöhnlich, dass die Amazone ihre ganze, hart erarbeitete Selbstbeherrschung benötigte, um die Majorin nicht ungläubig anzustarren.

»Ich weiß Euer herzliches Willkommen zu schätzen, Majorin«, antwortete sie stattdessen liebenswürdig, nachdem sie abgestiegen war. Sie lächelte, als wäre sie vollkommen ahnungslos.

»Wie sonst sollten wir den Paladin eines Bruders von Lillinara begrüßen?«, antwortete Paratha. »Unsere Stimme hat mich gebeten, Euch in Ihrem und auch im Namen Ihrer HERRIN zu empfangen und Euch zu versichern, dass Sie und der ganze Tempel Euch so gut helfen werden, wie es uns möglich ist.«

»Ich habe nichts weniger an Güte und Großzügigkeit von einer Stimme Der Mutter erwartet«, erklärte Kaeritha. »Und beides ist mir sehr willkommen.«

»Willkommen vielleicht«, fuhr Paratha fort. »Aber es ist auch das Mindeste, das wir einem Diener des Tomanâk bieten können, der auf der Suche nach Gerechtigkeit unterwegs ist. Da Ihr gewiss in einer solchen Angelegenheit hier seid, darf ich Euch vielleicht sofort zu Der Stimme führen. Oder möchtet Ihr Euch nach Eurem Ritt erst waschen und erfrischen?«

»Wie Ihr ganz richtig sagtet, Majorin, ich bin auf der Suche nach Gerechtigkeit. Wenn Die Stimme bereit ist, mich so schnell zu empfangen, möchte ich Sie nicht warten lassen.«

»Selbstverständlich, Milady.« Paratha lächelte freundlich. »Wenn Ihr mir folgen wollt.«

21

SCHÖN, DACHTE KAERITHA, als sie Paratha in den Tempelkomplex folgte. Wenigstens kenne ich jetzt schon mal einen meiner Feinde.

Es kostete sie körperliche Anstrengung, ihre Hände von den Griffen ihrer Schwerter fern zu halten, während sie hinter der Majorin herging. Paratha schien in der gedämpften, ehrfürchtigen Dämmerung des Tempels zu glühen, und aus der widerlichen Strahlung, die sie umhüllte, zuckten Tentakel heraus und streichelten andere Passanten, an denen sie vorübergingen. Diese langsame, laszive Art, in der die dumpf glühenden Schlangen die anderen zu liebkosen schienen, hatte etwas Ekelhaftes. Die meisten schienen nicht einmal zu bemerken, dass sie berührt worden waren. Doch als Kaeritha an ihnen vorbeiging, ERKANNTE sie an ihnen winzige, kleine Flecken, fast wie Lepramale. Diese Male waren winzig, kaum zu sehen, nur unwesentlich größer als die Muttermale eines gewöhnlichen Sterblichen. Doch die meisten Akolyten und Dienerinnen, an denen sie und Paratha vorübergingen, waren von Dutzenden solcher Flecken übersät. Und sie glühten einen Wimpernschlag heller auf, als die Aura der Majorin sie berührte. Dann erloschen sie wieder, sanken nach innen, und nicht einmal Kaeritha konnte sie ERKENNEN.

Das war schon schlimm genug, doch diejenigen, die etwas empfanden, wenn Parathas ekelhaftes Netz über sie glitt, waren noch schlimmer. Wie sehr sie es auch zu verbergen suchten, sie fühlten das Dunkle, das Paratha umhüllte, und ein Flackern von Vergnügen, fast befremdlicher Ekstase huschte über ihre Gesichter.

Kaerithas Puls beschleunigte sich immer mehr, je weiter sie in den Tempel vordrangen. Sie hatten ihn durch die Kapelle Der Alten betreten, ein Weg, den Kaeritha an Majorin Kharlans Stelle nicht gewählt hätte. Welch schleichendes Böse Quaysar auch befallen hatte, dies hier war noch immer ein Tempel der Lillinara. Seine Gebäude und – mehr noch – seine Bewohner und Bediensteten zu besudeln, war gewiss ein großer Triumph für das Dunkle gewesen, doch die Steine selbst mussten sich daran erinnern, zu wessen Ehren und Ehrerbietung sie aufeinander getürmt worden waren. Wie groß der Triumph des Dunklen auch sein mochte, er konnte unmöglich für immer unentdeckt bleiben. Und von allen Aspekten Lillinaras war es Die Alte, Die Rächerin, deren Wut Kaeritha als Letztes auf sich gezogen hätte.

Dennoch entbehrte Parathas Wahl ihres Weges nicht eines gewissen Sinnes. Lillinara Die Alte war Die Rächerin. Es war die Facette der Gottheit, die am meisten mit Blut und Rache zu tun hatte. Ihr »Drittes Gesicht«, das am stärksten zu gnadenloser Vernichtung neigte. Es gab viele Frauen, und Kaeritha Seldanstochter war eine von ihnen, die fanden, dass Die Alte allzu oft am Rand der Dunkelheit balancierte. Vielleicht gab es ein gewisses Zusammenspiel zwischen dieser Kapelle und dem düsteren Netz, das über Parathas Schultern und Seele lag.

»Sagt mir, Majorin Kharlan«, fragte die Amazone beiläufig, »steht Ihr schon lange im Dienste von Lillinara?«

»Fast zwölf Jahre, Milady«, antwortete Paratha.

»Und wie lange befehligt Ihr die Leibwache Der Stimme?«

»Erst, seit Sie Ihren Dienst hier angetreten hat.« Paratha sah über die Schulter zurück und lächelte. »Ich wurde vor acht Jahren der Wache von Quaysar zugeteilt, und habe die Leibwache der vorigen Stimme anderthalb Jahre vor Ihrem Tod übernommen.«

»Verstehe«, murmelte Kaeritha. Die Majorin wandte den Kopf und konzentrierte sich wieder darauf, sie durch den Tempel zu führen.

Sie schritten durch die Kapelle. Kaeritha fühlte, wie sich das Dunkle schwerer auf ihre Schultern senkte. Es lauerte fast wie eine körperliche Wesenheit in ihrem Rücken, während sie tiefer und tiefer in das Geflecht aus Verderbnis eindrang, das den Tempel verseucht hatte. Sie hatte Angst, mehr Angst, als sie erwarten konnte, nachdem sie begriffen hatte, dass Quaysar das Zentrum von allem sein musste. Was auch immer hier am Werk war, es schien raffiniert und erschreckend mächtig zu sein, und es musste sein Netz weit länger gewoben haben, als Kaeritha das für möglich gehalten hatte. Die äußeren Tempelbereiche und die Angehörigen des Tempels, die am weitesten vom Zentrum der Macht entfernt waren, wie zum Beispiel der Wachoffizier, der sie bei ihrer Ankunft begrüßt hatte, waren weniger befallen. Kaeritha fragte sich, ob das wohl mit Absicht so war. Waren sie in Ruhe gelassen worden und nur dahingehend beeinflusst worden, dass sie nicht bemerkten, was in Quaysars Kern geschah, um die Korruption damit zu maskieren? Oder hatten die Mächte des Dunklen, die hier am Werk waren, sie sich einfach für später aufgehoben, wenn sie ihren Griff um den Inneren Tempel gesichert hatten?

Das spielte im Augenblick jedoch keine Rolle. Entscheidender waren die Barrieren, die sich, das spürte sie, hinter ihr aufstellten. Die lauernden Stränge der Macht, die hochzuckten und jetzt keine bloßen Tentakel mehr waren, sondern gewaltige Kabel. Die Fliege hatte das Netz aus freien Stücken betreten, voller überheblicher Selbstsicherheit, und jetzt war es zu spät, umzukehren.

Sie drehte sich um und sah mehr als ein Dutzend anderer Frauen, die ihnen folgten. Es waren die, die am stärksten auf die Berührung von Parathas Dunkler Aura reagiert hatten. Es sah aus, als gingen sie einfach nur ihren Aufgaben nach, die sie vor Kaerithas Ankunft zu erledigen hatten, aber die Amazone wusste es besser. Sie konnte das Netz aus verseuchter Strahlung ERKENNEN, das sie aneinander band. Und der Umhang um Paratha leuchtete ebenfalls stärker, als würde sie sich immer weniger darum bemühen, ihn vor ihrem Blick zu verbergen.

Sie gingen durch Räume und Kammern, über deren Zweck Kaeritha nur mutmaßen konnte, bis sie schließlich den Wohnbereich des Tempels betraten. Sie nahm aus den Augenwinkeln wundervolle Kunstwerke und religiöse Artefakte wahr, Mosaiken und herrliche Stoffe. Brunnen plätscherten lieblich, Wasser murmelte und tröpfelte durch verzierte Kanäle, durch die riesige goldene Fische wie träge Träume glitten. Eine kühl gedämpfte Pracht umhüllte sie.

Sie nahm all das wahr und bemerkte es doch nicht. Es schien ihr unbedeutend, unwichtig, und wurde von dem Sturm aus Dunkelheit hinweggefegt, der sich um sie herum sammelte und aus allen Richtungen gegen sie brandete. Es war eine raffinierte und weit weniger barbarische Dunkelheit, als die, der sich Bahzell, Vaijon und Kaeritha selbst im Tempel von Sharnâ in Navahk gestellt hatten, dennoch war sie ebenso stark. Vielleicht sogar mächtiger, und sie schien von Bosheit durchtränkt und mit einem Nimbus von unerschöpflicher, hinterlistiger Geduld versehen, die weit über das hinausging, wozu Sharnâ und seine Handlanger fähig gewesen wären.

Und Kaeritha musste sich dem ganz allein stellen.

Paratha öffnete schließlich die letzten Doppeltüren aus glänzendem Ebenholz, die mit Mondintarsien aus Alabaster verziert waren und verbeugte sich tief vor Kaeritha. Das Lächeln der Majorin war so freundlich und ernst wie dasjenige, mit dem sie Kaeritha begrüßt hatte, doch die Maske war zusehends fadenscheiniger geworden. Kaeritha ERKANNTE das grüngelbe Glühen in Parathas Augen, und sie fragte sich, was die andere Frau wohl ERKANNTE, wenn sie Kaeritha ansah.

»Die Stimme erwartet Euch, Milady Paladin«, sagte Paratha feierlich, und Kaeritha nickte, während sie an ihr vorbei durch die schwarzen Türen schritt.

Die riesige Kammer dahinter war offenbar für offizielle

Audienzen gedacht, ebenso offensichtlich aber dienten sie auch jemandem als Wohngemächer. Kunstwerke, Statuen und Möbel, von denen viele trotz ihrer Pracht gemütlich und wohl genutzt aussahen, bildeten einen einladenden Kreis um einen Stuhl in der Mitte der Kammer, der ein wenig an einen Thron erinnerte.

Eine Frau in den strahlenden weißen Roben Der Stimme der Lillinara saß darauf. Sie war jung und wunderschön. Ihr Haar war beinahe ebenso schwarz wie das von Kaeritha, und in ihrem ovalen Gesicht schimmerten braune Augen. Jedenfalls glaubte Kaeritha, dass sie ursprünglich braun gewesen waren. Es war schwer zu sagen, weil der gelbgrüne Glanz Der Stimme sie so blendete.

»Seid gegrüßt, Paladin des Tomanâk.« Die Stimme hatte einen silberhellen Sopran, noch weit süßer und melodiöser als Kaerithas. »Ich habe mich schon sehr lange danach gesehnt, einen Paladin eines von Lillinaras Brüdern hier willkommen heißen zu können, länger, als Ihr glauben könnt.«

»Tatsächlich, Milady? Habt Ihr das?« Niemand außer Kaeritha hätte ahnen können, wie viel Mühe es sie kostete, ihre Stimme vertraut und liebenswürdig klingen zu lassen. »Das freut mich zu hören, denn ich bin ebenso begierig darauf, Eure Bekanntschaft zu machen.«

»Dann ist es wohl ein glückliches Zusammentreffen, dass unsere beiden Wünsche an diesem Tag in Erfüllung gehen«, sagte Die Stimme.

Kaeritha nickte und neigte ihren Kopf unmerklich zum Gruß. Sie richtete sich auf, legte das Handgelenk ihrer Rechten leicht auf den Knauf eines ihrer Schwerter und wollte gerade etwas erwidern.

Bevor sie jedoch auch nur ein Wort sagen konnte, fühlte sie, wie eine gewaltige, mächtige Essenz sie angriff. Sie brach wie eine Flutwelle über sie hinweg, zerschmetternd wie ein Erdstoß, flüssig und dennoch dicker und fester als Mörtel oder selbst Zement. Sie umhüllte Kaeritha mit einem erdrückenden Kokon, umschloss sie und hielt sie fest. Kaeritha riss die Augen weit auf.

»Ich weiß ja nicht, was du sagen wolltest, Paladin.« Die liebliche Sopranstimme klang jetzt kälter als der Winter in Vonderland und jede Silbe war mit einer zischenden Drohung unterlegt. »Aber das spielt auch keine große Rolle.« Die Stimme schüttelte den Kopf und lachte. Es klang wie Glas, das auf Marmor zerschellt. »Wie überheblich ihr Paladine doch seid! Ihr alle seid so sicher, dass ihr beschützt und geführt und vor Schaden bewahrt werdet! Natürlich hält diese Einbildung nur so lange an, bis der Augenblick kommt, da jemand wie euer Herr euch im Stich lassen muss.«

Kaeritha fühlte, wie die Macht hinter Der Stimme auf ihre Stimmbänder drückte, um sie zum Schweigen zu bringen, und antwortete nicht. Sie sah nur Die Stimme an, während sie regungslos in diesem festen Netz aus Dunkler Macht stand. Die Stimme lachte erneut und stand auf.

»Es scheint wohl tatsächlich möglich, dass du eine Möglichkeit gefunden hast, meine Pläne zu durchkreuzen, kleiner Paladin! Doch das ist nur eine unbedeutende Unannehmlichkeit. Verstehst du? Sicher, ich gebe es gern zu. Doch habe ich bereits entsprechende Gegenmaßnahmen vorbereitet und es außerdem zugelassen. Irgendwann musste ja jemand Verdacht schöpfen, dass meine Herrin IHRE kleinen Spielchen hier in Quaysar spielt. Jedoch, *Dame* Kaeritha«, höhnte sie, »welchen Schaden habe ich zuvor noch deinen kostbaren Kriegsbräuten und dem Königreich zugefügt! Möchtest du dich vielleicht darüber mit mir unterhalten, hm?«

Sie machte eine kurze Handbewegung, und Kaeritha fühlte, wie der Druck auf ihre Stimmbänder verschwand.

»Du wolltest etwas sagen?«, höhnte Die Stimme.

»Es sind nicht *meine* kostbaren Kriegsbräute«, erwiderte Kaeritha nach einer Weile. Sie war selbst überrascht, wie ruhig und fest ihre Stimme klang. »Und Ihr seid schwerlich die Erste, die ihnen Übel will. Einiges von dem Schaden, den Ihr ihnen angetan habt, wird zweifellos an ihnen haften bleiben, das gebe ich zu. Aber Schäden können behoben werden, und Tomanâk«, es kam ihr so vor, als würde Die Stimme bei diesem Namen leicht zusammenzucken, »ist der Gott der Wahrheit ebenso wie der Gerechtigkeit und des Krieges. Und die Wahrheit ist letztlich immer das Ende des Dunklen, oder nicht, o ›Stimme‹?«

»Also erwartest du tatsächlich, dass diese verbohrten Sothôii dir auch nur ein Wort glauben würden? Oder dass die Kriegsbräute selbst das tun?« Die Stimme lachte erneut. »Das sehe ich anders, kleiner Paladin. Meine Pläne sind fein gesponnen, und mein Netz ist viel zu groß dafür. Ich habe zu viele Menschen berührt und überzeugt, wie zum Beispiel diese armselige Marionette Lanitha, die glaubt, dass Lillinara selbst ihr befohlen hat, Stillschweigen über meine kleinen … Änderungen zu bewahren, damit die Kriegsbräute bekommen, was ihnen zusteht. Oder diese wütenden kleinen Kriegsbräute, die so begierig darauf sind, sich für all dieses echte und eingebildete Unrecht zu rächen. Oder unsere liebe Yalith und ihre Stadtversammlung, die sich nicht einmal daran erinnern können, dass ihre Dokumente früher einmal etwas anderes ausgesagt haben. Wie du ja selbst dieser dummen Archivarin gesagt hast: diejenigen, welche die Kriegsbräute hassen und verachten, Leute wie Trisu, werden niemals glauben, dass sie nicht die ›Originaldokumente‹ in Kalatha selbst gefälscht haben. Und die Kriegsbräute werden auch nicht glauben, dass es Fälschungen sind. Nicht nach meiner sorgfältigen Vorarbeit. Und nicht, ohne einen Paladin, der die Echtheit von Trisus Kopien bestätigt und erklären kann, wie die Dokumente in Kalatha verändert werden konnten, ohne dass Yalith und die Stadtversammlung davon wussten. Denn ich fürchte sehr, dass du es ihnen nicht mehr erzählen kannst.«

»Mag sein«, sagte Kaeritha gelassen. »Aber es gibt noch andere Paladine des Tomanâk, und einer von ihnen wird bald von allem unterrichtet sein, was ich weiß und vermutet habe.

Ich kann mich darauf verlassen, dass er meine Aufgabe erfüllt, falls das nötig sein sollte.«

Die Stimme kniff die Augen zusammen und runzelte die Stirn. Doch dann zwang sie sich dazu, ihre Miene zu entspannen, und zuckte mit den Schultern.

»Vielleicht behältst du ja Recht, kleiner Paladin«, erwiderte sie beiläufig. »Ich persönlich glaube allerdings, dass der Schaden nicht zu beheben ist. Ich habe einen solch fruchtbaren Boden auf beiden Seiten vorgefunden. Die Lords, die alles hassen und verachten, wofür die Kriegsbräute stehen, und die Kriegsbräute, in denen der Groll über die Beleidigungen und Ungerechtigkeiten, die sie und ihre Schwestern seit Jahren erdulden müssen, heiß und bitter schwelt. O ja, sie werden auf mich hören, nicht auf deinen ach so kostbaren Paladingefährten. Sie werden glauben, was ihre Vorurteile und ihren Hass fördert, und ich werde meine Dienstmädchen aussenden, um die Nachricht unter ihnen zu verbreiten. Meine eigenen Dienstmädchen, kleiner Paladin, nicht die jener dummen, feigen Hündin, für die dieser Tempel einst erbaut wurde!«

Sie starrte Kaeritha an, und die Amazone fühlte, wie der glühende Hass wie Rauch und Säure förmlich aus ihr herausquoll.

»Und um diese Flammen ordentlich anzufachen«, fuhr die falsche Stimme fort, »werden wir Trisu dazu bringen, die Sache selbst in die Hand zu nehmen.« Ihre Sopranstimme klang plötzlich leise und gefährlich … und auch gierig.

Kaeritha sagte nichts, aber die andere Frau bemerkte die Frage in ihren Augen und lachte kalt.

»Es gibt bereits mehr als genug, die glauben, dass er den Mord an den beiden Dienstmädchen der Lillinara betrieben oder sogar persönlich den Auftrag dazu gegeben hat. Natürlich hat er das nicht getan. Trotz seines Fanatismus widersteht er zu unserem Ärger hartnäckig jedem Vorschlag, der ihn zu dieser Handlung hätte verleiten können. Aber die Kriegsbräute denken das nicht. Und sie werden es schon gar nicht mehr glauben, wenn Männer in seinen Farben Quaysar selbst angreifen. Wenn sie unter seinem Banner durch die Tore der Stadt und des Tempels reiten, als Gesandte zu Der Stimme kommen und anschließend jeden Bürger von Quaysar und jeden Diener des Tempels abschlachten, den sie erwischen können!«

Es gelang Kaeritha nicht, das Entsetzen der Bilder zu unterdrücken, die die Worte der falschen Stimme vor ihren Augen aufsteigen ließ. Das Lächeln auf dem Gesicht dieser Frau dort schien sich aus den tiefsten Tiefen von Krahanas dunkelster Hölle zu speisen.

»Natürlich wird es Überlebende geben, es gibt doch immer welche, nicht wahr? Und ich werde dafür sorgen, dass keiner dieser Überlebenden auch nur ahnt, dass er jemals in meinem kleinen Netz gezappelt hat. Selbst die aufmerksamste Überprüfung durch einen von deinen unfehlbaren Paladinen des Tomanâk wird nur beweisen, dass sie die Wahrheit über das berichten, dessen sie Zeuge geworden sind, und dass sie auch nicht lügen, wenn sie erklären, wer das getan hat. Und sie werden mit eigenen Augen gesehen haben, mein kleiner Paladin, wie ich selbst, meine Leibwache und die hochrangigen Priesterinnen uns in der Kapelle Der Alten verbarrikadieren, wo wir unser letztes Gefecht schlagen. Trisus Männer werden selbstverständlich versuchen, die Kapelle zu stürmen. Dann werde ich den Zorn Der HERRIN beschwören, auf dass sie die Angreifer vernichtet … und alle in der Kapelle mit ihnen. Es wird sich zwar nicht um den Zorn von Lillinara handeln, wie alle annehmen werden, doch das wird niemandem auffallen. Das göttliche Feuer wird jedenfalls wunderbar erklären, warum man anschließend keine Leichen findet. Das heißt, warum man unsere Leichen nicht findet.«

Sie schüttelte in höhnischer Trauer den Kopf.

»Zweifellos werden selbst einige Gefährten von Trisu entsetzt sein. Andere werden wohlwollend annehmen, dass er einfach übergeschnappt ist, wieder andere jedoch werden glauben, dass er vollkommen richtig gehandelt hat, als er dieses Nest der Scheußlichkeiten ausgeräuchert hat, vor allem, wenn die Sprache auf die gefälschten Dokumente kommt. Was Tellian und die Krone auch unternehmen werden, kleiner Paladin, der Schaden ist nicht mehr gutzumachen. Sollte Trisu verurteilt werden, obwohl er seine Unschuld beteuert und beweisen kann, dass die Kriegsbräute die Dokumente gefälscht haben, werden seine Lordfreunde seinem Lehnsherrn und dem König vorwerfen, ein Fehlurteil gefällt zu haben. Sollte er dagegen nicht bestraft werden, wenn zum Beispiel ein wichtigtuerischer Paladin des Tomanâk ihn verhört und herausfindet, dass er die Wahrheit sagt, so werden die Kriegsbräute annehmen, dass es sich um eine Vertuschung handelt und er nur der gerechten Strafe entwischt ist. Und dasselbe werden viele Anhänger der Kirche von Lillinara glauben!«

»Das war also die ganze Zeit über schon Euer Plan?«, fragte Kaeritha. »Ihr wolltet Zwietracht, Hass und Misstrauen säen?«

»Das gewiss, und natürlich wollte ich auch all die schönen Feuer und das Morden genießen«, gurrte die falsche Stimme und betrachtete dabei ihre langen, polierten Fingernägel.

»Verstehe.« Kaeritha dachte einen Augenblick nach, legte den Kopf auf die Seite und betrachtete die Frau ihr gegenüber. »Es dürfte wohl nicht schwierig gewesen sein, die alte Stimme zu ermorden, nachdem Majorin Kharlan die Befehlshaberin ihrer Leibwache geworden war. Letztlich spielt es keine Rolle, ob Ihr Gift oder einen Zauber verwendet habt. Aber ich wüsste doch ganz gern, was Ihr mit Der Stimme gemacht habt, die sie ersetzen sollte.«

Die falsche Stimme erstarrte fast unmerklich und ihr Blick zuckte zu Kaeritha. Es dauerte aber nicht lange, dann lächelte sie.

»Wie kommst du darauf, irgendjemand hätte etwas mit mir ›gemacht‹? Das war nicht nötig. Ich war nicht die erste ach so vollendete, aufrichtige und engstirnige Priesterin, die am Ende die Wahrheit erkannt hat, weißt du? Oder glaubst du wirklich, dass mir andere nicht freiwillig gefolgt sind, als ich meine Treue einer Göttin schenkte, die meine Loyalität weit mehr verdient hat?«

»Nein«, gab Kaeritha zu. »Aber das passiert nicht sehr häufig. Und bei einer wahren Stimme ist es noch nie geschehen. Genauso wenig wie in Eurem Fall. Ihr wart niemals eine Priesterin Der Mutter, oder glaubt Ihr tatsächlich, dass Ihr einen Paladin des Tomanâk in diesem Punkt zu täuschen vermögt?« Abfällig verzog sie das Gesicht. »Ich wusste vom ersten Augenblick an, da ich Euch ERKANNTE, dass Ihr keine Hohepriesterin der Lillinara seid. Ich bin mir nicht einmal sicher, ob Ihr überhaupt menschlich wirkt. Aber eines weiß ich genau: wer oder was Ihr seid oder wie Ihr ausseht – Ihr seid nicht Die Stimme, die Die Kirche hier eingesetzt hat.«

»Sehr schlau«, zischte die falsche Stimme. Sie starrte Kaeritha einige Sekunden lang an und riss sich dann zusammen. »Bedauerlicherweise ist dem süßen kleinen Mädchen ein tragisches Unglück widerfahren, bevor sie ihr Amt antreten konnte«, fuhr sie dann mit einer Verspottung frommer Trauer fort. »Es hat sie natürlich furchtbar enttäuscht, das hat sie mir selbst anvertraut, kurz bevor ich ihr das Herz aus dem Leib geschnitten und Paratha und ich es vor ihren Augen verspeist haben.« Sie lächelte bösartig. »Da es sie so bekümmerte, hielt ich es für meine Pflicht, ihr diese Verantwortung von der Seele zu nehmen. Und diese Pflicht werde ich jetzt vollenden.«

»Aha.« Kaeritha nickte. »Und welche Rolle spiele ich in Euren Plänen?«, erkundigte sie sich.

»Du stirbst, was sonst?«, erklärte die falsche Stimme. »Nicht sofort, und auch nicht körperlich. Leider müssen wir uns für den Augenblick damit begnügen, nur deine Seele zu vernichten. Dann ersetze ich sie mit einem kleinen Dämon, den ich zufällig zur Hand habe. Er wird deinen Körper am Leben erhalten, bis der angebliche ›Trisu‹ uns angreift. Wer weiß?« Ihr Lächeln war grauenvoll. »Möglicherweise genießt er es ja, mit einigen Kriegsbräuten meiner Wache ›herumzuexperimentieren‹. Du wirst leider nicht mehr da sein, um den Horizont deiner Lüste zu erweitern. Aber er wird sich zweifellos prächtig amüsieren. Wenn Trisu angreift, wirst du bei dem Versuch, den Tempel gegen seine Schänder zu verteidigen, heldenhaft sterben. Das verleiht der ganzen Angelegenheit doch einen wahrhaft dramaturgischen Anstrich, findest du nicht? Mit etwas Glück könnte das vielleicht sogar deine ganze Kirche gegen Trisu auf den Plan rufen. Wäre das nicht entzückend? Die Kirche des Gottes der Gerechtigkeit hilft dabei, einen unschuldigen Menschen zu vernichten, der nicht das Geringste mit deinem Schicksal zu tun hatte! Und selbst wenn es nicht dazu kommt, die Chance, dass einer von Tomanâks kleinen Schoßhündchen die Behandlung erfährt, die sie so reichlich verdienen, rechtfertigt diese ganze Mühe bereits mehr als ausreichend.«

»Verstehe«, wiederholte Kaeritha. »Und Ihr glaubt, Ihr könnt das alles mit mir machen, weil ...?«

»Mit ›glauben‹ hat das nichts zu tun«, unterbrach Die Stimme sie kalt. »Ich konnte mit dir machen, was ich wollte, seit du in diese Kammer getreten bist, du dummes Stück! Warum glaubst du, kannst du noch nicht einmal deinen Kopf bewegen oder deine Füße, hm?«

»Wirklich eine gute Frage«, räumte Kaeritha ein. »Aber es gibt eine noch sehr viel wichtigere.«

»Was für eine ›wichtigere‹?«, höhnte die falsche Stimme.

»Warum glaubt Ihr, dass ich das nicht könnte?« Während Kaeritha diese Frage gelassen stellte, riss sie beide Schwerter mit einem metallischen Zischen aus ihren Scheiden und schleuderte sie in derselben Bewegung auf die andere Frau.

Diese unvermittelte Bewegung überrumpelte die falsche Stimme vollkommen. Sie hatte nicht einmal im Entferntesten vermutet, Kaeritha habe sich aus freien Stücken nicht gerührt oder gesprochen, als sie merkte, wie die Macht versuchte, sie daran zu hindern. Wer oder was diese »Stimme« auch sein mochte, sie hatte offenbar noch nie zuvor versucht, einen Paladin des Tomanâk zu überwältigen. Denn dann hätte sie gewusst, dass kein Zwang oder Kontrollzauber, selbst wenn er von der Macht des Stellvertreters einer anderen Gottheit angewendet wurde, den Willen oder Verstand eines eingeschworenen Paladins des Kriegsgottes beherrschen konnte, der Seine Seele so berührte wie Er die seine. Weil die falsche Stimme das nicht erkannt hatte, starrte sie Kaeritha immer noch fassungslos an, als die beiden gleichen Schwerter, von zwei feurigen, strahlend blauen Auren umhüllt, ihr Herz und ihre Lunge durchbohrten.

Ein qualvoller, wutverzerrter Schrei gellte durch die Audienzkammer, als die Kreatur, die sich als Die Stimme der Lillinara maskiert hatte, blutüberströmt auf dem Stuhl zurücksank. Kaeritha packte die Griffe ihrer Schwerter und drehte die Handgelenke, bevor sie ihre Waffen wieder herauszog. Gleichzeitig verlagerte sie ihr Gewicht auf den Ballen ihres linken Fußes, während sie den rechten Fuß nach hinten sausen ließ. Der Absatz von Kaerithas schwerem Reitstiefel prallte gegen die Person, die sie, wie sie deutlich gespürt hatte, gerade von hinten angriff. Der Tritt war zwar nicht so gezielt ausgeführt, wie sie gehofft hatte, doch genügte er, um den Angriff abzuwehren und die Angreiferin zu Boden zu werfen, wo sie mit einem Schmerzensschrei landete.

Kaeritha drehte sich – getragen vom Schwung ihres Trittes – herum, so dass sie Majorin Kharlan und den anderen Dienern der falschen Stimme gegenüberstand. Die knisternde blaue Aura eines Paladins des Gottes des Lichtes fauchte wie ein Vulkan erst um sie herum, dann empor und fegte wie ein lautloser Hurrikan durch die Kammer. Er umhüllte sie wie mit einem dünnen, flackernden Schleier, durch den sie ungehindert hindurchsehen konnte. Ihr Blick richtete sich sofort auf Paratha. Die Majorin hatte ihren Säbel halb aus der Scheide gezogen, und die Hälfte der übrigen Priesterinnen stand da wie betäubt. Doch ihre Lähmung würde nicht lange anhalten.

Jeder Paladin des Tomanâk hatte seine eigene Kampftechnik. Und Kaerithas unterschied sich vollkommen von der Bahzells, nur mit einer Ausnahme. Keiner von ihnen war darauf eingestellt, sich nur zu verteidigen, wenn sie die Wahl hatten. Und da Kaeritha Seldanstochter niemanden bei sich hatte, der ihr den Rücken freihielt, machte sie aus der Tatsache, dass sie allein war, eine Tugend.

Und griff an.

Nachdem die falsche Stimme für immer verstummt war, stellte zweifellos Paratha die gefährlichste ihrer Gegnerinnen dar. Aber die Majorin schien nicht geneigt, sich einem Zweikampf zu stellen. Sie wich Kaeritha aus und ging hinter einer der korrumpierten Priesterinnen in Deckung. Die Frau schüttelte sich aus der Erstarrung und griff die Amazone dann nur mit einem Dolch und der blanken Wut in ihren Augen bewaffnet an.

Kaeritha ließ ihre rechte Klinge mit der Schnelligkeit und Eleganz eines Hackbeils heruntersausen. Der Hieb trennte ihrer Widersacherin die rechte Hand ab. Die Frau kreischte auf, als das Blut aus ihrem Stumpf sprudelte. Der Schrei erstickte in einem Gurgeln, als Kaeritha mit einem Rückhandschlag ihrer Linken der Frau die Kehle durchtrennte. Blut spritzte heraus und färbte Kaerithas Gesicht wie das eines barbarischen Wakûo Banditen.

»Tomanâk. TOMANÂK!«

Ihr Schlachtruf hallte durch die Kammer, als ein anderer Dolch kratzend von ihrem Brustpanzer abprallte. Mit einem kurzen, kräftigen Hieb rammte sie der Frau eines ihrer Schwerter in den Leib. Die tödlich verletzte Priesterin sank zurück und wand sich kreischend auf dem Boden. Kaeritha jedoch zuckte zusammen, als ihr der Heilsinn eines Paladins verriet, dass die Dolche ihrer Widersacherinnen ausnahmslos in ein tödliches Gift getaucht waren.

Sie streckte mit der Rechten eine weitere Priesterin zu Boden, während sie gleichzeitig mit ihrem zweiten Schwert einen

Dolchstoß abwehrte. Dann wirbelte sie zwischen zwei Angreiferinnen hindurch, streckte die eine mit einem tödlichen Hieb zu Boden und verwundete die andere. Dann stand sie hinter ihnen und drehte sich wie eine Tänzerin auf dem Fußballen herum, bereit zum erneuten Angriff.

»TOMANÂK!«

Ihre Feinde schienen es diesmal nicht so eilig zu haben, sich auf sie zu stürzen. Kaeritha lächelte wie eine Wildkatze, und die Zähne leuchteten weiß in ihrem blutüberströmten Gesicht, als sie die Priesterinnen angriff. Zwei weitere Frauen sanken tot zu Boden, dann eine dritte, und in diesem Augenblick hörte Kaeritha die Glocken im Tempelbezirk Alarm schlagen.

Sie biss die Zähne zusammen. Zweifellos hatten Die Stimme und Paratha die Macht ihrer Schutzgöttin benutzt, um sicherzustellen, dass ihnen die Wachmannschaft von Quaysar treu ergeben war, selbst wenn die Wachen nicht wussten, wem sie eigentlich dienten. Doch selbst wenn sie diese Leute nicht getäuscht hatten, kein Wachsoldat, der in diese Audienzkammer stürmte und Die Stimme sowie ein halbes Dutzend ihrer Priesterinnen tot auf dem Boden liegen sah, würde auf die Idee kommen, dass die Person, die sie umgebracht hatte, das Opfer eines heimtückischen Angriffs der Dunklen war. Kaeritha blieben höchstens noch Sekunden, bevor sich eine ganze Flut von Wächtern und Kriegsbräuten auf sie stürzen würde, und sie mähte sich mit ihren Schwertern wie mit tödlichen Sicheln den Weg durch die mit Dolchen bewaffneten Priesterinnen auf Majorin Kharlan zu.

Die Frauen zwischen ihnen flogen zur Seite, kreischend oder bereits tot, und jetzt wich auch Paratha nicht mehr zurück. Sie griff allerdings auch nicht an, sondern beobachtete mit der unbewegten Gefühllosigkeit eines Reptils, wie ihre Verbündeten Kaerithas Schwertern zum Opfer fielen. Aber sie floh auch nicht, und als Kaeritha sie anschaute, ERKANNTE sie etwas, das sie noch nie zuvor gesehen hatte.

Eine Nabelschnur aus widerlich grüngelber Energie verband Paratha mit dem Leichnam der falschen Stimme, und noch während Kaeritha das SAH, strömte etwas von der toten Stimme zu der lebenden Majorin hinüber. Gleichzeitig schickte Paratha weitere Tentakel aus, die zu den gefallenen Priesterinnen züngelten. Sie selbst bildete den Mittelpunkt dieses ekelhaft strahlenden Netzes und sog gierig auf, was ihr darüber zuströmte. Kaeritha wusste nicht, was es war, aber die Aura, die die Majorin umgeben hatte, flammte plötzlich grell auf, wie ein flammender Wald in Kaerithas Paladin-BILD. Jetzt endlich wusste Kaeritha, mit welcher der Dunklen Götter sie es zu tun hatte. Denn eine riesige, grauenhafte, in Flammen gehüllte Spinne erhob sich hinter Paratha.

Es war die Spinne von Shîgû, der Königin der Hölle und Mutter des Wahnsinns, die Gemahlin von Phrobus und Gebärerin all seiner Dunklen Kinder. Sie war weit mächtiger als ihr Sohn Sharnâ, dazu von einer tödlich verderbten Bosheit, der keiner ihrer Brut gleichkam, und außerdem Lillinaras erbittertste Feindin. Ihre Parodie von Weiblichkeit besudelte alles, wofür Lillinara stand.

22

DIE FLAMMENUMZÜNGELTE SPINNE erhob sich. Ihre Facettenaugen loderten von Hass und Wahnsinn. Ihre Kiefer krachten zusammen und troffen vor Gift, das brannte und zischte und dessen Tropfen auf dem Marmorboden Blasen warfen, während sie sich hindurchätzten. Ihre Klauen knirschten und der widerlichste Gestank, der Kaeritha jemals in die Nase gestiegen war, erfüllte die Audienzkammer. Die Grauen erregende Erscheinung beugte sich über sie und griff mit mehr als nur Klauen und Zangen nach ihr. Eine schwarze Woge aus Entsetzen rollte vor ihr her.

Noch während Kaeritha die Spinne betrachtete, schien Paratha zu wachsen. Kaeritha begriff, dass nicht Die Stimme Shîgûs Werkzeug gewesen war, sondern Paratha. Die Stimme mochte vielleicht sogar geglaubt haben, sie wäre Shîgûs Auserwählte, in Wahrheit jedoch war es immer schon Paratha gewesen. Jetzt versteckte sich die Majorin auch nicht länger hinter Der Stimme. Sie saugte ihre und die Lebensenergie, wahrscheinlich sogar die Seelen ihrer gefallenen Priesterinnen ein, und das war noch nicht alles. So mächtig diese Energie auch sein mochte, es war nur ein Fokus, ein Brennglas, das etwas Stärkeres und noch Widerlicheres bündelte und es auf die Majorin richtete.

Parathas Gesicht veränderte sich und ihr ganzer Körper schien zu beben und zu vibrieren, als Shîgû Energie in ihre Auserwählte goss. Kaeritha erinnerte sich an Bahzells Schilderung der Nacht, als er mit dem Avatar von Sharnâ gekämpft hatte. Dies hier war jedoch schlimmer. Harnak von Navahk hatte eine verfluchte Klinge geschwungen, die Sharnâ als Schlüssel zum Universum der Sterblichen gedient hatte. Paratha dagegen trug keinen solchen Schlüssel bei sich, sie selbst war dieser Schlüssel. Kaeritha konnte es nicht fassen, dass Shîgû ein so wahnsinniges Risiko einging.

Kein Wunder, dass es ihr gelungen war, Lillinaras Kirche zu benutzen, so viele Menschen in Kalatha zu lenken, die Priesterinnen von Lillinaras Stimme zu töten und sie durch ihre eigenen Werkzeuge zu ersetzen! In all den endlosen Zeitaltern, seit Phrobus dem Bösen verfallen war, hatte kein Gott des Lichts oder des Dunkels gewagt, offen mit einem seiner oder ihrer göttlichen Feinde in der Welt der Sterblichen zu ringen. Sie waren einfach zu mächtig dafür. Wenn sie miteinander kämpften, liefen sie Gefahr, das ganze Universum zu vernichten, in dem sie um die Vorherrschaft fochten. Deshalb gab es Grenzen, war ihre Macht beschnitten und auch geregelt, auf welche Weise sie sich in die Welt der Sterblichen einmischen konnten. Aus genau diesem Grund gab es Paladine des Lichts und ihre dunklen Äquivalente, die Famuli.

Shîgû jedoch hatte sich eingemischt. Sie hatte diese vereinbarten Grenzen überschritten und war persönlich in die Welt der Sterblichen getreten. Paratha war kein Famulus, sie war Shîgûs Fokus, ihr Anker in diesem Universum. Sie wurde nicht von der Macht Shîgûs berührt, sondern in diesem Augenblick *war* sie die Macht von Shîgû. Kaeritha fühlte, wie gleichzeitig eine erschütternde Welle der Macht von Tomanâk selbst in sie selbst strömte.

»Also, kleiner Paladin«, zischte Paratha, »du möchtest also gegen MICH kämpfen, hm?«

Sie lachte, während sich das Netz ihrer Macht zu ihren lebenden Bütteln ausspannte, wie zuvor zu ihren toten. Kaeritha hörte die Schreie der Priesterinnen, in denen sich die Qual mit fürchterlicher, besudelter Ekstase mischte, als Shîgûs Avatar sie packte. Sie starben nicht, jedenfalls nicht sofort, aber das war keineswegs eine Gnade. Stattdessen verwandelten sie sich in Knotenpunkte des Netzes, dessen Mittelpunkt Paratha bildete. Sie loderten in Kaerithas Paladin-BILD wie menschliche Fackeln, als dieselbe Macht sie durchdrang. Sie entsprang einem Willen, der auch Paratha belebte und der nicht mehr der einer Sterblichen war, falls es denn jemals so gewesen sein mochte. Er umklammerte Kaeritha wie mit Zangen. Alle neun überlebenden Priesterinnen bewegten sich wie eine Person vorwärts und bildeten einen tödlichen Kreis um Kaeritha und Paratha.

»Deine Seele wird ausgezeichnet schmecken«, gurrte Paratha. »Ich werde sie mir wie einen guten Branntwein auf der Zunge zergehen lassen!«

»Das glaube ich kaum«, erwiderte Kaeritha, und Parathas Blick flackerte, als sie das unterschwellige Timbre in Kaerithas Sopranstimme hörte. Es war ein tiefer Ton, wie das dumpfe Donnern der Kavallerie, die zum Angriff reitet. Die blaue Aura um Kaeritha loderte heller und heißer und dehnte sich schließlich über ihr aus, als es die leuchtend durchscheinende Gestalt von Tomanâk Orfro bildete, dem Gott des Krieges und der Gerechtigkeit, dem Oberkommandierenden der Götter des Lichts, die sich der Spinne von Shîgû entgegenstellte. Die Priesterinnen, die in Shîgûs Netz gefangen waren, erstarrten, als wären sie mit einem Bann belegt worden. Paratha dagegen wich nur ein wenig zurück. Und trotz ihres kurzen Zögerns verzog sie den Mund, als fletschte sie die Zähne wie ein tollwütiges Tier.

»Diesmal nicht, Waagenmeister!«, fauchte sie, oder etwas, das ihre Stimme benutzte. »Diese hier gehört *MIR*!«

Parathas Körper spannte sich an und bei ihrem letzten Wort schleuderte sie einen gewaltigen Strahl von Energie aus. Wie ein Mauerbrecher aus gelbgrüner Gier fegte er kreischend durch die Audienzkammer, so dass der Tempel bis in seine Grundfesten erbebte, als dieser Strahl Kaeritha traf. Das heißt, er prallte gegen den blau gleißenden Nimbus, der sie umhüllte. Und diese Aura zertrümmerte den tödlichen Strahl in eine Vielzahl giftgrüner Blitze, die gegen die Mauern der Kammer zuckten, Brunnen vernichteten und zwei der noch lebenden Priesterinnen auf der Stelle einäscherten. Kaeritha fühlte den erschütternden Aufprall bis in ihre Knochen. Aber mehr spürte sie davon nicht – und lächelte ihre Feindin böse an.

»Ich gehöre DIR, hm?«, fragte sie, und ein merkwürdiges Gefühl von Gemeinschaft durchströmte sie, als sie Tomanâks Anwesenheit in sich fühlte. »Das glaube ich kaum«, wiederholte sie. Parathas Gesicht verzerrte sich vor Wut und Ungläubigkeit, als Tomanâks Macht ihren gewaltigen Angriff so mühelos abwehrte.

Kaeritha lächelte hart und kalt, sie fühlte die Kampflust in ihren Adern pulsieren. Sie war sie selbst, wie sie es immer gewesen war, und der Wille und der Mut, der sie angesichts von Shîgûs Grauen erregender Manifestation dennoch auf den Beinen hielt, entsprang aus ihr. Doch hinter ihrem Willen stand, wie ein kampferprobter Feldmarschall, der ihren Mut stützte und stärkte, Tomanâk Höchstselbst. Seine Gegenwart erfüllte sie, wie die von Shîgû Paratha erfüllte, ohne sie jedoch dabei zu unterjochen. Er forderte weder ihre Unterwerfung noch machte Er sie damit zu Seinem Werkzeug. Sie war dieselbe wie immer, Kaeritha Seldanstochter, Paladin des Tomanâk, und sie lachte, während der erstickende Pesthauch von Shîgûs Verderbtheit sie umhüllte.

Parathas Gesicht verzerrte sich vor glühender Wut, als sie dieses helle, fast vergnügte Lachen hörte, und die Spinne hinter ihr fauchte unirdisch. Doch Kaeritha lachte nur noch einmal.

»Du greifst weiter als du packen kannst, Paratha. Oder sollte ich sagen Shîgû?« Sie schüttelte den Kopf. »Wenn du mich wirklich willst, dann komm und hol mich!«

»Du magst MEINE Werkzeuge bedrohen und ermorden«, zischte diese unirdische Stimme erneut. »Aber ICH bin etwas ganz anderes. Kein Sterblicher kann gegen MEINE Macht bestehen!«

»Nur steht sie nicht allein.« Die Stimme, die die Luft um

Kaeritha zum Vibrieren brachte, war unvorstellbar tief. Parathas Gesicht wurde vollkommen ausdruckslos, als sie und die Macht, die sie benutzte, sie hörten.

»Wenn wir beide offen miteinander ringen, Macht gegen Macht, dann wird diese Welt zerstört und du mit ihr!« Paratha stieß die Worte knurrend heraus, doch die ganze Audienzkammer hallte, als ihr ein grimmiges donnerndes Lachen antwortete.

»Diese Welt mag vielleicht zu Grunde gehen«, stimmte ihr Tomanâk nach einer Weile zu. »Aber du weißt so gut wie ich, wer von uns beiden mit ihr vernichtet wird, Shîgû.« Paratha fletschte die Zähne wie ein Wolf, doch Tomanâk sprach, bevor sie antworten konnte. »Nur … dazu wird es nicht kommen. Denn ich lasse es nicht zu.«

»Und wie willst du es aufhalten, Narr?«, höhnte Parathas Stimme. »Das hier ist jetzt MEIN Platz, und MEINE Macht erfüllt ihn!«

»Schon, aber du wirst keine weitere Macht mehr hineinpumpen«, erklärte Tomanâk gelassen. »Was du an Macht in deine Sklaven gefüllt hast, magst du einsetzen. Alles andere habe ich blockiert. Falls du mein Wort anzweifelst, dann merke selbst.«

Parathas Augen glühten im Wahnsinn, aber Kaeritha spürte, dass es stimmte. Sie war zwar noch nie einer derartig erschreckenden Konzentration von Bösem begegnet, es wurde aber nicht mehr stärker.

»Wenn ich blockiert bin, dann bist du das auch!«, tobte Paratha. »Du kannst deinem Werkzeug keine Macht mehr verleihen!«

»Meine Schwerter sind nicht meine Werkzeuge«, erwiderte Tomanâk ruhig. »Es sind meine Paladine, meine Schlachtgefährten. Und jeder meiner Paladine kann es mit allem aufnehmen, was du gegen sie ins Feld führst.«

»Tatsächlich?« Paratha lachte gellend. »Das glaube ich kaum«, wiederholte sie höhnisch Kaerithas Worte.

Ihr Säbel tanzte und zuckte. Die Klinge wurde länger und brannte in demselben widerlichen, grünen Glanz wie die gigantische Spinne und ihr Netz.

»Komm her, kleiner Paladin«, gurrte sie. »Komm her und stirb!«

Sie griff mit einem mächtigen Sprung an, und im selben Augenblick stürmten auch die restlichen Priesterinnen vor. Sie drangen von allen Seiten auf Kaeritha ein, eine Woge aus tödlichen Klingen, die alle von derselben boshaften Anwesenheit erfüllt waren und geschwungen wurden.

Im Gegensatz zu den Priesterinnen war Kaeritha gepanzert. Aber sie war allein, deshalb wollte sie nicht riskieren, dass die Priesterinnen sie mit ihren vergifteten Dolchen umzingeln konnten. Und sie hatte auch keine Lust, Paratha mit dieser mächtigen Klinge gegenüberzutreten, solange sie die Priesterinnen im Rücken hatte. Also sprang sie nach links, weg von Paratha. Ihre beiden Klingen zuckten wie Schlangen vor und zogen einen Schweif aus blauem Feuer hinter sich her, als sie die Kehle einer Priesterin durchtrennte und einer anderen den Bauch aufschlitzte. Sie sprang über die Leichen hinweg und schlug mit ihrer Rechten zu. Eine weitere Priesterin taumelte zu Boden, als der Rückhandschlag ihre Kniekehlen zerfetzte.

Paratha – oder Shîgû, das machte keinen Unterschied mehr – kreischte in hemmungsloser Wut auf. Ihre restlichen Sklavinnen verfolgten Kaeritha und rannten wie verrückt hinter ihr her. Kaeritha lachte kalt, um Paratha weiter zu reizen.

Vermutlich würden einige besonders schlichte Menschen, die zu viele Bardenepen gehört hatten, es für feige oder unritterlich halten, dass sich Kaeritha ihren ungepanzerten, nur mit Dolchen bewaffneten Feinden widmete, statt sich gezielt dem Gegner zu stellen, der ebenfalls gewappnet und mit einem Schwert bewaffnet war. Kaeritha mochte eine Amazone sein, ein weiblicher Ritter, aber sie war als Bauerntochter geboren. Sie besaß die Schläue eines Bauern – und Tomanâks

Orden verlangte Ehre und Gerechtigkeit. Für Dummheit hatte er nicht viel übrig. Sie wandte sich erneut um, nachdem sie einmal fast im Kreis gelaufen war. Zwei weitere Priesterinnen konnten sie endlich einholen. Um einen Augenblick später zu sterben.

Parathas Schrei war noch wilder als zuvor, doch die beiden überlebenden Priesterinnen gingen auf Abstand. Die Letzte der nicht Verwundeten bückte sich, packte den Arm der Verkrüppelten und zerrte sie zur Seite. Jetzt drehte sich Kaeritha um, langsam und ruhig, und stellte sich Paratha und der flammenden Spinnenform von Shîgû.

Das gleißende Netz verband nach wie vor den Körper von Paratha mit denen der falschen Stimme und allen anderen Lebenden oder Toten in der Kammer, außer Kaeritha. Aber alles veränderte sich. Die Stränge, die sie mit den Toten verband, leuchteten heller und stärker, bevor sie erloschen. Im gleichen Augenblick erstrahlte die Aura um Paratha noch heller. Die Leichen dagegen verwandelten sich von eben erst gefallenen Frauen in ausgetrocknete, verwelkte Kadaver. Sie sehen aus wie Fliegen in einem Netz, dachte Kaeritha, nachdem die Spinne ihnen alles Leben ausgesogen hatte.

Tomanâk hatte Shîgû daran gehindert, mehr Macht in ihren Avatar einzuflößen, deshalb nahm sie alles von ihren toten Sklavinnen, was sie noch in sich hatten, verzehrte selbst ihre unsterblichen Seelen und konzentrierte all diese Macht in Paratha.

»Kommt, ›Majorin Kharlan‹«, lockte Kaeritha sie leise. »Ich bitte zum Tanz.«

Paratha stieß einen gellenden Schrei aus und griff an.

Was auch immer sie gewesen sein mochte, sie war auf jeden Fall eine erfahrene Kriegerin. Sie hatte eine größere Reichweite, und ihr Panzer war ebenso gut wie der von Kaeritha. Aber ihr war auch klar, dass sie nur eine Waffe hatte, Kaeritha dagegen deren zwei, und trotz ihres Wutgekreisches war sie keineswegs eine Berserkerin.

Das hätte Kaeritha fast zu spät bemerkt. Denn mitten in ihrem stürmischer Angriff wirbelte Paratha plötzlich nach links. Der verrückte Schrei hatte Kaeritha fast getäuscht und sie in dem Glauben gewiegt, dass ihre Feindin blindlings und wahnsinnig vor Wut angreifen würde. Doch Paratha war alles andere als blindwütig. Sie wirbelte unmittelbar außerhalb der Reichweite von Kaerithas Schwertern auf dem Fußballen herum, während ihr langer, glühender Säbel einen korkenzieherartigen Hieb nach Kaerithas Gesicht führte.

Mit der Rechten parierte die Amazone den Schlag, die Klingen trafen sich in einer Explosion von Feuer. Blaue und grüne Blitze knisterten und zischten, zuckten gegen Wände und Decke der Kammer und brachen ganze Stücke aus dem Marmor. Kaeritha keuchte und schwankte unter der puren Wucht dieses Aufpralls, der eigentlich nur ein einfaches Aufeinanderprallen von Stahl auf Stahl hätte sein sollen. Zweifellos empfand Paratha den Schock ebenfalls, aber das hielt sie nicht auf. Sie wich zurück, bevor Kaeritha Gelegenheit zu einem Gegenangriff bekam.

Kaerithas rechter Arm pochte schmerzhaft, und Schweiß strömte ihr über das Gesicht, als sie sich mit erhobenen Schwertern Paratha stellte. Die Alarmglocken des Tempelgeländes schlugen derweil ununterbrochen.

»Was tust du, wenn die anderen Wachen kommen, kleiner Paladin, hm?«, spottete Paratha. »Sie werden nur dich und mich sehen, umringt von ihren kostbaren abgeschlachteten Priesterinnen. Wirst du sie auch abschlachten, wenn ich ihnen befehle, dich als die Mörderin festzunehmen, für die sie dich halten?«

Kaeritha antwortete nicht, sondern rückte nur langsam vor. Sie balancierte auf den Fußballen. Paratha wich langsam zurück, während ihre höllischen Augen glänzten und sie ebenso vorsichtig wie der Paladin eine Lücke in Kaerithas Verteidigung suchte.

Kaeritha ließ Paratha nicht aus den Augen, aber dennoch nahm sie ihre Umgebung aufmerksam wahr. Sie hatte schon immer ein ausgezeichnetes »Gespür für die Lage« besessen, wie ihr erster Waffenmeister es genannt hatte. Und sie hatte dieses Gespür im Lauf der Jahre noch verfeinert. Obwohl sie ihre Widersacherin jetzt nie aus den Augen ließ, nahm sie wahr, wie sich die letzte unversehrte Priesterin lautlos von hinten an sie heranschlich.

Paratha schien nur Augen für Kaeritha zu haben, doch der Paladin hatte sich schon einmal fast von ihr täuschen lassen. Das würde nicht mehr passieren. Ihr war klar, dass sie nur eine einzige Gelegenheit bekommen würde, den Kampf zu beenden, bevor die Wachen hereinstürmten, die Paratha erwähnt hatte. Falls die Majorin sie so lange auf Abstand hielt, war Kaeritha verloren. Also musste sie die andere irgendwie dazu bringen, sie jetzt anzugreifen … oder aber der Majorin weismachen, dass sie auf ihren Trick hereingefallen war.

Paratha ging langsamer und ließ Kaeritha dichter an sich herankommen. Ihr Säbel tanzte vor ihr hin und her, und seine tödliche, glühende Spitze zog eine hässliche, grüngelbe Lichtspur hinter sich her. Kaeritha fühlte, wie ihre Anspannung wuchs. Die Priesterin war mit ihrem vergifteten Dolch jetzt ganz dicht hinter ihr. Parathas Augen verengten sich fast unmerklich. Wenn es passieren sollte, dachte Kaeritha, dann …

Jetzt!

Die Priesterin sprang vor, ihre Zähne zu einem lautlosen Schrei gefletscht, und wollte ihren Dolch mit aller Kraft in Kaerithas ungeschützten Rücken rammen. Gleichzeitig führte Paratha ihren eigenen Schlag aus, mit diesem vollendeten Zusammenspiel, das nur möglich war, wenn ein Wesen beide Körper beherrschte. Sie sprang mit ausgestrecktem Säbel auf Kaeritha los.

Es wäre fast gelungen. Eigentlich hätte es gelingen müssen. Aber wie Tomanâk Shîgû bereits gewarnt hatte, seine Paladine waren allem gewachsen, was Shîgû ihnen entgegenwerfen konnte. Kaeritha wusste, was auf sie zukam, und sie hatte ihr halbes Leben damit verbracht, die Fähigkeiten zu verfeinern, die sie für genau einen solchen Augenblick benötigte. Kaerithas Erwiderung war ebenso vollendet wie der Angriff, den Paratha – oder Shîgû – komponiert hatte. Mit einem entscheidenden Unterschied: Sie regte sich um den Bruchteil einer Sekunde früher als ihre Feinde.

Sie drehte ihren Oberkörper mit einer fließenden Bewegung um neunzig Grad zur Seite und sprang mit ausgestreckter Klinge in einem vollendeten Stoß auf Paratha zu. Ihr linkes Schwert fuhr in einer Funken stiebenden Explosion aus Licht und Hass an der Schneide des längeren Krummsäbels vorbei, stieß ihn zur Seite, und dann rammte sie die kürzere, blau glänzende Klinge durch Parathas Brustpanzer, als bestände der gehärtete Stahl nur aus Spinnweben. Noch während sie den Satz ausführte, riss sie ihre rechte Hand nach hinten, und die Priesterin, die sich mit ausgestrecktem Dolch auf Kaeritha gestürzt hatte, spießte sich mit dem Schwung ihres Angriffs selbst auf diese tödliche Klinge auf.

Einen Augenblick lang stand Kaeritha zwischen ihren beiden Widersacherinnen, beide Arme in entgegengesetzte Richtungen ausgestreckt, und ihre saphirblauen Augen brannten sich in Parathas gelbgrün leuchtende. Dann riss die andere in fassungslosem Entsetzen den Mund auf, ihr Säbel erzitterte und landete in einer knisternden Explosion grünen Lichts auf dem Boden. Mit der Linken packte sie das Heft des Schwertes, das sich in ihre Brust gegraben hatte, und Blut quoll aus ihrem Mund.

Damit war es vorbei. Kaeritha drehte beide Handgelenke gleichzeitig, richtete sich auf und zog dabei ihre beiden Schwerter mit einer einzigen, ruckartigen Bewegung zurück. Die Leichen ihrer Gegnerinnen fielen schlaff zu Boden.

23

Die Alarmglocken schlugen noch immer. Kaeritha wandte sich von ihren gefallenen Feinden ab und drehte sich zu den Doppeltüren der Kammer um. Widerlicher Gestank wehte durch den Saal, und überall loderten kleine Feuer, wo die Ausbrüche der miteinander kämpfenden Macht des Lichts und Dunkels Möbel und Wandbehänge in Brand gesetzt hatten. Wände, Decke und der glänzende Boden waren vernarbt und rußig, und das Glas an der Ostwand war aus den Fenstern geflogen und zersplittert. Überall lagen Leichen in ihrem Blut, einige ebenso versengt wie die Möbel. Es stank nach zerfetzten Organen.

Die blaue Aura von Tomanâk umhüllte Kaeritha weiterhin. Alle Priesterinnen, die sie sahen, einen Augenblick innehielten und darüber nachdachten, was sie zu bedeuten hatte, würden sie erkennen. Allerdings galt das schwerlich für die meisten der regulären Tempelwachen. Schlimmer noch, Kaeritha war sich bewusst, dass Shîgûs Avatar zwar vernichtet worden, das Böse der Spinnengöttin aber noch hier war. Shîgû war sicher so vorausschauend gewesen, den größten Teil ihrer Macht hier im Inneren Heiligtum Der Stimme zu konzentrieren, um Kaeritha anzugreifen. Aber sie hatte nicht ihre ganze Macht hier vereint, und selbst wenn ihre restlichen Diener nicht nach Vergeltung dürsteten, mussten sie doch wissen, dass ihre einzige Chance, selbst der Bestrafung zu entkommen, darin lag, Kaeritha zu töten oder wenigstens aufzuhalten.

Sie biss die Zähne zusammen. Wäre sie eines von Shîgûs Werkzeugen gewesen, wusste sie, was sie getan hätte, wenn sie sich einem Paladin des Tomanâk gegenüber gesehen hätte. Sie würde die nicht verführten Angehörigen der Tempelwache Quaysars genau vor die Klinge dieses Paladins treiben. Das Chaos und die Verwirrung – und dass keiner der Unschuldigen wusste, was hier passiert war – würde sie zwingen, sie töten. Jeder Paladin würde natürlich so gut wie möglich vermeiden, Frauen und Männer niederzumetzeln, die nur ihre Pflicht erfüllten und deren Seelen keiner Verderbnis anheim gefallen waren. Sollte dieser Paladin dennoch gezwungen sein, diese Frauen und Männer in Selbstverteidigung zu töten, so würde das Dunkle dies als einen keineswegs kleinen Sieg betrachten.

Doch Kaeritha hatte eigene Pläne, und ihre saphirblauen Augen funkelten grimmig, als sie die Türen der Kammer aufstieß und mit ihren blau schimmernden Schwertern in den Händen hindurchtrat.

Im Flur klangen die Glocken lauter als in den Gemächern Der Stimme. Kaeritha hörte laute Befehle und das Trampeln von Stiefeln. Die erste Gruppe der Wachsoldaten, ein Dutzend Kriegsbräute und halb so viele männliche Soldaten in den Uniformen von Lillinara, die das Zeichen des Mondes schmückten, bogen im Laufschritt um die Ecke. Kaeritha sammelte ihren Willen. Sie streckte innerlich die Hand aus und griff auf eine Art, die sie niemandem hätte beschreiben können, der kein Paladin war, nach der Macht des Tomanâk, die der Gott ihr verliehen hatte. Sie formte sie nach ihren Zwecken und schleuderte sie wie einen fächerförmigen Rammbock vor sich aus.

Die Befehle verwandelten sich in verwirrtes Geschrei, als Kaerithas göttlich verstärkter Wille wie ein gewaltiger unsichtbarer Besen durch den Flur fegte. Er packte jene, die ja bloß auf einen willkürlichen Angriff auf den Tempel und Die Stimme reagierten und schob sie einfach zur Seite. Unter anderen Umständen hätte sich Kaeritha vielleicht über den Anblick amüsiert, wie die Füße der Menschen über den Marmor glitten, als bestünde dieser aus Eis. Einige schlugen mit ihren

Fäusten gegen die unsichtbare Barriere, andere setzten sogar ihre Waffen ein. Aber sie konnten ihr nicht widerstehen, sondern wurden zur Seite gewischt, und viele von ihnen trugen dabei gewiss Prellungen davon, doch es waren insgesamt eher harmlose Verletzungen.

Einige Wachsoldaten wurden allerdings nicht weggefegt. Es kostete sie einige Sekunden, bis sie das begriffen, und diese Verzögerung war tödlich. Kaeritha stürzte sich auf sie, bevor sie reagieren konnten. Ihre Augen erstrahlten in einem noch heller lodernderen Blau. Denn es gab einen Grund, warum diese Wachen nicht von ihrer Bugwelle hinwegspült worden waren. Im Gegensatz zu den anderen waren sie keine unschuldigen Opfer der Verderbnis, welche ihren Tempel vergiftet und besudelt hatten. Sie wussten, wem oder was sie in Wahrheit dienten. Ihre Gesichter verzerrten sich vor Panik, als ihnen klar wurde, dass sie von ihren Gefährten getrennt worden waren und sich in Reichweite der Klingen eines Paladins des Tomanâk befanden.

»*Tomanâk!*« Kaeritha schleuderte ihnen ihren Schlachtruf entgegen, dem ihre Schwerter augenblicklich folgten. Ihre Gegner konnten ihr in dem engen Flur nicht ausweichen, und für raffinierte Manöver gab es weder Zeit noch Raum. Kaeritha stürzte sich auf sie und schwang ihre glühenden Schwerter mit der gnadenlosen Genauigkeit einer dieser Mordmaschinen aus Zwergenheim, die aus Draht und Eisen bestanden und auf Rädern fuhren.

Wer von seinen Gefährten nach vorn geschoben wurde, wehrte sich mit der Wut, die die Verzweiflung gebiert, als der Tod in Kaerithas erbarmungslos glitzernden, blauen Augen sichtbar wurde. Aber es nützte ihnen nichts. Sie konnten sich nur zu dritt und gleichzeitig auf sie stürzen, und selbst alle zusammen hätten sie ihr nichts entgegenzusetzen gehabt.

Das begriffen auch die hinteren. Sie wirbelten herum und versuchten zu fliehen. Doch mussten sie feststellen, dass dieselbe Kraft, die ihre unschuldigen Gefährten zur Seite gestoßen hatte, sie unbarmherzig zurückhielt. Sie konnten nicht flüchten, also blieb ihnen nur, sich Kaeritha zu stellen und zu sterben.

Die mähte sie nieder und trat über ihre Leichen hinweg. Sie marschierte unaufhaltsam weiter durch die Korridore des Tempels, in Richtung der Kapelle Der Alten. Der Schweiß stand ihr auf der Stirn. Eine weitere Gruppe von Wachen stürmte durch einen Quergang zu ihrer Linken auf sie zu, und erneut schickte Kaeritha ihren unsichtbaren Besen aus. Die meisten starrten sie ungläubig an, während sie weggestoßen wurden, die anderen wirkten entsetzt, als Kaeritha wie der leibhaftige Tod unter sie fuhr, ihre schwächliche Gegenwehr beiseite wischte und sie Tomanâks Richtspruch überantwortete.

Sie näherte sich allmählich der Kapelle und spürte, wie sich eine Mattigkeit in ihr ausbreitete, die weit mehr war als einfache Ermüdung. Diese zügellose Macht zu formen und zu kontrollieren war kaum weniger anstrengend, als Tomanâks Anwesenheit zu kanalisieren, wenn sie Wunden oder Krankheiten heilte. Es erforderte ungeheure Konzentration und kostete sie große Kraft. Sie würde das nicht mehr lange durchhalten können, und jeder Unschuldige, den sie aus dem Weg schob, verstärkte ihre Erschöpfung noch. Doch aufhören durfte sie auch nicht, vorausgesetzt, sie wollte diese Unschuldigen nicht abschlachten oder von ihnen getötet werden.

Je erschöpfter sie wurde, desto langsamer kam sie vorwärts. Sie richtete ihre gesamte Willenskraft auf den nächsten Flur oder Durchgang zwischen sich und ihrem Ziel. Undeutlich hörte sie, wie andere Glocken schlugen, tiefere und lautere, die noch dringender klangen als jene, welche die Wachen zur Verteidigung der falschen Stimme alarmiert hatten. Aber sie hatte nicht einmal mehr genug Kraft, um darüber nachdenken zu können, warum sie schlugen oder was sie bedeuteten. Sie konnte nur weitergehen und sich den Weg durch die offenbar endlose Zahl der Wachen von Quaysar zu bahnen, die vom Dunklen befallen waren.

Plötzlich fand sie sich in der Kapelle Der Alten wieder, wo keine weiteren Feinde auf sie warteten. Selbst die unschuldigen Wachen, die sie aus dem Weg gestoßen hatte, waren verschwunden, und das Läuten der Alarmglocken hatte urplötzlich aufgehört. Es herrschte nur Stille, und das plötzliche Verstummen des Kampflärms wirkte fast wie ein Schock auf sie.

Sie blieb stehen, als ihr auffiel, dass sie am ganzen Körper schweißgebadet war und nach Atem rang. Langsam ließ sie die Schwerter sinken. Ihre Arme waren blutig bis zu den Ellbogen, und sie fragte sich, was geschehen war. Wo waren ihre Feinde hingelaufen? Der Klang ihrer eigenen Schritte wirkte fast ohrenbetäubend, als sie langsam und vorsichtig den Mittelgang der Kapelle entlangschritt. Kurz bevor sie die riesigen Doppeltüren des Bauwerks erreicht hatte, schwangen diese ohne Vorwarnung weit auf.

Nachdem sie sich durch das gedämpfte Licht im Inneren des Tempels gekämpft hatte, blendete sie das helle Sonnenlicht und sie blinzelte. Als sich ihre Augen an die Helligkeit gewöhnt hatten, riss Kaeritha sie weit auf. Was sie vor sich sah, hatte ganz gewiss noch kein anderer Mensch jemals zu Gesicht bekommen.

Ein hünenhafter Windreiter stieg von seinem stichelhaarigen Windrenner. Trotz der Größe des Reiters war sein Windrenner so riesig, dass er wie ein Wakûokamel niederknien musste, damit der Mann den Boden erreichen konnte. Er trug denselben grünen Überwurf wie sie selbst, und das gewaltige Langschwert in seiner rechten Hand schimmerte in demselben blauen Glanz wie ihres, als er sich umdrehte und sich der Windrenner hinter ihm wieder aufrichtete. Sie starrte ihn an, und ihr vom Kampf betäubter Verstand versuchte, diese vollkommen unerwartete Erscheinung zu verarbeiten. Die fuchsartigen Ohren des Hünen zuckten sacht, spitzten sich in ihre Richtung und dann hörte Kaeritha die tiefe, rumpelnde und sehr willkommene Stimme.

»Wie sieht's aus, Kerry, kommt man hier nur mit einer förmlichen Einladung rein oder darf jeder mitmischen?«

Sie schüttelte den Kopf, da sie immer noch nicht fassen konnte, was sie sah, und trat durch das Portal der Kapelle, das zwei Kriegsbräute von Quaysar weit geöffnet hatten, hinaus. Der Vorhof des Tempels schien trotz seiner Größe von den etwa zwanzig Windreitern und Windrennern, die hinter Bahzell standen, vollkommen überfüllt zu sein. Die meisten Männer saßen noch auf den Windrennern und schnitten mit ihren gewaltigen Leibern die restlichen Wachsoldaten Quaysars von der Kapelle ab. Nur zwei Reiter waren abgestiegen. Baron Tellian von Balthar und sein Windbruder Hathan standen hinter Bahzell. Kaeritha schüttelte erneut fassungslos den Kopf, als ihr bewusst wurde, dass über die Hälfte der noch aufsitzenden »Windreiter« *Hradani* waren.

»Bahzell ...« Sie merkte selbst, dass ihre Stimme angesichts des Gemetzels hinter ihr viel zu ruhig und beherrscht klang. »Was tust du hier? Und was haben du und diese ... Hradani auf Windrennern verloren, bei Tomanâk?«

»Tja ...« Seine braunen Augen glänzten belustigt. »Daran ist nur der Brief schuld.«

»Brief?« Sie schüttelte den Kopf. »Das ist doch lächerlich. Mein Brief kann frühestens in zwei Tagen in Balthar eintreffen.«

»Wer«, fragte Bahzell liebenswürdig, »hat denn gesagt, dass es dein Brief war?« Diesmal schüttelte er den Kopf und spitzte frech die Ohren. »Es war natürlich nicht dein Brief, weil es so unübersehbar ist wie der Riechkolben in Brandarks Gesicht, dass du nicht so viel Vernunft besitzt, um Hilfe zu bitten, bevor du sie brauchst. Nein, der Brief kam von Leeana.«

»Leeana?« Kaeritha kam sich vor wie ein Papagei, aber sie konnte nichts dagegen tun.

»Ja.« Bahzell wurde ernster. »Sie hatte bereits Verdacht geschöpft, bevor du von Thalar aus wieder nach Kalatha zurückgeritten bist. Sie hat ihre Vermutungen bereits in einem

Brief an ihre Mutter angedeutet, aber erst nachdem sie mit dir gesprochen hatte, hat sie in einem weiteren Schreiben all ihre Sorgen an die Baronin ausgedrückt. Ich war unterwegs, weil ich mich um einen … Zwischenfall in den Warmen Quellen kümmern musste, aber ich hatte schon dort so eine Ahnung, dass du möglicherweise Hilfe brauchen würdest. Als ich nach Schloss Hügelwacht zurückkehrte, hat mir dann die Baronin Leeanas Brief gezeigt.«

Er zuckte die Achseln.

»Nachdem ich ihn gelesen hatte, war klar, dass ich nach Quaysar reiten musste. Versteh mich nicht falsch, Kaeritha, aber allein hierher zu reiten, ohne dass Brandark oder ich auf dich aufpassten, war dickschädliger, als sich selbst der sturste Hradani benehmen würde.«

»Es war meine Aufgabe«, erwiderte sie und sah sich nach etwas um, woran sie ihre Klingen abwischen konnte. Tellian hielt ihr schweigend einen Umhang hin, der offenbar einmal einem Tempelwächter gehört hatte. Sie verkniff sich die Frage, was aus dem Besitzer geworden war. Stattdessen bedankte sie sich mit einem Nicken und säuberte damit ihre Schwerter, während sie zu Bahzell hinaufsah.

»Ich habe auch nichts anderes behauptet«, antwortete er. »Aber du würdest mir das Fell über die Ohren ziehen, wenn ich so etwas getan hätte, ohne dich einzuladen. Oder etwa nicht?«

»Das ist etwas anderes …« Sie verstummte, als sie merkte, wie kläglich das klang. Bahzell und Tellian begannen beide zu lachen.

»Und warum genau ist das anders, Kerry?« Die Stimme klang noch tiefer als die von Bahzell, und Kaeritha wandte sich zu dem Sprecher um.

Tomanâk Höchstselbst stand im Tempelhof. Um sie herum gingen die Menschen in die Knie, als Seine Persönlichkeit über sie hinwegstrahlte. Die Windreiter glitten aus den Sätteln und folgten ihrem Beispiel, und selbst die Windrenner senkten ihre stolzen Häupter. Nur Kaeritha, Bahzell und Walsharno blieben stehen und sahen ihren Gott an. Er lächelte auf sie herab.

»Ich warte immer noch auf eine Antwort«, erinnerte Er sie freundlich neckend – und sie holte tief Luft, als Seine Macht aus ihr herausströmte. Dann hob sie sich schnell und doch sanft von ihr, durchströmte sie wie ein anerkennender Schlag auf die Schulter, den ein Hauptmann seinem Krieger versetzt hatte, weil er seinen Erwartungen gerecht geworden war oder sie gar übertroffen hatte. Einen Augenblick lang empfand Kaeritha Bedauern, ein Gefühl von Verlust, als diese glorreiche Macht wieder zu Dem zurückfloss, Der sie ihr gewährt hatte. Doch ihre Brührung mit Ihm brach nicht ab. Er blieb, glühte zwischen ihnen, und als Er die Macht, die Er ihr verliehen hatte, wieder an Sich nahm, fühlte sie sich erfrischt, erneut voller Energie und lebendig, als wäre sie gerade am Morgen eines neuen Tages aus dem Bett gestiegen. Nicht, als hätte sie einen tödlichen Kampf um ihr Leben und ihre Seele ausgefochten.

»Vielleicht ist es ja nichts anderes«, gab sie schließlich zu und warf Bahzell einen bitterbösen Blick zu. »Aber es stand Leeana nicht zu, dir zu schreiben, dass ich Hilfe brauchte.«

»Das hat sie auch nicht getan«, widersprach Bahzell. »Sie hat nur geschrieben, was sie argwöhnte. Allerdings brauchte man keinen Gramerhain eines Magiers, um daraus entnehmen zu können, dass du Hilfe benötigen würdest, falls ihr Verdacht sich bewahrheitete.« Er zuckte die Achseln.

»Na gut«, lenkte Kaeritha nach einem Augenblick ein. »Aber damit ist meine zweite Frage noch nicht beantwortet.«

»Und was wäre das für eine Frage?«, erkundigte sich Tomanâk.

»Sie ... betrifft ihn und ... ihn da.« Sie deutete mit dem Zeigefinger erst auf Bahzell und dann auf den gewaltigen Hengst, der sie über der Schulter ihres Paladingefährten mit einem Blick betrachtete, den man im besten Fall als mildes Interesse deuten konnte. Sie starrte ihn finster an, riss jedoch gleich darauf erstaunt die Augen auf, als sie die glühenden, blauen Stränge ERKANNTE, die diesen riesigen Windrenner nicht nur mit Bahzell, sondern gleich mit Tomanâk verbanden. Sie wollte etwas sagen, überlegte es sich jedoch in letzter Sekunde anders. Es gibt Fragen, dachte sie, die man besser zunächst einmal unter … acht Augen bespricht.

»Die Frage«, sagte sie stattdessen, »was ein Hradani, jeder Hradani, vor allem jedoch ein Pferdedieb-Hradani, auf einem Windrenner macht. Ich dachte, sie … mögen sich nicht besonders.«

»Ah, oh … Tja. Ich glaube, es steht mir nicht zu, diese besondere Geschichte zu erzählen«, bemerkte Tomanâk mit einem amüsierten Grinsen. Er lachte laut auf, als sie Ihm einen missbilligenden Blick zuwarf. Dann wandte Er Seinen Kopf und ließ Seinen Blick über den Tempelhof gleiten. Kaeritha folgte dem Blick und sah Dutzende von Leichen, die von den verderbten Angehörigen der Wache von Quaysar übrig geblieben waren. Offenbar hatten sie versucht, Bahzell und seine Windbrüder daran zu hindern, ihr zu Hilfe zu eilen. Tomanâk betrachtete die Toten einige Sekunden lang, schüttelte dann Seinen Kopf und seufzte traurig.

»Du hast dich gut geschlagen, Kaeritha. Bahzell und du, genau wie ich es erwartet habe. Ich glaube, dass sich dieser Tempel von Shîgûs Einmischung erholen wird, obwohl du deine Arbeit in Kalatha noch zu Ende führen musst. Meine Schwester wird dir zwei oder drei Ihrer Walküren zu Hilfe schicken, aber es ist immer noch eine Sache der Gerechtigkeit, also fällt es unter deine Autorität … und Verantwortung.«

»Ich verstehe«, sagte sie leise. Er nickte.

»Das weiß ich. Ich weiß auch, dass ich mich darauf verlassen kann, dass Bahzell und du alle Aufgaben erfüllen, zu denen ihr berufen seid. Aber für heute, meine Schwerter, genießt euren Sieg. Feiert den Triumph des Lichts, zu dem ihr beigetragen habt. Und während ihr das tut«, er verblasste allmählich vor ihren Augen, während er breit lächelte, »bringst du vielleicht Bahzell dazu, dir zu erzählen, wie aus einem Pferdedieb ein Windreiter wurde. Die Geschichte ist wirklich hörenswert!« Er verschwand, nachdem er das letzte Wort ausgesprochen hatte.

»Also?« Kaeritha wandte sich zu ihrem hünenhaften Schwertbruder herum und verschränkte die Arme vor ihrer Brust.

»Also was?«, fragte er mit vollendet gespielter Unschuld.

»Du weißt ganz genau, was!«

»Ah«, meinte Bahzell. »*Das* was!« Er grinste sie strahlend an. »Das ist eine ziemlich lange Geschichte. Fürs Erste möchte ich es dabei belassen, dass einige von uns zu Hause richtig geschuftet haben, während du deinen netten kleinen Urlaub in Kalatha und Thalar genossen hast.«

»Geschuftet?«, fauchte Kaeritha. »Du behaarte, zu groß geratene, unterbelichtete und elende Karikatur eines Paladins! Ich werde dir was zu schuften geben, Milord Paladin! Und wenn ich mit dir fertig bin, wirst du dir sehnlichst wünschen, dass du nie, niemals ...!«

Sie holte weit aus und stürmte auf ihn zu – und Bahzell Bahnakson stellte einmal mehr den Scharfsinn und die taktische Gerissenheit unter Beweis, welche neben dem Mut die Kennzeichen eines jeden Paladins des Tomanâk waren.

Er gab Fersengeld. Trotz des Massakers um sie herum brachen Baron Tellian, die anderen Windreiter und alle Ritter vom Orden des Tomanâk in schallendes Gelächter aus, als Kaeritha im Vorbeilaufen von einem Pflanzkübel eine Hand voll Flusskiesel raffte, die sich ganz wunderbar dazu eigneten, sie Bahzell an den dicken, sturen Schädel zu schleudern, während sie ihn verfolgte.

ANHANG

DIE GÖTTER VON NORFRESSA

Die Götter des Lichts

Orr Allvater: Oft auch »der Schöpfer« genannt, oder »der Ordnende«. Orr soll das Universum erschaffen haben und ist Götterkönig und Richter aller Götter. Er ist der Allvater oder Schöpfer von allen – bis auf einen der Götter des Lichts. Und der mächtigste aller Götter, ganz gleich ob des Lichts oder Dunkels. Sein Symbol ist ein blauer Sternenkranz.

Kontifrio: »Die Mutter aller Frauen« ist Orrs Gemahlin und die Göttin des Heims und Herdes, der Familie und der Ernte. Nach der Theologie von Norfressa war Kontifrio Orrs zweite Schöpfung nach Orfressa, dem Rest des Universums. Sie ist die Nährende und Hegende und Mutter aller Kinder von Orr, außer natürlich Orfressa. Ihr Hass auf Shîgû ist unerbittlich. Ihr Symbol ist eine Weizengarbe, die mit einem Weinstock zusammengebunden ist.

Chemalka Orfressa: »Die Herrin des Sturmes« ist das sechste Kind von Orr und Kontifrio. Sie ist die Göttin des Wetters, des guten wie des schlechten, und hat für Sterbliche nicht viel übrig. Ihr Symbol ist die Sonne, die durch eine Wolkenschicht schimmert.

Chesmirsa Orfressa: »Die Sängerin des Lichts« ist das vierte Kind von Orr und Kontifrio, und die jüngere Zwillingsschwester von Tomanâk, dem Kriegsgott. Chesmirsa ist die Göttin der Barden, der Poesie, der Musik und der Kunst. Sie liebt die Sterblichen und hat einen ausgeprägten Sinn für Humor. Ihr Symbol ist die Harfe.

Hirahim Leichtfuß: Bekannt auch als »Der Lachende Gott« und »Der Große Verführer«. Hirahim ist eine Art unbeschriebenes Blatt unter den Göttern des Lichts. Er ist der Einzige, der nicht mit Orr verwandt ist, und keiner scheint genau zu wissen, woher er eigentlich kommt, obwohl er Orrs Autorität anerkennt. Allerdings auch die jedes anderen. Er ist der wahre Spaßmacher unter den Göttern, der Gott der Kaufleute, der Diebe und Tänzer, und ebenfalls als der Gott der Verführung bekannt. Er hat eine schreckliche Schwäche für attraktive sterbliche Weibchen, verschmäht allerdings auch Göttinnen nicht. Sein Symbol ist die silberne Flöte.

Isvaria Orfressa: »Die Herrin des Andenkens«, auch »Die Schlächterin« genannt, ist die Erstgeborene von Orr und Kontifrio. Sie ist die Göttin des unausweichlichen Todes und der Vervollständigung des Lebens und herrscht im Haus der Toten, wo sie die Schriftrolle der Toten führt. Zum – verständlichen – Entsetzen ihrer Mutter ist sie außerdem die Geliebte von Hirahim. Als drittmächtigste Göttin des Lichts ist sie die besondere Feindin von Krahana. Ihr Symbol ist die Schriftrolle mit Schädeln als Drehknöpfen.

Khalifrio Orfressa: »Die Herrin der Blitze« ist Orrs und Kontifrios zweites Kind und Göttin der Naturgewalten und elementarer Zerstörung. Sie wird trotz ihres Hanges zur Vernichtung als Göttin des Lichts betrachtet, hat aber mit

Sterblichen wenig im Sinn, worüber diese allerdings keineswegs traurig sind. Ihr Symbol ist ein gezackter Blitz.

Korthrala Orfro: Wird auch »Seeschaum« genannt oder »Schaumbart«. Er ist das fünfte Kind von Orr und Kontifrio und der Gott des Meeres sowie der Liebe, des Hasses und der Leidenschaft. Er ist ein sehr mächtiger Gott, wenn auch nicht übermäßig mit Verstand gesegnet. Vielleicht deshalb liegen ihm die Sterblichen sehr am Herzen. Seine Symbole sind Netz und Dreizack.

Lillinara Orfressa: Bekannt als »Freundin der Frauen« und »Die Silberne Herrin«. Lillinara ist Orrs und Kontifrios elftes Kind, die Göttin des Mondes und der Frauen. Sie ist eine der eher komplizierten Göttinnen und ausgesprochen zielstrebig. Junge Mädchen und Jungfrauen beten sie in ihrer Gestalt als »Die Jungfrau« an, während reifere Frauen und Mütter sie als »Die Mutter« verehren. Als Rächerin manifestiert sie sich als »Das Alte Weib«, als welche sie auch die Sterbenden tröstet. Sie kann Hirahim Leichtfuß zwar auf den Tod nicht ausstehen, hasst jedoch Shîgû als die essentielle Perversion alles Weiblichen mit jeder Faser ihres wahrhaft göttlichen Körpers. Ihr Symbol ist der Mond.

Norfram Orfro: Der »Herr des Glücks« ist Orrs und Kontifrios neuntes Kind und der Gott des Glücks. Leider auch der des Unglücks. Sein Symbol ist das Unendlichkeitszeichen.

Orfressa: Laut der norfressanischen Theologie ist Orfressa keine Göttin, sondern das Universum selbst, das von Orr noch vor Kontifrio geschaffen wurde. Sie ist nicht richtig aufmerksam, oder vielmehr, sie ist sich selten so etwas Vergänglichem wie den Sterblichen gewahr. Bei den sehr, sehr seltenen Gelegenheiten, zu denen sie die Angelegenheiten der Sterblichen wahrnimmt, geschieht zumeist etwas Katastrophales, und selbst Orr kann ihren Zorn nur mit Mühe eindämmen.

Semkirk Orfro: Bekannt als »Der Zuschauer«. Er ist das zehnte Kind von Orr und Kontifrio, der Gott der Weisheit und der körperlichen Disziplin – und war vor dem Fall von Kontovar der Gott der Weißen Zauberei. Seit dem Fall ist er der besondere Schutzpatron der mit besonderen Gaben gesegneten Magier geworden, die einen erbarmungslosen Krieg gegen die Schwarzen Hexer führen. Er selbst ist ein besonders erbitterter Feind von Carnadosa, der Göttin der Schwarzen Hexerei. Sein Symbol ist das goldene Szepter.

Silendros Orfressa: Das vierzehnte und letzte Kind von Orr und Kontifrio wird auch »Das Juwel des Firmaments« genannt und ist die Göttin der Sterne und der Nacht. Sie wird vor allem von Goldschmieden verehrt, die ihre Kunst gern als Versuch betrachten, die Schönheit des Firmaments in ihrem Handwerk einzufangen. Im Allgemeinen schert sie sich nicht viel um Sterbliche. Ihr Symbol ist ein silberner Stern.

Sorbus Kontifra: Er ist als der »Eisenbeuger« bekannt, der Schmied der Götter. Außerdem ist er das Ergebnis der größten Verführung der Göttergeschichte: als nämlich Hirahim Kontifrio beschlief, ein … Streich, den ihm Kontifrio nie so ganz vergeben hat. Dennoch ist der gute Sorbus der verlässlichste und sturste Gott überhaupt. Orr behandelt ihn wie einen Sohn. Sein Symbol ist der Amboss.

Tolomos Orfro: »Der Fackelträger« ist das zwölfte Kind von Orr und Kontifrio. Er ist der Gott des Lichts und der Sonne und außerdem der Schutzheilige aller Menschen, die mit Feuer arbeiten. Sein Symbol ist eine goldene Flamme.

Tomanâk Orfro: Das dritte Kind von Orr und Kontifrio ist Chesmirsas älterer Zwilling und der mächtigste Gott nach Allvater Orr. Man kennt ihn unter vielen Namen, »Schwert des Lichts«, der »Waagenmeister«, »Herr der Schlachten« und »Richter der Prinzen«, um nur vier aufzuführen. Ihm wurde von seinem Vater die bedeutsame Aufgabe übertragen, die Waagschalen des Orr zu beaufsichtigen. Außerdem ist er der Oberbefehlshaber der Götter des Lichts und der größte Feind aller Dunklen Götter. Er hat Phrobus verstoßen, als der gegen seinen Vater rebellierte. Seine Symbole sind das Schwert und der Morgenstern.

Torframos Orfro: »Steinbart« oder »Herr der Erdbeben«. Er ist das achte Kind von Orr und Kontifrio, der Herr der Erde, der Hüter der Tiefen, und der besondere Schutzheilige aller Ingenieure und Minenarbeiter – und wird vor allem von Zwergen verehrt. Sein Symbol ist die Bergarbeiter-Spitzhacke.

Toragan Orfro: »Der Jäger«, auch »Holzhelm« genannt, ist das dreizehnte Kind von Orr und Kontifrio: der Gott der Natur. Wälder sind ihm besonders heilig, und er steht in dem Ruf, diejenigen hart zu bestrafen, welche sinnlos oder brutal jagen. Sein Symbol ist die Eiche.

Die dunklen Götter

Phrobus Orfro: Auch genannt: »Vater des Bösen« und »Herr des Betrugs«. Er ist das siebte Kind von Orr und Kontifrio, was erklärt, warum die Sieben in Norfressa als Unglückszahl gilt. Niemand kennt seinen ursprünglichen Namen. Der Name Phrobus, »Wahrheitsbeuger«, wurde ihm von

Tomanâk angehängt, als der ihn wegen seines hinterhältigen Versuchs, Orr die Herrschaft zu entreißen, verstoßen hat. Nach dieser Niederlage hat sich Phrobus ganz offen auf die Dunkle Seite geschlagen und ist zu dem Keil geworden, durch den das Böse über Orfressa kam. Er ist nach Tomanâk der mächtigste der lichten und dunklen Götter. Der Hass zwischen ihm und Tomanâk ist unvorstellbar erbittert. Allerdings fürchtet Phrobus seinen Bruder mehr als den Tod selbst. Sein Symbol ist ein flammenäugiger Schädel.

Shîgû: Auch »Die Verdrehte« oder »Die Königin der Hölle«, »Mutter des Wahnsinns«. Sie ist Phrobus' Frau. Niemand weiß genau, woher sie kommt, aber die meisten glauben, dass sie ein mächtiger Dämon war, den Phrobus in den Stand der Götter erhoben hat, als er eine Gefährtin suchte, mit der er seinen eigenen Pantheon züchten konnte, um dem seines Vaters entgegenzutreten. Ihre Macht ist ebenso groß wie subtil, ihre Grausamkeit und Bösartigkeit sind bodenlos, und ihre Lieblingswaffe ist der Wahnsinn. Sie ist unter den Sterblichen noch verhasster und gefürchteter als Phrobus, und ihre Anbetung ist bei Todesstrafe in allen Reichen Norfressas verboten. Ihr Symbol ist eine brennende Spinne.

Carnadosa Phrofressa: Die »Herrin der Hexerei« ist das fünfte Kind von Phrobus und Shîgû. Sie ist die Göttin der Schwarzen Hexerei, wird jedoch eher für vollkommen unmoralisch, nicht aber böse um des Bösen willen gehalten. Sie ist die Verkörperung des Konzeptes der Macht um jeden Preis, koste es, was es wolle … Ihr Symbol ist ein Zauberstab.

Fiendark Phrofro: Der Erstgeborene von Phrobus und Shîgû, auch als »Herr der Wutanfälle« bekannt. Er ist ein Ebenbild seines Vaters, besitzt allerdings erheblich weniger Macht. Alle Kreaturen des Bösen schulden ihm als Phrobus' Stellvertreter Gehorsam. Im Gegensatz zu Phrobus allerdings, der immer versucht, zu pervertieren oder zu erobern, genießt Fiendark auch die Zerstörung um der Zerstörung willen. Seine Symbole sind ein flammendes Schwert oder eine flammende Rauchwolke.

Krahana Phrofressa. »Die Herrin der Verdammten« ist das vierte Kind von Phrobus und Shîgû – und in vielerlei Hinsicht das verachtenswerteste. Sie ist für ihre ungeheuerliche Schönheit bekannt und schwingt ihr Szepter über die Untoten, was sie zu Isvarias verhasstester Feindin macht. Sie regiert die Hölle, in der die Seelen derer auf ewig schmoren, die sich selbst dem Bösen verschrieben haben. Ihr Symbol ist ein zersplitterter Sarg.

Krashnark Phrofro: Der Zweitgeborene von Phrobus und Shîgû, eine herbe Enttäuschung für seine Eltern. Als mächtigstes Kind von Phrobus ist Krashnark, auch als »Teufelmeister« bekannt, der Gott des Teuflischen und des ehrgeizigen Krieges. Er ist rücksichtslos, gnadenlos und grausam, persönlich jedoch sehr mutig und von einem starken Ehrenkodex erfüllt, was dazu führt, dass er als einziger dunkler Gott Tomanâk respektiert. Unglücklicherweise ist er seinem Vater gegenüber sehr loyal und seine Macht und sein Ehrgefühl haben ihn zum »Vollstrecker« der dunklen Götter gemacht. Sein Symbol ist eine flammende Verwalterrute.

Sharnâ Phrofro: Auch »Dämonenbrut« und »Herr des Skorpions« genannt. Er ist Krashnarks jüngerer, eineiiger Zwillingsbruder, etwas, das beiden gleichermaßen missfällt. Sharnâ ist der Gott der Dämonen und Schutzheilige der Meuchelmörder, die Personifizierung von List und Tücke.

Seine Macht ist erheblich geringer als die von Krashnark. Zudem ist er ein ausgemachter Feigling. Die Dämonen, die ihm Gefolgschaft schulden, fürchten und hassen Krashnarks Teufel fast so sehr, wie Sharnâ seinen Bruder hasst und fürchtet. Seine Symbole sind ein gigantischer Skorpion, der ihm als Reittier dient, und ein blutendes Herz in einer gepanzerten Faust.